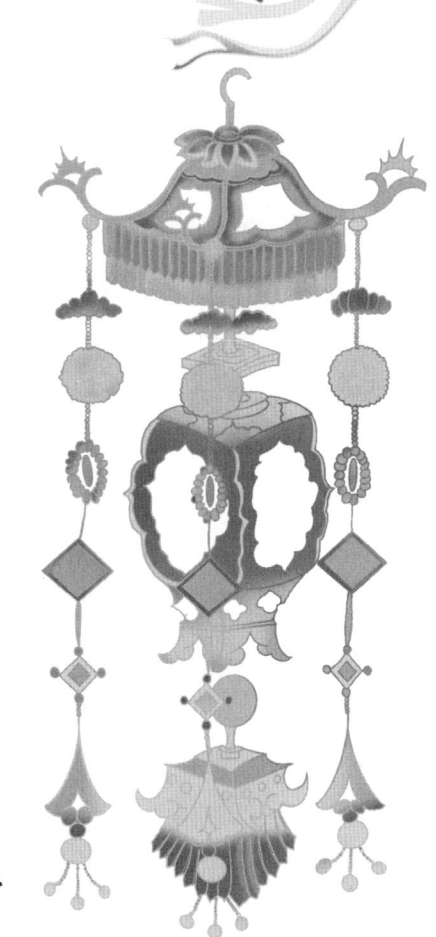

藏在生活里的古诗词

编著
李震 李懿

图书在版编目（CIP）数据

藏在生活里的古诗词 / 李震，李懿编著. -- 太原：山西经济出版社，2024.7. -- ISBN 978-7-5577-1328-7

Ⅰ. I222

中国国家版本馆CIP数据核字第2024MG1684号

藏在生活里的古诗词
CANG ZAI SHENGHUO LI DE GUSHICI

编　　著：	李震　李懿
选题策划：	吕应征
责任编辑：	郭正卿
助理编辑：	丰　艺
封面设计：	郑　奕
内文设计：	华胜文化
出 版 者：	山西出版传媒集团·山西经济出版社
地　　址：	太原市建设南路21号
邮　　编：	030012
电　　话：	0351—4922133（市场部）
	0351—4922085（总编室）
E-mail：	scb@sxjjcb.com（市场部）
	zbs@sxjjcb.com（总编室）
经 销 者：	山西出版传媒集团·山西经济出版社
承 印 者：	山西万佳印业有限公司
开　　本：	787mm×1092mm　1/16
印　　张：	19
字　　数：	315千字
版　　次：	2024年7月　第1版
印　　次：	2024年7月　第1次印刷
书　　号：	ISBN 978-7-5577-1328-7
定　　价：	68.00元

前 言

　　我国是一个具有五千年历史的文明古国,经过历史长河的积淀,有数不清的传统文化需要我们今天来铭记:传统民间艺术、传统节日、京剧、书法等。

　　为了进一步弘扬传统文化,提高青少年学生对传统文化的认知和理解,结合近几年来中考、高考的要求,作者着手对与语文紧密相关的传统文化诗词做了新的整理和编排,结合了传统古诗词的理解和赏析,为了能让学生们理解和掌握的更为快捷,我们在所选古诗后加入了与之相关的名人名言或相关链接,让孩子们在轻松的环境下快速提高知识素养和文化水平。

　　本书共收录三部分的内容,分别按照中国传统节日类、四季植物类以及含有动物类意象的古诗词等。篇幅长短不一,绝句、律诗均有收录,词牌也是突破常规。

　　第一章以中国传统节日为序,各节日分别收录古代名人诗词几篇不等,加以全面的诠释和赏析,并与作者或诗词中涵盖的趣味故事相匹配,让孩子们在了解故事的基础上加深印象,加快记忆和背诵速度。抛开传统的死记硬背，轻松学习古诗词。一是提高对传统文化的认知水平，二是帮助青少年快速轻松地在寓教于乐中收到奇效。目前市面上传统文化的书籍篇幅过长，内容冗长深刻，亦或过于简单，真正适合中高考的读本却是少之又少，本书的编纂也是为了填补这一方面的空白。

第二章收录了部分代表各个季节植物类的古诗词，例如关于描写桃花和杏花的古诗词就收录在了描写春季的诗词里；当然荷花收录在了描写夏季的诗词中；菊花与秋天景致相匹配；在冬季里必可不少的梅花，与描写雪、霜的诗词构成了冬季类的诗词。

第三章则收录了我们常见的一些动物的有关诗词，鸟中收录了关于鸿雁、燕子、青鸟等的诗词，虎、马以及猿等这些动物出现的古诗词也适当选录了一部分，当然有些并不是全然为了描写这些外在的物象，各时期的诗人在抒发自我情怀的时候更为深层次的意境需要读者在慢慢品读的过程中来感悟理解。

部分诗词借鉴了现有的《唐诗三百首》《宋词三百首》版本以及其他文献资料中提供的一些阐述内容，也有部分不常见的古诗词，在此次选录的过程中，加入了编著者本身的理解的考证，根据作者的时代背景和创作这首诗词所处的时间段，加以论述和理解，如有不同意见可以在以后的学习和探讨中加以纠正，给更为确切的表述，以便于广大读者学习和理解。本书第一章、第二章由李震编著，共约22.07万字；第三章由李懿编著，共约7.46万字。

目 录

第一章：传统节日类古诗词（摘编）/ 001

一、春 节 / 003

元 日［宋］王安石 / 003

守岁诗［宋］苏 轼 / 004

人日思归［隋］薛道衡 / 005

除 夜［宋］文天祥 / 006

除夜雪［宋］陆 游 / 008

除夜宿石头驿［唐］戴叔伦 / 009

春 思［唐］皇甫冉 / 010

二、上元节（元宵节）/ 012

青玉案·元夕［宋］辛弃疾 / 012

永遇乐·落日熔金［宋］李清照 / 013

十五夜观灯［唐］卢照邻 / 015

京都元夕［金］元好问 / 016

生查子·元夕［宋］欧阳修 / 017

古蟾宫·元宵［明］王 磐 / 019

元夕无月 [清] 丘逢甲 / 020

三、花朝节 / 021

次韵野水花朝之集 [宋] 朱继芳 / 021
二月朔日食阴雨不见 [宋] 方　岳 / 022
与社友定花朝之约 [宋] 胡仲弓 / 023

四、社　日 / 025

社　日 [唐] 王　驾 / 025
社　日 [宋] 谢　逸 / 026
社　日 [宋] 王　炎 / 027

五、寒食节 / 029

寒　食 [唐] 韩　翃 / 029
琐窗寒·寒食 [宋] 周邦彦 / 030
浣溪沙·清晓妆成寒食天 [唐] 韦　庄 / 031
寒食野望吟 [唐] 白居易 / 032

六、清明节 / 034

清　明 [唐] 杜　牧 / 034
破阵子·春景 [宋] 晏　殊 / 035
鹊踏枝·几日行云何处去 [五代] 冯延巳 / 036
清　明 [宋] 黄庭坚 / 037

七、上巳节 / 039

采桑子·清明上巳西湖好 [宋] 欧阳修 / 039
蝶恋花·上巳召亲族 [宋] 李清照 / 040

八、端午节 / 042

菩萨蛮·端午日咏盆中菊 [清] 顾太清 / 042
浣溪沙·端午 [宋] 苏　轼 / 043
端午即事 [宋] 文天祥 / 044
己酉端午 [元] 贝　琼 / 046
和端午 [宋] 张　耒 / 047

九、伏　日 / 049

长兴里夏日寄南邻避暑 [唐] 杜　牧 / 049
夏日山中 [唐] 李　白 / 050
夏日杂诗 [清] 陈文述 / 051

十、七夕节 / 053

鹊桥仙 [宋] 秦　观 / 053
迢迢牵牛星 [汉] 佚　名 / 054
乞　巧 [唐] 林　杰 / 056
鹊桥仙·七夕 [宋] 范成大 / 057
七　夕 [唐] 徐　凝 / 058

十一、中元节 / 060

宫　词 [唐] 顾　况 / 060
长安杂兴效竹枝体 [清] 庞　垲 / 061

十二、中秋节 / 062

水调歌头·明月几时有 [宋] 苏　轼 / 062
嫦　娥 [唐] 李商隐 / 063
八月十五日夜湓亭望月 [唐] 白居易 / 064

一剪梅·中秋元月 [宋] 辛弃疾 / 066
醉落魄·丙寅中秋 [宋] 郭应祥 / 067
中秋登楼望月 [宋] 米　芾 / 068

十三、重阳节 / 070

醉花阴·薄雾浓云愁永昼 [宋] 李清照 / 070
蜀中九日 [唐] 王　勃 / 071
望江南·幽州九日 [宋] 汪元量 / 072
九日齐山登高 [唐] 杜　牧 / 073
沉醉东风·重九 [元] 卢　挚 / 075

十四、下元节 / 077

下元日五更诣天庆观宝林寺 [宋] 陆　游 / 077
寄题张商弼葵堂堂下元不种葵花但取面势向阳 [宋] 杨万里 / 078

十五、腊　日 / 080

十二月八日步至西村 [宋] 陆　游 / 080
腊　日 [唐] 杜　甫 / 081
腊　八 [清] 夏仁虎 / 082
腊八日水草庵即事 [清] 顾梦游 / 083

十六、冬　至 / 085

邯郸冬至夜思家 [唐] 白居易 / 085
小　至 [唐] 杜　甫 / 086
减字木兰花·冬至 [宋] 阮　阅 / 088
至节即事（其一）[元] 马　臻 / 089
冬至日独游吉祥寺 [宋] 苏　轼 / 090

第二章：四季植物类古诗词（摘编）/ 093

一、春　季 / 095

柳　树 / 095

蝶恋花·春景 [宋] 苏　轼 / 095

临江仙·寒柳 [清] 纳兰性德 / 096

醉桃源·柳 [宋] 翁元龙 / 097

如梦令·春景 [宋] 秦　观 / 098

台　城 [唐] 韦　庄 / 099

阮郎归·南园春半踏青时 [宋] 欧阳修 / 101

桃花、杏花 / 102

桃　花 [唐] 周　朴 / 102

桃　花 [唐] 吴　融 / 103

题都城南庄 [唐] 崔　护 / 104

大林寺桃花 [唐] 白居易 / 105

惠崇春江晚景二首（其一）[宋] 苏　轼 / 106

虞美人·碧桃天上栽和露 [宋] 秦　观 / 107

玉楼春·春景 [宋] 宋　祁 / 108

淡黄柳·空城晓角 [宋] 姜　夔 / 110

牡丹、杜鹃、君子兰 / 111

赏牡丹 [唐] 刘禹锡 / 111

答张十一 [唐] 韩　愈 / 112

洛阳春吟 [宋] 邵　雍 / 114

思黯南墅赏牡丹 [唐] 刘禹锡 / 115

宣城见杜鹃花 [唐] 李　白 / 117

感遇十二首（其一）［唐］张九龄 / 118

梨花、海棠花、蔷薇、郁金香 / 119

　　一剪梅·雨打梨花深闭门［明］唐　寅 / 119

　　春　怨［唐］刘方平 / 120

　　采桑子·当时错［清］纳兰性德 / 122

　　海　棠［宋］苏　轼 / 123

　　春暮游小园［宋］王　淇 / 124

　　如梦令·昨夜雨疏风骤［宋］李清照 / 125

　　玫　瑰［宋］陈　淳 / 126

　　蔷薇花［唐］杜　牧 / 127

　　客中作［唐］李　白 / 128

芙蓉花、辛夷花 / 129

　　临湖亭［唐］王　维 / 129

　　山居即事［唐］王　维 / 130

　　辛夷坞［唐］王　维 / 131

春雨、春风 / 133

　　临安春雨初霁［宋］陆　游 / 133

　　谒金门·花过雨［宋］李好古 / 134

　　春雨后［唐］孟　郊 / 135

　　春　思［唐］李　白 / 136

　　清平乐·别来春半［五代］李　煜 / 137

二、夏　季 / 139

芍　药 / 139

　　贞元十四年旱甚见权门移芍药花［唐］吕　温 / 139

　　戏题阶前芍药［唐］柳宗元 / 140

卜算子·芍药打团红［宋］洪咨夔 / 141

荷花、莲花、向日葵 / 142

　　如梦令·常记溪亭日暮［宋］李清照 / 142

　　赠刘景文［宋］苏　轼 / 143

　　采莲曲二首（其二）［唐］王昌龄 / 144

　　客中初夏［宋］司马光 / 145

　　葵　花［宋］梅尧臣 / 146

　　咏墙阴下葵［唐］刘长卿 / 147

夏天景致 / 148

　　山亭夏日［唐］高　骈 / 148

　　暑旱苦热［宋］王　令 / 149

　　夏　意［宋］苏舜钦 / 150

　　夏日南亭怀辛大［唐］孟浩然 / 151

　　幽居初夏［宋］陆　游 / 153

三、秋　季 / 155

菊　花 / 155

　　长相思·一重山［五代］李　煜 / 155

　　重阳席上赋白菊［唐］白居易 / 156

　　过故人庄［唐］孟浩然 / 157

　　菊　花［唐］元　稹 / 158

桂　花 / 160

　　鸟鸣涧［唐］王　维 / 160

　　十五夜望月寄杜郎中［唐］王　建 / 161

　　糖多令·芦叶满汀洲［宋］刘　过 / 162

　　于中好·握手西风泪不干［清］纳兰性德 / 163

霜天晓角·桂花［宋］谢　懋 / 164

昙　花 / 165

　　昙　花［清］孙元衡 / 165

　　昙　花［清］张　湄 / 166

梧　桐 / 167

　　咏梧桐［清］郑　燮 / 167

　　声声慢·寻寻觅觅［宋］李清照 / 168

　　相见欢［五代］李　煜 / 170

　　清平乐·金风细细［宋］晏　殊 / 171

　　烈女操［唐］孟　郊 / 172

　　玉蝴蝶·望处雨收云断［宋］柳　永 / 174

竹 / 175

　　山中杂诗［南朝·梁］吴　均 / 175

　　虞美人·风回小院庭芜绿［五代］李　煜 / 176

　　云阳馆与韩绅宿别［唐］司空曙 / 177

　　竹　石［清］郑　燮 / 178

　　潇湘神·斑竹枝［唐］刘禹锡 / 179

秋风、秋景 / 181

　　三五七言［唐］李　白 / 181

　　水仙子·夜雨［元］徐再思 / 182

　　登　高［唐］杜　甫 / 183

　　苏幕遮·怀旧［宋］范仲淹 / 184

　　淮上喜会梁川故人［唐］韦应物 / 186

　　秋日登吴公台上寺远眺［唐］刘长卿 / 187

　　凉州馆中与诸判官夜集［唐］岑　参 / 188

雨霖铃［宋］柳　永 / 190

玉京秋·烟水阔［宋］周　密 / 191

四、冬　季 / 193

梅花、月季 / 193

梅　花［宋］王安石 / 193

墨　梅［元］王　冕 / 194

卜算子·咏梅［宋］陆　游 / 195

临江仙·梅［宋］李清照 / 196

梅花落·中庭多杂树［南朝·宋］鲍　照 / 197

生查子·重叶梅［宋］辛弃疾 / 199

点绛唇·咏梅月［宋］陈　亮 / 200

腊前月季［宋］杨万里 / 201

松　柏 / 202

孤　松［唐］柳宗元 / 202

赠从弟（其二）［东汉］刘　桢 / 203

咏　史（其二）［西晋］左　思 / 205

雪、霜 / 206

踏莎行·雪似梅花［宋］吕本中 / 206

巴山道中除夜书怀［唐］崔　涂 / 207

别董大［唐］高　适 / 208

鹧鸪天·雪照山城玉指寒［宋］刘　著 / 209

雪晴晚望［唐］贾　岛 / 210

观　猎［唐］王　维 / 211

出居庸关［清］朱彝尊 / 213

第三章：含有动物类意象的古诗词（摘编）/ 215

一、鸟 / 217

黄鹤楼［唐］崔　颢 / 217

无题·相见时难别亦难［唐］李商隐 / 218

西江月·夜行黄沙道中［宋］辛弃疾 / 219

鹧鸪天·十里楼台倚翠微［宋］晏几道 / 221

金陵驿二首（其一）［宋］文天祥 / 222

蝶恋花·槛菊愁烟兰泣露［宋］晏　殊 / 223

清平乐·采芳人杳［宋］张　炎 / 224

蜀　相［唐］杜　甫 / 226

菩萨蛮·红楼别夜堪惆怅［唐］韦　庄 / 227

汉宫词［唐］李商隐 / 228

商山早行［唐］温庭筠 / 229

破阵子·春景［宋］晏　殊 / 231

天净沙·秋［元］白　朴 / 232

钱塘湖春行［唐］白居易 / 233

渔家傲·秋思［宋］范仲淹 / 235

一剪梅·红藕香残玉簟秋［宋］李清照 / 236

入若耶溪［南朝·梁］王　籍 / 237

二、虎、马等 / 239

九歌·国殇［战国］屈　原 / 239

马诗二十三首（其四）［唐］李　贺 / 240

马诗二十三首（其五）［唐］李　贺 / 242

车遥遥篇［西晋］傅　玄 / 242

菩萨蛮·赤阑桥尽香街直［宋］陈　克 / 244

水调歌头·题剑阁［宋］崔与之 / 245

菩萨蛮·朔风吹散三更雪［清］纳兰性德 / 246

破阵子·为陈同甫赋壮词以寄之［宋］辛弃疾 / 247

登科后［唐］孟　郊 / 249

左迁至蓝关示侄孙湘［唐］韩　愈 / 250

永遇乐·京口北固亭怀古［宋］辛弃疾 / 251

经五丈原［唐］温庭筠 / 253

三、鱼、蟹等 / 255

兰溪棹歌［唐］戴叔伦 / 255

鱼　藻［先秦］佚　名 / 256

渔歌子·西塞山前白鹭飞［唐］张志和 / 257

浣溪沙·照日深红暖见鱼［宋］苏　轼 / 258

蜀道难［唐］李　白 / 259

国风·豳风·狼跋［先秦］佚　名 / 261

独不见［唐］沈佺期 / 262

渑池道中［宋］晁补之 / 263

咏史上·战国［宋］陈　普 / 265

江城子·密州出猎［宋］苏　轼 / 266

清明日对酒［宋］高　翥 / 267

楚江怀古（其一）［唐］马　戴 / 268

送李少府贬峡中王少府贬长沙［唐］高　适 / 269

四、其他昆虫 / 271

秦中感秋寄远上人 [唐] 孟浩然 / 271

蝉 [唐] 虞世南 / 272

闻　蝉 [宋] 游九言 / 273

咏螃蟹呈浙西从事 [唐] 皮日休 / 274

村　夜 [唐] 白居易 / 275

杂　感 [清] 黄景仁 / 276

蜂 [唐] 罗　隐 / 277

虞美人·胡蝶 [清] 张惠言 / 279

醉中天·咏大蝴蝶 [元] 王和卿 / 280

玉蝴蝶·晚雨未摧宫树 [宋] 史达祖 / 281

四时田园杂兴（其二十五）[宋] 范成大 / 283

和乐天春词 [唐] 刘禹锡 / 284

咏　蚕 [五代] 蒋贻恭 / 285

后　记 / 287

第一章 传统节日类古诗词（摘编）

一、春 节

元 日

［宋］王安石

爆竹声中一岁除，春风送暖入屠苏。
千门万户曈曈日，总把新桃换旧符。

【译文】一片爆竹声送走了旧的一年，饮着醇美的屠苏酒，感受到了春天的气息。初升的太阳照耀着千家万户，家家户户门上的桃符都换成了新的。

【作者简介】王安石（1021—1086），字介甫，号半山。抚州临川（今江西省抚州市临川区）人。北宋著名思想家、政治家、文学家、改革家。获谥"文"，世称"王文公"。文学突出成就：散文简洁峻切，短小精悍，论点鲜明，逻辑严密，充分发挥了古文的实际功用，名列"唐宋八大家"，留有《王临川集》《临川集拾遗》等。

【作品赏析】此诗描写春节除旧迎新的景象。这是一首写古代迎接新年的即景之作，内容取材于民间习俗，敏感地摄取老百姓过春节时的一些典型素材，抓住有代表性的生活细节：点燃爆竹、饮屠苏酒、换新桃符，充分表现出人们在年节的欢乐气氛，富有浓厚的生活气息。

【相关链接】相传，"年"是一种为人们带来坏运气的想象中的动物。"年"一来，树木凋敝，百草不生；"年"一过，万物生长，鲜花遍地。而过年，就是要用燃放鞭炮和贴红色的对联、挂红灯笼等方式来驱赶"年"。于是过年就有了燃鞭炮、贴对联、挂灯笼的习俗。辛亥革命后，才将正月初一正式定名为"春节"。

守岁诗

[宋]苏 轼

欲知垂岁尽，有似赴壑蛇，修鳞半已没，去意谁能遮？
况欲系其尾，虽勤知奈何！儿童强不食，相守应欢哗。
晨鸡旦勿鸣，更鼓畏添过。坐久灯烬落，起看北斗斜。
明年岂无年，心事恐蹉跎。努力尽今夕，少年犹可夸。

【译文】要知道快要辞别的年岁，犹如游向幽壑的长蛇。长长的鳞甲一半已经不见了，离去的心意谁能够拦遮！何况人们想抓住它的尾端，虽然勤勉，但清楚地知道是无可奈何的。孩子们不睡觉努力挣扎，相守在夜间笑语喧哗。早晨的鸡，请你不要啼唱，一声声更鼓催促也叫人惧怕。夜里久久地坐着，灯花点点坠落，起身看北斗星已经横斜。明年难道再没有年节了吗？只怕一件件的心事又会照旧笼罩。那么请努力珍惜这一个夜晚，少年人意气还可以自夸。

【作者简介】苏轼（1037—1101），眉州眉山（今四川省眉山市）人，祖籍河北栾城。字子瞻、和仲，号铁冠道人、东坡居士，世称苏东坡、苏仙，北宋著名文学家、书法家、美食家、画家，历史上的治水名人。北京大学教授李志敏评价："苏轼是全才式的艺术巨匠。"

【作品赏析】作者曾以除夕为题作《馈岁》《别岁》《守岁》三首诗，这是其中一首。诗意明白易懂，旨在勉励自己惜时如金。作者用形象的"蛇蜕皮"这一现象，比喻时间不可留，暗示要自始至终抓紧时间做事，免得时间过半，再勤勉也无补于事。努力应从今日始，不要让志向抱负付诸东流。看似是一首守岁诗，实质是一首劝勉诗，更有一种感叹世事变幻的沧桑。

【相关链接】宋嘉祐元年（1056），苏轼首次出川赴京，参加朝廷的科举考试。苏洵带着二十一岁的苏轼，十九岁的苏辙，自偏僻的西蜀地区，沿江东下，于嘉祐二年（1057）进京应试。当时的主考官是有"文坛领袖"之称的欧阳修，小试官是"诗坛宿将"梅尧臣。这两人正锐意诗文革新，苏轼那清新洒脱的文风，一下子把他们震动了。策论的题目是《刑赏忠厚之至论》，苏轼的《刑赏忠厚之至论》获得主考官欧阳修的赏识，却因欧阳修误认为是自己的弟子曾巩所作，为了避嫌，使他只得第二。苏轼在文中写道："……当尧之时，皋陶为士。将杀人，皋陶曰'杀之'三，尧曰，'宥之'三。"欧、梅二公虽叹赏其文，却不知这几句话的出处。及苏轼谒见拜谢，即以此问轼，苏轼答道："何必知道出处！"欧阳修听后，不禁对苏轼的豪迈、敢于创新极为欣赏，而且预见了苏轼的将来："此人可谓善读书，善用书，他日文章必独步天下。"

人日思归

[隋] 薛道衡

入春才七日，离家已二年。
人归落雁后，思发在花前。

【译文】入春才七天，但自己离开家已经有两年了。回家的日子要落在春回大地北飞的雁群之后了，但是想回家的念头却在春花开放以前就有了。

【作者简介】薛道衡（540—609），字玄卿，河东郡汾阴县（今山西万荣）人。隋朝大臣、诗人，东魏时期仪同三司薛孝通之子。著有文集七十卷，流行于世，今存《薛司隶集》一卷。唐朝建立后，凭借其子薛收功劳，追赠上开府、临河县公。

【作品赏析】这是一首思乡诗，写出了远在他乡的游子在新春佳节时渴望回家与亲人团聚的普遍心理，诗人即景生情，以平实自然、精巧委婉的语言，表达出他深刻细腻的情感体验，把思归盼归之情融入九曲柔肠之中，景中寓情，情中带景，情景交融，并运用了对比映衬的手法，叙述中有对比，含蓄委婉地表达了作者急切的思归之情，而且作者将"归"与"思"分别放在两个相对照的句子中，与题目相呼应，别具特色。

【相关链接】说到薛道衡的"迁"，《隋唐嘉话》等野史笔记记载的咏诗一事，倒是很能反映他的性格特点。

隋炀帝杨广爱好文学，才华横溢。他曾对臣下说，人们都认为我是靠父祖的原因当上的皇帝，即使让我同士大夫比试才学，我也还是天子。在这种思想的支配下，他自然不能容忍别的文士在诗文上超过自己。有一次，朝廷聚会上，有人出题以"泥"字押韵，众大臣苦思冥想而不见起色，隋炀帝便作了一首押"泥"字韵的诗，众大臣惊叹不已。薛道衡也作了一首以"泥"字押韵的诗，为所和之诗最佳，其中以"空梁落燕泥"一句尤受激赏，众大臣惊叹不已，高呼厉害。当然使隋炀帝嫉妒。据说薛道衡临刑前，炀帝曾问他："更能作'空梁落燕泥'否？"后人依据此类记载，把薛道衡之死看做诗祸，虽然完全不符合事实，但由此也可说明薛道衡的个性的确狷介，不善于矫饰，更不愿意扭曲本性投人所好，这当然也是一种"迂诞"的表现。

除　夜

［宋］文天祥

乾坤空落落，岁月去堂堂。
末路惊风雨，穷边饱雪霜。
命随年欲尽，身与世俱忘。
无复屠苏梦，挑灯夜未央。

【译文】天地之间一片空旷，时光离我而去。在人生的末路上因为风雨而受惊，在偏僻的边疆饱经了冰雪寒霜。如今生命跟这一年一样快要结束了，我和我一生的经历也会被遗忘。以后再也梦不到过新年喝屠苏酒了，只能在漫漫长夜里独自拨动灯火。

【作者简介】文天祥（1236—1283），初名云孙，字宋瑞，又字履善。号浮休道人、文山。江西吉州庐陵（今江西省吉安市）人，南宋末大臣、文学家，与陆秀夫、张世杰并称为"宋末三杰"。著有《文山诗集》《指南录》《指南后录》《正气歌》等。

【作品赏析】写这首诗的时候，作者已经被关押整整三年。敌人对他软硬兼施，然而，高官厚禄不软服，牢狱苦难不屈服。他已年迈，意志却很坚强。牢房内冰冷潮湿，饮食艰涩难咽，妻儿均在宫中服役，朝廷苟且投降等惨痛的现实，让文天祥感受到了人生末路穷途的困厄艰难。他用一支沉甸甸的笔，蘸着热血和心泪，写就了这首悲而不屈的诗歌。

这首诗，诗句冲淡平和，没有"天地有正气"的豪迈，没有"留取丹心照汗青"的感慨，只表现出大英雄想与家人共聚一堂、欢饮屠苏酒过元旦的愿望，甚至字里行间渗透出一丝寂寞、悲怆的情绪。恰恰是在丹心如铁男儿这一柔情的刹那，反衬出他的钢铁意志，这种因亲情牵扯萌发的"脆弱"，更让我们深刻体味到伟大的人性和铮铮男儿的不朽人格。

【相关链接】文天祥召集残兵奔赴循州，驻扎于南岭。黎贵达暗中阴谋投降，被抓住杀了。景炎三年（1278）三月，文天祥进驻丽江浦。六月，入船澳。益王死了，卫王继承王位。文天祥上表自责，请求入朝，没有获准。八月，加封文天祥少保、信国公。军中瘟疫流行，士兵死了几百人。文天祥唯一的一个儿子和他的母亲都死了。

十一月，进驻潮阳县。潮州盗贼陈懿、刘兴多次叛附无常，为潮阳人一大祸害。文天祥赶走了陈懿，抓住刘兴，杀了他。十二月，赶赴南岭，邹㵯、刘子俊又从江西起兵而来，再次攻伐陈懿的党羽，陈懿于是暗中勾结张弘范，帮助、引导元军逼攻潮阳。文天祥正在五坡岭吃饭，张弘范的军队突然出现，众士兵随从措手不及，都埋头躲在荒草中。文天祥匆忙逃走，被元军千户王惟义抓住。文天祥吞食龙脑香，没有死。邹㵯自刎颈项，众士兵扶着他至南岭才死。僚属士卒得以从空坑逃脱的人，至此时刘子俊、陈龙复、萧明哲、萧资都死了，杜浒被抓住，忧愤而死。仅有赵孟溁逃脱，张唐、熊桂、吴希奭、陈子全兵败被活捉，都被处死。

文天祥被押至潮阳，见张弘范时，左右官员都命他行跪拜之礼，文天祥没有拜，张弘范于是以宾客的礼节接见他，同他一起入厓山，要他写信招降张世杰。文天祥说，我不能保卫父母，还教别人叛离父母，可能吗？因多次被强迫索要书信，于是，文天祥写了《过零丁洋》诗给他们。这首诗的尾句说："人生自古谁无死，留取丹心照汗青。"张弘范笑着收藏了它。厓山战败后，元军中置酒宴犒军，张弘范说，丞相的忠心孝义都尽到了，若能改变态度像侍奉宋朝那样侍奉大元皇上，将不会失去宰相的位置。文天祥眼泪扑簌簌地说，国亡不能救，作为臣子，死有余辜，怎敢怀有二心苟且偷生呢？张弘范感其仁义，派人护送文天祥到京师。

除夜雪

［宋］陆 游

北风吹雪四更初，嘉瑞天教及岁除。
半盏屠苏犹未举，灯前小草写桃符。

【译文】 四更天初至时，北风带来一场大雪；这上天赐给我们的瑞雪正好在除夕之夜到来，昭示着来年的丰收。盛了半盏屠苏酒的杯子还没有来得及举起庆贺，我还要在灯下用草字体赶写着迎春的桃符。

【作者简介】 陆游（1125—1210），字务观，号放翁，越州山阴（今浙江省绍兴市）人，南宋文学家、史学家、爱国诗人。陆游一生笔耕不辍，诗词文均有很高成就，其诗语言平易晓畅、章法整饬严谨，兼具李白的雄奇奔放与杜甫的沉郁悲凉，尤以饱含爱国热情对后世影响深远。

【作品赏析】 除夕之夜，雪花漫天，年味十足，看到眼前的这些景致，作者即兴写下了这首诗。谚语中有"瑞雪兆丰年"的说法，除夕夜的大雪，是预示着来年的丰收，这是吉祥的兆头，作者通过这首诗向我们展示了一个崭新的春天即将来临的景象，预示着来年人们生活的美好，同时也是对美好生活的向往。

【相关链接】 宋嘉泰三年（1203）五月，陆游回到山阴，浙东安抚使兼绍兴知府辛弃疾拜访陆游，二人促膝长谈，共论国事。辛弃疾见陆游住宅简陋，多次提出帮他构筑田舍，都被陆游拒绝。宋嘉泰四年（1204），辛弃疾奉诏入朝，陆游作诗送别，勉励他为国效命，协助韩侂胄谨慎用兵，早日实现复国大计。

开禧二年（1206），韩侂胄请宁宗下诏，出兵北伐，陆游闻讯，欣喜若狂。宋军准备充分，出师顺利，先后收复泗州、华州等地。但韩侂胄用人失察，吴曦等里通金朝，按兵不动，图谋割据。陆游诗函多次催促，吴曦不理。不久，西线吴曦叛变，东线丘崈主和韩侂胄日益陷于孤立。开禧三年（1207）十一月，史弥远发动政变，诛杀韩侂胄，遣使携其头往金国，订下"嘉定和议"，北伐宣告彻底失败。陆游听到这些不幸的消息，悲痛万分。嘉定二年（1209）秋，陆游忧愤成疾。入冬后，病情日重，遂卧床不起。农历十二月二十九日（1210年1月26日），陆游与世长辞，享年八十五岁。临终之际，陆游留下绝笔《示儿》作为遗嘱："死去元知万事空，但悲不见九州同。王师北定中原日，家祭无忘告乃翁。"

除夜宿石头驿

［唐］戴叔伦

旅馆谁相问，寒灯独可亲。
一年将尽夜，万里未归人。
寥落悲前事，支离笑此身。
愁颜与衰鬓，明日又逢春。

【译文】在这寂寞的旅店中有谁来看望慰问，只有一盏冷清的孤灯与人相伴相亲。今夜是一年中的最后一个夜晚，我还在万里之外做客飘零未能回转家门。回首前尘竟是一事无成，令人感到悲凉伤心，孤独的我只有苦笑与酸辛。愁苦使我容颜变老，白发爬满双鬓，在一片叹息声中又迎来了一个新春。

【作者简介】戴叔伦（732—789），唐代诗人，字幼公（一作次公），润州金坛（今属江苏省常州市金坛区）人。年轻时，师事萧颖士。曾任新城令、东阳令、抚州刺史、容管经略使。晚年上表自请为道士。其诗多表现隐逸生活和闲适情调，但《女耕田行》《屯田词》等篇也反映了人民生活的艰苦。论诗主张"诗家之景，如蓝田日暖，良玉生烟，可望而不可置于眉睫之前"。其诗体裁皆有所涉猎。

【作品赏析】诗歌开始便表达了诗人于除夕夜独居在远离家乡的客栈中,在全家团圆的时刻他孤身在外时的寂寞与孤寂,再加上眼前看到周边人们全家欢聚的场面,不由得心酸。除夕夜本是家人们欢聚,开心相守的美好时刻,此诗的作者心中的悲凉之感跃然纸上,又是在作者晚年的时候,更平添了一份孤独和凄冷。只能唉声叹气,在悲苦与叹息中迎来了新春。

【相关链接】唐代著名田园诗人戴叔伦,幼年才思敏捷。一次,老师带他到郊外游玩,来到一个名叫白店的地方,正好遇见一只白色的公鸡站在高处啼叫。老师即兴拟出上联"白店白鸡啼白昼",他边走边寻思,一直到了日头偏西,还未想出恰当的对句。后来,他们走到一个叫黄村的地方,恰巧碰到一只黄狗从大门内窜出来,追着他们狂叫。这时,戴叔伦灵机一动,马上对出下联:"黄村黄犬吠黄昏。"

春 思

[唐]皇甫冉

莺啼燕语报新年,马邑龙堆路几千。
家住层城临汉苑,心随明月到胡天。
机中锦字论长恨,楼上花枝笑独眠。
为问元戎窦车骑,何时返旆勒燕然。

【译文】莺歌燕语预报了临近新年,马邑龙堆是几千里(1千里=500千米)的边疆。家住京城与汉室宫苑比邻,心随明月飞到边陲的胡天。织锦回文诉说思念的长恨,楼上花枝取笑我依然独眠。请问你主帅车骑将军窦宪,何时班师回朝刻石燕然山。

【作者简介】皇甫冉(718—约770),字茂政,润州丹阳(今江苏省镇江市)人。唐朝时期大臣,大历十才子之一,晋代高士皇甫谧之后。聪颖好学,十岁属文,深受张九龄器重。天宝十五年(756),状元及第,授无锡县尉。大历初年(766),进入河南尹王缙幕府,历任左拾遗、右补阙。工于诗,其诗清新飘逸,多有漂泊之感。

【作品赏析】这既是一首描写新春的诗歌,也是一首怀古诗。在临近新年的时候,作者的思绪回到了汉朝时期,与匈奴抗争、汉代的宫室以及边塞的景致,都历历在目,不仅描写了阖家欢聚时的欢愉,也时刻提醒人们不要忘记历史,今天的幸福生活来之不易。

【相关链接】安史之乱后,唐朝统治由盛而衰。处在此时此境,他所赋诗文,反映了安史之乱的社会状况。皇甫冉寓居义兴,对义兴的山山水水情有独钟,题咏颇多。有《赋得荆溪夜湍送蒋逸人归义兴山》《宿洞灵观》《三月三日义兴李明府后亭泛舟》等著名诗作。如《赋得荆溪夜湍送蒋逸人归义兴山》云:"惊湍流不极,夜度识云岑。长带溪沙浅,时因山雨深。方同七里路,更遂五湖心。揭厉朝将夕,潺湲古至今。花源君若许,虽远亦相寻。"《宿洞灵观》云:"孤烟灵洞远,积雪暮山寒。松柏凌高殿,莓苔封古坛。客来清夜久,仙去白云残。明月开金箓,焚香更沐兰。"《三月三日义兴李明府后亭泛舟》云:"江南烟景复如何,闻道新亭便可过。处处艺兰春浦绿,萋萋藉草远山多。壶觞须就陶彭泽,风俗犹传晋永和。更使轻桡徐转去,微风落日水增波。"

二、上元节

青玉案·元夕

［宋］辛弃疾

东风夜放花千树，更吹落，星如雨。宝马雕车香满路。凤箫声动，玉壶光转，一夜鱼龙舞。

蛾儿雪柳黄金缕，笑语盈盈暗香去。众里寻他千百度，蓦然回首，那人却在，灯火阑珊处。

【译文】像东风吹散千树繁花一样，又吹得烟火纷纷，乱落如雨。豪华的马车满路芳香。悠扬的凤箫声四处回荡，玉壶般的明月渐渐西斜，一夜鱼龙灯飞舞笑语喧哗。

美人头上戴着亮丽的饰物，笑语盈盈地随人群走过，身上香气飘洒。我在人群中寻找她千百回，猛然一回头，不经意间却在灯火零落之处发现了她。

【作者简介】辛弃疾（1140—1207），原字坦夫，后改字幼安，号稼轩，山东东路济南府历城县（今山东省济南市历城区遥墙镇四风闸村）人。南宋豪放派词人、将领，有"词中之龙"之称。与苏轼合称"苏辛"，与李清照并称"济南二安"。著有《美芹十论》《九议》，条陈战守之策。由于与当政的主和派政见不合，后被弹劾落职，退隐山居。开禧北伐前后，相继被起用为绍兴知府、镇江知府、枢密都承旨等职。开禧三年（1207），辛弃疾病逝，年六十八。后赠少师，谥号"忠敏"。现存词六百多首，有词集《稼轩长短句》等传世。

【作品赏析】此词从极力渲染元宵节绚丽多彩的热闹场面入手，反衬出一个孤高淡泊、超群拔俗、不同于金翠脂粉的女性形象，寄托着作者政治失意后不愿与世俗同流合污的孤高品格。全词采用对比手法，上阕写花灯耀眼、乐声盈耳的元夕盛况，下阕着意描写主人公在好女如云之中寻觅一位立于灯火零落处的孤高女子，构思精妙，语言精致，含蓄婉转，余味无穷。

【相关链接】辛弃疾善诗文，但以词名世。其《稼轩词》收六百二十余首，无论数量之富，质量之优，皆冠两宋。《稼轩词》向来被人称为"英雄之词"。这些词主要表现了词人以英雄自诩，以恢复中原为己任的壮志豪情。他时常回忆起少年时突入金营，生擒叛徒张安国的英雄事迹。如《鹧鸪天》上片道："壮岁旌旗拥万夫，锦襜突骑渡江初。燕兵夜娖银胡䩮，汉箭朝飞金仆姑。"辛词还表现了壮志难酬，报国无路的悲愤心情。如《水龙吟·登建康赏心亭》上片："楚天千里清秋，水随天去秋无际。遥岑远目，献愁供恨，玉簪螺髻。落日楼头，断鸿声里，江南游子。把吴钩看了，栏干拍遍，无人会，登临意。"词中通过看吴钩宝剑，拍遍栏干的典型动作，生动表现了英雄无用武之地的悲愤心情。辛弃疾这类"英雄之词"，大都使气岑才而作，情感激昂悲壮，风格沉郁雄放。

永遇乐·落日熔金

[宋]李清照

落日熔金，暮云合璧，人在何处。染柳烟浓，吹梅笛怨，春意知几许。元宵佳节，融和天气，次第岂无风雨。来相召、香车宝马，谢他酒朋诗侣。

中州盛日，闺门多暇，记得偏重三五。铺翠冠儿，捻金雪柳，簇带争济楚。如今憔悴，风鬟霜鬓，怕见夜间出去。不如向、帘儿底下，听人笑语。

【译文】落日金光灿灿，像熔化的金水一般，暮云色彩斑斓，仿佛碧玉一样晶莹鲜艳。景致如此美好，可我如今又置身于何地哪边？新生的柳叶如绿烟点染，《梅花落》的笛曲中传出声声幽怨。春天的气息已露端倪。但在这元宵佳节融和的天气，又怎能知道不会有风雨出现？那些酒肉朋友驾着华丽的车马前来相召，我只能报以婉言，因为我心中愁闷焦烦。

记得汴京繁盛的岁月，闺中有许多闲暇，特别看重这正月十五。帽子镶嵌着翡翠宝珠，身上带着金捻成的雪柳，个个打扮得俊丽翘楚。如今容颜憔悴，头发蓬松也无心梳理，更怕在夜间出去。不如从帘儿的底下，听一听别人的欢声笑语。

【作者简介】 李清照（1084—约1155），号易安居士，齐州章丘（今山东省济南市章丘区）人。宋代女词人，婉约词派代表，有"千古第一才女"之称。有《易安居士文集》《易安词》，已散佚。后人有《漱玉词》辑本。今有《李清照集校注》。

【作品赏析】 这首词是李清照晚年避难江南时的作品，写她在一次元宵节时的感受。

词的上阕写元宵佳节寓居他乡的悲凉心情，着重对比客观现实的欢快和她主观心情的凄凉。词的下阕着重用作者南渡前在汴京过元宵佳节的欢乐心情，来同当前的凄凉景象作对比。这首词情感真切动人，语言质朴自然，运用今昔对照与丽景哀情相映的手法，有意识地将浅显平易而富有表现力的口语与锤炼工致的书面语交错融洽，以极富表现力的语言写出了浓厚的今昔盛衰和个人身世之悲。

【相关链接】 宋廷南渡后，李清照的生活困顿。南宋建炎三年（1129），丈夫赵明诚于农历八月十八日卒于建康，李清照为文祭之："白日正中，叹庞翁之机捷；坚城自堕，怜杞妇之悲深。"谢伋《四六谈麈》卷一，绍兴元年（1131）三月，赴越（今浙江省绍兴市），在土民钟氏之家，一夕书画被盗。当年她与丈夫收集的金石古卷，全部散佚，令她饱受打击，其写作转为对现实的忧患，后期经历了国破家亡、暮年飘零后，感情基调转为凄怆沉郁，如《声声慢》"寻寻觅觅，冷冷清清，凄凄惨惨戚戚"。绍兴二年（1132），至杭州，再嫁张汝舟，婚姻并不幸福，数月后便离异。

十五夜观灯

［唐］卢照邻

锦里开芳宴，兰缸艳早年。
缛彩遥分地，繁光远缀天。
接汉疑星落，依楼似月悬。
别有千金笑，来映九枝前。

【译文】在色彩华丽的灯光里，夫妻举办芳宴玩乐庆祝。精致的灯具下，年轻人显得更加光鲜艳丽。灯光绚丽的色彩遥遥看来好像分开了大地，繁多的灯火点缀着天际。连接天河的灯光烟火好像是星星坠落下来，靠着高楼的灯似乎月亮悬挂空中。还有美丽女子的美好笑容映照在九枝的火光下。

【作者简介】卢照邻（约637—约686），字升之，号幽忧子，幽州范阳县（今河北涿州）人，唐朝时期大臣、诗人。爱好诗歌文学，与王勃、杨炯、骆宾王并称为"初唐四杰"。因麻疹疾病，不堪重负，投水自尽。著有《卢升之集》，明朝张燮辑有《幽忧子集》存于世。卢照邻尤工诗歌骈文，以歌行体为佳，佳句传颂不绝，如"得成比目何辞死，愿作鸳鸯不羡仙"等，更被后人誉为经典。

【作品赏析】此诗描述元宵节燃灯的盛况，人们在节日之夜观灯赏月，尽情歌舞游戏。新正元旦之后，人们忙着拜节、贺年，虽然新衣美食，娱乐游赏的活动却比较少；元宵节则将这种沉闷的气氛打破，把新正的欢庆活动推向了高潮。绚丽多彩的元宵灯火将大地点缀得五彩缤纷，甚至一直绵延不绝地与昊昊天穹连成一片，远处的灯光恍若点点繁星坠地，靠楼的灯光似明月高悬。为这节日增光添彩的，当然少不了美丽姑娘的欢声笑语。

【相关链接】卢照邻离开蜀地后，寓居洛阳。因《长安古意》中的一句"梁家画阁中天起，汉帝金茎云外直"入狱，是得罪了武则天的侄儿梁王殿下武三思，家人营救无果，友人救护得免。出狱后，不久又染风疾，居长安附近太白山，入山时间一说是674年秋冬，因服丹药中毒，手足残废。后转少室山中之东龙门山，又徙居阳翟具茨山下，买园数十亩（1亩≈666.67平方米），疏凿颍水，环绕住宅，预筑坟墓，偃卧其中。他"自以当高宗时尚吏，己独儒；武后尚法，己独黄老；后封嵩山，屡聘贤士，己已废。著《五悲文》以自明"。颇有骚人风调，很被文士们推重。照邻病势沉重残废后，不能忍受病痛折磨，曾与亲人握手告别，而后自投颍水而死，当时年仅四十岁。

京都元夕

［金］元好问

袨服华妆着处逢，六街灯火闹儿童。
长衫我亦何为者，也在游人笑语中。

【译文】元宵佳节时，大街上到处都能碰到女子们穿着盛装，化着美好的妆容来赏灯；小孩子们则在街道上欢闹着。我这个穿朴素长衫的读书人做什么呢？也只能在游人欢声笑语的气氛中赏灯猜谜。

【作者简介】元好问（1190—1257），太原秀容（今山西省忻州市）人。字裕之，号遗山，世称遗山先生。金朝末年至蒙古国时期文学家、历史学家。元好问自幼聪慧，有"神童"之誉。元好问是宋金对峙时期北方文学的主要代表、文坛盟主，又是金元之际在文学上承前启后的桥梁，被尊为"北方文雄""一代文宗"。他擅作诗、文、词、曲。其中以诗作成就最高，其《丧乱诗》尤为有名；其词为金代一朝之冠，可与两宋名家媲美；其散曲虽传世不多，但当时影响很大，有倡导之功。有《元遗山先生全集》《中州集》等作品传世。

【作品赏析】《京都元夕》是金朝诗人元好问创作的一首七言绝句。诗中描写了元代京都元宵佳节人山人海，人们盛装出游的欢快气氛。全诗浅白如话却富有情趣，用短短的诗句，表达了诗人在节日的欢乐之情。表现了诗人对此时金朝偏安处境的嘲讽，也表达了对繁华背后危机的担忧。此诗展现了游人在元宵节游玩的景象，写出了元夕夜的盛世繁华，手法上，用乐景抒哀愤之情，长衫和袄服华妆的对比，含蓄动人，意味深长。

【相关链接】元好问从十六岁起开始参加科举考试，到二十一岁时依然未能考中，在离祠堂几十里外的定襄遗山读书，故而自号"遗山山人"。两年之后，蒙古大军突袭秀容，屠城十万余众，其兄元好古丧生。为避兵祸，元好问举家迁往河南福昌，后转徙登封。卫绍王崇庆元年（1212），元好问又到中都（今北京）第三次参加考试，仍未考中。这年正月，金朝三十万名大军被蒙古击败，蒙古已逼近中都，路途的坎坷、国家的危机，加上考试的失败，使他的情绪非常低沉。贞祐二年（1214），蒙古兵围攻、金兵节节败退，金宣宗仓皇迁都南京，元好问于这年夏天赴汴京，准备将于秋天举行的考试。虽然考试又一次失败，但他却通过应试的机会，与朝中名人、权要如赵秉文、杨云翼、雷渊、李晏等交接结好，诗歌创作极丰。其中《箕山》《元鲁县琴台》等篇，深得时任礼部尚书的赵秉文赞赏，其文名震京师，被誉为"元才子"。但不久由于蒙古兵围攻，元好问不得不由山西逃难河南，并在豫西逐渐定居下来。贞祐五年（1217），二十八岁的元好问又赴京赶考，仍未成功。

生查子·元夕

[宋]欧阳修

去年元夜时，花市灯如昼。
月上柳梢头，人约黄昏后。
今年元夜时，月与灯依旧。
不见去年人，泪湿春衫袖。

【译文】去年正月十五元宵节，花市的灯光像白天一样明亮。月儿升起在柳树梢头，他约我黄昏以后同叙衷肠。今年又到了正月十五元宵节，月光与灯光同去年一样。但是再也看不到去年一起欢度元宵佳节的人，泪珠儿不觉湿透衣裳。

【作者简介】欧阳修（1007—1072），字永叔，号醉翁，晚号六一居士，吉州吉水（今江西省吉安市）人，北宋政治家、文学家，且在政治上负有盛名。因吉州原属庐陵郡，以"庐陵欧阳修"自居。官至翰林学士、枢密副使、参知政事，谥号文忠，世称欧阳文忠公。后人又将其与韩愈、柳宗元和苏轼合称"千古文章四大家"。与韩愈、柳宗元、苏轼、苏洵、苏辙、王安石、曾巩被世人合称为"唐宋散文八大家"。

【作品赏析】词的上阕写去年元夜情事。头两句写元宵之夜的繁华热闹，为下文佳人的出场渲染出一种柔情的氛围。后两句情景交融，写出了恋人在月光柳影下两情依依、情话绵绵的景象，制造出朦胧清幽、婉约柔美的意境。

下阕笔锋突转，写今年元夜的相思之苦。"月与灯依旧"与"不见去年人"相对照，引出"泪湿春衫袖"这一旧情难续的沉重哀伤，表达出词人对昔日恋人的一往情深。

【相关链接】当时有个文学派别"太学体"，领袖刘几是一名太学生，最大的特长就是常玩弄古书里的生僻字词。欧阳修的古文向来是通达平易的，最反对"太学体"的文风。批阅试卷时，欧阳修看到一份试卷，开头写道："天地轧，万物苦，圣人发。"用字看似古奥，其实很别扭，意思无非是说，天地交合，万物产生，然后圣人就出来了。欧阳修便就着他的韵脚，风趣而又犀利地续道："秀才剌（音同"辣"，意为乖张），试官刷！"意思是这秀才学问不行，试官不会录取！

在这次考试中，欧阳修也看到一份较好的答卷，文章语言流畅，说理透彻。欧阳修估计是自己学生曾巩的，这种文风需要鼓励，但毕竟是"自己人"，不好取第一，就把这份卷子取成第二。结果试卷拆封后，才发现这份卷子的作者是苏轼。与苏轼一同被欧阳修录取的，还有他的弟弟苏辙，以及北宋文坛上的一批重要人物。欧阳修以其卓越的识人之明，为北宋朝廷及整个文学史做出突出的贡献。

古蟾宫·元宵

[明] 王磐

听元宵，往岁喧哗，歌也千家，舞也千家。
听元宵，今岁嗟呀，愁也千家，怨也千家。
哪里有闹红尘香车宝马？只不过送黄昏古木寒鸦。
诗也消乏，酒也消乏，冷落了春风，憔悴了梅花。

【译文】到了元宵佳节，以前街道上彩灯环绕，家家户户歌舞不断，一片热闹祥和的局面。再看今年的元宵节，到处都是人们的叹息声，怨愁的叹息充斥着整个天空，哪里还有香车宝马呢？我们所能看到的只有那枯黄的树木和孤独的乌鸦。这样的景致哪还有心思吟诗作赋？自然也就少了喧闹的人群和香甜的美酒，便也不觉得春光的明媚，连俏枝的梅花也被人们遗忘了。

【作者简介】王磐（约1470—1530），字鸿渐，号西楼，江苏高邮人。明代散曲家、画家，亦通医学，称为"南曲之冠"，自号"西楼"。所作散曲，题材广泛。正德年间，宦官当权，船到高邮，辄吹喇叭，骚扰民间，作《朝天子·咏喇叭》一首以讽。王磐散曲存小令六十五首，套曲九首，全属南曲。著有《王西楼乐府》《清江引·清明日出游》《野菜谱》《西楼诗集》。

【作品赏析】这首散曲描写了往年元宵节的热闹、欢乐气氛，同时又写了当年元宵节的冷清、百姓的愁怨。此曲用"今岁""往岁"的对比手法，描写了元宵节冷落的景象。该曲比较深刻地反映了社会现实，表达了作者想要改变现实的愿望。

【相关链接】王磐有隽才，好读书，洒落不凡，鄙视仕途，终身不仕。纵情山水诗酒。工诗能画，善音律，尤善词曲。散曲多表现他个人的闲情逸致。但有部分作品比较深刻地反映了社会现实，或表达了作者改变现实的愿望，如最为人称道的《朝天子·咏喇叭》，讽刺当时，描摹宦官作威作福、装腔作势的丑态，揭露了他们给人民带来的灾难。《南吕一枝花·久雪》中，作者把雪比作邪恶势力，借以抒发心中的牢骚不平，并且表达了对光明的信念。他的抒怀咏物散曲，以清丽见称。如《落梅风》，写野外牧羊，宛如清淡秀丽的水墨画，表现力很强。

元夕无月

[清] 丘逢甲

满城灯市荡春烟，宝月沉沉隔海天。
看到六鳌仙有泪，神山沦没已三年！

【译文】满城灯火荡漾着一片春烟，天色阴沉，月亮隐在海天的那边。看到鳌山灯彩，引起了仙人流泪，海外的神山已经沉沦三年！

【作者简介】丘逢甲（1864—1912），字仙根，又字吉甫，号蛰庵、仲阏、华严子，别署海东遗民、南武山人、仓海君。辛亥革命后以"仓海"为名。祖籍广东嘉应州镇平县（今广东省蕉岭县）。晚清爱国诗人、教育家、抗日保台志士。

【作品赏析】《元夕无月》是清代丘逢甲在故乡台湾被割让后三年的一个元宵节晚上所写的七言绝句。因望月而引起乡思，又不能回去，只能向梦中寻求，可知其心情的悲苦。

【相关链接】清光绪二十年（1894），中日甲午战争爆发，他预见到台湾前途危难，以"抗倭守土"为号召创办义军，自己带头变卖家产以充军费，并动员亲属入伍。不久，一百六十营（实际上经训练的只有三十余营）义军成立，丘逢甲担任全台义军统领（又称义军大将军）。

清光绪二十一年（1895），中国被迫与日本签订了丧权辱国的《马关条约》，激起了全国人民的义愤。丘逢甲联合一批爱国人士，上奏清政府，在台湾与日军展开抗战。最终因"饷尽弹尽，死伤过重"而撤退。当时的许多义军都是丘逢甲的弟子，因落后的武器装备和清政府的无能，均英勇献身。

三、花朝节

次韵野水花朝之集

[宋]朱继芳

睡起名园百舌娇，一年春事说今朝。
秋千庭院红三径，舴艋池塘绿半腰。
苔色染青吟屐蜡，花风吹暖弊裘貂。
主人自欠西湖债，管领风光是客邀。

【译文】一觉醒来，院子里的百花都盛开了，在这春光明媚的时节，与朋友们一起谈论今年春天的好景致。与一起来赏春的友人们在庭院里面悠闲地荡着秋千，乍一看，园子里的花都已经开放，青水绿绿的，只到池塘的半腰，游船在池塘里来回穿梭。路上的青苔已经染青了鞋子，暖暖的春风让人脱下了厚厚的衣服。我一直以来慵懒，想去游览西湖却迟迟未去，没想到今天却因为客人的邀约而领受了美好的风光。

【作者简介】朱继芳，字季实，号静佳，建安（今福建建瓯）人。宋理宗绍定五年（1232）进士（明嘉靖《建宁府志》卷十五）。历任知龙寻、桃源县，调宜州教授未赴。

【作品赏析】《次韵野水花朝之集》是宋代诗人朱继芳创作的一首七言律诗。作者通过对初春小园的景致描写和与友人一起欣赏春景的惬意场面，将一幅初春游园图形象地展现在读者面前。

【相关链接】花朝节：一个被世人遗忘的节日，却是一年中最美的日子。春天到了，一定要出去看看。人们对踏青赏花这项活动一向乐此不疲，古人也是如此，在对美好事物的无限向往下，一个以庆祝"百花生日"的节日应运而生——花朝节。

宜踏春：在古人的生活中，花朝节宜踏春、上巳节宜踏春、清明节宜踏春……总之，春天到了，就该出门看看。在所有踏春的节日里，花朝节在二月、上巳节在三月、清明节在四月，花朝节在时间上拔得头筹，所以，"花朝"不仅代表着一年的花期从此时开始，也掀起了人们"踏春"的热潮。

宜聚餐：过生日，少不了生日宴。给百花庆生，亦当如此。所以，花朝节又为我们这个民以食为天的民族提供了一个聚餐的理由。"……每遇良辰美景，月夕花朝，张弦管以追欢，启盘筵而召侣，周旋有礼，揖让无哗，樽酒不空，坐客常满，王衍之冰壶转莹，嵇康之玉岫宁颓，其礼让谦恭，又如此也……"——《唐文拾遗》

一到花朝节就高朋满座、觥筹交错、饮酒赋诗。文人们的花朝节，离不开食物，离不开聚会。

二月朔日食阴雨不见

[宋]方　岳

飞飞细雨湿花朝，不省阳乌影动摇。
晚色漏晴山又紫，始知阴沴已潜消。

【译文】花朝节的这天，天空中下着蒙蒙细雨，阳乌城在阴雨绵绵中显得格外柔美。到了傍晚的时候，天气放晴，那阵阵的细雨悄悄潜藏了起来。

【作者简介】方岳（1199—1262），南宋诗人、词人。字巨山，号秋崖。歙州祁门（今属安徽）人，一说台州宁海（今属浙江）人。宋绍定五年（1232）进士，授淮东安抚司干官。淳祐中，以工部郎官充任赵葵淮南幕中参议官。后调知南康军。因触犯湖广总领贾似道，被移治邵武军。后知袁州，因得罪权贵丁大全，被弹劾罢官。后复被起用知抚州，又因与贾似道的旧嫌而取消任命。经明行修，隐居不仕，以诗名世。有《深雪偶谈》《秋崖集》存世。

【作品赏析】本文是作者在初春时节的一首佳作，直观地从天气状况展开描述，将初春的那种娇羞和朦胧凸显了出来,最后一句用拟人的手法,写出了春雨的清新,蕴含着对春天的赞美。

【相关链接】方岳出身于一个世代耕读之家,七岁能赋诗,时人称为"神童"。南宋绍定五年(1232)中进士。因他刚直不阿,不畏权贵,敢于斗争,多次遭到权奸贪吏的诬陷和打击,仕途坎坷。洪焱祖说他"诗文四六,不用古律,以意为之,语或天出"(《秋崖先生传》)。他议政论事的文章,流畅平易,且颇有见地。如《轮对第一札子》指斥当时"二三大臣远避嫌疑之时多,而经纶政事之时少,共济艰难之意浅,而计较利害之意深",被洪焱祖赞为深切之论。在淮南所作《与赵端明书》指责赵葵治军之失,真切直率。他也是南宋后期的骈文名家,所作表、奏、启、策,用典精切,文气纡徐畅达,为当时人所称道。

与社友定花朝之约

[宋]胡仲弓

花朝曾有约,来此定诗盟。
隐几江湖梦,闭门风雨情。
身名千载共,心事一般清。
且尽吟樽乐,徂徕不用赓。

【译文】曾经和好朋友一起约定在来年花朝节这一天,一起相聚在这儿来赋诗。经过几年的分别,相互之间都没有能够如约来到。大家都是在各地忙碌于朝廷的事务,但是每年这个时候心情却都是一样的。今天暂且喝了这一杯,能不能相聚并不重要。

【作者简介】胡仲弓,宋朝诗人。字希圣,清源人,胡仲参之弟。生卒年均不详,约宋度宗咸淳二年(1266)前后在世。登进士第为会稽令,老母适至,而已是黜。自后浪迹江湖以终。仲弓工诗,著有《苇航漫游稿》四卷,《四库总目》传于世。

【作品赏析】这是宋代诗人胡仲弓的一首描写花朝节与好友约定相聚的诗歌，表达了对诗友们的思念和大家不能如约前来的感叹。

【相关链接】中国是花的国度。它的由来已久，最早在春秋的《陶朱公书》中已有记载。至于"花神"，相传是指北魏夫人的女弟子女夷，传说她善于种花养花，被后人尊为"花神"，并把花朝节附会成她的节日。每月初三、十三、二十三日，以车载杂花，至槐树斜街市之。这些描述记载了旧时北京地区种花业及花卉商业的一些情况。在花朝节这天，北京的"幽人雅士，赋诗唱和，并出郊外各名园赏花"。据说，当年清宫的"花朝宴"最为讲究，太监们在颐和园中用红、黄绸条装扮牡丹花丛，以使满园春色，霞光飞扬，慈禧太后一边品尝着花卉做的点心，一边观看《花神庆寿》的喜剧。在北京丰台区还有一座花神庙，此庙坐落在丰台镇东纪家庙村北，是春天祭祀花神的场所，同时也是丰台地区各花行会的会址。据说，这座花神庙始建于明朝，庙门上方曾悬有"古迹花神庙"的牌匾，庙内前殿有花王及诸路花神的牌位。传说洛阳牡丹等十二位花神因得罪了玉皇大帝，被打入凡间，花神们便来到京城南郊大地，使得丰台一带开满各种鲜花。人们为感谢花神对人间的恩赐，于是京都各花行集资建造了这座花神庙。在花卉中，牡丹、芍药素有"花王"之称。在历史上，北京的牡丹也是很有名的，而北京的牡丹又以丰台花乡的为最佳。

四、社　日

社　日

[唐] 王　驾

鹅湖山下稻粱肥，豚栅鸡栖半掩扉。
桑柘影斜春社散，家家扶得醉人归。

【译文】鹅湖山下稻粱肥硕，丰收在望。牲畜圈里猪肥鸡壮，门扇半开半掩。西斜的太阳将桑柘树林拉出长长影子，春社结束，家家搀扶着醉倒之人归去。

【作者简介】王驾，唐代诗人，一说字大用，诰命守素先生，河中（今山西永济）人。大顺元年（890）登进士第，仕至礼部员外郎，后弃官归隐。与郑谷、司空图友善，诗风亦相近。其绝句构思巧妙，自然流畅。司空图《与王驾评诗书》赞曰："今王生者，寓居其间，浸渍益久，五言所得，长于思与境偕，乃诗家之所尚者。"生平见《唐诗纪事》卷六三、《唐才子传》卷九。有《王驾诗集》六卷，已佚。《全唐诗》存诗六首。

【作品赏析】古时的春秋季节有两次例行的祭祀土神的日子，分别叫作春社和秋社。此诗写了鹅湖山下的一个村庄社日里的欢乐景象，描绘出一幅富庶、兴旺的江南农村风俗画。全诗虽没有一字正面描写社日的情景，却表达出了社日的热闹欢快，角度巧妙，匠心独运。

此诗不写正面写侧面，通过富有典型意义和形象暗示作用的生活细节写社日景象，笔墨极省，反映的内容却极为丰富。这种含蓄的表现手法，与绝句短小体裁极为适应，使人读后不觉其短，回味深长。当然，在封建社会，农民的生活一般不可能像此诗所写的那样好，诗人把田家生活作了"桃花源"式的美化。但也应看到，在自然灾害减少、农业丰收的情况下，农民过节时显得快活，也是很自然的。这首诗表达了诗人对乡村农民的赞赏与热爱之情。

【相关链接】社日：古时祭祀土地神的日子，一般在立春、立秋后第五个戊日。间或有四时致祭者。社日周代本用甲日，汉至唐各代不同。唐·张籍《吴楚歌》："今朝社日停针线，起向朱樱树下行。"宋·王安石《歌元丰》："百钱可得酒斗许，虽非社日长闻鼓。"明·谢肇淛《五杂俎·天部二》："唐宋以前皆以社日停针线，而不知其所从起。余按《吕公忌》云'社日男女辍业一日，否则令人不聪'，始知俗传社日饮酒治耳聋者为此，而停针线者亦以此也。"参阅宋·陈元靓《岁时广记·二社日》、清·顾炎武《日知录·社日用甲》。

社 日

[宋] 谢 逸

雨柳垂垂叶，风溪澹澹纹。
清欢唯煮茗，美味只羹芹。
饮不遭田父，归无遗细君。
东皋农事作，举趾待耕耘。

【译文】雨中柳树叶子低垂，微风吹拂，水面泛起细细波纹。清净欢欣只是煮茶品茗，最美的味道只是煮芹为羹。饮酒没有遇上邀请友人饮酒的农夫，回家没有任何东西带给妻子。水畔高地正是农事繁忙时刻，农夫们抬脚下田正准备开始农耕。

【作者简介】谢逸（？—1113），字无逸，号溪堂。宋代临川城南（今属江西省抚州市）人。北宋文学家、诗人，江西诗派二十五法嗣之一。与饶节、汪革、谢薖并称为"江西诗派临川四才子"。曾写过300首咏蝶诗，人称"谢蝴蝶"。著有《溪堂集》十卷。

【作品赏析】谢逸的这首五言律诗，虽承袭了江西诗派"点铁成金"、引经据典之习，却未形象枯竭，显得空乏。而是着笔于田园农桑，写得清新幽折，恬淡自然，于平淡琐事之中见生活之真淳，见性灵之逍遥。诗歌以"社日"为题，既交代了写作的背景与时间，又为全诗奠定了轻松愉悦的感情基调。

此诗写景细致，形象鲜明。诗人生活清贫，一茗一羹，度过春社，既不遭田父之泥饮，更无归遗细君之事；而东作方兴，正待耕耘。写来一片生机，趣味盎然，读其诗而知其人，盖不俗之士也。而杜甫、东方朔两典，亦用得贴切，皆节日故事也。

【相关链接】植物的生长周期。柳树的生长：柳树作为早春的代表性植物，其发芽、长叶的时间较早，通常预示着春天的到来。柳树新叶"垂垂"而下，不仅展现了其柔美的姿态，也反映了春季植物快速生长的特点。柳树生长迅速，对水分和土壤的要求不高，是春季常见的绿化树种。

芹菜的生长："美味只羹芹"一句提到了芹菜，虽然诗中未详述芹菜的具体生长状况，但芹菜作为春季常见的蔬菜之一，其生长周期与春季的气候特点相契合。芹菜喜冷凉的环境，耐寒力较强，春季气温回升、雨水充沛，正是芹菜生长的好时节。芹菜含有丰富的营养成分，是春季餐桌上的一道佳肴。

社　日

[宋]王　炎

日暖泥融燕子飞，海棠深浅注胭脂。
一杯社日治聋酒，报答春光烂漫时。

【译文】天气慢慢变暖，万物复苏，燕子也飞来了，海棠花深深浅浅地开着，娇羞的颜色像胭脂一样。以社日这天的一杯酒，来回报这春花烂漫的时节。

【作者简介】王炎（1137—1218），字晦叔，一字晦仲，号双溪，婺源（今属江西）人。年十五学为文，乾道五年（1169）进士。所居有双溪，筑亭寄兴，以白乐天自比。嘉定十一年（1218）卒，年八十二。生平与朱熹交厚，往还之作颇多，又与张栻讲论，故其学为后人所重。

一生著述甚富，有《读易笔记》《尚书小传》《礼记解》《论语解》《孝圣解》《老子解》《春秋衍义》《象数稽疑》《禹贡辨》等，总题为《双溪类稿》，早已失传，仅存诗文二十七卷，题为《双溪类稿》，或称《双溪集》。

【作品赏析】这是一首描写社日的诗歌，从写景入手，写出了春天里万物复苏的景象，是赏春时的惬意之作。

【相关链接】南宋风貌。南宋时期，社会在稳定的背景下迎来了经济的全面繁荣，尤以江南地区为盛，农业、手工业与商业的三足鼎立，推动了城市扩张与人口激增，市民生活因此绚烂多彩。社日这一传统节日，在南宋不仅承载了农民祭祀土地、祈愿丰收的古朴仪式，更演变为城乡居民共庆的欢乐盛宴，加深了社区的团结与认同。文化上，南宋在传承中创新，儒学深化影响广泛，理学思潮引领士人思想多元发展，同时文学、艺术、科技等领域辉煌灿烂，宋词尤为鼎盛，诗歌创作人才辈出，佳作频现。南宋诗词以其含蓄深邃、意境悠远的独特风格，将自然之美与人文情感精妙融合，展现了南宋士人对自然与人性的深刻体悟及追求心灵自由的精神风貌，品读之下，南宋社会的多彩风貌与文化精髓跃然纸上。。

五、寒食节

寒　食

[唐]韩　翃

春城无处不飞花，寒食东风御柳斜。
日暮汉宫传蜡烛，轻烟散入五侯家。

【译文】暮春时节，长安城处处柳絮飞舞、落红无数，寒食节东风吹拂着皇家花园的柳枝。夜色降临，宫里忙着传蜡烛，袅袅炊烟散入王侯贵戚的家里。

【作者简介】韩翃，字君平，南阳（今河南南阳）人，唐代诗人。一直在军队里做文书工作，擅长写送别体裁的诗歌，与钱起等诗人齐名，时称"大历十才子"之一。天宝进士，宝应年间在淄青节度使侯希逸幕府中任从事，后随侯希逸回朝，闲居长安十年。建中年间，因作一首《寒食》而被唐德宗所赏识，晋升不断，最终官至中书舍人。韩翃的诗笔法轻巧，写景别致，在当时传诵很广泛。著有《韩君平诗集》。

【作品赏析】《寒食》是一首七言绝句。此诗前两句写的是白昼风光，描写了整个长安柳絮飞舞、落红无数的迷人春景和皇宫园林中的风光；后两句则是写夜晚景象，生动地画出了一幅夜晚走马传烛图，使人如见蜡烛之光，如闻轻烟之味。全诗用白描手法写实，刻画皇室的气派，充溢着对皇都春色的陶醉和对盛世承平的歌咏。从当时皇帝到一般朝士，都偏爱此诗，给予高度评价。

【相关链接】寒食节习俗。寒食节起源于春秋时期的晋国，是为了纪念忠臣义士介子推。据传，晋文公流亡期间，介子推曾割股啖君，助其渡过难关。晋文公即位后，介子推却隐居山林，晋文公为逼其出山而放火烧山，不料介子推抱树被烧死。晋文公为表哀思，下令在介子推死难之日禁火寒食，以寄哀思，这就是"寒食节"的由来。寒食节期间，人们不生火做饭，只吃冷食，如冷面、冷粥等，以此纪念介子推。

琐窗寒·寒食

[宋]周邦彦

暗柳啼鸦，单衣伫立，小帘朱户。桐花半亩，静锁一庭愁雨。洒空阶、夜阑未休，故人剪烛西窗语。似楚江暝宿，风灯零乱，少年羁旅。

迟暮。嬉游处。正店舍无烟，禁城百五。旗亭唤酒，付与高阳俦侣。想东园、桃李自春，小唇秀靥今在否。到归时、定有残英，待客携尊俎。

【译文】柳荫深处传出乌鸦的啼鸣，我掀起小帘，站在朱门之内，身穿单衫凝神伫立。半亩大的庭院里开满了桐花，静静地笼罩着庭院，阴雨阵阵更使人愁思万端。雨滴洒落在空落落的台阶上，竟彻夜未停。何时故友相逢与我在西窗下剪烛，谈心。今夜的孤零恰如往昔夜宿楚江之畔，江风吹得灯火昏暗，说不尽少年羁旅的无限凄惨艰难。

如今我已年老，时有垂暮之感。春游嬉戏的地方，旅舍酒店烟火不举，正巧是全城禁火过寒食节。酒楼上呼唤美酒的兴致一扫而光，姑且把这份豪情都交付酒徒料理。回想起故乡园中的桃李，必是迎春怒放，那如同美人嘴唇酒窝般的花朵，不知今天是否还挂在树枝？待到我归乡之时，一定还会有残存的花儿，等待着我与宾客举杯痛饮，一洗烦襟。

【作者简介】周邦彦（1056—1121），北宋著名词人。字美成，号清真居士，钱塘（今浙江杭州）人。官历太学正、庐州教授、知溧水县等。他精通音律，曾创作不少新词调。作品多写闺情、羁旅，也有咏物之作。格律谨严，语言曲丽精雅，长调尤善铺叙。为后来格律词派词人所宗。作品在婉约词人中长期被尊为"正宗"。旧时词论称他为"词家之冠"或"词中老杜",是公认"负一代词名"的词人,在宋代影响甚大。有《清真居士集》,已佚,今存《片玉集》。

【作品赏析】此词描写作者年老远游思念家乡的凄凉感受。上片由今日而转入未来,再由未来转入昔日;下片重在写迟暮之年的作者对远方故乡及亲人的怀念。全词在忽此忽彼的时空转换中,吞吐复杂心绪;字句典雅,巧妙化用前人诗句而无雕琢之痕。

【相关链接】"六丑"词调的由来。周邦彦作为北宋末期的著名词人,在创作过程中展现出了丰富的想象力和创造力,他的词作不仅具有深厚的文学价值,也充满了趣味性和故事性。这些创作趣事不仅让我们更加了解这位伟大的词人,也让我们更加欣赏他的文学才华和艺术魅力。周邦彦曾创作了一个名为"六丑"的词调,这个名字听起来颇为奇特。据说,宋徽宗在听到这个曲子后感觉非常愉悦,但对这个名字感到不解。于是询问周邦彦为何取此名,周邦彦解释道:"此曲犯六调,皆声之美者,然绝难歌。昔高阳氏有子六人,才而丑,故以此比之。"这个解释既展示了周邦彦的博学多才,又体现了他在词调创新上的独特思考和匠心独运。

浣溪沙·清晓妆成寒食天

[唐] 韦 庄

清晓妆成寒食天,柳球斜袅间花钿,卷帘直出画堂前。
指点牡丹初绽朵,日高犹自凭朱栏,含颦不语恨春残。

【译文】寒食节这天清晨起来,精心装扮了一番,窗外的柳树婀娜多姿,显得格外清秀可人。牡丹花刚刚开放,颜色淡雅清新,看起来很是迷人。到了白天,独自一人站在阁楼向外望,皱着眉毛没有说话,只是感叹这春天过得很快。

【作者简介】韦庄(约836—910),唐末五代诗人、词人。字端己,谥文靖。京兆杜陵(今陕西西安市东南)人。唐乾宁元年(894)登进士第,及第后历任拾遗、补阙等职。天复元年（901）入蜀任王建掌书记。仕蜀十年间，为王建扩展势力，建立大蜀政权出谋划策，外交内政，多为所制，官至门下侍郎兼吏部尚书同平章事。其诗极富画意，词尤工。与温庭筠同为"花间派"重要词人，有《浣花集》。

【作品赏析】这首词是唐末五代时期韦庄的一首词，主要写女子怀春。上阕开始用"清晓妆成"点明了时间和人物的身份。第二句写出了女子的婀娜情态隐约可见。下阕用了一连串的动作显示她对春天的热爱与珍惜。"卷帘"句见其爱春心切；"指点"句见其赏春的喜悦；"日高"句见其爱春之情深，由此结出"含颦"句，"恨春残"全由惜春，真切感人。整首词景中有情，极富画意。

【相关链接】唐代女子妆容。唐代女子的妆容与服饰，共同展现了那个时代独有的繁复华丽与审美情趣。"清晓妆成"一句生动地描绘了女子清晨精心梳妆的场景，其妆容追求极致的细腻与精致，如流行的蛾眉形态优雅，桃花妆则以粉嫩色泽模拟自然之美，而酒妆则透露出一种微醺的妩媚。这些妆容不仅彰显了唐代女性对美的极致追求，也反映了当时化妆工具和化妆品的丰富多样，如精细的画笔、细腻的脂粉以及各种香料，共同构成了唐代女性妆容的独特魅力。

寒食野望吟

[唐]白居易

乌啼鹊噪昏乔木，清明寒食谁家哭。
风吹旷野纸钱飞，古墓垒垒春草绿。
棠梨花映白杨树，尽是死生别离处。
冥冥重泉哭不闻，萧萧暮雨人归去。

【译文】乌鹊的啼叫声在树林间回荡，清明寒食节来的时候听到了一些人的哭泣声。野外人们祭祀已故亲人的纸钱到处飞，那些已故的人已经去世了很久，坟墓旁的青草已经长了很高。白色的梨花和挺拔的白杨树，一眼望去都是伤心别离的亲人们。

而九泉之下的人根本听不到哭喊的声音，只能在春雨绵绵中悄然离开。

【作者简介】白居易（772—846），字乐天，晚年号香山居士。贞元十六年（800）进士，元和年间任左拾遗及左赞善大夫。后因上表请求缉拿刺死宰相武元衡的凶手，得罪权贵，被贬为江州司马。后官至刑部尚书，在文学上，主张"文章合为时而著，歌诗合为事而作"，是新乐府运动的倡导者。其诗通俗易懂，相传其诗作要老妪听懂为止。与元稹并称"元白"，与刘禹锡首开中唐文人倚声填词之风。有《白氏长庆集》。

【作品赏析】这是一首七言律诗。此诗描写了清明时节的扫墓情形，生动地描绘出了诗人的思乡之情。

【相关链接】白居易自家酿的酒，质高出众，他为自家的酒作诗道："开坛泻罇中，玉液黄金脂；持玩已可悦，欢尝有余滋；一酌发好客，再酌开愁眉；连延四五酌，酣畅入四肢。"（《白居易卷》）白居易造酒的历史不但有记载，而且直到今天，还有"白居易造酒除夕赏乡邻"的故事在渭北一代流传。

六、清明节

清　明

[唐] 杜　牧

清明时节雨纷纷，路上行人欲断魂。
借问酒家何处有？牧童遥指杏花村。

【译文】清明节这天细雨纷纷，路上远行的人好像断魂一样迷乱凄凉。问一声牧童哪里才有酒家，他指了指远处的杏花村。

【作者简介】杜牧（803—853），字牧之，号樊川居士，汉族，京兆万年（今陕西西安）人。唐代杰出的诗人、散文家。因晚年居长安南樊川别墅，故后世称"杜樊川"，著有《樊川文集》。诗歌以七言绝句著称，内容以咏史抒怀为主，其诗英发俊爽，多切经世之物，在晚唐成就颇高。杜牧人称"小杜"，以别于杜甫"大杜"。与李商隐并称"小李杜"。

【作品赏析】这首小诗整篇以十分通俗的语言，写得自如至极，毫无经营造作之痕。音节十分和谐圆满，景象非常清新、生动，而又境界优美、兴味隐跃。诗由篇法讲也很自然，是顺序的写法。在艺术上，这是由低而高、逐步上升、高潮顶点放在最后的手法。所谓高潮顶点，却又不是一览无余，索然兴尽，而是余韵邈然，耐人寻味。

【相关链接】关于《清明》这首诗的背后故事，存在多种说法。其中一种较为流传的说法是：杜牧在清明节这天外出扫墓归来，途中遭遇细雨绵绵，心情十分沉重。他走着走着，看到路旁有一个牧童骑着牛、穿着蓑衣、戴着斗笠，便上前询问哪里有酒家可以借酒消愁。牧童指了指远处的杏花村，杜牧便顺着指引找到了那家酒家。在酒家中，杜牧借酒浇愁，回忆起逝去的亲人和自己的坎坷人生，于是写下了这首《清明》。

此外，还有另一种说法认为这首诗背后隐藏着杜牧与一位名叫张好好的女子的爱情故事。然而，这种说法更多的是后人根据诗歌内容和杜牧的生平事迹进行的推测和附会，并非确凿无疑的历史事实。

破阵子·春景

[宋] 晏 殊

燕子来时新社，梨花落后清明。池上碧苔三四点，叶底黄鹂一两声，日长飞絮轻。

巧笑东邻女伴，采桑径里逢迎。疑怪昨宵春梦好，元是今朝斗草赢，笑从双脸生。

【译文】燕子飞来正赶上社祭之时，清明节后梨花纷飞。几片碧苔点缀着池中清水，黄鹂的歌声萦绕着树上枝叶，只见那柳絮飘飞。在采桑的路上邂逅巧笑着的东邻女伴。怪不得我昨晚做了个春宵美梦，原来它是预兆我今天斗草获得胜利啊！不由得脸颊上也浮现出了笑意。

【作者简介】晏殊（991—1055），字同叔，抚州临川人。北宋著名文学家、政治家。生于宋太宗淳化二年（991），十四岁以神童入试，赐进士出身，命为秘书省正字，官至右谏议大夫、集贤殿学士、同平章事兼枢密使、礼部刑部尚书、观文殿大学士知永兴军、兵部尚书。1055年病逝于京中，封临淄公，谥号"元献"，世称晏元献。以词著于文坛，尤擅小令，风格含蓄婉丽，与其子晏几道，被称为"大晏"和"小晏"，又与欧阳修并称"晏欧"；亦工诗善文，原有集，已散佚。存世有《珠玉词》《晏元献遗文》《类要》残本。

【作品赏析】《破阵子·春景》是宋代婉约派词人晏殊所作。此词通过描写清明时节的一个生活片段，反映出少女身上焕发的青春活力，充满着一种欢乐的气氛。全词纯用白描，笔调活泼，风格朴实，形象生动，展示了少女的纯洁心灵。这首词以轻淡的笔触，描写了古代少女们春天生活的一个小小片段，表达了作者对春的赞美和对美好事物的向往、追求。

【相关链接】晏殊从小聪明好学，五岁就能创作，有"神童"之称。景德元年（1004），江南按抚张知白听说这件事，将他以神童的身份推荐。次年，14岁的晏殊和来自各地的数千名考生同时入殿参加考试，晏殊的神色毫不胆怯，很快完成了答卷。受到真宗的嘉赏，赐同进士出身。宰相寇准说道："晏殊是外地人。"皇帝回答道："张九龄难道不是外地人吗？"过了两天，又要进行诗、赋、论的考试，晏殊上奏说道，"我曾经做过这些题，请用别的题来测试我"。他的真诚与才华更受到真宗的赞赏，授其秘书省正事，留秘阁读书深造。他学习勤奋，交友持重，深得直使馆陈彭年的器重。

鹊踏枝·几日行云何处去

［五代］冯延巳

几日行云何处去？忘却归来，不道春将暮。百草千花寒食路，香车系在谁家树？

泪眼倚楼频独语。双燕飞来，陌上相逢否？撩乱春愁如柳絮，悠悠梦里无寻处。

【译文】这几天，他像流云飘到哪里去了？忘了回家，不顾芳春将逝去。寒食路上长满了野草鲜花。他的车马又在谁家树上系？泪眼倚楼不断自言语，双燕飞来，路上可与他相遇？纷乱春愁如柳絮，梦中到哪寻他去？

【作者简介】冯延巳（903—960），又作延己、延嗣，字正中，五代江都府（今江苏省扬州市）人，五代十国时南唐著名词人、大臣。谥号"忠肃"。冯延巳在朝中结党营私，专横跋扈，被称为"五鬼"。他的词多写闲情逸致，文人的气息很浓，对北宋初期的词人有比较大的影响。宋初《钓矶立谈》评其"学问渊博，文章颖发，辩说纵横"，有词集《阳春集》传世。

【作品赏析】《鹊踏枝·几日行云何处去》是以女子口气写的一首闺怨词，写一位痴情女子对夜游不归的男子既怀怨望又难割舍的缠绵感情。全词语言清丽婉约，悱恻感人，塑造了一个情怨交织内心的闺中思妇形象，也涵纳了更广泛的人生体验。

【相关链接】跟李璟、李煜一样，冯延巳也是多才多艺，这也是李璟信任他的重要原因。他的才艺文章，连政敌也很佩服。《钓矶立谈》记载孙晟曾经当面指责冯延巳："君常轻我，我知之矣。文章不如君也，技艺不如君也，诙谐不如君也。"陆游《南唐书·冯延巳传》记载孙晟的话是："鸿笔藻丽，十生不及君；诙谐歌酒，百生不及君；谄媚险诈，累劫不及君。"两处记载，文字虽不一样，但意思相同。看来冯延巳为人确实多才艺，善文章，诙谐幽默。又据《钓矶立谈》记载，冯延巳特别能言善辩。他"辩说纵横，如倾悬河暴雨，听之不觉膝席而屡前，使人忘寝与食"。他又工书法，《佩文斋书画谱》列举南唐十九位书法家的名字，其中就有冯延巳的大名。他的诗也写得工致，但流传下来的仅有一首。不过冯延巳最著名最有成就的，还是词。冯延巳词的特点，可以用四个字来概括：因循出新。所谓"因循"，是说他的词继承花间词的传统，创作目的还是娱宾遣兴，题材内容上也没有超越花间词的相思恨别、男欢女爱、伤春悲秋的范围。所谓"出新"，是说他的词在继承花间词传统的基础上，又有突破和创新。

清　明

[宋]黄庭坚

佳节清明桃李笑，野田荒冢只生愁。
雷惊天地龙蛇蛰，雨足郊原草木柔。
人乞祭余骄妾妇，士甘焚死不公侯。
贤愚千载知谁是，满眼蓬蒿共一丘。

【译文】清明时节，春雨绵绵，桃李都已经开放了，大地上一片芳草萋萋。野田荒芜之处，是埋葬着死者的墓地，死去的人长眠地下。时间快到惊蛰时，雨水充足，草地上一片绿意。古代的某个齐人天天到墓地偷吃别人祭奠亲人的饭菜，吃得油嘴腻脸。而另有一些高士，如春秋战国时代的介子推，他帮助晋文公建国以后，不要高官厚禄，宁可隐居山中。虽然无论智愚高低，最后都是蓬蒿一丘。

【作者简介】黄庭坚（1045—1105），字鲁直，号山谷道人，晚号涪翁，洪州分宁（今江西省九江市修水县）人，北宋著名文学家、书法家，盛极一时的"江西诗派"开山之祖，与杜甫、陈师道和陈与义素有"一祖三宗"之称。与张耒、晁补之、秦观都游学于苏轼门下，合称为"苏门四学士"。

【作品赏析】这是诗人触景生情之作，通篇运用对比手法，抒发了人生无常的感慨。诗人看到大自然的一派勃勃生机，想到的却是人世间不可逃脱死亡的命运，表达了一种消极虚无的思想，悲凉的情绪缠绕于诗里行间，这与诗人一生政治上的坎坷以及他所受的禅宗思想的浓厚影响是分不开的，体现了作者的价值取向，鞭挞了人生丑恶，看似消极，实则愤激。

【相关链接】宋绍圣初，黄庭坚出任宣州知州，改知鄂州。章惇、蔡卞与其党羽认为《神宗实录》多诬陷不实之词，使前修史官都分别居于京城附近各处以备盘问，摘录了千余条内容宣示他们，说这些没有验证。不久，经院受考察审阅，却都有事实根据，所剩下的只有三十二件事。黄庭坚在《神宗实录》中写有"用铁龙爪治河，有同儿戏"的话，于是首先盘问他。黄庭坚回答道："庭坚当时在北都做官，曾亲眼看到这件事，当时的确如同儿戏。"凡是有所查问，他都照实回答，毫无顾忌，听到的人都称赞他胆气豪壮。黄庭坚因此被贬为涪州别驾、黔州安置，攻击他的人还认为他去的是好地方，诬他枉法。后因避亲属之嫌，于是移至戎州。黄庭坚对此像没事一样，毫不以贬谪介意。四川的士子都仰慕他，乐意和他亲近。他讲学不倦，凡经他指点的文章都有可观之处。

七、上巳节

采桑子·清明上巳西湖好

［宋］欧阳修

清明上巳西湖好，满目繁华。争道谁家，绿柳朱轮走钿车。
游人日暮相将去，醒醉喧哗。路转堤斜，直到城头总是花。

【译文】清明节与上巳节的时候，西湖风光很好，满眼都是一片繁华景象。谁家的车马在抢道争先？一辆有着红色轮子和金色花朵的车子，为了超前，绕从道旁的柳树行中奔驰而过。游人在日暮时分相随归去，醒的醒，醉的醉，相互招呼，喧哗不已。从西湖弯斜的堤岸一直到城头，沿途都是开放的鲜花。

【作者简介】欧阳修（1007—1072），字永叔，号醉翁，晚号六一居士，汉族，吉州永丰（今江西省吉安市永丰县）人，北宋政治家、文学家，且在政治上负有盛名。因吉州原属庐陵郡，以"庐陵欧阳修"自居。官至翰林学士、枢密副使、参知政事，谥号文忠，世称欧阳文忠公。后人又将其与韩愈、柳宗元和苏轼合称"千古文章四大家"。与韩愈、柳宗元、苏轼、苏洵、苏辙、王安石、曾巩被世人合称为"唐宋散文八大家"。

【作品赏析】《采桑子·清明上巳西湖好》是北宋文学家欧阳修的作品。这首词是写清明时节西湖游春的热闹繁华景象，着意描绘游春的欢乐气氛，从侧面来写西湖之美。特别着重描绘日暮回城时喧哗熙攘的情景。不说游人摘花归去，而只说从堤岸到城头"总是花"。这样更突出了清明游春的主题。整首词通过朱轮钿车争道、游人簪花而归的特写镜头，形象描绘了一幅颍州西湖清明上巳时的风情画。这首《采桑子·清明上巳西湖好》写得人欢景艳，别具一格，不乏动人之处。

【相关链接】欧阳修任滁州太守时,写下了他的名篇《醉翁亭记》。欧阳修喜好酒,他的诗文中亦有不少关于酒的描写。一首《渔家傲·花底忽闻敲两桨》中采莲姑娘用荷叶当杯,划船饮酒,写尽了酒给人们生活带来的美好。欧阳修任扬州太守时,每年夏天,都携客到平山堂中,派人采来荷花,插到盆中,叫歌妓取荷花相传,传到谁,谁就摘掉一片花瓣,摘到最后一片时,就饮酒一杯。晚年的欧阳修,自称有藏书一万卷,琴一张,棋一盘,酒一壶,陶醉其间,怡然自乐。可见欧阳修与酒须臾不离。

蝶恋花·上巳召亲族

[宋]李清照

永夜恹恹欢意少。空梦长安,认取长安道。为报今年春色好,花光月影宜相照。

随意杯盘虽草草。酒美梅酸,恰称人怀抱。醉里插花花莫笑,可怜春似人将老。

【译文】漫漫长夜让人提不起一点精神,心情也郁郁不欢,只能在梦里梦见京城,还能认出那些熟悉的京都街道。为了报答眼下的好春色,花儿与月影也是相互映照。

简便的宴席,虽然菜很一般,酒却是美酒,味道也很合口,一切都让人称心如意。喝醉了将花插在头上,花儿不要笑我,可怜春天也像人的衰老一样快要过去了。

【作者简介】李清照(1084—约1155),字易安,号易安居士,山东省济南章丘人。宋代女词人,婉约词派代表,有"千古第一才女"之称。早期生活优裕,李清照出身于书香门第,早期生活优裕。其父李格非藏书甚富,她小时候就在良好的家庭环境中打下文学基础。出嫁后与夫赵明诚共同致力于书画金石的搜集整理。金兵入据中原时,流寓南方,境遇孤苦。所作词,前期多写其悠闲生活,后期多悲叹身世,情调感伤。形式上善用白描手法,自辟途径,语言清丽。论词强调协律,崇尚典雅,提出词"别是一家"之说，反对以作诗文之法作词。能诗，留存不多，部分篇章感时咏史，情辞慷慨，与其词风不同。有《易安居士文集》《易安词》，已散佚。后人有《漱玉词》辑本。今有《李清照集校注》。

【作品赏析】《蝶恋花·上巳召亲族》是李清照的一首抒情词，写作时间只知道是某年的三月初三。此词是李清照生活安定时期召集亲族聚会饮宴后有感而作。但是美好的春光月色，意在消愁的酒宴，并未给词人带来欢快，相反更勾起对故国的深沉思念和旧家难归的惆怅。在梦中她还很熟悉汴京的道路，可以想见其忆念之切，但是一个"空"字，毕现失望之情。所以起首三句为全词定下基调。接着转折：在怡乐的酒宴中，发出"醉莫插花花莫笑，可怜春似人将老"的悲叹，从而委婉曲折地表达了词人的忧国情怀和对人生的感慨。

【相关链接】上巳节，俗称三月三，是中国民间传统节日。上巳节是古代举行"祓除畔浴"活动中最重要的节日，人们结伴去水边沐浴，称为"祓禊"，此后又增加了祭祀宴饮、曲水流觞、郊外游春等内容。

上古时代以"干支"纪日，三月上旬的第一个巳日，谓之"上巳"。"上巳"一词最早收录在汉初的文献里，《周礼》郑玄注："岁时祓除，如今三月上巳如水上之类。"魏晋以后，上巳节的节期改为农历三月初三，故又称"重三"或"三月三"。

上巳节有起源于兰汤辟邪的巫术活动之说，用兰汤以驱除邪气。兰草被用作灵物，有香气袭人的特点，古人在举行重大祭神仪式前，须先进行斋戒，其中包括当时最好的洗浴方式"兰汤沐浴"。

八、端午节

菩萨蛮·端午日咏盆中菊

[清]顾太清

薰风殿阁樱桃节,碧纱窗下沈檀爇。

小扇引微凉,悠悠夏日长。

野人知趣甚,不向炎凉问。

老圃好栽培,菊花五月开。

【译文】屋内燃着祛暑的熏香,薄薄的纱窗下有丝丝清幽的香气。在悠然的初夏时节,轻罗小扇扇起了微微凉风,夏日悠悠且漫长。外界的人们只是在享受着外界清新与美好,从来不被天气所影响。在好的工匠栽培下,菊花在五月里就开放了,姹紫嫣红,很是好看。

【作者简介】顾太清(1799—1876),名春,字梅仙。原姓西林觉罗氏,满洲镶蓝旗人。嫁为贝勒奕绘的侧福晋。她被现代文学界公认为"清代第一女词人"。晚年以道号"云槎外史"之名著作小说《红楼梦影》,成为中国小说史上第一位女性小说家。其文采见识,非同凡响,因而八旗论词,有"男中成容若(纳兰性德),女中太清春(顾太清)"之语。顾太清不仅才华绝世,而且生得清秀,身量适中,温婉贤淑。令奕绘十分钟情。虽为侧福晋一生却诞育了四子三女,其中几位儿子都有很大作为。

【作品赏析】这是一首咏花词。菊在秋季开放,但这里所咏的盆中菊在端午开放,词人在初夏欣赏到了秋季的花卉,自然格外欣喜。上阕首先渲染盆中菊所开放的夏日气候,"薰风殿阁樱桃节",说温暖的南风吹满殿阁,樱桃也成熟了。"碧纱窗下沈檀爇",屋内燃着驱暑的熏香。再以"小扇引微凉,悠悠夏日长",凸写菊花开放时节。下阕以"野人知趣甚,不向炎凉问",写出因花开而洋溢欣喜之情。她在欣喜之余,唯有赞叹栽培它的花匠:"老圃好栽培,菊花五月开。"全词最后才说出这一"菊"字,而惊叹、欣喜之情灵动地展现在其中。

【相关链接】顾太清能够自小受到良好的教育,这与她出身于鄂尔泰大学士的家庭有关。康熙、乾隆以后的满洲贵族们,大都既有高官厚禄,善于骑射,又是满腹才学。他(她)们都长于汉诗,积极汉化,用汉文写诗作词,从康熙、乾隆起成为一种风气。自鄂尔泰的后人鄂昌因受文字狱牵连被害后,家产籍没,家道中落。这一冤案,影响数世,到太清这一代已是三世。鄂昌之子因在京无地容身,便移家到南方健锐营去住。尽管鄂昌一系在政治经济上遭到严重的挫折,以后不能再做官,但家学从未中断,在穷困中不但培养出像太清这样的著名词人,连太清的哥哥鄂少峰、妹妹西林霞仙也都能诗善词,并有一些著作。

尤其太清,更是才貌双绝。《名媛诗话》说她"才气横溢,援笔立成。待人诚信,无骄矜习气,唱和皆即席挥毫,不待铜钵声终,俱已脱稿"。难怪评者说她深得宋人多家称赞,其词气足神完,信笔挥洒,直抒胸臆,不造作,无矫饰,宛如行云流水,纤毫不滞,脱却了朱阁香闺的情切切、意绵绵,吟风弄月之习,词风多近东坡、稼轩。太清词真如一串熠熠闪光的玑珠,令人喜读乐诵,其诗亦然。所涉猎题材之广,反映生活之吟,竟出自久居清廷宗室中一贵夫人之手,实不能不令人惊叹。

浣溪沙·端午

[宋]苏 轼

轻汗微微透碧纨,明朝端午浴芳兰。流香涨腻满晴川。

彩线轻缠红玉臂,小符斜挂绿云鬟。佳人相见一千年。

【译文】微微小汗湿透了碧色的细绢,明日端午节用芳兰草沐浴。流香酒般的浴水、油腻布满大晴的江面。五彩花线轻轻地缠在红玉色手臂上,小小的符篆(或赤灵符）斜挂在耳下的黑色发髻上。与朝云同过端午节，天长地久，白头偕老。

【作者简介】苏轼（1037—1101），字子瞻，号东坡居士。谥"文忠"。苏轼一生，政治上极不得意，然而在文学艺术上，他是一位具有多方面才能的"全才作家"。在诗、词和散文方面，都代表着北宋文学的最高成就。著作有诗、文、词集与《仇池笔记》《志林》等。

【作品赏析】《浣溪沙·端午》是北宋文学家苏轼所创作的一首词。全词充满了浓郁的古老民俗气息，是研究端午民俗最形象、最珍贵的资料。这首词主要描写妇女欢度端午佳节的情景。上阕描述她们端午节前进行的各种准备，下阕刻画她们按照民间风俗，彩线缠玉臂，小符挂云鬟，互致节日的祝贺。全词采用对偶句式，从中能依稀看到一直尽职尽忠地陪伴在词人左右的侍妾朝云的影子。

【相关链接】一天，苏东坡拿妹妹的长相开玩笑，形容妹妹的凸额凹眼："未出堂前三五步，额头先到画堂前；几回拭泪深难到，留得汪汪两道泉。"苏小妹嘻嘻一笑，当即反唇相讥："一丛衰草出唇间，须发连鬓耳杳然；口角几回无觅处，忽闻毛里有声传。"这诗讥笑的是苏轼那不加修理、乱蓬蓬的络腮胡须。女孩子最怕别人说出她长相的弱点，苏小妹额头凸出一些，眼窝深一些，就被苏轼抓出来调侃一顿，苏小妹说苏轼的胡须似乎又还没有抓到痛处，觉得自己没有占到便宜，再一端详，发现哥哥额头扁平，了无峥嵘之感，又一副马脸，长达一尺，两只眼睛距离较远，整个就是五官搭配不合比例，当即喜滋滋地再占一诗："天平地阔路三千，遥望双眉云汉间；去年一滴相思泪，至今流不到腮边。"苏轼一听乐得拍着妹妹的头大笑不已。苏家兄妹戏谑起来，可说百无禁忌，常常是语带双关，任你想象。

端午即事

［宋］文天祥

五月五日午，赠我一枝艾。
故人不可见，新知万里外。

丹心照夙昔，鬓发日已改。

我欲从灵均，三湘隔辽海。

【译文】五月五日是端午节，你赠与了我一枝艾草。死者却看不见，新结交的知己却在万里之外。往日能够为国尽忠的人，现在已经白发苍苍。我想要从屈原那里得到希望，三湘相隔得比较远。

【作者简介】文天祥（1236—1283），初名云孙，字宋瑞，又字履善。号浮休道人、文山。吉州庐陵（今江西省吉安市青原区富田镇）人，南宋大臣、文学家，与陆秀夫、张世杰并称为"宋末三杰"。文天祥多有忠愤慷慨之文，其诗风至德祐年间后一变，气势豪放，可称"诗史"。他的著作经后人整理，被辑为《文山先生全集》。

【作品赏析】这首诗是南宋诗人文天祥的作品。在诗中端午节欢愉的背后暗含着作者的一丝无奈，但是即使在这种境况中，他在内心深处仍然满怀着"丹心照夙昔"的壮志。即便是在国家风雨飘摇的时候，依然不忘记在中华民族几千年来的传统节日里，希望能够与家人一起团聚，共同度过美好的时光，也是对国家的期许。这首诗塑造了一位像屈原一样为国难奔波却壮志不已的士大夫形象。

【相关链接】蒙古人南下后，文天祥被俘，在狱中，文天祥曾收到女儿柳娘的来信，得知妻子和两个女儿均被俘获，在宫中为奴，过着囚徒般的生活。文天祥深深明白：只要自己投降，家人即可团聚。但文天祥不愿意因妻子和女儿而丧失气节。他在写给自己妹妹的信中说："收柳女信，痛割肠胃。人谁无妻儿骨肉之情？但今日事到这里，于义当死，乃是命也。奈何？奈何！……可令柳女、环女做好人，爹爹管不得。"写完，便泪流满面。

文天祥被押解到柴市口刑场的那天。监斩官问他："丞相还有什么话要说？回奏还能免死。"文天祥喝道："死就死，还有什么可说的！"他又问监斩官："哪边是南方？"刑场上有人给他指了方向，文天祥向南方跪拜，说："我的事情完结了，心中无愧了！"

己酉端午

[元] 贝 琼

风雨端阳生晦冥，汨罗无处吊英灵。
海榴花发应相笑，无酒渊明亦独醒。

【译文】己酉年的端午那天，天公不作美，狂风大作，暴雨倾盆，一眼望去，一片天昏地暗；整个汨罗江上，没有一处可以让人竞渡龙舟，借以凭吊远古英雄屈原的灵魂，真是让人感到遗憾！水边的石榴花如火地开着，似乎正在笑话我呢——这也需要你烦神么？我只好自我解嘲道：其实，陶渊明即使不喝酒，也一样仰慕屈原卓尔不群的清醒！今天，我虽无法凭吊屈原，但也一样仰慕他啊！

【作者简介】贝琼（1314—1378），初名阙，字廷臣，一字廷琚、仲琚，又字廷珍，别号清江。贝琼师从杨维桢学诗，取其长而去其短；其诗论推崇盛唐而不取法宋代熙宁、元丰诸家。文章冲融和雅，诗风温厚之中自然高秀，足以领袖一时。著有《中星考》《清江贝先生集》《清江稿》《云间集》等。

【作品赏析】《己酉端午》是元末明初诗人贝琼创作的一首七言绝句，这首诗描写了作者于端午时节，观看风雨有感。诗人在端午吊屈原的习俗传说中展开的想象，借助石榴花的意象，以陶渊明作比，表明诗人对隐士人格的推崇和向往。该诗借景抒情，巧用典故，表达了诗人虽怀才不遇，但能洒脱面对的情感，表现了诗人宽广的胸怀和豁达的态度。整首诗委婉多姿，工致含蓄，表现了诗人贝琼对自己怀才不遇的哀伤，也同时抒发虽不被赏识但仍旧洒脱的豁达精神，表达诗人对隐士人格和精神的向往。

【相关链接】贝琼生于元代中后期，因元朝统治者废除科举考试，并对汉族知识分子采取压迫和歧视政策，将各族人民划分为蒙古、色目、汉人和南人四个等级，并且规定这四等人在做官、打官司、科举诸方面有一系列不平等的待遇。南宋遗民谢枋得在《送方伯载归三山序》曾言，一官、二吏、三僧、四道、五医、六工、七匠、八娼、九儒、十丐。这虽然只是元代读书人无奈的自嘲，但由此仍可窥测出江南士人在社会等级中所处的底层地位。他们既不愿意为外族统治者服务，也没有机会为社稷出力，耐不住寂寞的读书人将满腹才学寄于与文化相关的各个领域，来表达自己怀才不遇的哀伤。

和端午

[宋] 张 耒

竞渡深悲千载冤，忠魂一去讵能还。
国亡身殒今何有，只留离骚在世间。

【译文】龙舟竞赛为的是深切悲念屈原的千古奇冤，忠烈之魂一去千载哪里还能回还啊？国破身死现在还能有什么呢？唉！只留下千古绝唱之离骚在人世间了！

【作者简介】张耒（1054—1114），宋代诗人、词人。字文潜，号柯山，楚州淮阴（今江苏清江）人。后被指为元祐党人，数遭贬谪，晚居陈州。"苏门四学士"之一。诗学白居易、张籍，平易舒坦，不尚雕琢，其词仅传六首，风格与柳永、秦观相近。著有《柯山集》《宛丘集》。词有《柯山诗余》，赵万里辑本。

【作品赏析】《和端午》是北宋诗人张耒的一首七言绝句。作者从端午竞渡纪念屈原的千载冤魂说起，忠烈之魂一去千载哪里还能回还啊，国破身死的屈原现在还能有什么呢！只留下千古绝唱之离骚在人世间了。

【相关链接】张耒平生仕途坎坷，屡遭不幸，可他从未忘怀操写诗文。其著作被后人多次雕版印行，名为《柯山集》《张右史文集》《宛丘集》等，今人李逸安、孙通海、傅信三人编辑的《张耒集》，收诗约二千三百首，散文、史论、议论近三百篇，真可谓洋洋大观矣！其诗早年体制丰腴，音节嘹亮，东坡称之"汪洋冲淡，有一唱三叹之音"，晚岁落其华，趋于平易，酷肖白乐天（居易）、张文昌（籍），一时独步吟坛；其文则雄深雅健。纤秾瑰丽，无所不有，蔚然成家。

南宋高宗即位后，下诏追赠苏轼为资政殿学士，赠张耒集英殿修撰，诰词说："……四人以文采风流为一时冠，学者欣慕之……"既概述了张耒等人的影响，又肯定了其文学成就，终于使张耒等巨名昭彰，流芳千秋。在苏轼、苏辙、黄庭坚、晁补之、秦观等相继辞世后，仍作为文坛中流砥柱，传道授业，光大文风。《宋史·文艺传》称其："……耒独存，士人就学者众……"

九、伏　日

长兴里夏日寄南邻避暑

［唐］杜　牧

侯家大道傍，蝉噪树苍苍。
开锁洞门远，卷帘官舍凉。
栏围红药盛，架引绿萝长。
永日一欹枕，故山云水乡。

【译文】夏日侯门的大道旁，郁郁葱葱的树上，蝉鸣不断。像幽洞一样深远的院门之锁，卷帘进入清凉的官舍。推窗俯视，栅栏中的红芍药花开得异常艳丽，幽静的架子上面铺满了绿萝，在这样炎热的夏日里，休憩一会儿，顿时感觉到清凉。

【作者简介】杜牧（803—853），字牧之，京兆万年（今陕西西安）人，祖居长安下杜樊乡（在今陕西省长安县东南），因晚年居长安南樊川别墅，故世称"杜樊川"，又称"小杜"，以别于杜甫。文宗大和二年（828）登进士第，登贤良方正能直言极谏科，授弘文馆校书郎。历任监察御史，黄州、池州、睦州诸州刺史。后入为司勋员外郎，官终中书舍人。事见《旧唐书》卷百四十七，《新唐书》卷百六十六。诗文兼擅，尤长于七言绝句，与李商隐并称"小李杜"。《全唐诗》存其诗八卷。有《樊川文集》二十卷。

【作品赏析】《长兴里夏日寄南邻避暑》是唐代诗人杜牧创作的一首五言律诗。晚唐诗歌的总的趋向是藻绘绮密，杜牧受时代风气影响，也有注重辞采的一面。这种重辞采的共同倾向和他个人"雄姿英发"的特色相结合，风华流美而又神韵疏朗，气势豪宕而又精致婉约，而这首词恰恰就体现了这种思想。

【相关链接】"伏"有避匿之意,除此之外,"伏日"当与"伏腊祭"有关。夏至后第三个庚日入初伏,第四个庚日入中伏,立秋后第一个庚日入末伏,总称"三伏"。

初伏、末伏都是十天,中伏有时十天,有时二十天。如果立秋在夏至的第四个庚日后,中伏十天,在第五个庚日后,中伏则二十天,总之,末伏必须在立秋后。因此,伏天有时三十天,有时四十天。自入伏到出伏约在阳历七月中旬到八月下旬,正是我国夏季最热的时间,三伏中又以中伏最热,故而"伏日"也是伏避盛暑、祈祭清爽的祭日,伏日祭祀也极为盛大。

夏日山中

[唐] 李 白

懒摇白羽扇,裸袒青林中。
脱巾挂石壁,露顶洒松风。

【译文】懒得摇动白羽扇来祛暑,裸着身子悠然自得地待在苍翠树林中。将解下的头巾挂在石壁上,任由松树间的凉风吹过头顶。

【作者简介】李白(701—762),字太白,号青莲居士,又号"谪仙人",唐代伟大的浪漫主义诗人,被后人誉为"诗仙",与杜甫并称为"李杜",为了与另两位诗人李商隐与杜牧即"小李杜"区别,杜甫与李白又合称"大李杜"。据《新唐书》记载,李白为兴圣皇帝(凉武昭王李暠)九世孙,与李唐诸王同宗。他爽朗大方,爱饮酒作诗,喜交友。李白深受黄老列庄思想影响,有《李太白集》传世,诗作多是醉时写的,代表作有《望庐山瀑布》《行路难》《蜀道难》《将进酒》《明堂赋》《早发白帝城》等多首。

【作品赏析】《夏日山中》是唐代浪漫主义诗人唐代李白创作的一首五言绝句。诗中描写的夏日生活的场景,真实、贴切地展现了夏日山中和山中夏日的景象。全诗写出了作者在山林无拘无束,旷达潇洒,不为礼法所拘的形象,有魏晋风度。 诗人忘情沉醉于"夏日山中",展现出自乐自足的逍遥,特别是对个人情感的放纵与宣泄,可以说达到了极点。在《夏日山中》羽扇可以不摇,衣履可以不穿。"裸袒青林中""露顶洒松风"更体现出诗人悠然自得、亲近自然的心情。诗通过对诗人自身状态的描写,来突出夏天的炎热。同时借夏天炎热的环境,表达诗人无拘无束,在山林间豪放自如的状态。诗中在夏天炎热的环境下,对诗人状态的生动描写,别有一番悠然自得的闲趣。

【相关链接】 春秋时秦德公始作伏,祠社,此为设伏日之始。夏日炎热,尤以三伏为盛,故人于伏日有避暑之举。汉魏时,伏日有酒食之会。汉和帝曾令伏日尽日闭门,不干他事。唐时,长安人伏日多于风亭水榭,浮瓜沉李,流杯曲沼,每至通夕而罢,富家子或植画柱,搭凉棚,召客聚坐,作纳凉盛会。

此外,自三国魏时,六月伏日即有家家作汤饼之俗,谓食之可避除疾患。《艺文类聚·岁时·伏》引《历忌释》:"伏者何也,金气伏藏之日也。"

又引晋·程晓诗:"平生三伏时,道路无行车。闭门避暑卧,出入不相过。"宋·吴自牧《梦粱录·六月》:"六月季夏,正当三伏炎暑之时,内殿朝参之际,命翰林司供给冰雪……以解暑气。"清·顾良《清嘉录·六月·三伏天》:"旧传有夏九九,今已不传。但从夏至日起,第三庚为初伏,第四庚为中伏,立秋后初庚为末伏,谓之三伏天。好施者,于门首普送药饵,广结花缘。街坊叫卖凉粉、鲜果、瓜、藕、芥辣索粉,皆爽口之物。什物则有蕉扇、苎巾、麻布、蒲鞋、草席、竹席、竹夫人、藤枕之类,沿门担供不绝……茶坊以金银花、菊花点汤,谓之双花。"

夏日杂诗

[清]陈文述

水窗低傍画栏开,枕簟萧疏玉漏催。
一夜雨声凉到梦,万荷叶上送秋来。

【译文】 窗户临水敞开,躺在寝卧的凉席上也能感受到秋天的凉爽之意。一夜的雨声送来了凉爽的轻梦，荷叶上的雨滴送来了丝丝凉意。

【作者简介】陈文述（1771—1843），初名文杰，字谱香，又字隽甫、云伯，英白，后改名文述，别号元龙、退庵、云伯，又号碧城外史、颐道居士、莲可居士等，钱塘（今浙江杭州）人。嘉庆时举人，官昭文、全椒等知县。诗学吴梅村、钱牧斋，博雅绮丽，在京师与杨芳灿齐名，时称"杨陈"，著有《碧城仙馆诗钞》《颐道堂集》等。

【作品赏析】《夏日杂诗》作者陈文述，本诗是他诗风渐趋淡雅的代表作，诗句由夜雨声把凉爽送入梦境，别出心裁地描绘了凉秋降临的情景，创造了清丽奇趣的意境。

【相关链接】文述诗工西昆体，晚年复敛华就实，归于雅正。著有《碧城仙馆诗钞》《颐道堂集》《秣陵集》《西泠怀古集》《仙咏》《闺咏》及《碧城诗髓》，均与《清史列传》并行于世。

明治初年，日本诗坛领袖森春涛将张船山、陈碧城、郭频伽的绝句选编成《清三家绝句》，小野湖山《序》曰："春涛森翁所选三家绝句，三家为谁？曰张船山，曰陈碧城，曰郭频伽，皆近世巨匠。"张船山在日本诗界由"名家"一跃而为"巨匠"。《清三家绝句》为日本明治时期汉学家森春涛手钞，其子森槐南校。《清三家绝句》中，选张船山绝句165首、陈碧城绝句200首、郭频伽绝句174首，总计539首。

十、七夕节

鹊桥仙

［宋］秦 观

纤云弄巧，飞星传恨，银汉迢迢暗度。

金风玉露一相逢，便胜却人间无数。

柔情似水，佳期如梦，忍顾鹊桥归路？

两情若是久长时，又岂在朝朝暮暮。

【译文】纤薄的云彩在天空中变幻多端，天上的流星传递着相思的愁怨，遥远无垠的银河今夜我悄悄度过。在秋风白露的七夕相会，胜过尘世间那些长相厮守却貌合神离的夫妻。缱绻的柔情像流水般绵绵不断，重逢的约会如梦影般缥缈虚幻，分别之时不忍去看那鹊桥路。只要两情至死不渝，又何必贪求卿卿我我的朝欢暮乐呢。

【作者简介】秦观（1049—1100），字太虚，又字少游，别号邗沟居士，世称淮海先生。北宋高邮（今江苏）人，官至太学博士，国史馆编修。秦观一生坎坷，所写诗词高古沉重、寄托身世、感人至深。秦观生前所至之处，多有遗迹。如浙江杭州的秦少游祠，丽水的秦少游塑像、淮海先生祠、莺花亭，青田的秦学士祠，湖南郴州三绝碑，广西横州市的海棠亭、醉乡亭、淮海堂、淮海书院等。

【作品赏析】这是一首咏七夕的节序词，起句展示七夕独有的抒情氛围，"巧"与"恨"，则将七夕人间"乞巧"的主题及"牛郎、织女"故事的悲剧性特征点明，练达而凄美。借牛郎织女悲欢离合的故事，歌颂坚贞诚挚的爱情。结句"两情若是久长时，又岂在朝朝暮暮"最有境界，这两句既指牛郎、织女的爱情模式的特点，又表述了作者的爱情观，是高度凝练的名言佳句。这首词的议论，既自由流畅，通俗易懂，又显得婉约蕴藉，余味无穷。作者将画龙点睛的议论、散文句法与优美的形象、深沉的情感结合起来，起伏跌宕地讴歌了人间美好的爱情，取得了极好的艺术效果。

【相关链接】秦观早就听说苏小妹是当时颇具才情的女子，于是到处托人打听。那年打听到小妹十五要去庙里烧香，秦观便装成道士，见小妹下轿，马上凑上去说："小姐有福有寿，愿发慈悲。"小妹目不斜视，应声而答："道人何德何能，敢求布施。"秦观不慌不忙，朗声对曰："愿小姐身如药树，百病不生。"小妹边走边应，语中带戏谑："随道人口吐莲花，半文无舍。"秦观紧趋两步，与小妹并行而视曰："小娘子一天欢喜，如何撒手宝山？"小妹听此话有些造次，略有不快，回曰："疯道人恁地贪痴，那得随身金穴。"

至此秦观亲眼看清了苏小妹容貌，又亲自测试了她的才情，心下感叹果真名不虚传。于是择了吉日，亲往求亲纳聘。谁知就在拜堂成亲的洞房花烛夜，秦观却被苏小妹关在了房门之外，丫鬟传话："有三个题目务必对上，对上第一题喝茶，对上第二题饮酒，对上第三题开门成婚，如果对不上，就罚在书房读书。"秦观是才子，很自信，果真毫不费力就对完了一、二题，很得意地喝了茶、饮了酒。打开第三题是个对儿：闭门推出窗前月。看似容易，可左思右想难对上，越对不上越慌乱，一慌乱就更没头绪，已是夜深人静，只见秦观在庭院中徘徊，手作推窗动作，嘴上反复念着"闭门推出窗前月"。被路过的东坡看见，知道是被妹妹为难，虽然觉得好笑，但也有些同情秦观。看见院子中间装满水的大缸，秦观正好走到水缸边观望，东坡灵机一动，从地上捡起一块小石头，投入水缸里面。看着水中的天光月影被搅乱，秦观灵光一闪对出下联：投石击破水中天。这样新郎才被迎进了洞房。

迢迢牵牛星

[汉] 佚 名

迢迢牵牛星，皎皎河汉女。
纤纤擢素手，札札弄机杼。
终日不成章，泣涕零如雨。

河汉清且浅，相去复几许！
盈盈一水间，脉脉不得语。

【译文】看那遥远的牵牛星，明亮的织女星。织女伸出细长而白皙的手，摆弄着织机织着布，发出札札的织布声。因为相思，一整天也没织成一段布，哭泣的眼泪如同下雨般零落。这银河看起来又清又浅，两岸相隔又有多远呢？虽然只隔一条清澈的河流，但他们只能含情凝视，无法用语言交谈。

【作品赏析】这首诗借神话传说中，牛郎、织女被银河相隔而不得相见的故事，抒发了因爱情遭受挫折而痛苦忧伤的心情。这首诗感情浓郁，真切动人。全诗以物喻人，构思精巧。诗主要写织女，写牵牛只一句，且从织女角度写，十分巧妙。从织女织布"不成章"，到"泪如雨"，再到"不得语"，充分表现了分离的悲苦。诗对织女的描写很细腻，抓住了细节，如"纤纤擢素手""泣涕零如雨"。同时，"札札弄机杼"又是动态的描写。这样，人物就在这样的描写中跃然而出。

这首诗一共十句，其中六句都用了叠音词，即"迢迢""皎皎""纤纤""札札""盈盈""脉脉"。这些叠音词使这首诗音节和谐，质朴清丽，情趣盎然，自然而贴切地表达了物性与情思。特别是后两句，一个饱含离愁的少妇形象若现于纸上，意蕴深沉，风格浑成，是极难得的佳句。

【相关链接】汉族民歌音乐。乐府初设于秦，是当时"少府"下辖的一个专门管理乐舞演唱教习的机构。两汉乐府诗在表现人世间的苦与乐、两性关系的爱与恨时，受《诗经》影响较深，有国风、小雅的余韵；而在抒发乐生恶死愿望时，主要是继承楚声的传统，是《庄》《骚》的遗响。

汉武帝元鼎五年（公元前112年），正式成立于西汉汉武帝时期。它的职责是采集民间歌谣或文人的诗来配乐，以备朝廷祭祀或宴会时演奏之用。它搜集整理的诗歌，后世就叫"乐府诗"，或简称"乐府"。汉代从武帝开始，就频繁地发动战争，大量地征调行役戍卒，造成人民的大批死亡，也使很多家庭遭到迫害。《战城南》的笔触不仅涉及战场上凄惨荒凉，还延伸到广阔的社会空间，写出战争造成的社会秩序的破坏、农业生产的荒废；《十五从军征》，以"十五从军征"与"八十始得归"写出了兵役制度的黑暗，两个数字之间遥远的距离令人心惊，它不仅造成个人的悲剧，也造成家庭"松柏冢累累"的惨象。

乞 巧

[唐] 林 杰

七夕今宵看碧霄，牵牛织女渡河桥。
家家乞巧望秋月，穿尽红丝几万条。

【译文】七夕晚上，望着碧蓝的天空，就好像看见隔着"天河"的牛郎织女在鹊桥上相会。家家户户都在一边观赏秋月，一边乞巧（对月穿针），穿过的红线都有几万条了。

【作者简介】林杰（831—847），字智周，唐代诗人。福建人，自幼聪慧过人，六岁就能赋诗，下笔即成章，又精书法棋艺，十六岁英年早逝，其中《乞巧》是唐代诗人林杰描写民间七夕乞巧盛况的名诗。

【作品赏析】《乞巧》是唐代诗人林杰描写民间七夕乞巧盛况的名诗。相传，幼年时的林杰，对乞巧这样的美妙传说很感兴趣，也和母亲或者其他女性们一样，仰头观看那深远的夜空里灿烂的天河，观看那天河两旁耀眼的两颗星，期待看到这两颗星的相聚，于是写下了《乞巧》这首诗。

【相关链接】农历七月初七夜晚，俗称"七夕"，又称"女儿节""七巧节"。传说中，这是隔着天河的牛郎和织女在鹊桥上相会的日子。过去，七夕的民间活动主要是乞巧，所谓乞巧，就是向织女乞求一双巧手的意思。乞巧最普遍的方式是对月穿针，如果线从针孔穿过，就叫得巧。这一习俗唐宋最盛。

鹊桥仙·七夕

[宋]范成大

双星良夜,耕慵织懒,应被群仙相妒。
娟娟月姊满眉颦,更无奈、风姨吹雨。
相逢草草,争如休见,重搅别离心绪。
新欢不抵旧愁多,倒添了、新愁归去。

【译文】今夜是牛郎织女会面的好时光,这对相会的夫妻懒得再为耕织忙。寂寞的群仙要生妒嫉了:娇美的月亮姊姊蹙紧了蛾眉,风阿姨兴风吹雨天地反常。相见匆匆忙忙,短暂的聚首真不如不见,重新搅起离别的忧伤。见面的欢乐总不抵久别的愁苦多,反倒又增添了新愁带回去。

【作者简介】范成大(1126—1193),字至能,一字幼元,早年自号此山居士,晚号石湖居士。平江府吴县(今江苏苏州)人。南宋名臣、文学家、书法家。卒后加赠少师、崇国公,谥号"文穆",后世遂称其为"范文穆"。范成大素有文名,尤工于诗。诗题材广泛,以反映农村社会生活内容的作品成就最高。与杨万里、陆游、尤袤合称南宋"中兴四大诗人"。其作品在南宋末年即产生了显著的影响,到清初影响更大,有"家剑南而户石湖"的说法。著有《石湖集》《揽辔录》《吴船录》《吴郡志》《桂海虞衡志》等。

【作品赏析】《鹊桥仙·七夕》是南宋词人范成大的词作。这首词写七夕相会。此词作者以群仙相妒这一喜剧式情节,反衬、凸显、深化了牛女的爱情悲剧,匠心独运。采用拟人化和人格化手法,虚写天上事,实言人间情,含蓄蕴藉,韵味邈远。

【相关链接】淳熙二年(1175),范成大受任为敷文阁待制、四川制置使、知成都府,途中他上疏说:"吐蕃、青羌两次侵犯黎州,而奴儿结、蕃列等尤其狡黠,轻视中国。臣应当教练将兵,外修堡寨,还要讲明训练团结的方法,使人人能够作战,这三方面没有钱不行。"孝宗赐给度牒钱四十万缗。范成大还未就任,便由四川制置使改为管内（成都路）制置使。范成大认为西南边境，黎州是要地，应增加能战的士兵五千，请设置路分都监。吐蕃入侵路线有十八条，全部修筑栅栏分别派兵戍守。奴儿结侵入安静寨，派飞山军一千人前往阻击，估计他们三天就会逃跑，结果果然如此。白水砦守将王文才私娶蛮族之女，常常带人攻打边境，范成大用重赏使蛮人互相怀疑，不久，王文才被俘获送到治所，范成大立即杀了他。蜀北边境过去有义士三万，是本地的民兵，监司、郡守私自役使他们，都统司又让他们与大军轮流戍边，范成大极力阻止，此事便未施行。蜀地名士孙松寿、樊汉广都不愿出来做官，范成大表彰他们的气节。凡是可用的人才，范成大全部招到幕下，用其所长，不拘于小节，其优秀突出的上书推荐，往往扬名于朝廷，位至二府。范成大在四川与陆游以文会友，成莫逆之交。

七 夕

[唐] 徐 凝

一道鹊桥横渺渺，千声玉佩过玲玲。
别离还有经年客，怅望不如河鼓星。

【译文】一座仙鹊架起的小桥横卧在那茫茫的银河上。听着织女的佩环叮咚作响的声音，看她款款地过桥而来。我和伊人的离别是不会停息的年复一年。怅然间，抬头望去，只见到牛郎星依旧闪烁，亘古光华不变；我的哀愁啊，就渐渐不那么明显。

【作者简介】徐凝，唐代诗人，浙江睦州分水（今浙江建德桐庐县分水镇柏山村）人，生卒年均不详，与诤友张祜年岁相当，与白居易、元稹同时而稍晚。元和年间（806—820）有诗名。明人杨基《眉庵集》卷五"长短句体"赋诗云："李白雄豪妙绝诗，同与徐凝传不朽。"代表作有《忆扬州》《奉酬元相公上元》等。

【作品赏析】在七夕节的晚上，独自欣赏晚上的星空，抬头望见牛郎星闪烁，光华一直不变，显示了那亘古不变的明星，心里也就有些踏实，忧愁随之少了许多。这是一首抒怀诗，抒发了作者对情人的思念之情。

　　【**相关链接**】白居易任杭州刺史时，曾经到杭州开元寺观牡丹，见徐凝《题牡丹诗》一首，大为赞赏，邀与同饮，尽醉而归。唐人范摅《云溪友议》卷中《钱塘论》记载徐凝《题开元寺牡丹》诗的本事："致仕尚书白舍人，初到钱塘，令访牡丹花。独开元寺僧慧澄，近于京师得此花栽，始植于庭，栏圈甚密，他处未之有也。时春景方深，惠澄设油幕以覆其上。牡丹自此东越分而种之也。会徐凝自富春来，未识白公，先题诗曰：'此花南地知难种，惭愧僧闲用意栽。海燕解怜频睥睨，胡蜂未识更徘徊。虚生芍药徒劳妒，羞杀玫瑰不敢开。唯有数苞红蠖在，含芳只待舍人来。'"白居易、徐凝两人相见，谈起长安牡丹和往事，甚感相见恨晚，说笑甚欢。更为奇巧的是，就在此时寺僧忽报诗人张祜来了。后徐与颇负诗名的张祜较量诗艺，祜自愧不如，白居易判凝优胜题牡丹诗，为白居易所赏，元稹亦为奖掖，诗名遂振于元和间。

十一、中元节

宫 词

[唐] 顾 况

玉楼天半起笙歌,风送宫嫔笑语和。
月殿影开闻夜漏,水晶帘卷近秋河。

【译文】高耸入云的玉楼,奏起阵阵笙歌,随风飘来宫嫔的笑语,与它伴和。月宫影移,只听得夜漏雨声的单调嘀嗒,卷起水晶帘来,似乎有靠近银河的感觉。

【作者简介】顾况(约730—806后),字逋翁,号华阳真逸(一说华阳真隐)。晚年自号悲翁,唐朝海盐(今在浙江海宁境内)人。唐代诗人、画家、鉴赏家。他一生官位不高,曾任著作郎,因作诗嘲讽得罪权贵,贬饶州司户参军。晚年隐居茅山,有《华阳集》行世。

【作品赏析】全诗不言怨情,而怨情早已显露。诗中前二句写听到玉楼笙歌笑语,后二句写失宠宫妃锁闭幽宫的孤凄冷落。全诗采用对比或反衬手法。玉楼中的笙歌笑语越发反衬出被冷落者的孤苦伶仃,反衬出失宠者的幽怨哀婉之情,即使不明言怨情,怨情也早已显露。这首宫怨诗的优点在于含蓄蕴藉,引而不发,通过欢乐与冷寂的对比,从侧面展示了失宠宫女的痛苦心理。诗中以他人得宠的欢乐反衬女主人公失宠的凄寂。别殿里笙歌阵阵笑语声欢,自己则独听更漏,遥望星河,长夜不寐。一闹一静,一荣一枯,对比鲜明,也从中道出了盛唐时期统治阶级的腐败以及堕落。

【相关链接】中元节俗称"亡人节""七月半",是我国古代传统节日,与清明节、寒衣节并称为三大鬼节。起于北魏的中元节迄今已千年有余,在这一天,放灯让鬼魂得以转世的习俗世代承袭,并在发展过程中融入了时代特色。

长安杂兴效竹枝体

[清]庞垲

万树凉生霜气清,中元月上九衢明。
小儿竞把清荷叶,万点银花散火城。

【译文】外界的秋风让人感觉阵阵凉意,树上已经有了霜落的痕迹,中元节的晚上,孩子们手里拿着荷叶灯结伴游玩,河面上到处的荷花灯把整座城装扮得银花点点。

【作者简介】庞垲(1657—1725),字霁公,河北任丘人,清康熙十四年(1675)举人。著有《丛碧山房文集》八卷、《丛碧山房诗集》四十八卷。

【作品赏析】这首诗形象描绘了中元节儿童持荷叶灯结伴游乐的情景。在民间的中元节习俗活动中,放灯是比较重要的。河灯也叫"荷花灯",河灯一般是在底座上放灯盏或蜡烛,中元夜放在江河湖海之中,任其漂泛。放河灯的目的,不仅寄托人们对逝去亲人的悼念,还代表厄运一去不返。

【相关链接】河灯文化。河灯文化源远流长,起源于古代人们对自然与祖先的敬畏与祭祀。古时,人们为超度亡灵、祈福禳灾,于特定节日(如中元节)沿河放灯,逐渐形成了河灯文化。河灯制作多样,多以竹篾为骨架,糊以彩纸或荷叶,内置灯芯或蜡烛。中元节放河灯,寓意照亮亡魂归途,寄托哀思与怀念,同时祈求河神保佑,水患平息,五谷丰登。此习俗不仅体现了古人对生命循环的深刻理解,也展现了人与自然和谐共生的美好愿景。

十二、中秋节

水调歌头·明月几时有

[宋]苏 轼

明月几时有？把酒问青天。不知天上宫阙，今夕是何年。我欲乘风归去，又恐琼楼玉宇，高处不胜寒。起舞弄清影，何似在人间。

转朱阁，低绮户，照无眠。不应有恨，何事长向别时圆？人有悲欢离合，月有阴晴圆缺，此事古难全。但愿人长久，千里共婵娟。

【译文】明月从什么时候才开始出现的？我端起酒杯遥问苍天。不知道在天上的宫殿，现在是何年何月。我想要乘御清风回到天上，又恐怕在美玉砌成的楼宇，受不住高耸九天的寒冷。翩翩起舞玩赏着月下清影，哪像是在人间。

月儿转过朱红色的楼阁，低低地挂在雕花的窗户上，照着没有睡意的自己。明月不该对人们有什么怨恨吧，为什么偏在人们离别时才圆呢？人有悲欢离合的变迁，月有阴晴圆缺的转换，这种事自古来难以周全。只希望这世上所有人的亲人能平安健康，即便相隔千里，也能共享这美好的月光。

【作者简介】苏轼（1037—1101），字子瞻，东坡居士，北宋著名文学家、书画家，嘉祐进士。文纵横恣肆；诗题材广阔，清新豪健，善用夸张比喻，独具风格，与黄庭坚并称"苏黄"；词开豪放一派，与辛弃疾同是豪放派代表，并称"苏辛"；散文著述宏富，豪放自如，与欧阳修并称"欧苏"，为"唐宋八大家"之一；善书法，"宋四家"之一；擅长文人画，尤擅墨竹、怪石、枯木等。

【作品赏析】《水调歌头·明月几时有》是宋代大文学家苏轼于宋神宗熙宁九年（1076）中秋在密州时所作。这首词以月起兴，以与弟苏辙七年未见之情为基础，围绕中秋明月展开想象和思考，把人世间的悲欢离合之情纳入对宇宙人生的哲理性追寻之中，反映了作者复杂而又矛盾的思想感情，又表现出作者热爱生活与积极向上的乐观精神。

【相关链接】在后代文人的心目中，苏轼是一位天才的文学巨匠，人们争相从苏轼的作品中汲取营养。在金国和南宋对峙的时代，苏轼对南北两方都产生了深远的影响。苏诗不但影响了宋代的诗歌，而且对明代的"公安派"诗人和清初的"宋诗派"诗人都有重要的启迪。苏轼的词体解放精神直接为南宋"辛派"词人所继承，形成了与婉约词平分秋色的"豪放词派"，其影响一直波及清代陈维崧等人。苏轼的散文，尤其是他的小品文，是明代标举独抒性灵的公安派散文的艺术渊源，直到清代袁枚、郑燮的散文中仍可时见苏文的影响。

嫦　娥

[唐] 李商隐

云母屏风烛影深，长河渐落晓星沉。
嫦娥应悔偷灵药，碧海青天夜夜心。

【译文】云母屏风染上一层浓浓的烛影，银河逐渐斜落，启明星也已下沉。嫦娥想必悔恨当初偷吃下灵药，如今独处碧海青天而夜夜寒心。

【作者简介】李商隐（813—858），晚唐著名诗人，字义山，号玉谿生，原籍怀州河内（今河南沁阳），祖辈迁荥阳（今河南荥阳市）。李商隐是晚唐乃至整个唐代，为数不多的刻意追求诗美的诗人。他擅长诗歌写作，骈文文学价值也很高，和杜牧合称"小李杜"，与温庭筠合称为"温李"。其诗构思新奇，风格秾丽，尤其是一些爱情诗和无题诗写得缠绵悱恻，优美动人，广为传诵。

【作品赏析】此诗咏叹嫦娥在月中的孤寂情景，抒发诗人自伤之情。前两句分别描写室内、室外的环境，渲染空寂清冷的气氛，表现主人公怀思的情绪；后两句是主人公在一宵痛苦的思忆之后产生的感想，表达了一种孤寂感。全诗情调感伤，意蕴丰富，天马行空，真实动人。在黑暗污浊的现实包围中，诗人精神上力图摆脱尘俗，追求高洁的境界，而追求的结果往往使自己陷于更孤独的境地。清高与孤独的孪生，以及由此引起的既自赏，又自伤，既不甘变心从俗，又难以忍受孤孑寂寞的煎熬这种微妙复杂的心理，在这里被诗人用精微而富于含蕴的语言成功地表现出来了。

【相关链接】 唐大中五年（851），李商隐经历的另一次重大打击，是他的妻子王氏在春夏间病逝。从李商隐的诗文中不难看出，他和王氏的感情非常好。这位出身于富贵家庭的女性，多年来一直尽心照料家庭，支持丈夫。由于李商隐多年在外游历，夫妻在很长的一段时间里聚少离多。可以想象，李商隐对妻子是有一份歉疚的心意，同时他仕途上的坎坷，无疑增强了这份歉疚的感情。然而，家庭的巨大变故并没有给李商隐很长的时间去体验痛苦。这年秋天，被任命为西川节度使的柳仲郢向李商隐发出了邀请，希望他能随自己去西南边境的四川任职。李商隐接受了参军的职位，他在简单地安排了家里的事情之后，于十一月入川赴职。他在四川的梓州幕府生活了四年，大部分时间都郁郁寡欢。他曾一度对佛教发生了很大的兴趣，与当地的僧人交往，并捐钱刊印佛经，甚至想过出家为僧。梓幕生活是李商隐宦游生涯中最平淡稳定的时期，他已经再也无心无力去追求仕途的成功了。

八月十五日夜湓亭望月

[唐] 白居易

昔年八月十五夜，曲江池畔杏园边。
今年八月十五夜，湓浦沙头水馆前。
西北望乡何处是，东南见月几回圆。
昨风一吹无人会，今夜清光似往年。

【译文】 以往八月十五的夜晚，我站在曲江的池畔杏园旁边。今年八月十五的夜晚，我已在荒僻的江川溢浦水边。向着西北怎么才能看到故乡在哪里，向着东南方向看见月亮又圆了好几次。昨天的风吹过没有人理会，今晚月光还如去年一般清凉。

【作者简介】 白居易（772—846），字乐天，号香山居士，祖籍太原，唐代伟大的现实主义诗人。白居易与元稹共同倡导新乐府运动，世称"元白"，与刘禹锡并称"刘白"。白居易的诗歌题材广泛，形式多样，语言平易通俗，有"诗魔"和"诗王"之称。官至翰林学士、左赞善大夫。有《白氏长庆集》传世，代表诗作有《长恨歌》《卖炭翁》《琵琶行》等。

【作品赏析】 这首诗作于唐元和十三年（818）中秋夜，当时白居易已因直言进谏触怒权贵，被贬为江州司马，居住在浔阳。《八月十五日夜湓亭望月》承袭了《琵琶行》中的凄凉基调。全诗以对比的手法，抒发物是人非、今昔殊异的慨叹。前四句是对比：同样是在八月十五的明月之夜，过去他在曲江杏园边赏月（曲江是京城长安的风景胜地，也是唐代的皇家御园，杏园在曲江边，朝廷经常在杏园举办宴庆活动）。后四句抒发思乡之情：在环境不利、心情低落时更容易想起故乡，何况是在中秋明月之夜。

【相关链接】 唐元和十五年（820），唐宪宗暴死在长安，唐穆宗继位。穆宗十分欣赏白居易的才华，把他召回了长安，先后做司门员外郎、主客郎中知制诰、中书舍人等。当时朝中很乱，大臣间争权夺利，明争暗斗；穆宗政治荒怠，不听劝谏。于是，白居易极力请求外放。公元822年，白居易被任命为杭州刺史。在杭州任职期间，他见杭州一带的农田经常受到旱灾威胁，官吏们却不肯利用西湖水灌田，就排除重重阻力和非议，发动民工加高湖堤，修筑堤坝水闸，增加了湖水容量，解决了钱塘（今杭州）、盐官（今海宁）之间数十万亩农田的灌溉问题。白居易还规定，西湖的大小水闸、斗门在不灌溉农田时，要及时封闭；发现有漏水之处，要及时修补。白居易还组织群众重新浚治了唐朝大历年间杭州刺史李泌在钱塘门、涌金门一带开凿的六口井，改善了居民的用水条件。

一剪梅·中秋元月

[宋] 辛弃疾

忆对中秋丹桂丛。花在杯中，月在杯中。
今宵楼上一尊同。云湿纱窗，雨湿纱窗。
浑欲乘风问化工。路也难通，信也难通。
满堂惟有烛花红。杯且从容，歌且从容。

【译文】 回忆昔日晴朗的中秋，我置身在芳香的丹桂丛，花影映照在酒杯中，月波荡漾在酒杯中。今年中秋，夜晚同样在楼上举杯待月光，可是乌云浸湿了纱窗，雨水打湿了纱窗。我想乘风上天去问，奈何天路不通，投书无门。画堂里没有月亮，只有红烛照妖，只好从容地举杯喝酒，从容地欣赏歌舞。

【作者简介】 辛弃疾（1140—1207），字幼安，号稼轩，南宋人，历任湖北、江西、湖南、福建、浙东安抚使等职。他一生胸怀天下，对国家前途、民族命运极为关心。辛弃疾曾上《美芹十论》与《九议》，条陈战守之策，不但体现了他满腔的爱国热忱，也显示出他卓越的军事才能。他的词抒发力图恢复国家统一的爱国热情，倾诉壮志难酬的悲愤，与苏轼合称"苏辛"，与李清照并称"济南二安"。现存词六百多首，有词集《稼轩长短句》等传世。

【作品赏析】《一剪梅·中秋元月》是南宋爱国词人辛弃疾于中秋之夜，抒发感慨的诗词。诗词表达了词人壮志难酬、怀才不遇的愤懑情怀。上片运用对比手法，写出今宵中秋无月的遗憾，下片写无月之夜的孤寂愁怀。

【相关链接】 辛弃疾任镇江知府时，登临北固亭，感叹对自己报国无门的失望，凭高望远，抚今追昔，于是写下了《永遇乐·京口北固亭怀古》这篇传唱千古之作。在一些谏官的攻击下，辛弃疾被降为朝散大夫、提举冲佑观，又被差知绍兴府、两浙东路安抚使，但他推辞不就职。之后，他还被进拜为宝文阁待制，又进为龙图阁待制、知江陵府。朝廷令辛弃疾赶赴行在奏事，试任兵部侍郎，但辛弃疾再次辞免。

开禧三年（1207）秋，朝廷再次起用辛弃疾为枢密都承旨，令他速到临安（杭州）赴任。但诏令到铅山时，辛弃疾已病重卧床不起，只得上奏请辞。同年九月初十，辛弃疾带着忧愤的心情和爱国之心离开人世，享年六十八岁。据说他临终时还大呼"杀贼！杀贼！"（《康熙济南府志·人物志》）朝廷闻讯后，赐对衣、金带，视其以守龙图阁待制之职致仕，特赠四官。绍定六年（1233），追赠光禄大夫。德祐元年（1275），经谢枋得申请，宋恭帝追赠辛弃疾为少师，谥号"忠敏"。

醉落魄·丙寅中秋

[宋] 郭应祥

琼楼玉宇。分明不受人间暑。寻常岂是无三五。惟有今宵，皓彩皆同普。

素娥阅尽今和古。何妨小驻听吾语。当年弄影婆娑舞。妙曲虽传，毕竟人何许？

【译文】月中宫殿，分明不受到人间之事的变化，难得这不是寻常的十五天。只有在今晚，普天同庆，家家团圆在这皓洁的月光下。

嫦娥经历了古代到今天，怎能妨碍暂停下来听我说话？同一年事物随着影子起舞。妙曲虽然流传，毕竟不知道是什么地方的人。

【作者简介】郭应祥（1158—？），字承禧，号遁斋，临江军（今江西省清江）人。孝宗淳熙八年（1181）进士。尝官楚越间。有《笑笑词》一卷。

【作品赏析】《醉落魄·丙寅中秋》是宋代郭应祥的一首词。这首词由月写到渴望团圆，由曲子想到人，表达了一种思念亲友，渴望团圆的心情。词的上阕写景，"琼楼玉宇，分明不受人间暑"，月中宫殿，分明不受到人间之事的变化，借用月夜之间，描写普天下人渴望的团圆。"惟有今宵，皓彩皆同普"，只有在今晚，普天同庆这皓洁的月光。词的下阕主要为联想,"妙曲虽传,毕竟人何许",由曲子想到人,是对人的一种思念。这首词笔势流动,空灵清超,充满了想象力。

【相关链接】月亮意象。月亮在中国古典诗词中,不仅是自然之美的象征,更是诗人情感的载体。它高悬夜空,清辉洒满人间,引发了无数文人墨客的无限遐想与深情寄托。从李白的"举头望明月,低头思故乡",到杜甫的"露从今夜白,月是故乡明",月亮成为连接天地、跨越时空的桥梁,寄托了诗人对远方亲人的深切思念和对故乡的无尽眷恋。此外,月亮还常被用来表达孤独、寂寞之情,如张九龄的"海上生明月,天涯共此时"以及苏轼的"明月几时有?把酒问青天",都展现了诗人在月光下的孤独身影与对人生哲理的深刻思考。月亮意象的丰富与深刻,使得中国古典诗词更加绚烂多彩,具有永恒的艺术魅力。

中秋登楼望月

[宋]米 芾

目穷淮海满如银,万道虹光育蚌珍。
天上若无修月户,桂枝撑损向西轮。

【译文】用眼看尽淮海,漫漫海上像银子一样白,千万道彩虹般的光芒下,蚌孕育着珍珠。天上的月如果没有人修治,桂树枝就会一直长,会撑破月亮的。

【作者简介】米芾(1052—1108),字元章,号襄阳漫士、海岳外史等。祖籍山西太原,后定居江苏镇江。因他个性怪异,举止"癫狂",因而人称"米颠"。徽宗诏为书画学博士,人称"米南官"。米芾书画自成一家,其绘画擅长枯木竹石,山水画独具风格特点。在书法也颇有造诣,擅篆、隶、楷、行、草等书体,长于临摹古人书法,达到乱真程度。著有《书史》《画史》《宝章待访录》《山林集》(已佚,有后人辑本《宝晋英光集》)。

【作品赏析】《中秋登楼望月》是宋代书法家米芾创作的一首七言绝句,是首咏月诗。

【相关链接】米芾喜爱砚台至深，为了一台砚，即使在皇帝面前也不顾大雅。一次，宋徽宗让米芾以两韵诗草书御屏，实际上也想见识一下米芾的书法，因为宋徽宗也是一个大书法家，他创造的"瘦金体"也是很有名气的。米芾笔走龙蛇，从上而下其直如线，宋徽宗看后觉得果然名不虚传，大加赞赏。米芾看到皇上高兴，随即将皇上心爱的砚台装入怀中，墨汁四处飞溅，并告皇帝："此砚臣已用过，皇上不能再用，请您就赐予我吧？"皇帝看他如此喜爱此砚，又爱惜其书法，不觉大笑，将砚赐之。米芾爱砚之深，将砚比作自己的头，曾抱着所爱之砚台共眠数日。他爱砚不仅仅是为了赏砚，而是不断地加以研究，他对各种砚台的产地、色泽、细润、工艺都作了论述，著有《砚史》一书。

十三、重阳节

醉花阴·薄雾浓云愁永昼

[宋] 李清照

薄雾浓云愁永昼,瑞脑销金兽。佳节又重阳,玉枕纱厨,半夜凉初透。

东篱把酒黄昏后,有暗香盈袖。莫道不销魂,帘卷西风,人比黄花瘦。

【译文】薄雾弥漫,云层浓密,日子过得愁烦,龙涎香在金兽香炉中缭袅。又到了重阳佳节,卧在玉枕纱帐中,半夜的凉气刚将全身浸透。

在东篱边饮酒直到黄昏以后,淡淡的黄菊清香溢满双袖。莫要说清秋不让人伤神,西风卷起珠帘,帘内的人儿比那黄花更加消瘦。

【作者简介】李清照(1084—约1155),号易安居士,汉族,齐州章丘(今山东章丘)人。南宋女词人,婉约词派代表,有"千古第一才女"之称。有《易安居士文集》《易安词》,已散佚。后人有《漱玉词》辑本。

【作品赏析】这首词是李清照婚后所作,通过描述作者重阳节把酒赏菊的情景,烘托了一种凄凉寂寥的氛围,表达了作者思念丈夫的孤独与寂寞的心情。

上阕咏节令,写别愁;下阕则写赏菊情景。作者在自然景物的描写中,加入自己浓重的感情色彩,使客观环境和人物内心的情绪融和交织。尤其是结尾三句,用黄花比喻人的憔悴,以"瘦"暗示相思之深,含蓄深沉,言有尽而意无穷,历来广为传颂。

【相关链接】李清照作为中国古代文学史上少有的女作家,其作品中所体现的爱国思想,具有积极的社会意义。历史角度来看李清照的爱国思想,代表了中国古代广大妇女追求男女平等、关心国事、热爱祖国的一个侧面，让后人从中看到了中国古代女性情感世界的另一面。因此，她在众多爱国作家中为女性争得了一席之地。不仅如此，李清照还开创了女作家爱国主义创作的先河，为后世留下了一个女性爱国的光辉典范，特别是对现代女性文学的创作产生了重大影响。现实的角度认识李清照的爱国思想，能感受到女性在国家统一、民族团结以及社会进步等方面的巨大作用。这对于在弘扬爱国主义，高举爱国旗帜，促进民族团结、国家统一和振兴中华时充分发挥妇女的社会作用，具有十分重大的意义。

蜀中九日

[唐] 王 勃

九月九日望乡台，他席他乡送客杯。
人情已厌南中苦，鸿雁那从北地来。

【译文】在重阳节这天登高回望故乡，身处他乡，设席送朋友离开，举杯之际，分外愁。心中已经厌倦了南方客居的各种愁苦，我想北归不得，鸿雁为何还要从北方来。

【作者简介】王勃（约650—约676），字子安，唐代诗人，绛州龙门（今山西河津）人。出身儒学世家，与杨炯、卢照邻、骆宾王并称为"初唐四杰"，王勃为四杰之首。在诗歌体裁上擅长五律和五绝，代表作品有《送杜少府之任蜀州》《滕王阁序》等。

【作品赏析】《蜀中九日》是唐代诗人王勃创作的一首七言绝句。作者在九月九日重阳节这天登高，遥望故乡，客中送客，愁思倍加，忽见一对鸿雁从北方飞来，将佳节思亲的感情推到高峰，于是写下了这首诗。年方弱冠的少年王勃，因此产生了对故乡生活的深深怀恋。凭高远望，蓝天白云之间，有队队飞鸿，哀哀而来。"北地"是鸿雁的故乡。这二句诗可作两层理解：一层意思是说，我今已对南国生活深深厌苦，你鸿雁何苦重蹈覆辙，离乡背井呢？另一层意思是，鸿雁南飞，乃为严冬所逼，政治打击像自然界的冬天一样冷酷,王勃感到自己与鸿雁的命运一样凄苦。该两句以雁喻人,人雁对比,以反问语气,奏变徵之音。

【相关链接】唐高宗上元二年(675)的重阳节,南昌都督阎伯舆重建滕王阁,大摆宴席,邀请远近文人学士为滕王阁题诗作序,王勃恰好路过洪州,自然是其中宾客。在宴会中,王勃写下了著名的《滕王阁序》,接下来写了序诗:"……闲云潭影日悠悠,物换星移几度秋。阁中帝子今何在?槛外长江空自流。"诗中王勃故意空了一字,然后把序文呈给都督阎伯舆,便起身告辞。阎大人看了王勃的序文,正要发表溢美之词,却发现后句诗空了一个字,便觉奇怪。旁观的文人学士们你一言我一语,对此发表各自的高见,这个说,一定是"水"字;那个说,应该是"独"字。阎大人听了都觉得不能让人满意,怪他们全在胡猜,非作者原意。于是,命人快马追赶王勃,请他把落了的字补上来。待来人追到王勃后,他的随从说道:"我家公子有言,一字值千金,望阎大人海涵。"来人返回将此话转告了阎伯舆,大人心里暗想:"此分明是在敲诈本官,可气!"又一转念,"怎么说也不能让一个字空着,不如随他的愿,这样本官也落个礼贤下士的好名声。"于是便命人备好纹银千两,亲自率众文人学士,赶到王勃住处。王勃接过银子故作惊讶:"何劳大人下问,晚生岂敢空字?"大家听了只觉得不知其意,有人问道:"那所空之处该当何解?"王勃笑道:"空者,空也。阁中帝子今何在?槛外长江空自流。"大家听后一致称妙,阎大人也意味深长地说:"一字千金,不愧为当今奇才……"一说王勃作《滕王阁序》为十四岁,即唐龙朔三年(663)。

望江南·幽州九日

[宋]汪元量

官舍悄,坐到月西斜。永夜角声悲自语,客心愁破正思家。南北各天涯。

肠断裂,搔首一长嗟。绮席象床寒玉枕,美人何处醉黄花。和泪捻琵琶。

【译文】官舍里十分静悄，夜晚难眠一直坐到明月西斜。漫漫长夜里阵阵角声，凄厉悲凉好像是在自语；这亡国被俘的幽囚之客，愁破了心胆正在日夜思家。可是南方北方各自是天涯。

愁苦得肝肠断裂，心中烦乱不禁搔首一声长叹。想那旧日宫殿里绮丽的席子、象牙床和碧玉枕，君王九九重阳何处与臣下醉饮黄花下。只好和着泪水弹琵琶。

【作者简介】汪元量（约1241—约1317），字大有，号水云，钱塘（今浙江杭州）人。南宋诗人，原是宋宫廷琴师。著有《水云集》《湖山类稿》，词集《水云词》。

【作品赏析】《望江南·幽州九日》是宋末元初词人汪元量创作的一首词。词的上阕即景生情，叙写囚禁客馆，长夜无眠，含悲忍泪，思念遥远的家乡和亲人。下阕搔首长叹，将家国之恨融入身世之感，时逢重九，更加使人肠断肝裂，无可奈何，只得"和泪捻琵琶"，聊以一曲表达佳节思亲之情。此词朴实自然，语极沉痛，表达了阶下之囚的心声，读来凄恻动人。由重阳节感发的不仅仅是对故乡亲人的怀念，更是深情的，对故国的无限眷恋。

【相关链接】宋恭帝德祐二年（1276）正月，元军进逼临安城下，谢太后奉表献国。元军掳少帝、全太后及嫔妃、宫人以下百余人北迁。作为宫廷乐师的汪元量，则随有病在身的谢太后，于同年秋被俘到达大都，也就是词题中的"幽州"。此词当作于北行大都期间的某个重阳日。

九日齐山登高

[唐] 杜 牧

江涵秋影雁初飞，与客携壶上翠微。
尘世难逢开口笑，菊花须插满头归。
但将酩酊酬佳节，不用登临恨落晖。

古往今来只如此，牛山何必独沾衣。

【译文】江水倒映秋影大雁刚刚南飞，约朋友携酒壶共登峰峦翠微。尘世烦扰平生难逢开口一笑，菊花盛开之时要插满头而归。只应纵情痛饮酬答重阳佳节，不必怀忧登临叹恨落日余晖。人生短暂古往今来终归如此，何必像齐景公那样对着牛山流泪。

【作者简介】杜牧（803—853），字牧之，京兆万年（今陕西西安）人。杜牧是唐代杰出的诗人、散文家。大和进士，授弘文馆校书郎，历任司勋员外郎，黄州、池州、睦州刺史等职。因晚年居长安南樊川别墅，故后世称"杜樊川"，著有《樊川文集》。杜牧的诗歌以七言绝句著称，内容以咏史抒怀为主，其诗英发俊爽，多切经世之物，在晚唐成就颇高。杜牧人称"小杜"，以别于杜甫"大杜"，与李商隐并称"小李杜"。

【作品赏析】《九日齐山登高》是唐代诗人杜牧创作的一首七律。此诗为安抚友人张祜的失意情绪而作，诗以看破一切的旷达乃至颓废，来排遣人生多忧、生死无常的悲哀，虽表现了封建知识分子的人生观的落后、消极一面，却又有不甘落拓消沉之意。

《九日齐山登高》是以豪放的笔调写自己旷达的胸怀，而又寓有深沉的悲慨。晚唐诗歌的总的趋向是藻绘绮密，杜牧受时代风气影响，也有注重辞采的一面。这种重辞采的共同倾向和他个人"雄姿英发"的特色相结合，使其诗歌风华流美而又神韵疏朗，气势豪宕而又精致婉约。

【相关链接】按照惯例，新科进士要到曲江游玩。曲江是当时最热闹的场所，尤其在春天更是摩肩接踵。晚唐诗人姚合曾大发感慨，赋诗说："江头数顷杏花开，车马争先尽此来。欲待无人连夜看，黄昏树树满尘埃。"这时的杜牧意气风发，一举手一投足都"才"情万种。他们一行三五人来到曲江寺院，正巧碰见一位打坐的僧人，便攀谈起来。僧人问杜牧姓名，杜牧得意地报上大名，心想"天下谁人不识我"，以为僧人会大吃一惊，露出"追星族"的狂热。谁知僧人面色平静，木然不知，这让杜牧分外失落，很是惆怅，遂现场赋诗一首，云："家住城南杜曲旁，两枝仙桂一时芳。老僧都未知名姓，始觉空门气味长。"

沉醉东风·重九

[元] 卢 挚

题红叶清流御沟，赏黄花人醉歌楼。天长雁影稀，月落山容瘦，冷清清暮秋时候。衰柳寒蝉一片愁，谁肯教白衣送酒？

【译文】题在红叶上让它带着情意承受御沟的流水飘走，观赏菊花的人醉卧在歌楼上。万里长空雁影稀疏，月亮落了远山变得狭长而显清瘦，暮秋时节到处都是冷冷清清的景象。衰败的杨柳，寒秋的鸣蝉，天地间一片哀愁，这时节，有谁肯送酒来和我一起解忧？

【作者简介】卢挚（1242—1315），字处道，一字莘老，号疏斋，又号嵩翁。元文学家。颍川（今属河南）人，祖籍涿郡（治今河北涿州）。至元五年（1268）进士，任过廉访使、翰林学士。诗文与刘因、姚燧齐名，世称"刘卢""姚卢"。与白朴、马致远、珠帘秀均有交往。散曲如今仅存小令。著有《疏斋集》（已佚）《文心选诀》《文章宗旨》，传世散曲一百二十首。有的写山林逸趣，有的写诗酒生活，而较多的是怀古，抒发对故国的怀念。今人辑有《卢疏斋集辑存》，《全元散曲》录存其小令。

【作品赏析】《沉醉东风·重九》是元代散曲家卢挚创作的一首散曲。这是一首触景生情的小令，写作者闲适地在红叶上题诗让流水带走他的情义，观赏菊花后醉卧歌楼，表达了作者陶醉于赏黄花之中的快乐；看到万里长空的雁影稀疏，远山狭长清瘦，暮秋时节到处冷冷清清，使作者内心孤独冷清之情油然而生；这时节，无人送酒，一起解忧，年华老去，表达了作者无知己相伴的愁苦。全曲通过"红叶、黄花、长天、雁影、瘦山、衰柳、寒蝉"等具有凄寒、衰败特征的意象营造出暮秋萧瑟、冷清的意境，在用词铸句、描摹景物以及酿造情景交融的意境方面，都颇见艺术功力。

【相关链接】卢挚的散曲作品以怀古题材为多,如《洛阳怀古》《夷门怀古》《吴门怀古》等。作者登临凭吊,往往吐露对于时势兴衰的感慨,调子比较低沉。他虽然身为显宦,却有不少向往闲适的隐居生活、描写质朴自然的田园风光的作品,如《双调·蟾宫曲》《田家》,描写了盛夏农村"看荞麦开花,绿豆生芽"的景象,语言本色,意致自然。

他的散曲风格明丽自然。贯云石说:"疏斋媚妩,如仙女寻春,自然笑傲。"(《阳春白雪序》)这大致概括了卢挚作品的艺术风格,如《沉醉东风》《秋景》《湘妃怨》《西湖》等都体现了这种特色。他写恋情的作品蕴藉委婉而又不失明晓自然。如《落梅风·别朱帘秀》,吸收了民歌的白描手法,感情深挚。

十四、下元节

下元日五更诣天庆观宝林寺

[宋]陆 游

朝罢琳宫谒宝坊,强扶衰疾具簪裳。
拥裘假寐篮舆稳,夹道吹烟桦炬香。
楼外晓星犹磊落,山头初日已苍凉。
鸣驺应有高人笑,五斗驱君早夜忙。

【译文】早朝之后来到宝林寺拜访,我强忍着羸弱的身体,穿戴得整整齐齐。天气有些清冷,我穿着厚厚的大衣,一路上进香的人们把通往宝林寺的道路挤得水泄不通,香气远远地飘散。站在寺院的楼宇,看到那些星星点点,山边的太阳已经慢慢探出了头。敲响的钟声伴着文人雅士们的谈笑声,看来五斗仙君们早就开始日夜不停地忙碌了。

【作者简介】陆游(1125—1210),字务观,号放翁,汉族,越州山阴(今浙江绍兴)人,南宋文学家、史学家、爱国诗人。陆游生逢北宋灭亡之际,少年时即深受家庭爱国思想的熏陶。宋高宗时,参加礼部考试,因受宰臣秦桧排斥而仕途不畅。孝宗时赐进士出身。中年入蜀,投身军旅生活。嘉泰二年(1202),宋宁宗诏陆游入京,主持编修孝宗、光宗《两朝实录》和《三朝史》,官至宝章阁待制。晚年退居家乡。一生创作诗歌很多,今存九千多首,内容极为丰富。著有《剑南诗稿》《渭南文集》《南唐书》《老学庵笔记》等。

【作品赏析】《下元日五更诣天庆观宝林寺》通过描绘在下元日一路上见到的景致,诗人巧妙地表达了自己对于宗教的虔诚、对于自然的热爱、对于现实的无奈以及对于人生价值的深刻思考。

首联描述了诗人在早晨从琳宫（道教宫观）出来后，又前往宝坊（佛教寺院）的情景。颔联描绘了诗人在篮舆（古代的一种交通工具）中披着裘衣小憩的情景，表现出旅途的安稳与舒适。颈联通过对"楼外晓星犹磊落"的描写，展现了清晨时分星空的明亮与开阔，同时也暗示了时间的推移，寄托了诗人对世事沧桑的感慨。尾联则直接点出了诗人为了生计而日夜奔波的辛苦与无奈，同时也流露出一种对现实生活的无奈与接受。

【相关链接】陆游爱子情深。陆游一生育有七子一女，他不仅是一位爱国诗人，更是一位慈爱的父亲。他写给自己孩子们的诗有两百多首，其中充满了对孩子们的关爱和教育。例如，"纸上得来终觉浅，绝知此事要躬行"便是他教育孩子们要注重实践的经验之谈。在与孩子们的相处中，陆游展现出了不同于传统中国父亲的柔情与细腻。他会在诗中直白地表达自己对孩子们的爱意和思念之情，如"恨身不能插两翅，与汝相守宽百忧"便是他对远在他乡的儿子们的深切思念。

寄题张商弼葵堂堂下元不种葵花但取面势向阳

[宋] 杨万里

行尽葵堂西复东，葵花元自不曾逢。
客来问讯名堂意，雪里芭蕉笑杀侬。

【译文】走到一片向日葵的尽头，看到有葵堂的额匾，葵花的种子和向日葵从不曾相遇。笑着问这个匾额蕴含的意思，哪有谁见过雪地里的芭蕉，这些说起来都是能让人笑话的。

【作者简介】杨万里（1127—1206），字廷秀，号诚斋，吉州，吉水（今江西省吉水县黄桥镇湴塘村）人。他是南宋杰出的诗人，与陆游、范成大、尤袤齐名，被后人推为"南宋四大家"。绍兴二十四年（1154）举进士，授赣州司户参军。历任国子监博、漳州知州、吏部员外郎秘书监等。杨万里的诗自成一家，独具风格，形成对后世影响颇大的诚斋体。学江西诗派，后学陈师道之五律、王安石之七绝，又学晚唐诗。代表作有《插秧歌》《竹枝词》《小池》《初入淮河四绝句》等。其词清新自然，如其诗。赋有《浯溪赋》《海鰌赋》等。今存诗四千二百余首。

【作品赏析】《寄题张商弼葵堂堂下元不种葵花但取面势向阳》是宋代诗人杨万里的一首律诗。通过比较的方式，将源自同根却又从不曾相见的事物联系在一起，语言平实，却蕴含着深刻的道理。

【相关链接】园林艺术。在园林艺术中，"葵堂"的命名与布局深刻体现了古代园林设计的美学原则与理念。其命名以"葵"为引，寓意着向阳而生、高洁忠贞，既体现了自然之美，又蕴含了人文情怀。布局上，很可能运用了借景等手法，如将远处的自然景观巧妙地借入"葵堂"视野之中，或是通过精心设计的门窗、走廊，使内外景色相互呼应，形成对景，营造出一种"虽由人作，宛自天开"的意境。这种设计不仅增强了园林的空间层次感，也丰富了游人的视觉体验，展现了古代园林设计的高超技艺与独特魅力。

十五、腊　日

十二月八日步至西村

[宋] 陆　游

腊月风和意已春，时因散策过吾邻。
草烟漠漠柴门里，牛迹重重野水滨。
多病所须唯药物，差科未动是闲人。
今朝佛粥更相馈，更觉江村节物新。

【译文】腊月的微风里已经有了春意，我趁着好时节拄着拐杖出门散步，路过邻家。看到邻家柴门里面炊烟袅袅，野外水边耕牛脚印重重叠叠。我身体不好需要的只有药物，没有徭役征召所以赋闲在家。今天人们互相赠送着腊八粥，越发觉出江边小村春的气息。

【作者简介】陆游（1125—1210），字务观，号放翁，越州山阴（今浙江绍兴）人。少有大志，二十九岁应进士试，名列第一，因"喜论恢复"，被秦桧除名。孝宗时赐进士出身。任历官枢密院编修兼类圣政所检讨、夔州通判。宋乾道八年（1172），入四川宣抚使王炎幕府。宋孝宗淳熙五年（1178），离蜀东归，在江西、浙江等地任职。终因坚持抗金，不为当权者所容而罢官。居故乡山阴二十余年。后曾出修国史，任宝谟阁待制。其词风格变化多样，多圆润清逸，也不乏忧国伤时、慷慨悲壮之作。有《剑南诗稿》《渭南文集》《渭南词》等。

【作品赏析】《十二月八日步至西村》是宋代诗人陆游创作的一首七言律诗。冬天到了，春天还会远吗？在最寒冷的冬日，身体多病仕途不顺的陆游虽然也处在自己人生的低谷，但他并不消沉，拄着拐杖闲适地路过邻家，欣赏乡村炊烟袅袅，牛迹重重的素朴幽静的生活图景，喝着腊八粥，感受融融春意，也期盼自己人生的春天早点到来。

【相关链接】腊八节，是我国民间传统节日，前身为古代的腊日。这是古代岁末祭祀祖先、祭拜众神、庆祝丰收的节日。腊月通常在每年的最后一个月（腊月）举行，南北朝时腊日已固定在农历十二月初八。有吃赤豆粥、祭拜祖先等习俗。

腊是祭祀名，岁末祭众神叫腊（所以十二月叫腊月）。古代十二月初八是腊日，村人击细腰鼓，作金刚力士来驱逐瘟疫。杜甫有《腊日》诗："腊日年年暖尚遥，今年腊日冻全消。"

腊 日

[唐] 杜 甫

腊日常年暖尚遥，今年腊日冻全消。
侵陵雪色还萱草，漏泄春光有柳条。
纵酒欲谋良夜醉，还家初散紫宸朝。
口脂面药随恩泽，翠管银罂下九霄。

【译文】往年的腊日天气还很冷，温暖离人还很遥远。而今年腊日气候温和，冰冻全消。山陵间的雪都已消融露出了嫩绿的萱草，透过烂漫的春光，纤细的柳枝也跟着随风起舞。想要在这良宵夜纵酒狂饮，一醉方休，高兴之余准备辞朝还家。皇帝召近臣晚入于内殿，赐食，加口脂腊脂，感念皇帝恩泽，不能随便走开。

【作者简介】杜甫（712—770），字子美，自号少陵野老，世称"杜工部""杜少陵"等，祖籍襄阳（今属湖北），自其曾祖时迁居巩县（今河南巩义西南），唐代伟大的现实主义诗人，杜甫被世人尊为"诗圣"，其诗被称为"诗史"。杜甫与李白合称"李杜"，为了跟另外两位诗人李商隐与杜牧即"小李杜"区别开来，杜甫与李白又合称"大李杜"。他忧国忧民，人格高尚，诗艺精湛，在中国古典诗歌中备受推崇,影响深远。公元759年至公元766年间曾居成都,后世设杜甫草堂纪念。

【作品赏析】开头说到往年的腊日天气还很冷,感觉有些许冰冷,而这一年的腊日天气温和,冰冻全消,看着雪花还未消尽,在不经意间看到了隐隐的绿意,春意已经乍现了。看着这些,作者想到自己的家人,但因为自己有职责在身,又不能随意离开。诗文写出了在腊日这一天作者想与家人相聚在一起,怎奈职责在身的状态。不仅体现出作者对家人的关爱,又体现出了对天下苍生和朝堂之事的忧心。

【相关链接】腊日在各个朝代有所不同,南北朝以后的腊日就是腊月初八,每年农历的十二月俗称腊月,十二月初八(腊月初八)即腊八节,习惯上称作腊八。腊八节在我国有着很悠久的传统和历史。在这一天做腊八粥、喝腊八粥是全国各地老百姓最传统、也是最讲究的习俗。腊八粥是用八种当年收获的新鲜粮食和瓜果煮成,一般都为甜味粥。而中原地区的许多农家却喜欢吃腊八咸粥,粥内除大米、小米、绿豆、豇豆、小豆、花生、大枣等原料外,还要加肉丝、萝卜、白菜、粉条、海带、豆腐等。腊八节又称腊日祭、腊八祭、王侯腊或佛成道日,原先是古代欢庆丰收、感谢祖先和神灵(包括门神、户神、宅神、灶神、井神)的祭祀仪式,除祭祖敬神的活动外,人们还要逐疫。这项活动来源于古代的傩(古代驱鬼避疫的仪式),史前时代的医疗方法之一即驱鬼治疾。作为巫术活动的腊月击鼓驱疫之俗,今在湖南新化等地区仍有留存。

腊 八

[清] 夏仁虎

腊八家家煮粥多,大臣特派到雍和。
对慈亦是当今佛,进奉熬成第二锅。

【译文】腊八节这天,家家都在煮腊八粥,我被专门派到雍和宫奉粥,第一锅粥进献给了佛祖,熬成的第二锅粥奉给了太后和帝后的家眷们。

【作者简介】夏仁虎（1874—1963），南京人，字蔚如，号啸庵、枝巢、枝翁、枝巢子、枝巢盲叟等。他兄弟五人，即夏仁溥、夏仁澍、夏仁析、夏仁虎、夏仁师，排行老四，乡人称其为"夏四先生"。夏仁虎自幼聪慧，在兄弟五人中，他的学问事业最为突出。

【作品赏析】诗中描写了腊八一到，民间家家户户都要煮腊八粥吃，而朝廷乃当世活佛，也要到雍和宫煮粥奉佛，并赐大臣、诸王、宫妃等。据文献记载，清代雍和宫有四口煮粥的大锅，锅最大的直径为二米，深一米五，可容米数担。熬粥时，第一锅粥是奉佛的，第二锅粥是赐给太后和帝后家眷的，第三锅粥是赐给诸王和少主府的，第四锅粥是赐给喇嘛的。诗歌语言通俗易懂，以在腊日家家都享用的腊八粥作为题材，凸显出了这一风俗。

【相关链接】腊八蒜。腊八蒜，作为华北地区腊八节日的传统腌制美食，以其独特的翠绿色泽和开胃下饭的特性而深受喜爱。制作时，需将精心剥皮的蒜瓣置于密封容器中，随后倒入醋液，密封后存放于阴凉之处。随着时间推移，醋中的蒜瓣渐渐染上翠绿之色，最终变得通体碧绿，宛如翡翠般诱人。春节临近时，取出腌制好的腊八蒜，搭配热气腾腾的饺子食用，不仅增添了节日的温馨氛围，更让味蕾享受到别样的美味与风情。

腊八日水草庵即事

[清]顾梦游

清水塘边血作磷，正阳门外马生尘。
只应水月无新恨，且喜云山来故人。
晴腊无如今日好，闲游同是再生身。
自伤白发空流浪，一瓣香消泪满巾。

【译文】清水塘边的血样颜色的红磷光亮闪烁，正阳门城外的马儿奔腾而过，掀起一片尘土。明净如水的月亮，在夜色中透露着皎皎月光，应该没有什么新的仇恨了，值得高兴的是归隐山林隐居的老朋友来与我相聚了。即便整个腊月都是晴天也终归是不如今天的天气好，和朋友悠闲地游玩就好像重新获得了解脱和新生一样。只是突然伤感自己年纪这么大了还在外空自流浪漂泊没有归宿，家庭和国家都无法依傍，在水草庵佛堂点一炷香祈福，香灭之后伤心的泪水已经把手巾都浸湿了。

【作者简介】顾梦游（1599—1660），明末清初诗人。字与治，江宁（今江苏南京）人，一说吴江（今江苏苏州）人，明副使顾英玉曾孙。明崇祯十五年（1642）岁贡生，与黄道周、周亮工、张风、冒襄等相往来。清军入关后，以遗民终老。平生豪侠仗义，诗歌作品散佚。卒年六十二。工古文辞，著有《茂绿轩集》。

【作品赏析】《腊八日水草庵即事》是清代诗人顾梦游在腊八节当天，于水草庵（可能位于南京，始建于明万历年间）所作。此诗不仅反映了腊八节的传统习俗，更深刻地表达了诗人内心的情感波动与人生感慨。开篇即以鲜明的色彩与动态场景吸引读者，清水塘边的红色磷光与正阳门外马蹄扬起的尘土形成鲜明对比，既描绘了节日的热闹景象，也暗含了诗人内心的某种激荡与不安。颔联抒发情感，诗人似乎在水月云山中找到了片刻的宁静与慰藉，对友人的到来感到高兴，这种喜悦暂时冲淡了内心的愁绪。尾联作者抒发自己年华已逝，依然在外漂泊无定的感慨。

【相关链接】关于腊八粥，还有一个传说，据说当年朱元璋落难在牢监里受苦时，正值寒天，又冷又饿的朱元璋竟然从监牢的老鼠洞刨找出一些红豆、大米、红枣等七八种五谷杂粮。朱元璋便把这些东西熬成了粥，因那天正是腊月初八，朱元璋便美其名曰这锅杂粮粥为腊八粥，美美地享受了一顿。后来朱元璋平定天下做了皇帝，为了纪念在监牢中那个特殊的日子，于是他把这一天定为腊八节，把自己那天吃的杂粮粥正式命名为腊八粥。其实我国喝腊八粥的传统，最早开始于宋代，每逢腊八这一天，不论是朝廷、官府、寺院还是黎民百姓家都要做腊八粥。腊八节这一天，许多人家从这天开始就拉开了春节的序幕，忙于杀年猪、打豆腐、胶制风鱼腊肉，采购年货，"年"的气氛逐渐浓厚。

十六、冬　至

邯郸冬至夜思家

[唐] 白居易

邯郸驿里逢冬至，抱膝灯前影伴身。
想得家中夜深坐，还应说著远行人。

【译文】我居住在邯郸客店（客栈）的时候，正好是农历冬至。晚上，我抱着双膝坐在灯前，只有影子与我相伴。我相信，家中的亲人今天会相聚到深夜，还应该谈论着我这个"远行人"。

【作者简介】白居易（772—846），字乐天，晚年号香山居士，祖籍太原，到其曾祖父时迁居下邽（今陕西渭南北），唐代伟大的现实主义诗人，唐代三大诗人之一。白居易与元稹共同倡导新乐府运动，世称"元白"，与刘禹锡并称"刘白"。白居易的诗歌题材广泛，形式多样，语言平易通俗，有"诗魔"和"诗王"之称。官至翰林学士、左赞善大夫。公元846年，白居易在洛阳逝世，葬于香山。有《白氏长庆集》传世，代表诗作有《长恨歌》《卖炭翁》《琵琶行》等。

【作品赏析】本诗是作者早期的一篇佳作，反映了游子思家之情，字里行间流露着浓浓的乡愁。其佳处，一是以直率质朴的语言，道出了人们常有的一种生活体验，感情真挚动人。二是构思精巧别致：首先，诗中无一"思"字，只平平叙来，却处处含着"思"情；其次，写自己思家，却从对面着笔，与王维《九月九日忆山东兄弟》中"遥知兄弟登高处，遍插茱萸少一人"、杜甫《月夜》中"今夜鄜州月，闺中只独看"，有异曲同工之妙。

【相关链接】冬至，又称"冬节""贺冬"，华夏二十四节气之一、八大天象类节气之一，与夏至相对。冬至在太阳到达黄经270°时开始，时于每年公历12月22日左右。据传，冬至在历史上的周代是新年元旦，曾经是个很热闹的日子。

比较常见的是，在中国北方有冬至吃饺子的风俗。俗话说："冬至到，吃水饺。"而南方则是吃汤圆。当然也有例外，如在山东滕州等地冬至习惯叫作数九，流行过数九当天喝羊肉汤，寓意驱除寒冷。

在我国台湾还保存着冬至用九层糕祭祖的传统，用糯米粉捏成鸡、鸭、龟、猪、牛、羊等象征吉祥、如意、福、禄、寿的动物，然后用蒸笼分层蒸成，用以祭祖，以示不忘老祖宗。同姓同宗者于冬至或前后约定之早日，集到祖祠中照长幼之序，一一祭拜祖先，俗称"祭祖"。祭典之后，还会大摆宴席，招待前来祭祖的宗亲们。大家开怀畅饮，相互联络久别生疏的感情，称之为"食祖"。冬至节在中国台湾一直世代相传，以示不忘自己的"根"。

小　至

[唐] 杜　甫

天时人事日相催，冬至阳生春又来。
刺绣五纹添弱线，吹葭六琯动浮灰。
岸容待腊将舒柳，山意冲寒欲放梅。
云物不殊乡国异，教儿且覆掌中杯。

【译文】天时人事，每天变化得很快，转眼又到冬至了，过了冬至白日渐长，天气日渐回暖，春天即将回来了。刺绣女工因白昼变长而可多绣几根五彩丝线，吹管的六律已飞动了葭灰。堤岸好像等待腊月快点地过去，好让柳树舒展枝条，抽出新芽，山也要冲破寒气，好让梅花开放。我虽然身处异乡，但这里的景物与故乡的没有什么不同之处，因此，我让小儿斟上酒来，一饮而尽。

【作者简介】杜甫（712—770），字子美，自号少陵野老。祖籍襄阳，河南巩县（今河南省巩义）人。唐代伟大的现实主义诗人，被后人称为"诗圣"，他的诗被称为"诗史"。后世称其杜拾遗、杜工部，也称他杜少陵、杜草堂。杜甫创作了《春望》《北征》"三吏""三别"等名作。公元759年，杜甫弃官入川，虽然躲避了战乱，生活相对安定，但仍然心系苍生，胸怀国事。虽然杜甫是个现实主义诗人，但他也有狂放不羁的一面，从其名作《饮中八仙歌》不难看出杜甫的豪气干云。杜甫的思想核心是儒家的仁政思想，他有"致君尧舜上，再使风俗淳"的宏伟抱负。杜甫虽然在世时名声并不显赫，但后来声名远播，对中国文学和日本文学都产生了深远的影响。杜甫共有约一千五百首诗歌被保留了下来，大多集于《杜工部集》。

【作品赏析】这首诗首联直接交代了时间，一个"催"字奠定了全诗愁闷的基调；颔联写人的活动；颈联写自然景物的变化，让人感到天气渐暖，春天将近的一丝喜悦；尾联转而写诗人想到自己身处异乡而不免悲从中来，于是邀儿子一起借酒消愁。全诗立意高远，选材典型，遣字铸辞，精工贴切，紧紧围绕冬至前后的时令变化，叙事、写景、抒感，"事""景""感"三者烘托，情由景生，渐次由开端时光逼人的感触演进为新春将临的欣慰，过渡得十分自然，充满着浓厚的生活情趣，切而不泛。

【相关链接】杜甫中年因其诗风沉郁顿挫，立意忧国忧民，诗被称为"诗史"。杜甫以古体、律诗见长，风格多样，以"沉郁顿挫"四字准确概括出他的作品风格，而以沉郁为主。杜甫生活在唐朝由盛转衰的历史时期，其诗多涉笔社会动荡、政治黑暗、人民疾苦，他的诗反映了当时社会矛盾和人民疾苦，记录了唐代由盛转衰的历史巨变，表达了崇高的儒家仁爱精神和强烈的忧患意识，因而被誉为"诗史"。杜甫忧国忧民，人格高尚，诗艺精湛。杜甫一生写诗一千五百多首，其中很多是传颂千古的名篇，比如"三吏"和"三别"，并有《杜工部集》传世；其中"三吏"为《石壕吏》《新安吏》和《潼关吏》，"三别"为《新婚别》《无家别》和《垂老别》。杜甫流传下来的诗篇是唐诗里最多、最广泛的，是唐代最杰出的诗人之一，对后世影响深远。杜甫作品被称为："世上疮痍，诗中圣哲；民间疾苦，笔底波澜。"

减字木兰花·冬至

[宋]阮 阅

晓云舒瑞。寒影初回长日至。罗袜新成。更有何人继后尘。
绮窗寒浅。尽道朝来添一线。秉烛须游。已减铜壶昨夜筹。

【译文】早晨云雾散去,寒冷的阳光照耀下,周围事物长长的影子又映照在地上,冬至之后,白天渐长而黑夜渐短。也望这日给长辈拜冬,进献履袜的习俗代代相传。冬至以后,天气转暖,寒意少,影长渐短,量日影的江线也慢慢变短。从今天开始,夜间秉烛赏游时所携带的计时铜漏壶也将减少筹码。

【作者简介】阮阅,生卒年不详,约北宋末前后在世,字闳休,一字美成,自号散翁,亦号松菊道人,舒城(今安徽省舒城县)人。宋元丰八年(1085)进士,榜名美成,初为钱塘幕官,后以户部郎官出任知巢县。宋徽宗崇宁二年(1103)知晋陵县。宣和中期,为郴州太守。阮阅曾用七绝作《郴江百咏》。因为擅长绝句,所以有"阮绝句"之称。南宋建炎元年(1127),以中奉大夫知衰州。晚年寓居宜春。阮阅的著作有《松菊集》五卷(今佚)、《郴江百咏》、《诗总》十卷、《巢令君阮户部词》一卷、《全宋词》存词六首。《诗话总龟》后集的《阮户部诗》,引阮阅仅存的七绝一首。词有后人辑本《阮户部词》。

【作品赏析】这是一首描写节令及节令习俗的作品,是一首写古代吟咏冬至的即景之作。全词表现了气节时令的客观变化以及古人当时对季节变化规律的认识,此外,还取材于民间习俗,以"进履袜拜冬"的典型素材表现了冬至已到,有着敬老祈福的鲜明节日气息。

这首词虽然是展现节气时令规律变化的作品,但语言平实而不平淡。"晓""瑞""绮"等形容词以及"回""浅""添""减"等字眼有效消减了寒日的凛冽之气,给人以温暖的感觉。此外,全词语言典雅得体,表现手法娴熟老道,善于借用文章典故，充分表现了作者的语言技巧。

【相关链接】每年农历冬至这天，不论贫富，饺子是必不可少的节日饭。谚语云："十月一，冬至到，家家户户吃水饺。"这种习俗，是因纪念"医圣"张仲景冬至舍药流传下的。

东汉时，张仲景曾任长沙太守，访病施药，大堂行医。后毅然辞官回乡，为乡邻治病。其返乡之时，正是冬季。他看到白河两岸乡亲面黄肌瘦，饥寒交迫，不少人的耳朵都冻烂了。便让其弟子在南阳东关搭起医棚，支起大锅，在冬至那天舍"娇耳"医治冻疮。他把羊肉和一些驱寒药材放在锅里熬煮，然后将羊肉、药物捞出来切碎，用面包成耳朵样的"娇耳"，煮熟后，分给来求药的人每人两只"娇耳"，一大碗肉汤。人们吃了"娇耳"，喝了"祛寒汤"，浑身暖和，两耳发热，冻伤的耳朵都被治好了。后人学着"娇耳"的样子，包成食物，也叫"饺子"或"扁食"。值得注意的是这种扁食不同于饺子。

至节即事（其一）

[元] 马　臻

天街晓色瑞烟浓，名纸相传尽贺冬。
绣幕家家浑不卷，呼卢笑语自从容。

【译文】到了冬至节，京城中的天色才刚刚拂晓，浓浓喜气已经弥漫京城了。人们互传名片道贺节日。大户人家的绣幕，完全敞开着，都在冬至节的时候，做生活中非常重要的事情。家家趁着冬至，从容地玩耍着。

【作者简介】马臻（1254—1318），字志道，号虚中，钱塘（今浙江杭州人），元代诗人。宋亡后学道，受业于褚伯秀之门，曾隐于西湖之滨。

【作品赏析】这是一首描写冬至的七言绝句。这首诗写在冬至年间，特点在于写出了冬至节的平常生活，有一种画面感。先从大的环境写起，给读者以全景，然后再从细部描绘，抓住一个特有镜头。这种大小结合，全景和细部统一的写法，是这首诗最大的特点，同时写出百姓过节的热闹景象。特别是第一句诗，描写冬至热闹的场面，让人感受浓浓的节日气氛。

第一句中以环境描写，写天刚亮，一枚红日衬出喜庆的气氛。"瑞烟浓"写出了冬至的吉祥，浓浓烟雾是人们祭奠先人的种种迹象，可见是种习俗。第二句写出了今日人们以互相传发名片的方式，彼此祝贺冬至的来临。因为屋里有人，大户人家的绣幕都卷折起来，室内的人们也欢快地、毫不严肃地玩着"呼卢"随心地聊着家常。

【相关链接】 元大德五年（1301）从正一道领袖天师张与材至燕京行内醮，不受道秩，辞归。至大年间，天师命为祐圣观虚白斋高士，亦不就。马臻以书画名于世，尤善花鸟、山水。尝远览嵩岱之雄拔、江河济淮之奔放，交广视阔，胸次宏豁。亦能诗，当其时，江南甫定，兵革偃息，遗民故老往往托咏于黄冠以晦迹，马臻殆其流亚，故诗文亦常流露遗民情绪。其《述怀》一诗，尤多豪逸俊迈之气，见出其虽为黄冠，并不总以枯寂恬淡为高。龚开称其诗体制具在，而雅驯如其人；仇远则谓："大抵以平夷恬淡为体，清新圆美为用，陶衷于空，合道于趣，浑然天成，不止于烟云花草鱼鸟而已。"所著有《霞外集》十卷，《四库全书总目》以为"皆神骨秀骞、风力遒上，琅琅有金石之音，虽不能具金鹍擘海、香象渡河之力，而亦不类寒酸细碎、虫吟草间"。《元诗选·初集》录其诗二百零四首。生平事迹见龚开、仇远等《霞外诗集序》、《图绘宝鉴》卷五、《武林玄妙观志》卷三、《元诗选·初集》小传、《元书》卷九一等。

冬至日独游吉祥寺

［宋］苏 轼

井底微阳回未回，萧萧寒雨湿枯荄。
何人更似苏夫子，不是花时肯独来。

【译文】这时节,水底的暖气将回而未回,大地还是一片凄冷,寒雨萧萧,打湿了地上的枯草根。还有谁,能像我苏夫子一般,不是花开时节,竟肯独来赏景?

【作者简介】苏轼(1037—1101),宋代文学家。字子瞻,一字和仲,号东坡居士。眉州眉山(今属四川)人。苏洵长子。北宋嘉祐二年(1057)进士。累除中书舍人、翰林学士、端明殿学士、礼部尚书。曾任杭州通判,知密州、徐州、湖州、颍州等。元丰三年(1080)以谤新法贬谪黄州,后又贬谪惠州、儋州。宋徽宗立,赦还。卒于常州。追谥文忠。博学多才,善文,工诗词,书画俱佳。于词"豪放,不喜剪裁以就声律",题材丰富,意境开阔,突破晚唐五代和宋初以来"词为艳科"的传统樊篱,以诗为词,开创豪放清旷一派,对后世产生巨大影响。有《东坡七集》《东坡词》《东坡易传》《东坡乐府》等。

【作品赏析】《冬至日独游吉祥寺》是北宋诗人苏轼创作的七言绝句。主要描写了冬至日独游吉祥寺的所见所闻所感。

【相关链接】冬至日饮食。冬至是养生的大好时机,主要是因为"气始于冬至"。因为从冬季开始,生命活动开始由盛转衰,由动转静。此时科学养生有助于保证旺盛的精力而防早衰,达到延年益寿的目的。冬至时节饮食宜多样,谷、果、肉、蔬合理搭配,适当选用高钙食品。各地在冬至时有不同的风俗,北方地区有冬至宰羊、吃饺子、吃馄饨的习俗,南方地区在这一天则有吃米团、长线面的习惯,而苏南人在冬至时吃大葱炒豆腐。

第二章 四季植物类古诗词（摘编）

一、春　季

柳　树

蝶恋花·春景

［宋］苏　轼

花褪残红青杏小。燕子飞时，绿水人家绕。枝上柳绵吹又少。天涯何处无芳草。

墙里秋千墙外道。墙外行人，墙里佳人笑。笑渐不闻声渐悄。多情却被无情恼。

【译文】春天将尽，百花凋零，杏树上已经长出了青涩的果实。燕子飞过天空，清澈的河流围绕着村落人家。柳枝上的柳絮已被吹得越来越少，但不要担心，到处都可见茂盛的芳草。

围墙里面，有一位少女正在荡秋千，少女发出动听的笑声，墙外的行人都可听见。慢慢地，围墙里边的笑声就听不见了，行人惘然若失，仿佛多情的自己被无情的少女所伤害。

【作者简介】苏轼（1037—1101），字子瞻，号东坡居士，世称苏东坡、苏仙，眉州眉山（今四川省眉山市）人，祖籍河北栾城，北宋著名文学家、书画家，历史治水名人。北京大学教授、引碑入草开创者李志敏评价："苏轼是全才式的艺术巨匠。"

【作品赏析】《蝶恋花·春景》是北宋文学家苏轼创作的一首词。这是一首描写春景的清新婉丽之作，表现了词人对春光流逝的叹息，以及自己的情感不为人知产生的烦恼。

上阕写春光易逝带来的伤感，没有拘泥于状景写物而融入自身深沉的慨叹。下阕写得遇佳人却无缘一晤，自己多情却遭到无情对待的悲哀。全词词意婉转，词情动人，于清新中蕴含哀怨，于婉丽中透出伤情，意境朦胧，韵味无穷。

【相关链接】苏轼本人是个美食家，宋人笔记小说有许多苏轼发明美食的记载。苏轼在杭州担任知府时，元祐五年（1090），浙西大雨，太湖泛滥。苏轼指挥疏浚西湖，筑苏堤，杭州百姓感谢他。过年时，大家就抬猪担酒来给他拜年。苏轼指点家人将猪肉切成方块，烧得红酥，然后分送给大家吃，这就是东坡肉的由来。《曲洧旧闻》又记，苏东坡与客论食次，取纸一幅以示客云："烂蒸同州羊羔，灌以杏酪香梗，荐以蒸子鹅，吴兴庖人斫松江鲙；既饱，以庐山玉帘泉，烹曾坑斗品茶。少焉解衣仰卧，使人诵东坡先生《赤壁前后赋》，亦足以一笑也。"

临江仙·寒柳

［清］纳兰性德

飞絮飞花何处是，层冰积雪摧残。疏疏一树五更寒。爱他明月好，憔悴也相关。

最是繁丝摇落后，转教人忆春山。湔裙梦断续应难。西风多少恨，吹不散眉弯。

【译文】柳絮杨花随风飘到哪里去了呢？原来是被厚厚的冰雪摧残了。五更时分夜阑风寒，这株柳树也显得凄冷萧疏。皎洁的明月无私普照，不论柳树是繁茂还是萧疏，都一般关怀。

最是在繁茂的柳丝摇落的时候，我更免不了回忆起当年的那个女子。虽然梦里又见当年和她幽会的情景，但是好梦易断，断梦难续。遂将愁思寄给西风，可是，再强劲的西风也吹不散我眉间紧锁的不尽忧愁。

【作者简介】纳兰性德（1655—1685），字容若，号楞伽山人，满洲正黄旗人，清朝初年词人，原名纳兰成德，一度因避讳太子保成而改名纳兰性德。纳兰性德的词以"真"取胜，写景逼真传神，词风"清丽婉约，哀感顽艳，格高韵远，独具特色"。著有《通志堂集》《侧帽集》《饮水词》等。

【作品赏析】《临江仙·寒柳》是清代词人纳兰性德创作的一首词。此词既咏经受冰雪摧残的寒柳，也咏一位遭到不幸的人。上阕写柳的形态，下阕写人的凄楚心境，借寒柳在"层冰积雪"摧残下憔悴乏力的状态，写处在相思痛苦中的孤寂凄凉，匠心别具地用经受冰雪摧残的寒柳，暗喻身在皇宫受皇威重压的恋人。全词句句写柳，又句句写人，物与人融为一体。委婉含蓄，自然浑脱，立意新颖，意境幽远。

【相关链接】轰轰烈烈的"红学"研究已经进行百载有余。其中有不少文宿巨匠参与研究，取得不少成果和进展。不但毛泽东对《红楼梦》研究有评述，就是前溯百载，清代的皇帝、公子王孙也厕身其间。但凡研究"红学"的人对纳兰明珠和纳兰性德都会有所了解。

乾隆算得上是第一位红学家。当和珅进呈《红楼梦》，乾隆读后即说："此盖为明珠家事作也。"一句话，把《红楼梦》与纳兰家联系起来。且不说此推论是否确凿，天子首开一家之言，根据他的阅历提示了两事物间的联系可能。纳兰家族和曹家都是清初到中期"康乾盛世"中人，相继前后。他们的家世与经历，有许多共同之处，是那个时期的政治、文化现象的集中反映。

醉桃源·柳

[宋] 翁元龙

千丝风雨万丝晴，年年长短亭。暗黄看到绿成阴，春由他送迎。
莺思重，燕愁轻，如人离别情。绕湖烟冷罩波明，画船移玉笙。

【译文】千万条柳丝迎着风雨沐浴着晴日，年年站在长短亭旁目睹旅客来去匆匆。从暗黄的柳芽萌生到一片绿荫浓重，经历了春来春往的整个过程。莺、燕在柳丝间缠绵徘徊不断穿行，恰似长短亭上人们依依难舍、含愁相别的情形。环湖柳色绿如烟，映衬得西湖水波明净。一叶画舟在水面上划动，载着幽幽一曲玉笙的乐音。

【作者简介】翁元龙，字时可，号处静，四明（今浙江宁波）人。他是大词家吴文英之兄，亦工词，杜成之评为"如絮浮水，如荷湿露，萦旋流转，似沾非着"。赵万里《校辑宋金元人词》辑有《处静词》一卷，其词二十首。

【作品赏析】《醉桃源·柳》是宋代词人翁元龙的一首词。这首词咏柳，作者因古来就有折柳送别的习俗，遂将柳拟人化，借柳以咏离情。上阕写驿道旁、长亭边的柳：这是人们祖道饯别之地，这里的柳年年岁岁为人送行，年年岁岁迎送春天，成了离情别绪的象征物。下阕转写西湖烟柳：这里的柳也年年迎送春天，时时注目于湖面摇曳的画船，聆听着船上悠扬的笙歌，感受着男女游客们的莺思燕愁，于是它自己也依依含情，成了世间离情别绪的负载物。

【相关链接】柳树的象征主要有两点。第一点：象征着可以驱除恶鬼之意；第二点：它象征着一种男女之爱。柳树的寓意主要有两点。第一点：寓意着有前程似锦之意；第二点：因其柔软的枝条，所以寓意着情意绵绵和挽留之意。

如梦令·春景

［宋］秦　观

莺嘴啄花红溜，燕尾点波绿皱。指冷玉笙寒，吹彻小梅春透。依旧，依旧，人与绿杨俱瘦。

【译文】黄莺用嘴衔过的花更加红润，燕子用尾点扫的水波泛起绿色的涟漪。天寒手冷，玉笙冰凉，但吹笙的人却亢奋地吹起《小梅花》曲子，声音洪亮悠扬，响彻天空，听者都感到激越、雄浑，春意盎然。人们都说，照这样吹，这样吹奏下去，一定会让人和绿杨都会变得潇洒清秀。

【作者简介】秦观（1049—1100），字少游，一字太虚，号淮海居士，别号邗沟居士，高邮（今属江苏）人。尤工词，为北宋婉约派重要作家。所写诗词高古沉重，寄托身世，感人至深。长于议论，文丽思深，兼有诗、词、文赋和书法多方面的艺术才能，尤以婉约之词驰名于世。著有《淮海集》四十卷、《淮海居士长短句》等。

【作品赏析】《如梦令·春景》是一首情感细腻、意境深远的词作，通过描绘春日景象与抒发内心情感相结合的方式，展现了词人对春光流逝的感慨以及对远方之人的深切思念。这首词不仅具有高度的艺术价值，还蕴含着深刻的人生哲理和情感体验。开篇两句以生动的笔触描绘了春日里黄莺啄花、燕子点水的生动场景。第三句、第四句笔锋一转，从春景的描绘转入了对吹笙人的情感抒发。春寒料峭，吹笙人的手指感到寒冷，玉笙也似乎带着寒意。结尾三句通过"人与绿杨俱瘦"的比喻，形象地表达了自己因思念远方之人而消瘦憔悴的情感。绿杨的消瘦象征着春光的流逝与生命的短暂，而人的消瘦则是因为内心的忧伤与思念。这种以物喻人的手法，使得词作的情感表达更加含蓄而深刻。

【相关链接】 秦观在雷州海康宫亭庙下，梦见天女拿一幅维摩画像让他写赞，秦观笃信佛教，于是题道："竺仪华梦，瘴面囚首。口虽不言，十分似九。应笑荫覆大千作狮子吼，不如搏取妙喜似陶家手。"醒来后，就把这段话记录下来。宋僧惠洪在《冷斋夜话》中说，自己在天宁寺，还亲眼从和尚戒禅那里看到这幅字，正是秦观的笔迹。清潘永在所编撰的《宋稗类钞》中也提到真迹在雷州天宁寺。

台 城

[唐] 韦 庄

江雨霏霏江草齐，六朝如梦鸟空啼。
无情最是台城柳，依旧烟笼十里堤。

【译文】 暮春三月，江南的春雨，密而且细，在霏霏雨丝中，江边绿草如茵，四望迷蒙，烟笼雾罩，如梦如幻，不免引人遐思。佳木葱茏，草长莺飞，处处显出了自然界的生机。人在欢快婉转的鸟啼声中，追想起曾在台城追欢逐乐的六朝统治者，都早已成为历史上来去匆匆的过客，豪华壮丽的台城也成了供人瞻仰凭吊的历史遗迹。最无情的就是那台城的杨柳，它既不管人事兴衰与朝代更迭，也不管诗人凭吊历史遗迹引起的今昔盛衰的感伤与怅惘。繁茂的杨柳依然在烟雾笼罩的十里长堤边随风飘曳，依旧能给人以欣欣向荣的感觉，让人想起当年繁荣昌盛的局面。

【作者简介】韦庄（约836—910），字端己。长安杜陵（今陕西西安东南）人，晚唐诗人、词人，儒客大家，五代时前蜀宰相。官至吏部侍郎兼平章事，谥"文靖"。韦庄工诗，其律诗圆稳整赡、音调嘹亮，绝句情致深婉、包蕴丰厚；其词善用白描手法，词风清丽。与温庭筠同为"花间派"代表作家，并称"温韦"。所著长诗《秦妇吟》与《孔雀东南飞》《木兰诗》并称"乐府三绝"。有《浣花集》十卷，后人又辑《浣花词》，另有《菩萨蛮》五首为宋词奠基之作。

【作品赏析】《台城》是韦庄的一首律诗，诗前两句写了对故城的回顾，此时眼前的景致已是物是人非，而一年四季的更替却不会关心这些，依然如期而至，把丝丝春雨带到了这座古城，稍不留意曾经的繁荣场面便会出现在眼前。

【相关链接】韦庄与温庭筠是花间派中成就较高的词人，与温庭筠并称"温韦"。温、韦词在内容上并无多大差别，不外是男欢女爱、离愁别恨、流连光景。温词主要是供歌伎演唱的歌词，创作个性不鲜明；而韦词却注重于作者情感的抒发，如《菩萨蛮》"人人尽说江南好"五首，学习白居易、刘禹锡《忆江南》的写法，追忆往昔在江南、洛阳的游历，把平生漂泊之感、饱经离乱之痛和思乡怀旧之情融注在一起，情蕴深至。此词情致缠绵，意象鲜明，堪称咏"江南春色"的诸多诗作中罕见之佳作。风格上，韦词不像温词那样浓艳华美，而善于用清新流畅的白描笔调，表达比较真挚、深沉的感情，如《浣溪沙·夜夜相思更漏残》《女冠子·四月十七》《女冠子·昨夜夜半》等。他有些词还接受了民间词的影响，用直截决绝之语，或写一往情深，或写一腔愁绪。如《思帝乡·春日游》的"妾拟将身嫁与，一生休。纵被无情弃，不能羞"，于率直中见郁结；《菩萨蛮·如今却忆江南乐》的"此度见花枝，白头誓不归"，以终老异乡之"誓"，更深一层地抒发思乡之苦。韦庄的闺情词亦写得非常出色，词语与闺中之美人浑然融于一体，见词尤见人，词音即人语，可谓风韵臻于极致。

阮郎归·南园春半踏青时

[宋] 欧阳修

南园春半踏青时,风和闻马嘶。青梅如豆柳如眉,日长蝴蝶飞。花露重,草烟低,人家帘幕垂。秋千慵困解罗衣,画堂双燕栖。

【译文】风和日丽,马嘶声声,可以想踏青上车马来往之景,青梅结子如豆,柳叶舒展如眉,日长气暖,蝴蝶翩翩,大自然中的生命都处在蓬勃之中。花上露珠晶莹,春草茂密如烟,这户人家已放下窗帘,踏春后,她又荡秋千,不觉慵困,遂解罗衫小憩,只见堂屋前双燕飞归。

【作者简介】欧阳修(1007—1072),字永叔,号醉翁、六一居士,吉州永丰(今江西省吉安市永丰县)人,北宋政治家、文学家,且在政治上负有盛名。因吉州原属庐陵郡,以"庐陵欧阳修"自居。官至翰林学士、枢密副使、参知政事,谥号"文忠",世称欧阳文忠公。后人又将其与韩愈、柳宗元和苏轼合称"千古文章四大家"。与韩愈、柳宗元、苏轼、苏洵、苏辙、王安石、曾巩被世人称为"唐宋散文八大家"。

【作品赏析】这首《阮郎归·南园春半踏青时》是宋代文学家欧阳修所作,全词以细腻的笔触描绘了春日南园中的景致及一位少妇的微妙情感。首句"南园春半踏青时,风和闻马嘶"点明了时令与活动,芳春过半,正是踏青的好时节,和暖的春风中不时传来马嘶声,青梅结子如豆,柳叶细嫩如眉,春日渐长,蝴蝶在花间轻盈飞舞,构成了一幅清新明丽的暮春图。下片"花露重,草烟低,人家帘幕垂"转而写静,花上露珠晶莹,春草茂密如烟,人家已放下窗帘,营造出一种静谧而略带幽寂的氛围。随后"秋千慵困解罗衣,画堂双燕归"通过少妇荡罢秋千后的慵困与解衣小憩,以及画堂前双燕的归来,含蓄地表达了少妇因游春有感而忆所思的无可排遣之情。

【相关链接】相传,有一位自视甚高的秀才,带着地图去拜访欧阳修,打算在文学上与他一较高下。途中,秀才见到一棵枇杷树,便随口吟道:"路旁一枇杷,两朵大丫杈。"然而,他后续却词穷了。恰好欧阳修路过,便顺口接道:"未结黄金果,先开白玉花。"秀才听后大为赞赏，认为欧阳修懂得他的诗意。随后，秀才又见到河中一群鹅，再次吟诗："远看一群鹅，一棒打下河。"同样地，他再次词穷。欧阳修又接道："白毛浮绿水，红掌拨清波。"秀才听后更加佩服，连连称赞。最终，欧阳修以一句"修已知道你，你还不知修（羞）"巧妙地回应了秀才的挑衅，展现了其深厚的文学功底和幽默风趣的性格。

桃花、杏花

桃　花

〔唐〕周　朴

桃花春色暖先开，明媚谁人不看来。
可惜狂风吹落后，殷红片片点莓苔。

【译文】桃花在渐暖的春色里先于百花绽放，谁能忍不住去看那明媚美丽的颜色？可惜初春的狂风吹过以后，那美丽的花瓣却只化成片片血红的颜色点缀在青苔之上。

【作者简介】周朴（？—878），字见素，一作太朴，福州长乐人，唐末诗人。工于诗，无功名之念，隐居嵩山，寄食寺庙中当居士，常与山僧钓叟来往。与诗僧贯休、方干、李频为诗友。生性喜欢吟诗，尤其喜欢苦涩的诗风。

【作品赏析】《桃花》是唐代诗人周朴创作的一首七言绝句。为我们展示了一幅明媚的春光图：满园的桃花盛开，妩媚动人，在那不解风情的狂风吹拂下，朵朵花瓣纷飞，地面上粉色的桃花花瓣与那青苔相映衬，不知是伤春还是惜春？又透露出作者些许的忧伤和悲凉。

【相关链接】当时有一位读书人，因为周朴作诗喜欢冷僻怪异，就想戏弄戏弄他。有一天，他骑着驴子在路上走，在路旁遇到周朴，那位读书人就歪戴着帽子低着头吟诵周朴的诗句："禹力不到处，河声流向东。"周朴听到了很气愤，就尾随在那人身后。那位读书人只管赶着驴子离开,一点也不回头看。走到几里之外,周朴才赶上那人,就对那人说:"我的诗是'河声流向西',你怎么能说流向东呢?"那位读书人就点点头罢了,并不接言辩解。这件事在闽中地区被当作笑料流传。

桃 花

[唐]吴 融

满树和娇烂漫红,万枝丹彩灼春融。
何当结作千年实,将示人间造化工。

【译文】满树娇艳的红花娇艳绚烂,万枝千条丹彩流溢,明亮灼目,渲染出一派融融的春色。怎能让它千年长在,年年开花结果,以此来显示人间大自然的工巧?

【作者简介】吴融(?—903),唐代诗人。字子华,越州山阴(今浙江绍兴)人。龙纪进士。官至翰林学士承旨。诗多流连光景、酬答艳情之作,也有感怀时事者。受温庭筠、李商隐影响,在艳丽中含凄清之气。有《唐英歌诗》三卷。

【作品赏析】这首诗充满了热情和激情,感受到春天的勃勃生机,领略到大自然的无限创造力,令人振奋,催人奋进。描写桃花绽开时繁盛娇艳的景象,以夸张和比喻的手法赞美盛开的桃花给春天增添了融融暖意。"灼"字,颇见功力,将整个画面沸腾起来。

【相关链接】吴融诗歌题材多元,他有极其深刻讽刺的作品,也有极为轻浅浮靡的作品,更有许多悲秋伤春之作。其诗可以用"矛盾"二字加以概括。矛盾的情绪反映在他的诗歌上,使他的诗歌呈现多种样貌,他为诗主张颂咏讽刺,实现教化,但是他批判讽刺、直陈时弊的作品,与同样有着这样观念的罗隐等人相较,数量上却略逊一筹,语言的浅切与尖锐也远远不及他们;说他诗风浮靡绮丽,与韩偓香奁体相较,吴融又不似韩诗软玉温香,露骨地表达男欢女爱;说他冲淡闲远,他其实放不开他给自己背上的包袱,不如司空图来的旷达。《四库总目》说他"闲远不及司空图,沉挚不及罗隐，繁富不及皮日休，奇辟不及周朴"，就是这个道理。而"矛盾"正是晚唐的时代特色之一，君臣的矛盾、臣与臣之间的矛盾、期望朝廷约束藩镇又不希望战争的矛盾、仕与隐的矛盾等，吴融的诗歌就是这多重矛盾之下的产物。他以直切的笔讽刺时政，以清丽的笔写个人情怀，以精巧的笔吟咏事物。他之所以名闻当时，成为同辈谒之如先达，甚至在其遭逢贬谪时，仍有人向他行卷的原因，就是因为他各体兼备，表现不俗，更与整个时代脉动相合，足以成为时人师法的对象，这也正体现了他的诗歌无可取代的价值。

题都城南庄

[唐] 崔 护

去年今日此门中，人面桃花相映红。
人面不知何处去，桃花依旧笑春风。

【译文】去年冬天，就在这扇门里，姑娘脸庞与盛开的桃花交相辉映，显得分外绯红。今日再来此地，姑娘不知去向何处，只有桃花依旧，含笑怒放春风之中。

【作者简介】崔护（？—831），字殷功，蓝田（今属陕西）人，唐代诗人。贞元进士，官至岭南节度使。其诗诗风精练婉丽，语极清新。《全唐诗》存诗六首，皆是佳作，尤以《题都城南庄》流传最广，脍炙人口，有目共赏。该诗以"人面桃花，物是人非"这样一个看似简单的人生经历，道出了千万人都似曾有过的共同生活体验，为诗人赢得了不朽的诗名。

【作品赏析】这首诗设置了两个场景，"寻春遇艳"与"重寻不遇"，虽然场景相同，却是物是人非。开头两句追忆"去年今日"的情景，先点出时间和地点，接着描写佳人，以"桃花"的红艳烘托"人面"之美；结尾两句写"今年今日"此时，与"去年今日"有同有异，有续有断，桃花依旧，人面不见。两个场景的映照，曲折地表达出诗人的无限怅惘之情。此诗脍炙人口，尤其以"人面不知何处去，桃花依旧笑春风"二句流传甚广。

【相关链接】博陵崔护，资质甚美，而孤洁寡合，举进士第。清明日，独游都城南，得居人庄。一亩之宫，花木丛萃，寂若无人。叩门久之，有女子自门隙窥之，问曰："谁耶？"护以姓字对，曰："寻春独行，酒渴求饮。"女入，以杯水至。开门，设床命坐。独倚小桃斜柯伫立，而意属殊厚，妖姿媚态，绰有余妍。崔以言挑之，不对，彼此目注者久之。崔辞去，送至门，如不胜情而入。崔亦睠盼而归，尔后绝不复至。

及来岁清明日，忽思之，情不可抑，径往寻之。门院如故，而已扃锁之。崔因题诗于左扉曰："去年今日此门中，人面桃花相映红。人面不知何处去，桃花依旧笑春风。"

后数日，偶至都城南，复往寻之。闻其中有哭声，叩门问之。有老父出曰："君非崔护耶？"曰："是也。"又哭曰："君杀吾女！"崔惊怛，莫知所答。父曰："吾女笄年知书，未适人。自去岁已来，常恍惚若有所失。比日与之出，及归，见在左扉有字。读之，入门而病，遂绝食数日而死。吾老矣，唯此一女，所以不嫁者，将求君子，以托吾身。今不幸而殒，得非君杀之耶？"又持崔大哭。崔亦感恸，请入哭之，尚俨然在床。崔举其首枕其股，哭而祝曰："某在斯！"须臾开目。半日复活，老父大喜，遂以女归之。

大林寺桃花

[唐] 白居易

人间四月芳菲尽，山寺桃花始盛开。
长恨春归无觅处，不知转入此中来。

【译文】在人间四月里百花凋零已尽，高山古寺中的桃花才刚刚盛开。我常为春光逝去无处寻觅而怅恨，却不知它已经转到这里来。

【作者简介】白居易（772—846），字乐天，号香山居士，又号醉吟先生，祖籍太原，到其曾祖父时迁居下邽（今陕西渭南北）。唐代伟大的现实主义诗人，唐代三大诗人之一。在文学上,主张"文章合为时而著,歌诗合为事而作",是新乐府运动的倡导者。其诗语言通俗,人有"诗魔"和"诗王"之称。白居易和元稹并称"元白",和刘禹锡并称"刘白"。有《白氏长庆集》传世。

【作品赏析】《大林寺桃花》是唐代诗人白居易于元和十二年(817)初夏在江州(今九江)庐山上大林寺时即景吟成的一首七言绝句。此诗说初夏四月作者来到大林寺,此时山下芳菲已尽,而不期在山寺中遇上了一片刚刚盛开的桃花。诗中写出了作者触目所见的感受,突出地展示了发现的惊讶与意外的欣喜。全诗把春光描写得生动具体,天真可爱,活灵活现。立意新颖,构思巧妙,趣味横生,是唐人绝句中一首珍品。

【相关链接】大林寺。大林寺,坐落在风景秀丽的庐山大林峰上,其历史可追溯至晋代,由高僧昙诜亲手创建,是我国佛教文化的一处璀璨瑰宝。千百年来,大林寺不仅是僧侣们修行悟道的圣地,也是文人墨客向往的精神家园。众多历史名人如白居易等,都曾在此驻足,留下脍炙人口的诗篇,为大林寺增添了浓厚的文化底蕴。这些诗文墨宝,不仅记录了文人们的情感与哲思,也见证了大林寺在历史长河中的辉煌与变迁,成为连接古今、沟通人心的桥梁。如今,大林寺依旧保持着其独特的宗教魅力和文化韵味,吸引着来自四面八方的游客与信徒前来探访、朝拜。

惠崇春江晚景二首(其一)

[宋] 苏 轼

竹外桃花三两枝,春江水暖鸭先知。
蒌蒿满地芦芽短,正是河豚欲上时。

【译文】竹林外两三枝桃花初放,鸭子在水中游戏,它们最先察觉了初春江水的回暖。河滩上已经满是蒌蒿,芦笋也开始抽芽,而河豚此时正要逆流而上,从大海洄游到江河里来了。

【作者简介】苏轼(1037—1101),字子瞻,号东坡居士,世称苏东坡、苏仙,眉州眉山（今四川省眉山市）人，北宋著名文学家、书画家，历史治水名人。北京大学教授、引碑入草开创者李志敏评价："苏轼是全才式的艺术巨匠。"

【作品赏析】《惠崇春江晚景二首》是北宋文学家苏轼题惠崇的《春江晚景》所创作的组诗。这两首诗以清新的笔调描绘了江南春景，充满了生机与活力，同时也融入了诗人的情感和哲理思考。此处选入第一首。首句通过桃花初放、竹林稀疏的景象，点出了早春的时节。桃花与翠竹相映成趣，春意盎然。次句则是通过鸭子的活动来感知春水的回暖，既表现了自然界的生机，也寓含了"凡事要亲历其境，才会有真实感受"的哲理。后两句进一步描绘了早春的江南景象。蒌蒿满地、芦芽初露，而河豚也正值逆流而上之时，这一切都充满了春天的气息和生命的活力。

【相关链接】苏轼与苏小妹的诗词对答。苏轼的妹妹苏小妹也是诗文高手，两人常以谈诗的形式开玩笑。如苏轼曾以"未出厅前三五步，额头先到画堂前"调侃苏小妹额头高，苏小妹则以"去年一点相思泪，至今方流到腮边"回应，两人用夸张的手法讽刺对方生理上的特点，饶有情趣。

巧改对联避是非。苏小妹曾提笔批一豪门公子的诗文为"笔底才华少，胸中韬略无"。苏轼为避免是非，悄悄在联语后面各添一个字，将对联改成"笔底才华少有，胸中韬略无穷"，使公子欣喜若狂，实则并无实意。

虞美人·碧桃天上栽和露

［宋］秦　观

碧桃天上栽和露，不是凡花数。乱山深处水萦回，可惜一枝如画为谁开？

轻寒细雨情何限！不道春难管。为君沉醉又何妨，只怕酒醒时候断人肠。

【译文】天上碧桃露滋养，不同俗卉与凡花。乱山之中，萦水之畔，可惜一支如画为谁开？清寒细雨显柔情，怎奈春光短暂，美景将逝。为君酣醉又何妨，只怕酒醒时分人断肠。

【作者简介】 秦观（1049—1100），字太虚，又字少游，号淮海居士，北宋高邮（今江苏高邮）人，官至太学博士，国史院编修。秦观一生坎坷，所写诗词，高古沉重，寄托身世，感人至深。

【作品赏析】 《虞美人·碧桃天上栽和露》词作者北宋秦观，虽满腹才华，却不为世用，仕途抑塞，历尽坎坷。此词是一首托物咏怀，自伤身世的小词。起调二句赞咏碧桃天生丽质，幽独不凡的高雅品格；接下二句感叹碧桃居处荒僻，寂寞地开放，无人欣赏的可悲处境；过片写春光易逝，花期短暂，融入了词人伤春怨别的情感；结语"为君沉醉又何妨，只怕酒醒时候断人肠"为全词的精华与重点，作者将花与人合写，表现了花恼人、人惜花的幽独情怀。这首咏物伤春词在所咏的仙桃身上，寄托了作者的高洁品格和坎坷的身世遭际，表现了作者怀才而为世弃、高洁而遭人谤的忧怨以及对年华流逝、青春难驻的无可奈何情绪。全篇写物不正面刻画，而从整体运笔，于虚处传神，极富风致情韵。

【相关链接】 在京城几年间，曾经有一位大官大摆宴席，将秦观也请去了。秦观在这些达官显贵中，卓然不群，别有一种绝世风姿。大官的一个宠姬碧桃频频向秦观劝酒，秦观都一饮而尽，毫不推辞。碧桃的倾慕之情已有所流露。当秦观也为她斟酒时，那位大官慌忙阻止道："碧桃是不饮酒的。"可是没想到，碧桃竟接过酒杯说："今天我就为秦学士拼了这一醉了！"举杯一饮而尽。秦观领会这一片深情，但却不能有别的表示，只能当场写下这首《虞美人》，这使得那位高官恼怒万分，并且说："以后永远不让她出来见客了！"满座的人听后，都哈哈大笑起来。

玉楼春·春景

［宋］宋 祁

东城渐觉风光好，縠皱波纹迎客棹。

绿杨烟外晓寒轻，红杏枝头春意闹。
浮生长恨欢娱少，肯爱千金轻一笑。
为君持酒劝斜阳，且向花间留晚照。

【译文】信步东城感到春光越来越好，绉纱般的水波上船儿慢摇。条条绿柳在霞光晨雾中轻摆曼舞，粉红的杏花开满枝头春意妖娆。总是抱怨人生短暂欢娱太少，怎肯为吝惜千金而轻视欢笑？让我为你举起酒杯奉劝斜阳，请留下来把晚花照耀。

【作者简介】宋祁（998—1061），字子京，北宋著名文学家、史学家、词人。祖籍安州安陆（今湖北省安陆市），高祖父宋绅徙居开封府雍丘县，遂为雍丘（今河南商丘民权县）人。司空宋庠之弟，宋祁与兄长宋庠并有文名，时称"二宋"。诗词语言工丽，因《玉楼春》词中有"红杏枝头春意闹"句，世称"红杏尚书"。

【作品赏析】《玉楼春·春景》是宋代词人宋祁的词作。此词赞颂明媚的春光，表达了及时行乐的情趣。上阕描绘春日绚丽的景色。"东城"句，总说春光渐好；"縠皱"句专写春水之轻柔；"绿杨烟"与"红杏枝"相互映衬，层次疏密有致；"晓寒轻"与"春意闹"互为渲染，表现出春天生机勃勃的景象。下阕直抒惜春寻乐的情怀。"浮生"二字，点出珍惜年华之意；"为君"二句，明为怅怨，实是依恋春光，情极浓丽。全词收放自如，井井有条，用语华丽而不轻佻，言情直率而不扭捏，着墨不多而描景生动，把对时光的留恋、对美好人生的珍惜写得韵味十足，是当时誉满词坛的名作。

【相关链接】有一天，宋祁宴罢回府，路过繁台街，正巧迎面遇上皇家的车队，宋祁连忙让到一边。这时只听车内有人轻轻叫了一声："小宋。"待宋祁抬头看时，只看见车帘轻放，一个妙龄宫女对他粲然一笑。车队过去了，而美人一笑却令宋祁心旌摇荡，久久不能平静。回去后，宋祁便写了一首《鹧鸪天·画毂雕鞍狭路逢》（词为："画毂（gǔ）雕鞍狭路逢。一声肠断绣帘中。身无彩凤双飞翼，心有灵犀一点通。金作屋，玉为笼，车如流水马游龙。刘郎已恨蓬山远，更隔蓬山几万重。"）记述这段如梦的经历，表达自己不得再见美人的怅然之情。

词中"身无彩凤双飞翼，心有灵犀一点通"一句，活化了唐朝诗人李商隐的诗句，却与词意境浑然一体。新词一出，立刻在京师传唱开去，后来传到了宋仁宗的耳朵里。皇帝便追问当时的人说："是第几车上谁叫的小宋？"最后有个宫女站了出来，羞涩地说："当时我们去侍宴，见宣翰林学士，左右大臣说他就是小宋。我在车子里，也是偶然看到他，就叫了一声。"皇帝一听哈哈大笑，不久就召宋祁上殿，说起这件事，宋祁诚惶诚恐，羞愧难当。仁宗笑着打趣说："蓬山并不远呀。"说完，就把那个宫女赏赐给了他。宋祁不仅官运顺畅，而且因佳曲而得一段姻缘，令时人艳羡不已。

淡黄柳·空城晓角

[宋] 姜　夔

客居合肥南城赤阑桥之西，巷陌凄凉，与江左异。惟柳色夹道，依依可怜。因度此阕，以纾客怀。

空城晓角，吹入垂杨陌。马上单衣寒恻恻。看尽鹅黄嫩绿，都是江南旧相识。

正岑寂。明朝又寒食。强携酒，小桥宅。怕梨花落尽成秋色。燕燕飞来，问春何在？唯有池塘自碧。

【译文】我居住在合肥南城赤阑桥之西，街巷荒凉少人，与江左不同。只有柳树，在大街两旁轻轻飘拂，让人怜惜。因此创作此词，来抒发客居在外的感受。

拂晓，冷清的城中响起凄凉的音乐声。那声音被风一吹，传到垂柳依依的街头巷口。我独自骑在马上，只着一件单衣裳，感觉有阵阵寒气袭来。看遍路旁垂柳的鹅黄嫩绿，都如同在江南时见过那样的熟悉。

正在孤单之间，明天偏偏又是寒食节。我也如往常带上一壶酒，来到小桥近处恋人的住处。生怕梨花落尽而留下一片秋色。燕子飞来，询问春光，只有池塘自顾自碧绿着。

【作者简介】姜夔(约1155—1209),字尧章,号白石道人,饶州鄱阳(今江西鄱阳)人。在他所处的时代,南宋王朝和金朝南北对峙,民族矛盾和阶级矛盾都十分尖锐复杂。战争的灾难和人民的痛苦使姜夔感到痛心,他由于幕僚清客生涯的局限,虽然为此也发出或流露过激昂的呼声,但凄凉的心情却表现在一生的大部分文学和音乐创作里。庆元中,曾上书乞正太常雅乐,一生布衣,靠卖字和朋友接济为生。他多才多艺,精通音律,能自度曲,其词格律严密。其作品素以空灵含蓄著称,有《白石道人歌曲》。

【作品赏析】这是作者的自制曲。通篇写景,而作者寄居他乡,伤时感世的愁怀,尽在不言之中。全词意境凄清冷峻,用语清新质朴。在柳色春景的描写中,作者的万般愁绪、无限哀怨之情,也就巧妙自然、不着痕迹地表现出来。全词从听角看柳写起,渐入虚拟的情景,从今朝到明朝、从眼中之春到心中之秋,其惆怅情怀已然愈益深浓。

【相关链接】姜夔生平有一段情事,铭心刻骨。他早年曾客居合肥,与一对善弹琵琶的姊妹相遇,从此与其中一位结下不解之缘,却因生计不能自足而不得不游食四方,遂无法厮守终老。姜白石诗中提及这件事的,只有《送范伯讷往合肥》绝句三首,而他的词中,与此情有关的有二十二首之多,占其全部词作的四分之一,足见其萦心不忘。前人多因不晓本事,常常责其费解,王国维甚至有"白石有格而无情"之讥评。可事实上,白石用情之专之深,在两宋文人中只有陆游差堪比拟。这也使得他的词具有极为感人的品质,诚如夏承焘先生所说的:"在唐宋情词中最为突出。"

牡丹、杜鹃、君子兰

赏牡丹

[唐] 刘禹锡

庭前芍药妖无格,池上芙蕖净少情。
唯有牡丹真国色,花开时节动京城。

【译文】庭院中的芍药花艳丽虽艳丽,但格调不高;池面上的荷花明净倒是明净,却缺少热情。只有牡丹花才是真正的国色,是最美的花,当它开花的时候,其盛况轰动了整个京城。

【作者简介】刘禹锡(772—842),唐代文学家、哲学家。字梦得,洛阳(今属河南)人,自言系出中山(治今河北定州)。贞元进士,又登博学宏词科,授监察御史。曾参加王叔文集团,反对宦官和藩镇割据势力,被贬朗州司马,迁连州刺史。后以裴度力荐,任太子宾客,加检校礼部尚书,世称刘宾客。其诗通俗清新,善用比兴手法寄托政治内容。《竹枝词》《杨柳枝词》和《插田歌》等组诗,富有民歌特色,为唐诗中别开生面之作。有《刘梦得文集》。

【作品赏析】《赏牡丹》是唐代文学家刘禹锡所作的七言绝句,是一首托物咏怀之作。此诗描绘了唐朝惯有的观赏牡丹的习俗,以芍药"妖无格"和芙蕖"净少情"衬托牡丹之高标格和富于情韵之美,其中也蕴含了诗人心中的理想人格精神。全诗用对比和抑彼扬此的艺术手法,肯定了牡丹"真国色"的花界地位,真实地写出了当年牡丹花盛开能引起京城轰动的巨大效应。

【相关链接】牡丹花的花语:圆满,浓情,富贵,雍容华贵;生命,期待,淡淡的爱,用心付出;高洁,端庄秀雅,仪态万千,国色天香,守信的人。

牡丹花被拥藏为"花中之王",有关文化和绘画作品很丰富。它是中国固有的特产花卉,有数千年的自然生长和两千多年的人工栽培历史。其花大、形美、色艳、香浓,为历代人们所称颂,具有很高的观赏和药用价值,自秦汉时以药植物载入《神农本草经》始,散于历代各种古籍者,不乏其文。

答张十一

[唐] 韩 愈

山净江空水见沙,哀猿啼处两三家。
筼筜竞长纤纤笋,踯躅闲开艳艳花。

未报恩波知死所，莫令炎瘴送生涯。
吟君诗罢看双鬓，斗觉霜毛一半加。

【译文】春山明净，春江空阔，清澈得以见到江底的沙粒，悲伤哀怨的猿啼声处处可听。粗大的箰筜与纤纤嫩笋争相滋长，羊蹄躅清闲自得，随处开放出鲜艳的花朵。皇帝深恩尚未报答，死所也未可得知，但求不要在南方炎热的瘴气中虚度余生而已。吟读张署来诗后，叹看双鬓，顿时觉得鬓发白了一半。

【作者简介】韩愈（768—824），字退之，唐代文学家、哲学家、思想家，河南河阳（今河南省焦作孟州市）人。祖籍河北昌黎，世称韩昌黎。晚年任吏部侍郎，又称韩吏部。谥号"文"，又称韩文公。他与柳宗元同为唐代古文运动的倡导者，主张学习先秦两汉的散文语言，破骈为散，扩大文言文的表达功能。宋代苏轼称他"文起八代之衰"。韩愈在思想上是中国"道统"观念的确立者，是尊儒反佛的里程碑式人物。

【作品赏析】《答张十一》是唐代文学家韩愈被贬到广东阳山后的第二年春天的诗作。通过描写景物，抒发出自己内心深处的愤慨。诗的前半部分写景。"山净江空水见沙，哀猿啼处两三家"，勾画出阳山地区的全景。春山明净，春江空阔，还传递出一种人烟稀少的空寂。静从空旷少人烟而生，作者从繁华嘈杂、人事纷扰的京城一下子到了这僻远荒冷的山区。诗的下半段叙事抒情，这两句是全诗的关键，蕴含着诗人内心深处许多矛盾着的隐微之情：有无辜被贬的愤怨与悲愁，又有对自己从此消沉下去的担心，有自己被贬南荒回归无望的叹息，又有对未来建功立业的憧憬。

【相关链接】唐宪宗到了晚年，迷信起佛法来。他打听到凤翔的法门寺里，有一座宝塔，叫护国真身塔。塔里供奉着一根骨头，据说是释迦牟尼佛留下来的一节指骨，每三十年开放一次，让人瞻仰礼拜。这样做，就能够求得风调雨顺，人人平安。

唐宪宗相信了，特地派了三十人的队伍，到法门寺把佛骨隆重地迎接到长安。他先把佛骨放在皇宫里供奉，再送到寺里，让大家瞻仰。下面的一班王公大臣，一看皇帝这样认真，不论信或是不信，都要凑个趣。许多人千方百计想弄到瞻仰佛骨的机会。有钱的，捐了香火钱；没钱的，就用香火在头顶、手臂上烫几个香疤，也算表示对佛的虔诚。

韩愈是向来不信佛的，更不要说瞻仰佛骨了。他对这样铺张浪费来迎接佛骨，很不满意，就给唐宪宗上了一道奏章，劝谏宪宗不要干这种迷信的事。他说，佛法的事，中国古代是没有的，只有在汉明帝以来，才从西域传了进来。他又说，历史上凡是信佛的王朝，寿命都不长，可见佛是不可信的。

唐宪宗收到这个奏章，大发脾气，立刻把宰相裴度叫了来，说韩愈诽谤朝廷，非把他处死不可。裴度连忙替韩愈求情，唐宪宗气慢慢平了，说："韩愈说我信佛过了头，我还可宽恕他；他竟说信佛的皇帝，寿命都短促，这不是在咒我吗？就凭这一点，我不能饶他。"最后决定贬韩愈为潮州刺史。

洛阳春吟

［宋］邵　雍

洛阳人惯见奇葩，桃李花开未当花。
须是牡丹花盛发，满城方始乐无涯。

【译文】洛阳城里的各种奇怪的事情比较多，每年春天桃花和梨花开放已经不觉得有什么新奇。只有到了牡丹盛开的时候，整个城才显得有了春天的欢愉。

【作者简介】邵雍（1011—1077），北宋理学家。字尧夫，谥号"康节"，自号安乐先生、伊川翁，后人称百源先生。其先范阳（今河北涿州市）人，幼随父迁共城（今河南辉县）。少有志，读书苏门山百源上。宋仁宗皇祐元年（1049）定居洛阳，以教授生徒为生。仁宗嘉祐及神宗熙宁中，先后被召授官，皆不赴。创"先天学"，以为万物皆由"太极"演化而成。著有《观物篇》《先天图》《伊川击壤集》《皇极经世》等。

【作品赏析】《洛阳春吟》是一首充满生活情趣和文化底蕴的佳作，它通过对洛阳春日景象和民众赏花习俗的描绘，展现了宋代洛阳的独特魅力和文化特色。前两句以桃李花为引子，反衬出洛阳人对花卉的独特审美。在洛阳人眼中，桃李花开虽美，却并未被视为真正的"花时"。这里的"奇葩"不仅指桃李等花卉，也暗含了洛阳人对花卉鉴赏的高标准和独特眼光。后两句是全诗的高潮，直接点出了洛阳人对牡丹花的热爱。只有当牡丹花盛开时，整个洛阳城才仿佛迎来了真正的春天，人们沉浸在无边的欢乐之中。牡丹花作为"花中之王"，在洛阳有着极高的地位，其盛开不仅标志着春天的到来，更成为洛阳人生活中不可或缺的一部分。《洛阳春吟》通过对比桃李花与牡丹花，生动地展现了洛阳人独特的赏花文化和审美情趣。诗中流露出的是对牡丹花的无限赞美和对洛阳春日景象的热爱之情。

【相关链接】洛阳牡丹甲天下。牡丹花本国色天香、雍容华贵、吉祥富贵的象征，更有武则天怒而贬之洛阳的故事，使它更添"劲骨刚心、尤高出万卉"的铮铮的傲骨，使洛阳人爱花成癖，花事不竭，日盛于世。每到花期卖花、买花、赏花成风。"大抵家家好花，此时城中无贵贱皆插花"，豪门权贵筵赏牡丹，文人学士墨咏牡丹，大诗人李白、白居易、刘禹锡等均有诗咏牡丹。一时花如海、诗如潮，至北宋达到极致，司马光诗云："洛阳春日最繁华，红绿丛中十万家。"苏轼诗云："花丛单叶成千叶，家住汝南移洛阳。"大文学家欧阳修做洛阳推事三年，饱览洛阳牡丹，给以高度评价，并著《洛阳牡丹记》一书，他把青州、延州等地生长的牡丹与洛阳相比，深为叹服地说："是洛阳者谓天下第一也。"由此"洛阳牡丹甲天下"的说法流传于世。

思黯南墅赏牡丹

［唐］刘禹锡

偶然相遇人间世，合在增城阿姥家。
有此倾城好颜色，天教晚发赛诸花。

【译文】在人世间怎会遇见牡丹这样漂亮的花，花开重瓣，层层叠叠如同西天王母九重的增城。有如此倾国倾城的好颜色，上天应该让你晚点开放与诸花争艳！

【作者简介】刘禹锡（772—842），字梦得，洛阳人。自称"家本荥上，籍占洛阳",又自言系出中山,其先中山靖王刘胜,晚年自号庐山人。唐代哲学家、文学家,有"诗豪"之称。贞元进士,初在淮南节度使杜佑幕府中任记室,为杜佑所器重,后从杜佑入朝,为监察御史。贞元末,与柳宗元、陈谏、韩晔等结交于王叔文,形成了一个以王叔文为首的政治集团。后历任朗州司马、连州刺史、夔州刺史、和州刺史、主客郎中、礼部郎中、苏州刺史等职。会昌时,加检校礼部尚书。卒年七十一,赠户部尚书。

【作品赏析】《思黯南墅赏牡丹》是唐朝诗人刘禹锡所作的七言绝句。刘禹锡在洛阳城牛僧孺的南墅中赏牡丹,感叹牡丹的"国色天香",诗句"有此倾城好颜色,天教晚发赛诸花"等,更是以倾城、千娇万态等词赞美牡丹形质之美,与其另一《赏牡丹》诗中的"唯有牡丹真国色,花开时节动京城"都成为流传千古的赏牡丹名句。

【相关链接】刘禹锡的文章以论说文成就为最大。一是专题性的论文,论述范围包括哲学、政治、医学、书法、书仪等方面。哲学论文如《天论》三篇,论述了天的物质性,指出天人"交相胜""还相用"的观点,并在当时的科学水平上分析了"天命论"产生的社会根源,在唯物主义思想发展史上有一定的地位。其他方面的论文如《答饶州元使君书》《论书》《答道州薛郎中论方书》《答道州薛郎中论书仪书》,都征引丰富、推理缜密、巧丽渊博、雄健晓畅。二是杂文,一般因事立题,有感而发,如《因论》七篇。也有的是"读书有所感,辄立评议",如《华佗论》《辩迹论》《明贽论》等。这些作品,短小精悍,隐微深切。或借题发挥,针砭现实;或托古讽今,抨击弊政,都具有一定的现实性。刘禹锡认为自己所长在"论",韩愈所长在"笔"(《祭韩吏部文》),反映了他对自己的论文的重视。刘禹锡的散文,与他的诗歌一样,辞藻美丽,题旨隐微。柳宗元说他"文隽而膏,味无穷而炙愈出"(刘禹锡《犹子蔚适越戒》引),为深中肯綮的评价。

宣城见杜鹃花

[唐]李 白

蜀国曾闻子规鸟,宣城还见杜鹃花。
一叫一回肠一断,三春三月忆三巴。

【译文】在遥远的故乡,曾听过子规鸟凄恻的鸣啼;如今在异乡宣城,又看到盛开的杜鹃花。子规鸣叫悲啭,使人愁肠寸断。暮春三月,这鸟鸣花开的时节,游子正思念他的故乡三巴。

【作者简介】李白(701—762),字太白,号青莲居士,唐朝浪漫主义诗人,被后人誉为"诗仙",与杜甫并称为"李杜"。祖籍陇西成纪(今甘肃静宁西南),幼时跟随父亲迁至绵州昌隆(今四川江油)青莲乡。李白存世诗文千余篇,有《李太白集》传世。李白深受黄老列庄思想影响,有《李太白集》传世,诗作中多以醉时写的,代表作有《望庐山瀑布》《行路难》《蜀道难》《将进酒》《梁甫吟》《早发白帝城》等多首。

【作品赏析】《宣城见杜鹃花》是唐代伟大诗人李白晚年在宣城(今属安徽)所创作的一首七绝。诗中的子规鸟、杜鹃花均为思乡之情的象征。作者在宣城看到杜鹃花盛开,联想到幼年在四川常听到子规鸟的啼叫。子规啼声凄厉,令听者肠断,暮春三月,特别叫人思念故乡。"一叫一回肠一断,三春三月忆三巴"写尽了旅人思乡的情绪。全诗浑然一体,对仗工整,情景交融,前呼后应,运用多种修辞手法,足见诗人驾驭语言的高超能力。

【相关链接】在蜀中,每逢杜鹃花开的时候,子规鸟就开始啼鸣了。子规鸟,又名杜鹃,花与鸟的名字相同,也是勾起诗人联想的一个原因。这鸟,相传是古蜀帝杜宇的精魂化成。杜宇号称望帝,他自以为德薄,于是禅让了帝位而出亡,死后化为杜鹃鸟。暮春时节，它就悲鸣起来，鸣声仿佛是呼叫着："不如归去！不如归去！"昼夜不止，一直啼叫到嘴边淌出血来。此刻，诗人耳边似乎响起了子规鸟的蹄叫声，一声声地呼唤他归去。

感遇十二首（其一）

［唐］张九龄

兰叶春葳蕤，桂华秋皎洁。
欣欣此生意，自尔为佳节。
谁知林栖者，闻风坐相悦。
草木有本心，何求美人折？

【译文】泽兰逢春茂盛芳馨，桂花遇秋皎洁清新。兰桂欣欣生机勃发，春秋自成佳节良辰。谁能领悟山中隐士，闻香深生仰慕之情？花卉流香原为天性，何求美人采撷扬名。

【作者简介】张九龄（678—740），唐朝大臣。字子寿，一名博物，韶州曲江（今广东韶关）人。长安进士，唐玄宗时历官中书侍郎、同中书门下平章事、中书令，是唐朝有名的贤相。其《感遇诗》以格调刚健著称，有《曲江集》。

【作品赏析】这首诗是诗人谪居荆州时所作，含蓄蕴藉，寄托遥深，对扭转六朝以来的浮艳诗风起过积极的作用。历来受到评论家的重视。明高棅在《唐诗品汇》里指出："张曲江公《感遇》等作，雅正冲淡，体合《风》《骚》，骎骎乎盛唐矣。"全诗虽句句写兰桂，都没有写人，但从诗歌的完整意象里，读者便不难看见人，看到封建社会里某些自励名节、洁身自好之士的品德。

【相关链接】兰花在中国代表着女子气质如兰，蕙质兰心，男子温文尔雅，淡泊名利。花语为高洁、高雅、美好、贤德、淡泊。在外国的花语则为友谊、热烈和自信。我们应该都听说过义结金兰和兰交这种词汇，形容朋友或者兄弟间感情好，友谊深厚，所以它象征着手足之情，还可以代表子孙满堂。兰花被誉为花中君子，还象征着质朴、娴静、内敛等气质，有较深的民族精神和民族情结的认同感，可表达对国家的热爱。

梨花、海棠花、蔷薇、郁金香

一剪梅·雨打梨花深闭门

[明] 唐 寅

雨打梨花深闭门，忘了青春，误了青春。
赏心乐事共谁论？花下销魂，月下销魂。
愁聚眉峰尽日颦，千点啼痕，万点啼痕。
晓看天色暮看云，行也思君，坐也思君。

【译文】深闭房门隔窗只听雨打梨花的声音，就这样辜负了青春年华，虚度了青春年华。纵然有欢畅愉悦的心情又能跟谁共享？花下也黯然神伤，月下也黯然神伤。

整日里都是眉头紧皱如黛峰耸起，脸上留下千点泪痕，万点泪痕。从早晨到晚上一直在看着天色云霞，走路时想念你啊，坐着时也是想念你！

【作者简介】唐寅（1470—1524），字伯虎，后改字子畏，号六如居士、桃花庵主、鲁国唐生、逃禅仙吏等，明代画家、书法家、诗人。早年随沈周、周臣学画，宗法李唐、刘松年，融会南北画派，笔墨细秀，布局疏朗，风格秀逸清俊。人物画师承唐代传统，色彩艳丽清雅，体态优美，造型准确；亦工写意人物，笔简意赅，饶有意趣。其花鸟画长于水墨写意，洒脱秀逸。书法奇峭俊秀，取法赵孟頫。诗文上，与祝允明、文徵明、徐祯卿并称"吴中四才子"。有《六如居士全集》。

【作品赏析】《一剪梅·雨打梨花深闭门》是明代词人、一代文豪唐寅，即唐伯虎以女子口吻所作的一首闺怨词。这首词的佳处不只在于词句之清远流转，其于自然流畅的吟诵中所表现的空间阻隔灼痛着痴恋女子的幽婉心态更是动人。唐寅轻捷地抒述了一种被时空折磨的痛苦，上下片交叉互补、回环往复，将一个泪痕难拭的痴心女形象灵动地显现于笔端。

上片首句，即以重重门关横亘在画面上，它阻断了内外的联系，隔绝了春天，从而表明思妇对红尘的自觉放弃，对所思之人的忠贞挚爱。下片正面描写为情感而自我封闭状态中思妇的形象，通过皱眉洒泪、看天看云、行行坐坐几个连续动作，表达其坐卧不安的无边相思。

【相关链接】唐寅前往茅山进香，路过无锡。晚上船泊在河边，于是唐寅上岸闲逛，见肩舆从东而来，仕女如云，其中有个丫鬟长得最好看。于是唐寅跟着她们走，一直到她们回府才知道是华学士的女婢，唐寅想混进华府，于是应聘进华府为书童，被华府改名为华安，后来唐寅很受府上宠爱和信任，设计选妻，因此得到位叫桂华的美婢。过了几天，唐寅携美婢逃走。华府令人到处寻找，却找不到。过了很久，华学士偶然间到阊门，见书肆中有一人手持书籍翻阅，很像华安。华学士私下找人询问，那人告诉他："此人是唐解元。"第二天，华学士修书投刺前往拜谒，仔细看了半天确认无异。到了上茶时，更是确信，但是始终难以启齿。唐寅命下人上酒对酌，华学士不能忍受，于是讲述华安的一些事来挑明。唐寅唯唯。华学士又说道："华安像貌正好与你相似，不知道是何缘由？"唐寅又唯唯而对。华学士不高兴，就要起身告别。唐寅曰："请稍等，我有个请求。"酒又饮了数杯，唐寅命人点烛引华学士进后堂，叫婢女簇拥新娘出来拜见。华学士愕然。唐寅曰："无妨。"拜完，携新娘女上前对华学士道："你说我像华安，却不识桂华吗？"于是二人相顾大笑，然后道别。

春　怨

[唐] 刘方平

纱窗日落渐黄昏，金屋无人见泪痕。
寂寞空庭春欲晚，梨花满地不开门。

【译文】纱窗外的阳光淡去，黄昏渐渐降临；锁闭华屋，无人看见我悲哀的泪痕。庭院空旷寂寞，春天景色行将逝尽；梨花飘落满地，无情无绪把门关紧。

【作者简介】刘方平，唐玄宗天宝年间诗人，洛阳（今河南洛阳）人。天宝前期曾应进士试，又欲从军，均未如意，从此隐居颍水、汝河之滨，终生未仕。与皇甫冉、元德秀、李颀、严武为诗友，为萧颖士赏识。工诗，善画山水。其诗多咏物写景之作，尤擅绝句，其诗多写闺情、乡思，虽思想内容较贫弱，但艺术性较高，善于寓情于景，意蕴无穷。其《月夜（一作夜月）》《春怨》《新春》《秋夜泛舟》等都是历来为人传诵的名作。

【作品赏析】这是一首宫怨诗。点破主题的是诗的第二句"金屋无人见泪痕"，句中的"金屋"，用汉武帝幼小时愿以金屋藏阿娇（陈皇后小名）的典故，表明所写之地是与人世隔绝的深宫，所写之人是幽闭在宫内的少女。下面"无人见泪痕"五字，可能有两重含义：一是其人因孤处一室、无人作伴而不禁下泪；二是其人身在极端孤寂的环境之中，纵然落泪也无人得见，无人同情。这正是宫人命运之最可悲处。句中的"泪痕"两字，也大可玩味。泪而留痕，可见其垂泪已有多时。这里，总共只用了七个字，就把诗中人的身份、处境和怨情都写出了。

【相关链接】传说唐朝的李世民时期，西凉国守将樊洪的女儿樊梨花，武艺高强，美丽如花，后嫁给了意中人——大唐平辽王薛仁贵之子薛丁山。遗憾的是小两口老闹矛盾，一着急，身怀六甲的樊梨花便带着亲兵跑到了峦山、老君山的一条沟里。在这条沟里，樊梨花生子、教子，养子沟逐得此名，并留下了一连串的动听故事。在梨花塘的山上有一个点将台，传说中薛仁贵在此驻扎，逢敌点将之用。为了纪念平辽王薛仁贵的赫赫战功，更为了樊梨花与薛丁山的姻缘能够落叶归根，薛仁贵的后人几十年前往洛阳，将梨花潭的梨树苗取回，栽在一块池塘边，今命名为"梨花塘"。

采桑子·当时错

[清] 纳兰性德

而今才道当时错，心绪凄迷。红泪偷垂，满眼春风百事非。
情知此后来无计，强说欢期。一别如斯，落尽梨花月又西。

【译文】现在才知道当初我错了，心中凄凉迷乱，眼泪默默落下，满眼看到的都是春风，事物却非于从前。后来知道这是没有办法的，勉强自己说很快乐，像这样别离，梨花落完了，月亮已经在天的西方。

【作者简介】纳兰性德（1655—1685），纳兰氏，原名成德，后改名为性德，字容若，号楞伽山人，满洲正黄旗人，是清代最为著名的词人之一，与朱彝尊、陈维崧并称"清词三大家"。

【作品赏析】《采桑子·当时错》是清代词人纳兰性德写的一首哀伤凄美的怀人之作。毫不造作，把对爱人的一片深情以及他们被迫分离永难相见的痛苦与思念表达得淋漓尽致。平易的语言流露出的是容若一贯的率真情意和他因相思衍生的凄苦无奈。

【相关链接】春风与生物季节性变化。从生物学的视角来看，春风更是自然界季节更迭的重要信号。春风的吹拂，携带着温暖的气流和适量的降水，为大地披上了一袭生机勃勃的绿装。它不仅是植物生长的催化剂，促使种子破土而出，枝条吐露新绿，花朵竞相绽放，更是动物界繁衍生息的序曲。植物通过感知春风带来的温度上升和光照增强的环境信号，精准地启动了生长和开花的生理过程。这一过程展示了生物体对自然环境变化的敏锐适应性和精确调控能力。而动物界则在春风的召唤下，纷纷展现出迁徙、求偶、繁殖等季节性行为变化。这些行为不仅是生物种群繁衍壮大的关键步骤，也是生物多样性和生态平衡得以维持的重要基石。

因此，当我们再次品读《采桑子·当时错》中的"满眼春风"时，不妨将其视为自然界季节更替、生命循环不息的生动写照。在春风的吹拂下，万物复苏，生机勃勃，共同编织出一幅幅绚丽多彩的生命画卷。

海 棠

［宋］苏 轼

东风袅袅泛崇光，香雾空蒙月转廊。
只恐夜深花睡去，故烧高烛照红妆。

【译文】袅袅的东风吹动了淡淡的云彩，露出了月亮，月光也是淡淡的。花朵的香气融在朦胧的雾里，而月亮已经移过了院中的回廊。由于只是害怕在这深夜时分，花儿就会睡去，因此燃着高高的蜡烛，不肯错过欣赏这海棠盛开的时机。

【作者简介】苏轼（1037—1101），字子瞻、和仲，号铁冠道人、东坡居士，世称苏东坡、苏仙，眉州眉山（今四川省眉山市）人，祖籍河北栾城，北宋著名文学家、书画家，历史治水名人。北京大学教授、引碑入草开创者李志敏评价："苏轼是全才式的艺术巨匠。"

【作品赏析】这是一首咏海棠的诗。诗的头两句，描绘海棠所生长的富丽环境，表明海棠的珍贵。后两句写深夜也点燃蜡烛去欣赏海棠花，诗人爱花、爱美人之情极为深切，这样做也够浪漫了。描写精彩，意境绝妙，用海棠比拟美人，更为生动。

【相关链接】海棠花姿潇洒，花开似锦，自古以来是雅俗共赏的名花，素有"花中神仙""花贵妃""花尊贵"之称，在皇家园林中常与玉兰、牡丹、桂花相配植，形成"玉棠富贵"的意境。另外海棠花又称断肠花、思乡草，有象征游子思乡，表达离愁别绪的意思。又因为其妩媚动人，雨后清香犹存，花艳难以描绘，来比喻美人。

南宋陆游诗云："虽艳无俗姿，太皇真富贵。"形容海棠艳美高雅。陆游另一首诗中："猩红鹦绿极天巧，叠萼重跗眩朝日。"形容海棠花鲜艳的红花绿叶及花朵繁茂与朝日争辉的形象。

春暮游小园

［宋］王　淇

一从梅粉褪残妆，涂抹新红上海棠。
开到荼蘼花事了，丝丝天棘出莓墙。

【译文】梅花零落，像少女卸去妆一样时，海棠花开了，它就像少女刚刚涂抹了新红一样艳丽。不多久，待荼蘼开花以后，一春的花事已告终结，唯有丝丝天棘又长出于莓墙之上了。

【作者简介】王淇，字菉猗。现在看起来他的字怪怪的，其实古代的读书人并不觉得怪僻。因为这是取自《诗经》："瞻彼淇奥，菉竹猗猗。"王淇的生平事迹湮没在久远的历史中，只有只字片语——"与谢枋得有交"，谢枋得集中还存有《代王菉猗女荐父青词》这样一篇文章，看来谢枋得和他是有交情的，而且王淇的年龄似乎要大于谢枋得。王淇的诗流传于世的，只是《千家诗》中收录的这两首。

【作品赏析】《春暮游小园》这首诗为七言绝句，用花开花落，表示时序推移，虽然一年的春事将阑，但不断有新的事物出现，大自然是不甘寂寞的。全诗写得很有情趣，前两句，写一春花事，以女子搽粉抹胭脂作比，非常活泼，充满人间趣味。这也是写景诗和咏物诗最常用的一种手法，但又没有流于一般化，这是诗人的高明之处。

【相关链接】海棠花的花语：游子思乡、离愁别绪、温和、美丽、快乐、苦恋。古人称它为断肠花，借花抒发男女离别的悲伤情感。花语就便有"苦恋"了。

海棠花的传说是在很早以前，望京坨的深山老林里住着父女二人，父亲叫马三河，女儿叫海棠。父女俩以打猎为生，相依为命。一天，年方二八的海棠姑娘，跟随父亲在望京坨打猎，这里野兽繁多，忽见一只恶虎张着血盆大口，带着呼呼风声向马三河扑来。海棠姑娘为了救助父亲，挺身上前与虎相拼，难耐身单力薄，倒在了恶爪之下。山上砍柴、放羊、采药的乡亲们闻讯赶来，打跑了恶虎，把她救下望京坨，沿着这一万五千米长的沟谷回村,一路上鲜血滴滴流淌。后来在洒满鲜血处开满了火红的山花。乡亲们为怀念舍身救父的海棠,将此花命名为海棠花。

如梦令·昨夜雨疏风骤

[宋]李清照

昨夜雨疏风骤,浓睡不消残酒。试问卷帘人,却道海棠依旧。知否,知否?应是绿肥红瘦。

【译文】昨天夜里雨点虽然稀疏,但是风却劲吹不停,我酣睡一夜,然而醒来之后依然觉得还有一点酒意没有消尽。于是就问正在卷帘的侍女,外面的情况如何,她只对我说:"海棠花依旧如故。"知道吗?知道吗?应是绿叶繁茂,红花凋零。

【作者简介】李清照(1084—约1155),南宋女词人,号易安居士,齐州章丘(今属山东济南)人。李清照是中国古代罕见的才女,她擅长书、画,通晓金石,而尤精诗词。她的词作独步一时,流传千古,被誉为"词家一大宗"。她的词分前期和后期。前期多写其悠闲生活,多描写爱情生活、自然景物,韵调优美,如《一剪梅·红藕香残玉簟秋》等。后期多慨叹身世,怀乡忆旧,情调悲伤,如《声声慢·寻寻觅觅》。她的人格像她的作品一样令人崇敬。她既有巾帼之淑贤,更兼须眉之刚毅;既有常人愤世之感慨,又具崇高的爱国情怀。她不仅有卓越的才华、渊博的学识,而且有高远的理想、豪迈的抱负。

【作品赏析】《如梦令·昨夜雨疏风骤》是宋代女词人李清照的早期词作。春夜里大自然经历了一场风吹雨打,词人预感到庭园中的花木必然是绿叶繁茂,花事凋零了。因此,翌日清晨她急切地向"卷帘人"询问室外的变化,粗心的"卷帘人"却答之以"海棠依旧"。对此,词人禁不住连用两个"知否"与一个"应是"来纠正其观察的粗疏与回答的错误。"绿肥红瘦"一句,形象地反映出作者对春天将逝的惋惜之情。全词委婉地表达了作者怜花惜花的心情,充分体现出作者对大自然、对春天的热爱，也流露了内心的苦闷。篇幅虽短，但含蓄蕴藉，意味深长。以景衬情，委曲精工，轻灵新巧，对人物心理情绪的刻画栩栩如生，以对话推动词意发展，跌宕起伏，极尽传神之妙，显示出作者深厚的艺术功力。

【相关链接】"赌神"李清照。李清照写过一篇《打马图序》，"打马"就是一种赌博的方法。在这篇文章中，李清照一开篇就教训人说："你们赌博为啥就不能像我一样精通呢？其实赌博没什么窍门，找到抢先的办法就行了，所以只有专心致志地赌，才能立于不败之地。"所谓"博者无他，争先术耳，故专者能之"。她还得意扬扬地宣称："我这人没啥别的嗜好，就是天性喜欢赌博。凡是赌博，我就沉迷其中，一到赌桌上就饭也忘了吃，觉也忘了睡，不分白天晚上地赌。而且，我赌了一辈子，不论是什么形式的赌，不论赌多赌少，从来就没输过，赢的钱哗啦哗啦争着往我腰包里赶，挡都挡不住。"

玫 瑰

[宋] 陈 淳

色与香同赋，江乡种亦稀。
邻家走儿女，错认是蔷薇。

【译文】玫瑰花同具香气和外形，江乡之地的栽种很少。邻居家的女儿回娘家，错认为这是蔷薇。

【作者简介】陈淳（1159—1217），南宋理学家。字安卿，世称"北溪先生"，龙溪（今福建漳州）人。朱熹晚年弟子。著《北溪字义》，对性、命、诚、敬等重要范畴，用朱熹、周敦颐、二程、张载等人的思想进行疏解。著作编为《北溪文集》。

【作品赏析】这是一首以玫瑰为题材的古诗，通过描绘玫瑰的色与香以及其在江南地区的稀有性，展现了诗人对玫瑰的独特情感和观察。诗歌语言简练明快，用字精准，运用对比和夸张的手法使得诗歌更加生动有趣。同时，这首诗也反映了诗人对自然美、生活美的热爱和追求。诗中"色与香同赋"一句，直接点出了玫瑰的两大特点：色彩鲜艳且香气袭人，赋予了玫瑰以生命力和美感。"邻家走儿女，错认是蔷薇"则通过邻家儿女的误认，进一步强调了玫瑰的非凡之处，以及它在人们心中的独特地位。

【相关链接】玫瑰原产中国，栽培历史悠久，玫瑰在植物分类学上属蔷薇科。蔷薇属灌木，在日常生活中是蔷薇属一系列花大艳丽的栽培品种的统称，这些栽培品种亦可称作月季或蔷薇。玫瑰果实可食，无糖，富含维他命C，常用于香草茶、果酱、果冻、果汁和面包等，亦有瑞典汤、蜂蜜酒。玫瑰长久以来就象征着美丽和爱情。古希腊和古罗马民族用玫瑰象征着他们的爱神阿芙罗狄蒂、维纳斯。玫瑰在希腊神话中是宙斯所创造的杰作，用来向诸神炫耀自己的能力。

蔷薇花

[唐] 杜 牧

朵朵精神叶叶柔，雨晴香拂醉人头。
石家锦幛依然在，闲倚狂风夜不收。

【译文】蔷薇花朵朵精神，叶叶娇柔，雨后晴天香气拂过醉上人头。一排排如石崇家的锦罗帷帐还留存至今，悠闲中对着狂风夜晚花开都不收拢。

【作者简介】杜牧（803—853），字牧之，号樊川居士，京兆万年（今陕西西安）人。杜牧是唐代杰出的诗人、散文家，是宰相杜佑之孙，杜从郁之子。大和进士，曾为江西、宣歙观察使沈传师和淮南节度使牛僧孺的幕僚，历任监察御史，黄、池、睦诸州刺史，后入为司勋员外郎，官终中书舍人。因晚年居长安南樊川别墅，故后世称"杜紫微""杜樊川"，著有《樊川文集》。杜牧的诗歌以七言绝句著称，内容以咏史抒怀为主，其诗英发俊爽，多切经世之物，在晚唐成就颇高。

【作品赏析】这首诗是对蔷薇花的描写，写得比较平实。首句写花的饱满，是写蔷薇的神韵气质，次句写花的香，三句比喻这成排的蔷薇就如同当年晋朝的石崇的五十里锦幛一样，华丽奢侈，是写蔷薇的美。末句写蔷薇的精神，一个"闲"字，描绘出了蔷薇坚韧而旷达的品质，是本诗的一个小小的境界提升。本诗赞扬蔷薇花的美丽如有性格、有品位的美女，表达了杜牧的人格理想与爱情理想。

【相关链接】蔷薇花属于蔷薇科蔷薇属，是多种花卉的通称，包括蔓藤蔷薇的变种及众多园艺品种。蔷薇属植物种类繁多，变异性强，全世界约有二百种，多产于北半球温带、亚热带及热带山区。蔷薇花喜生于路旁、田边、墙上或丘陵地的灌木丛中。它们喜阳光，亦耐半阴，较耐寒，在中国北方大部分地区都能露地越冬。对土壤要求不严，耐干旱，耐瘠薄，栽植在土层深厚、疏松、肥沃湿润而又排水通畅的土壤中则生长更好。蔷薇花的茎刺较大且一般有钩，叶互生，奇数羽状复叶，小叶为五片至九片，叶缘有齿，叶片平展但有柔毛。花常是六七朵簇生，为圆锥状伞房花序，生于枝条顶部，花径约三厘米，花色丰富，有白色、黄色、粉红、深红等多种颜色，果实为圆球体。

客中作

[唐]李 白

兰陵美酒郁金香，玉碗盛来琥珀光。
但使主人能醉客，不知何处是他乡。

【译文】兰陵美酒甘醇，就像郁金香芬芳四溢。兴来盛满玉碗，泛出琥珀光晶莹迷人。主人端出如此好酒，定能醉倒他乡之客。最后哪能分清，何处才是家乡？

【作者简介】李白（701—762），字太白，号青莲居士，是屈原之后最具个性特色、最伟大的浪漫主义诗人，喜欢运用夸张的修辞手法，有"诗仙"之美誉，与杜甫并称"李杜"。其诗以抒情为主，表现出蔑视权贵的傲岸精神，对人民疾苦表示同情，又善于描绘自然景色，表达对祖国山河的热爱。诗风雄奇豪放，想象丰富，语言流转自然，音律和谐多变，善于从民间文艺和神话传说中吸取营养和素材，构成其特有的瑰玮绚烂的色彩，达到盛唐诗歌艺术的巅峰。存世诗文千余篇，有《李太白集》三十卷。

【作品赏析】《客中作》是唐代伟大诗人李白的作品。此诗前两句以轻快、优美的笔调，歌颂了兰陵美酒。第一句从酒的质量来赞美酒，第二句进一步从酒器、酒的色彩烘托出酒的可爱。后两句说因美酒而流连忘返，乃直抒胸臆之语，含义深长，耐人寻味。全诗语意新奇，形象洒脱，一反游子羁旅乡愁的古诗文传统，抒写了身虽为客却乐而不觉身在他乡的乐观情感，充分表现了李白豪迈不羁的个性和其诗豪放飘逸的特色，并从一个侧面反映出盛唐时期的时代气氛。

【相关链接】兰陵美酒。兰陵美酒源自古兰陵郡（今山东临沂一带），历史悠久，可追溯至春秋战国时期。其制作工艺精湛，选用优质五谷为原料，汲取地下清泉，经古法酿造，陈年窖藏而成。酒体色泽晶莹，宛如琥珀，香气馥郁，入口绵柔，回味悠长，被誉为"酒中瑰宝"。

在唐代，兰陵美酒更是声名远播，成为文人墨客笔下的常客。李白诗中"兰陵美酒郁金香"一句，虽含艺术夸张，却足见其对兰陵美酒的赞誉之情。实际上，兰陵美酒不仅满足了人们的口腹之欲，更承载着丰富的文化内涵，是古代礼仪、节庆、社交活动中不可或缺的重要元素。通过兰陵美酒，我们可以一窥古代酿酒技术的辉煌成就，感受中华酒文化的博大精深。

芙蓉花、辛夷花

临湖亭

[唐]王 维

轻舸迎上客，悠悠湖上来。
当轩对樽酒，四面芙蓉开。

【译文】我乘坐着小船迎接贵宾,小船在湖上悠然开来。宾主围坐临湖亭开怀畅饮,四周一片盛开的芙蓉。

【作者简介】王维(701?—761),字摩诘,唐代诗人、画家。原籍太原祁县(今属山西),其父迁居蒲州(治今山西永济西南蒲州镇),遂为河东人。开元进士,累官至给事中。安禄山军陷长安时曾受伪职,乱平后,降为太子中允。后官至尚书右丞,故亦称王右丞。晚年居蓝田辋川,过着亦官亦隐的优游生活。诗与孟浩然齐名,并称"王孟"。前期写过一些以边塞题材的诗篇,但其作品最主要的则为山水诗,通过田园山水的描绘,宣扬隐士生活和佛教禅理。体物精细,状写传神,有独特成就。兼通音乐,工书画。有《王右丞集》。

【作品赏析】《临湖亭》唐朝诗人王维创作的一首诗作。诗人王维在亭子里等待、迎接贵宾,轻舸在湖上悠然驶来。宾主围坐临湖亭开怀畅饮,窗外就是一片盛开的莲花。诗歌将美景、鲜花、醇酒和闲情巧妙地融于一体,在自然中寄深意,于质朴中见情趣。娟秀飘逸的意境,令人陶醉。

【相关链接】五代后蜀皇帝孟昶,有妃子名"花蕊夫人",她不但妩媚娇艳,还特爱花。有一年她去逛花市,在百花中她看到一丛丛一树树的芙蓉花如天上彩云滚滚而来,尤其喜欢。孟昶为讨爱妃欢心,还颁发诏令,在成都"城头尽种芙蓉"。待到来年花开时节,成都就"四十里如锦绣"。成都自此也就有了"芙蓉城"的美称。后来,后蜀灭亡,花蕊夫人被宋朝皇帝赵匡胤掠入后宫。花蕊夫人常常思念孟昶,偷偷珍藏他的画像,以述思念之情。赵匡胤知道后,逼迫她交出画像。但花蕊夫人坚决不从,赵匡胤一怒之下将她杀死。后人敬仰花蕊夫人对爱情的忠贞不渝,尊她为"芙蓉花神",所以芙蓉花又被称为"爱情花"。

山居即事

[唐]王 维

寂寞掩柴扉,苍茫对落晖。
鹤巢松树遍,人访荜门稀。

绿竹含新粉，红莲落故衣。

渡头烟火起，处处采菱归。

【译文】沉寂地把篱门紧紧掩上，在苍茫暮色中望着斜晖。鹤栖宿遍布周围的松树，柴门来访的人冷落稀疏。嫩竹节已添上一层新粉，老荷花早落下片片红衣。渡口处的渔火星星点点，是处处采菱人荡舟来归。

【作者简介】王维（701？—761），字摩诘，开元进士，唐代诗人、画家。原籍祁县（今属山西），其父迁居蒲州（治今山西永济西），遂为河东人。曾绘《辋川图》，山谷郁郁盘盘，云水飞动。北宋苏轼称他诗中有画，画中有诗。明董其昌推为"南宗"之祖，并说"文人之画，自王右丞始"。存世的《雪溪图》《伏生授经图》，相传是他的画迹。

【作品赏析】《山居即事》为唐代诗人王维所作的五言咏怀诗。此诗主要是描述了诗人隐居山林之后的生活和心态写照，写出了生活的惬意，表达了诗人对田园风光的欣赏，也在字里行间透露出诗人的落寞之情。全诗语言清新，情趣盎然，传神地描绘了一幅田园生活图景，充分体现了王维"诗中有画"的特色。

【相关链接】人与自然。在当代社会，随着城市化进程的加速，人与自然的关系日益紧张，王维笔下的山居生活成为对现代人心灵的一种慰藉。它启示我们，应重视环境保护，追求与自然和谐共处的生活方式。同时，诗中孤独与宁静的对比，也引发了对现代人生活状态的反思。王维的山居生活，为我们提供了一种逃离喧嚣、回归内心的可能。它提醒我们，在追求物质生活的同时，不应忽视精神世界的丰富与宁静。

辛夷坞

[唐] 王 维

木末芙蓉花，山中发红萼。

涧户寂无人，纷纷开且落。

【译文】枝条最顶端的辛夷花，在山中绽放着鲜红的花萼，红白相间，十分绚丽。涧口一片寂静杳无人迹，随着时间的推移，纷纷怒放，瓣瓣飘落。

【作者简介】王维（701？—761），字摩诘，开元进士，唐代诗人、画家。原籍祁县（今属山西），其父迁居蒲州（治今山西永济西南蒲川镇），遂为河东人。前期写过一些以边塞题材的诗篇，但其作品最主要的则为山水诗，通过田园山水的描绘，宣扬隐士生活和佛教禅理。体物精细，状写传神，有独特成就。兼通音乐，工书画。有《王右丞集》。

【作品赏析】辛夷坞，蓝田辋川（今陕西省蓝田县内）风景胜地，王维辋川别业附近。坞，四面高、中部低的小块地方。

这首《辛夷坞》是王维《辋川集》诗二十首之第十八首。这组诗全是五绝，犹如一幅幅精美的绘画小品，从多方面描绘了辋川一带的风物。作者很善于从平凡的事物中发现美，不仅以细致的笔墨写出景物的鲜明形象，而且往往从景物中展现一种环境气氛和精神气质。

【相关链接】"木末芙蓉花"，即辛夷花，又名木笔花、望春花、玉兰花、木兰花、紫玉兰、玉树、玉堂春，为木兰科，落叶乔木植物。辛夷的花蕾，性温味辛、归肺、胃经。因它辛散温通、芳香走窜、上行头面、善通鼻窍，因治鼻渊头痛要药，同时只要适当配伍它偏寒偏热均可应用，药用价值颇高，内服外用都有较好的疗效。

辛夷花代表"报恩及纯真的爱"。每年二月底三月初是辛夷花盛开的季节，辛夷开花时，艳而不妖，更不失素雅之态，具有独特的丰姿，这也是其花语的由来。辛夷开花，每朵都是九枚，所有的花瓣都直直向上挺立着，显示出她的骄傲矜持。

春雨、春风

临安春雨初霁

[宋]陆 游

世味年来薄似纱,谁令骑马客京华。
小楼一夜听春雨,深巷明朝卖杏花。
矮纸斜行闲作草,晴窗细乳戏分茶。
素衣莫起风尘叹,犹及清明可到家。

【译文】近年来世态人情淡薄得像一层薄纱,谁又让我乘马来到京都做客沾染繁华?住在小楼听尽了一夜的春雨淅沥嘀嗒,清早会听到小巷深处在一声声叫卖杏花。铺开小纸从容地斜写行行草草,字字有章法,晴日窗前细细地煮水、沏茶、撇沫,试着品名茶。呵,不要叹息那京都的尘土会弄脏洁白的衣衫,清明时节还来得及回到镜湖边的山阴故家。

【作者简介】陆游(1125—1210),字务观,号放翁,越州山阴(今浙江绍兴)人,南宋著名诗人。少时受家庭爱国思想熏陶,高宗时应礼部试,为秦桧所黜。孝宗时赐进士出身。中年入蜀,投身军旅生活,官至宝谟阁待制。晚年退居家乡。其一生笔耕不辍,今存九千多首,内容极为丰富。与王安石、苏轼、黄庭坚并称"宋代四大诗人",又与杨万里、范成大、尤袤合称"南宋四大家"。

【作品赏析】《临安春雨初霁》是南宋著名爱国诗人陆游晚年时期所作的七言律诗。诗开篇即以问句的形式表达世态炎凉的无奈和客籍京华的蹉跎,直抒胸臆,情感喷薄。整首诗的情绪在开篇即达到高潮,后面三联逐渐回落。无论是夜不能寐听春雨,天明百无聊赖"作草""分茶",还是自我安慰说"清明可到家",都是开篇两句的注脚,都是本已厌倦官场却又客籍京华的无奈之举。整首诗在情思的气势上由高到低，而又浑然一体。

【相关链接】据传，陆游初娶表妹唐琬，夫妻恩爱，因唐琬不孕，为陆母所不喜，陆游被迫与唐琬分离。陆游按照母亲心意，另娶王氏为妻，唐琬也迫于父命改嫁同郡赵士程。

十余年后，陆游春游，于沈园偶遇唐琬夫妇，伤感之余，在园壁题了著名的《钗头凤》词："红酥手，黄縢酒，满城春色宫墙柳。东风恶，欢情薄，一怀愁绪，几年离索。错，错，错！春如旧，人空瘦，泪痕红浥鲛绡透。桃花落，闲池阁，山盟虽在，锦书难托。莫，莫，莫！"唐琬看到后悲伤不已，也依律赋了一首《钗头凤》："世情薄，人情恶，雨送黄昏花易落。晓风干，泪痕残。欲笺心事，独语斜阑。难，难，难！人成各，今非昨，病魂常似秋千索。角声寒，夜阑珊，怕人寻问，咽泪装欢。瞒，瞒，瞒！"

此次邂逅不久唐琬便忧郁而死。陆游为此哀痛至甚，后又多次赋诗忆咏沈园，沈园亦由此而久负盛名。

谒金门·花过雨

[宋] 李好古

花过雨，又是一番红素。燕子归来愁不语，旧巢无觅处。
谁在玉关劳苦？谁在玉楼歌舞？若使胡尘吹得去，东风侯万户。

【译文】花经过一场春雨后，渐渐地开放了，燕子从北方飞回到这里因为找不到旧时的巢穴而愁楚。是谁在边关前线戍守？又是谁在玉楼里莺歌燕舞？假如东风能吹走侵略的敌人，那就封它做个万户侯吧！

【作者简介】李好古，南宋词人。生平不详。自署乡贡免解进士。清吟阁本《阳春白雪》载："好古字仲敏，原籍下邳（今陕西渭南市东北），可备一说。"根据他写于扬州的两首《八声甘州》、两首《江城子》里的自述推断，他大约活动于南宋中后期。少年有大志,但无法获得报国的机会,大约三十岁时尚未求到功名,于是乘船千里,到扬州一带游览。又据其《酹江月》:"……四十男儿当富贵,谁念漂零南北……",可知他中年以后仍然不得意,到处流浪。

【作品赏析】《谒金门·花过雨》为南宋词人李好古所作的一首词。上阕对"花儿""燕子"的描写,表现战争所造成的家园破败的景象。下阕引向社会现实,揭示造成家园破败的原因。此词托物寄情,通过上下两片的对比,表现作者对时局的忧虑和统治者的失望。词兼用明快、严肃、含蓄、幽默的多种手法,浑然成篇,自成一格。

【相关链接】李好古对苏轼极为倾倒,曾说:"夜吹箫,朝问法,记坡仙。祇今何许,当时三峡倒词源。"他的词以苏轼、辛弃疾为法,纵意抒写,风格雄豪,有些作品或感叹时事,或呼吁收复中原,言辞激切,情绪昂扬,属于南宋爱国词中的佳篇。较有代表性的如《江城子·平沙浅草接天长》:"平沙浅草接天长。路茫茫,几兴亡。昨夜波声,洗岸骨如霜。千古英雄成底事,徒感慨,漫悲凉。少年有意伏中行。馘名王,扫沙场。击楫中流,曾记泪沾裳。欲上治安双阙远,空怅望,过维扬。"《清平乐·瓜州渡口》更向南宋统治集团大声疾呼道:"更愿诸公著意,休教忘了中原。"少数写闲适之情的小令则以绮丽见长。

春雨后

[唐] 孟 郊

昨夜一霎雨,天意苏群物。
何物最先知,虚庭草争出。

【译文】昨晚听到了小雨淅淅沥沥落下的声音,是上天想唤醒这些还在沉睡中的万物吗?什么东西最先知道春天来了呢?庭院里的小草已经争先冒出了它们嫩绿的尖芽。

【作者简介】孟郊(751—814),唐代诗人,字东野,唐代湖州武康(今浙江德清县）人。现存诗歌五百多首，以短篇的五言古诗最多，代表作有《游子吟》。有"诗囚"之称，又与贾岛齐名，人称"郊寒岛瘦"。张籍私谥为"贞曜先生"。有《孟东野诗集》。

【作品赏析】这是孟郊的一首绝句，诗歌以提问的方式，自问自答，写出了春雨的灵动和小草们得到春雨滋润后，争先发芽的状态，文章活泼灵动，富有哲理。

【相关链接】"郊岛"是中唐诗人孟郊、贾岛的合称。孟郊比贾岛大二十八岁，是贾岛的前辈诗人。但他们都是遭际不遇，官职卑微，一生穷困，一生苦吟。孟郊"一生空吟诗，不觉成白头"（《送卢郎中汀》）；贾岛"一日不作诗，心源如废井"《戏赠友人》。相传他"二句三年得，一吟双泪流"（魏泰《临汉隐居诗话》）。他们又都是韩愈的诗友，韩愈对他们的诗也都很赞赏，说孟郊诗"横空盘硬语，妥贴力排奡"（《荐士》），贾岛诗"奸穷怪变得，往往造平淡"（《送无本师归范阳》），但重视郊较过于岛。郊、岛二人偶有诗相投赠，在当时并不齐名。宋代欧阳修始以两人并举，谓"孟郊、贾岛之徒，又得其悲愁郁堙之气"（《书梅圣俞稿后》），苏轼有"郊寒岛瘦"（《祭柳子玉文》）之论。

春 思

[唐] 李 白

燕草如碧丝，秦桑低绿枝。
当君怀归日，是妾断肠时。
春风不相识，何事入罗帏。

【译文】燕地小草像碧丝般青绿，秦地的桑树枝叶已经低垂。当郎君怀念家园盼归之日，都是我念君肝肠寸断之时。春风啊你与我素不相识，为何吹进罗帐激我愁思？

【作者简介】李白（701—762），字太白，号青莲居士，是屈原之后最具个性特色、最伟大的浪漫主义诗人。有"诗仙"之美誉，与杜甫并称"李杜"。其诗以抒情为主，表现出蔑视权贵的傲岸精神，对人民疾苦表示同情，又善于描绘自然景色，表达对祖国山河的热爱。诗风雄奇豪放，想象丰富，语言流转自然，音律和谐多变，善于从民间文艺和神话传说中吸取营养和素材，构成其特有的瑰玮绚烂的色彩，达到盛唐诗歌艺术的巅峰。存世诗文千余篇，有《李太白集》三十卷。

【作品赏析】《春思》是唐代伟大诗人李白所创作的新题乐府诗。此诗写一位出征军人的妻子在明媚的春日里对丈夫梦绕魂牵的思念，以及对战争早日胜利的盼望，表现思妇的思边之苦及其对爱情的坚贞。全诗言辞朴实无华，情景交融，神骨气味高雅浑然，富有民歌特色。

【相关链接】地域特征。"燕"与"秦"的地理符号，深刻揭示了自然环境多样性对植物分布的深远影响。北方燕地，以其干燥的气候条件，孕育了耐旱、根系发达的植物种类，它们以独特的方式适应并生存于这片土地。而南方秦地，湿润多雨，则滋养了繁茂的植被，尤其是那些喜爱湿润环境的植物种类，它们在这里茁壮成长，形成了独特的生态景观。这一对比不仅展示了自然环境对植物分布的直接影响，也启示我们尊重自然规律，因地制宜地保护与利用植物资源，以维护生态平衡和生物多样性。

清平乐·别来春半

[五代] 李 煜

别来春半，触目柔肠断。砌下落梅如雪乱，拂了一身还满。

雁来音信无凭，路遥归梦难成。离恨恰如春草，更行更远还生。

【译文】离别以来，春天已经过去一半，映入目中的景色掠起柔肠寸断。阶下落梅就像飘飞的白雪一样零乱，把它拂去了又飘洒得一身满满。

鸿雁已经飞回而音信毫无依凭，路途遥远，要回去的梦也难实现。离别的愁恨正像春天的野草，越行越远它越是繁生。

【作者简介】李煜（937—978），五代十国时南唐国君，字重光，初名从嘉，号钟隐，彭城（今江苏徐州）人。南唐元宗李璟第六子，于宋建隆二年（961）继位，史称李后主。开宝八年（975），宋军破南唐都城，李煜降宋，被俘至汴京，封为右千牛卫上将军、违命侯。后因作感怀故国的名词《虞美人》而被宋太宗毒死。李煜虽不通政治，但其艺术才华却非凡。精书法，善绘画，通音律，诗和文均有一定造诣，尤以词的成就最高。著有千古杰作《虞美人》《浪淘沙令》《乌夜啼》等词。在政治上失败的李煜，却在词坛上留下了不朽的篇章，被称为"千古词帝"。

【作品赏析】《清平乐·别来春半》是五代十国时期南唐后主李煜的词作，收录于《南唐二主词》中。全词写出怀人念远、忧思难禁之情，或为作者牵记其弟李从善入宋不得归，故触景生情而作。上片点出春暮及相别时间，那落了一身还满的雪梅正像愁之欲去还来；而下片由彼方措意，说从善留宋难归，托雁捎信无凭，心中所怀的离恨，就好比越走越远还生的春草那样无边无际。两者相形，倍觉愁肠寸断的凄苦和离恨常伴的幽怨。歇拍两句从动态写出离恨的随人而远，尤显生动，为人所称。

【相关链接】李煜重瞳。在漫漫的历史长河中，中国出现了不少拥有重瞳的人，类似项羽晋文公之类的人物，他们都拥有重瞳。重瞳，从字面意思来看其实并不难理解，就是一个眼睛里有两个瞳孔，而且两个重叠在一起。还有一种双瞳，意思和重瞳差不多，区别只是在于在拥有双瞳的人的眼睛中两个瞳孔是并列的，并没有重合。在中国古代书刊上记载拥有重瞳的人一般都是圣人。然而事实是重瞳只不过是瞳孔发生了粘连畸变，由一个瞳孔变成了两个瞳孔重叠而已，并不影响视力，但是这是早期白内障的征兆，应该尽早治疗。李煜的重瞳使他从小就受到兄长的猜疑，为了能够和兄长和睦相处他果断放弃朝政。然而，公元959年太子去世，父皇便立李煜为太子，帮助他监察国事，处理朝政。公元962年，父皇去世，同年李煜登基继承皇位。可是没过多久宋国来犯，他因两方实力悬殊败下阵来，从此郁郁寡欢。他继承皇位后，虽然国破家亡在治理国家方面失败了，但在写词作诗方面却成就非凡，也算不辜负圣人之名。

二、夏 季

芍 药

贞元十四年旱甚见权门移芍药花

[唐]吕 温

绿原青垄渐成尘,汲井开园日日新。
四月带花移芍药,不知忧国是何人。

【译文】久旱无雨,绿色的原野和青色的田垄渐渐干成了尘土;而豪门之家的花园因有井水浇灌,还在一天天扩大,景色一天天变新。时值四月,许多达官显要把从外面买来正在开花的芍药花移植到新扩充的花园中,真不知道他们之中还有谁以国计民生为念?

【作者简介】吕温(772—811),字和叔,又字化光,唐河东(今山西永济西南)人。贞元进士,次年又中博学宏词科,授集贤殿校书郎。历任左拾遗、户部员外郎、司封员外郎、刑部郎中。有《吕和叔文集》十卷传世。

【作品赏析】《贞元十四年旱甚见权门移芍药花》是唐代大臣吕温初踏入仕途时的诗作。此诗针对"权门移芍药"事件,谴责了贵族权门只知自己游乐、不管人民死活的丑恶行径,慨叹忧国无人,表现了诗人忧国忧民的思想感情。全诗寓深刻的政治思想于鲜明的艺术形象之中,语言清新,对比鲜明,诗意含蓄,极具特色。

【相关链接】吕温在法律思想上强调明刑立威,认为治理国家必须"权之以法制、董之以刑罚";但又认为刑罚是道德的辅佐,刑罚的运用必须服务于"导之以德",以达到使人"迁善远罪"的目的。为了维护封建法制的严肃性和力求执法公正,他提出了两个主张:一是反对"功臣恕死"的规定。认为功不可以不赏,罪不可以不刑；信赏必罚是天经地义。如果有功勋的人犯了死罪予以免死，或者没有犯罪而先行恕死，乃是弃信废刑，挠权乱法，以罪宠人。这样不但不能劝善惩恶，反而会鼓励犯罪，对国家、对功臣都将有害无益。二是反对纳粟赎罪的规定。认为刑赏是国之大本，不可不严肃对待。汉代曾用过纳粟的办法除罪拜爵，但那是"杂霸道而隳王制，昧宏规而狃小利"。以之拜爵，固然毁坏了有功必赏的规定，以之除罪，更是废弃了有罪必罚的法律，是对残贼之徒和奸宄之党大开免罪之门，使凶人酷吏可以肆无忌惮地为非作恶。这样，刑法规定得再严，甚至"临以斧钺，驱于鼎镬"，也是不足以立威的。

戏题阶前芍药

[唐] 柳宗元

凡卉与时谢，妍华丽兹晨。
欹红醉浓露，窈窕留馀春。
孤赏白日暮，暄风动摇频。
夜窗蔼芳气，幽卧知相亲。
愿致溱洧赠，悠悠南国人。

【译文】平常的花草都随时令的变迁而凋谢，唯有这美丽的牡丹仍开放在今晨。溢满露珠的鲜红的花朵，像喝醉了酒微微倾斜，美好的姿态留给了将逝的暮春。独自欣赏一直到夕阳下沉，温暖的春风把枝叶摇动频频。浓郁芳香自窗外透入，好似与静卧的人来相亲。真想像《溱洧》诗中的少男少女一样，摘一朵牡丹赠给悠悠的南国美人。

【作者简介】柳宗元（773—819），字子厚，河东解县（今山西运城西南）人，世称柳河东、河东先生，因官至柳州刺史，又称柳柳州。唐代著名文学家、哲学家、散文家和思想家，与韩愈共同倡导唐代古文运动，并称为"韩柳"。与刘禹锡并称"刘柳"。与王维、孟浩然、韦应物并称"王孟韦柳"。与唐代的韩愈、宋代的欧阳修、苏洵、苏轼、苏辙、王安石和曾巩，并称为"唐宋八大家"，为唐宋八大家之一。

【作品赏析】诗一开头就用对比的手法描写，以表明牡丹不同于普通花卉。作者的刻画表现了牡丹超凡脱俗、卓然独立的品性。花如其人，牡丹的形象实则是诗人自我品性的物化。接着，作者继续状写牡丹自我欣赏的倩影和醉人的芳香。这四句诗用拟人的手法，把牡丹人格化，极富情趣。写花的"孤赏"也是写人的洁身自好，不随波逐流。诗的结句极其巧妙而委婉地表达了急于用世，希求援引的愿望，因此是全诗的主旨所在。《戏题阶前芍药》在艺术手法上主要是一个"戏"字，全诗用戏谑的口吻，加上拟人手法的运用，文辞清新，意味蕴藉。

【相关链接】芍药的花语是美丽动人、依依不舍、难舍难分、真诚不变。古代男女交往，以芍药相赠，表达结情之约或惜别之情，故又称"将离草"。现在，芍药已经成为七夕节的代表花卉，是中国的爱情之花。

卜算子·芍药打团红

[宋] 洪咨夔

芍药打团红，萱草成窝绿。帘卷疏风燕子归，依旧卢仝屋。
贫放麴生疏，闲到青奴熟。扫地焚香伴老仙，人胜连环玉。

【译文】红色的芍药聚成团，绿色的萱草长成一窝一窝的。帘子卷着细风，燕子也从外面归来，我住的还是卢仝那样的破屋子。因为贫困，麴都放得荒疏了，因为无事可做，只能躺在床上，床上的青奴好像都热熟了。可每日扫地焚香伴着老仙，在这样的生活里，人比连环玉活得还精致些。

【作者简介】洪咨夔（1176—1236），南宋文学家、学者。字舜俞，号平斋，於潜（今属浙江杭州）人。嘉泰进士，累官至刑部尚书，翰林学士、知制诰，加端明殿学士。撰有《春秋说》《西汉诏令》等经史著作。

【作品赏析】词的上阕开头描写自己生活的周边环境，在满园的鲜花和绿草的环绕中，自己却住着残破不堪的屋子。下阕进一步突出了自己生活困窘，物质生活尤其贫乏，但自己还想着要生活得更加精致优雅。全文以景衬情，写出了自己现实的无奈和悠闲。

【相关链接】洪咨夔二三事。年少成名，正直敢言。洪咨夔于公元1176年出生于南宋临安府於潜县（今浙江临安），年仅25岁便考中进士，展现出非凡的才华。然而，他在官场初期并未得到重用，虽长时间担任小官闲职，但他始终保持正直敢言的态度。

诗文传世，反映民生。洪咨夔不仅是一位政治家，更是一位文学家。他的诗文作品广泛流传于世，其中不乏直接反映农民生活疾苦和讽刺官吏、朝政的诗句。如《次韵闵饥》中的"贵人生长不知田，丝竹声中醉饱眠。渠信春山青草尽，排门三日未炊烟"等诗句深刻揭示了农村贫富对立的现实和农民的困苦生活。

荷花、莲花、向日葵

如梦令·常记溪亭日暮

［宋］李清照

常记溪亭日暮，沉醉不知归路。兴尽晚回舟，误入藕花深处。争渡，争渡，惊起一滩鸥鹭。

【译文】曾记得一次，在小溪旁边的亭子里游玩饮酒到了傍晚时分，喝得大醉回家找不着了道路。兴尽之后很晚才往回划船，却不小心进入了荷花深处。怎么渡，怎么渡？（最终）惊起水边满滩的鸥鹭。

【作者简介】李清照（1084—约1155），号易安居士，齐州章丘（今山东章丘）人。宋代女词人，婉约词派代表，有"千古第一才女"之称。

【作品赏析】《如梦令·常记溪亭日暮》是宋代女词人李清照的词作。这是一首忆昔词，寥寥数语，似乎是随意而出，却又惜墨如金，句句含有深意。开头两句，写沉醉兴奋之情。接着写"兴尽"归家,又"误入"荷塘深处,别有天地,更令人流连。最后一句,纯洁天真,言尽而意不尽。全词不假雕琢,富有一种自然之美,它以女词人特有的方式表达了她早期生活的情趣和心境,境界优美怡人,以尺幅之短给人以足够的美的享受。

【相关链接】婉约词派。婉约词派是中国古代词学的重要流派之一,形成于晚唐,以温庭筠为先驱,经柳永、秦观、周邦彦、李清照等词人发展至鼎盛。这一词派以修辞婉转、表现细腻著称,内容多侧重于儿女风情、离别之绪,表现手法上多用含蓄蕴藉的方式表达情感。婉约词风情感丰富,意境深远,语言优美,音律和谐,具有极高的艺术价值。其代表人物如柳永的《雨霖铃》、李清照的《声声慢》等作品,都是文学史上的经典之作,深受后人喜爱和传颂。

赠刘景文

[宋] 苏 轼

荷尽已无擎雨盖,菊残犹有傲霜枝。
一年好景君须记,正是橙黄橘绿时。

【译文】荷花凋谢连那擎雨的荷叶也枯萎了,只有那开败了菊花的花枝还傲寒斗霜。一年中最好的景致你一定要记住,那就是在橙子金黄、橘子青绿的秋末冬初的时节啊。

【作者简介】苏轼(1037—1101),字子瞻、和仲,号铁冠道人、东坡居士,世称苏东坡、苏仙,眉州眉山(今四川省眉山市)人,祖籍河北栾城,北宋著名文学家、书画家,历史治水名人。北京大学教授、引碑入草开创者李志敏评价:"苏轼是全才式的艺术巨匠。"

【作品赏析】《赠刘景文》是北宋文学家苏轼创作的一首七言绝句。这首诗作于元祐五年(1090),是送给好友刘景文的一首勉励诗。此诗前半首说"荷尽菊残"仍要保持傲雪欺霜的气节，后半首通过"橙黄橘绿"来勉励朋友困难只是一时，要乐观向上，切莫意志消沉。抒发作者的广阔胸襟和对同处窘境中友人的劝勉和支持，托物言志，意境高远。

【相关链接】北宋时期的文人生活。北宋时期，文人生活绚烂多彩，深受艺术氛围的浸润。得益于崇高的社会地位与优渥的生活条件，文人们拥有了充裕的时间与精力，投身于精神世界的深度探索与享受之中。他们热衷诗词歌赋的创作，苏轼、欧阳修等大家妙笔生花，将生活琐事化作传世佳作，展现了浓厚的生活情趣与深厚的文化底蕴。同时，绘画也是他们情感表达的另一片天地，作品多取材于生活，注重韵致与逸格的展现。在休闲时光，斗茶、挂画、赏花等活动成为文人生活的点缀，不仅增添了文化趣味与艺术情调，更彰显了他们对美好生活的执着追求。欧阳修对牡丹的钟爱，便是这种追求的生动体现。此外，文人们还追求心灵的丰盈与宁静，通过读书、种竹等方式排遣世俗纷扰，讲究读书环境与氛围的艺术化营造。

采莲曲二首（其二）

［唐］王昌龄

荷叶罗裙一色裁，芙蓉向脸两边开。
乱入池中看不见，闻歌始觉有人来。

【译文】采莲女的罗裙绿得像荷叶一样，出水的荷花正朝着采莲女的脸庞开放。碧罗裙芙蓉面混杂在荷花池中难以辨认，听到歌声才发觉池中有人来采莲。

【作者简介】王昌龄（？—756），唐代诗人。字少伯，京兆长安（今陕西西安）人。开元进士，授校书郎，改汜水（今河南荥阳市境）尉，再迁江宁丞，故世称王江宁。晚年贬龙标（今湖南洪江西）尉。因安史乱后还乡，道出亳州，为刺史闾丘晓所杀。其擅长七绝，边塞诗气势雄浑，格调高昂；也有愤慨时政及刻画宫怨之作。原有集，已散佚，后人辑有《王昌龄集》。

【作品赏析】《采莲曲二首》是唐代诗人王昌龄创作的七言绝句组诗作品。这两首诗主要描写了采莲女子的美貌，都具有诗情画意。以写意法，表现对采莲女子的整体印象，诗人将采莲少女置身于荷花丛中，若隐若现，若有若无，少女与大自然融为一体，使全诗别具一种引人遐想的优美意境。这一描写，更增加了画面的生动意趣和诗境的含蕴，令人宛见十亩莲塘、荷花盛开、菱歌四起的情景和观望者闻歌神驰、伫立凝望的情状，而采莲少女们充满青春活力的欢乐情绪也洋溢在这闻歌而不见人的荷塘之中。

【相关链接】莲花象征出淤泥而不染的的人品，象征着朋友之间深厚的友情，还象征着圣洁。荷花是传统名花，叶面大气，茎干笔直，花朵清秀艳丽，在人们的心里，荷花就寓意着真、善、美。寓意着纯洁美丽的女子，也寓意着"牵花恰并蒂，折藕爱连丝"这样藕断丝连又纯真美好的爱情。古时候，人们也会对着荷花许愿，祈求可以赐给他们一段美好的姻缘。

客中初夏

[宋] 司马光

四月清和雨乍晴，南山当户转分明。
更无柳絮因风起，惟有葵花向日倾。

【译文】初夏四月，天气清明和暖，下过一场雨天刚放晴，雨后的山色更加青翠宜人，正对门的南山变得更加明净了。眼前没有随风飘扬的柳絮，只有葵花朝向着太阳开放。

【作者简介】司马光（1019—1086），字君实，号迂叟，陕州夏县（今属山西）涑水乡人，世称涑水先生。北宋政治家、史学家、文学家。为人温良谦恭、刚正不阿。做事用功，刻苦勤奋。以"日力不足，继之以夜"自诩，堪称儒学教化下的典范。生平著作甚多，主要有《司马文正公集》《稽古录》《涑水记闻》《潜虚》等。

【作品赏析】《客中初夏》是宋代诗人司马光所写的一首七言绝句。诗人通过对于初夏时节的景色,尤其是对于柳絮和葵花之间的对比,暗含了诗人对于自己政治抱负的描写,即决不在政治上投机取巧,随便附和,而要像葵花一样对于皇帝忠心不二。诗人把王安石等人比作"柳絮",用"葵花"自比,表达诗人自己对君王的一片忠心。

【相关链接】司马光留存下来的书法作品不多,他的字瘦劲方正,一笔一画都写得十分规矩,即使是长篇大幅,也毫不马虎。如此端劲的书风,与他忠直严谨的个性也是相似的。

司马光是以正书和隶书为主要书体的,且正多于隶。其正书的特点是:用笔提按分明,结体规整扁平,在横划的入笔出锋处,时常带有隶意蚕头凤尾的意图和造型,明显融入了隶书传统。而隶书的特点则是:淳古不及汉隶,流美不及唐隶,但其用笔方折斩截,笔力力透毫端,笔画沉涩刚劲,结体多取纵势。字体虽小却意气雄厚,转折之处锋棱宛然,刚柔相济。线条以直弧相参,十朴拙之中带有十分秀美之态。其隶法之外,兼带楷意,无一般唐隶多见的肥满之弊,有怒而不威的风致。

司马光书法的成就,主要是由于他具有对书画和金石的学识与鉴赏之能,并根据个人胸臆,博采众家之长,融秦篆之圆劲、汉隶之凝重、晋人之蕴藉、唐楷之刚健于一炉,从而形成鲜明的个人面貌和风格,这在宋人书法中无疑是自成一家、独树一帜。

葵 花

[宋]梅尧臣

此花生不背朝日,肯信众草能翳之。
真似节旄思属国,向来零落谁能持?

【译文】向日葵一生不背离朝阳,那些长长短短杂草岂能遮挡住向日葵。真好像是当年苏武牧羊北海时所持的节旄,众草易于零落难于把持?

【作者简介】梅尧臣(1002—1060),北宋诗人。字圣俞,宣州宣城(今属安徽)人。官至都官员外郎。他的诗作能广泛地反映社会民生疾苦,风格平淡,对宋代诗文颇有影响。有《宛陵先生文集》。

【作品赏析】这首咏葵花是很有特色的咏物诗,本文运用典故,表明作者的志向。梅尧臣所写不是枝叶繁盛、花开如盘时的葵花,而是向日葵花落之后。从第一句"此花生不背朝日"中就可以看出,这是写死时之向日葵,即向日葵一生不背离朝阳,那些长长短短杂草岂能遮挡住向日葵,不妨说高耸挺拔之木远非那些低矮众草所能遮蔽,文人雅士的高风亮节也绝非小人们流言所能诋伤。

【相关链接】苏武牧羊典故。汉武帝时,苏武奉命出使匈奴,单于胁迫苏武投降,苏武宁死不从,故被幽禁北海(今贝加尔湖)牧羊。苏武持汉使节旄,茹毛饮血共十九年不改其志,朝夕起卧,持节俨然,后来终于归返汉朝,授典属国。[节旄,古代使者所持信符,以竹制成,长八尺(约合今五尺)上缠以旄牛尾。]

咏墙阴下葵

[唐]刘长卿

此地常无日,青青独在阴。
太阳偏不及,非是未倾心。

【译文】这块地方常常不见太阳,青青一枝独在阴凉。太阳偏偏照不到这里,并不是它没有朝阳的心灵。

【作者简介】刘长卿(?—约789),字文房,宣城(今属安徽)人,一作河间(今属河北)。唐代著名诗人,擅五律,工五言。德宗建中年间,官至随州刺史,世称刘随州。刘长卿工于诗,长于五言,自称"五言长城"。有《刘随州诗集》。

【作品赏析】《咏墙阴下葵》不仅是一首描绘葵花的诗歌,更是一首表达诗人情感和寓意的佳作。它通过对葵花的描绘和借物喻人的手法，展现了诗人坚韧不拔、自强不息的精神和对理想、阳光、忠诚的向往与追求。四句诗描述了向日葵生长在一个常年得不到阳光的地方，但它依然茂盛地生长着，虽然太阳无法照射到它，但它并非不向往阳光。这里的"青青"形容了葵花的茂盛，而"独在阴"和"太阳偏不及"则突出了它生长环境的艰难和孤独。不仅仅是在描绘葵花，更是在借物喻人。刘长卿通过葵花的形象，表达了自己生不逢时、怀才不遇的感慨。他将自己比作那墙阴下的葵花，虽然身处逆境，但依然保持着对理想和阳光的向往与追求。

【相关链接】刘长卿年辈与杜甫相若，早年工诗，然以诗名家，则在肃、代以后。与钱起并称"钱刘"，为大历诗风之主要代表。平生致力于近体，尤工五律，自称"五言长城"，时人许之。

诗中多身世之叹，于国计民生，亦时有涉及。其诗词旨朗隽，情韵相生。故方回云："长卿诗细淡而不显焕，观者当缓缓味之。"（《瀛奎律髓》卷四二）方东树云："文房诗多兴在象外，专以此求之，则成句皆有余味不尽之妙矣。"（《昭昧詹言》卷一八）唐人评长卿诗，尚多微词。如高仲武云："（刘）诗体虽不新奇，甚能链饰。大抵十首已上，语意稍同，于落句尤甚，思锐才窄也。"（《中兴间气集》）其后则评价日高。陈绎曾至谓："刘长卿最得骚人之兴，专主情景。"（《唐音癸签》卷七引《吟谱》）王士禛则云："七律宜读王右丞、李东川。尤宜熟玩刘文房诸作。"（见何世璂《然镫记闻》）。

夏天景致

山亭夏日

［唐］高　骈

绿树阴浓夏日长，楼台倒影入池塘。
水精帘动微风起，满架蔷薇一院香。

【译文】绿叶茂盛，树荫下显得格外清凉，白昼比其他季节要长，楼台的影子倒映在清澈的池水里。微风轻轻拂动色泽莹澈的珠帘，而满架的蔷薇散发出一股清香，整个庭院弥漫着沁人心脾的香气。

【作者简介】高骈（pián）（821—887），字千里，唐末幽州（治今北京城西南隅）人。祖籍渤海蓚县（今河北景县），先世为山东名门"渤海高氏"。唐朝后期名将、诗人，南平郡王高崇文之孙。高骈能诗，计有功称"雅有奇藻"。他身为武臣，而好文学。

【作品赏析】这是一首描写夏日风光的七言绝句。诗写夏日风光，用近似绘画的手法：绿树阴浓，楼台倒影，池塘水波，满架蔷薇，构成了一幅色彩鲜丽、情调清和的图画。这一切都是由诗人站立在山亭上所描绘下来的。山亭和诗人虽然没有在诗中出现，然而当人在欣赏这首诗时，却仿佛看到了那个山亭和那位悠闲自在的诗人。

【相关链接】高骈早年在禁军任职。一天，高骈看见有两只雕在天上并飞，说："我如能发迹，便能射中。"一箭射去，贯穿两雕。众人大惊，自此称他为"落雕侍御"。这也是成语"一箭双雕"的由来。

暑旱苦热

［宋］王　令

清风无力屠得热，落日着翅飞上山。
人固已惧江海竭，天岂不惜河汉干？
昆仑之高有积雪，蓬莱之远常遗寒。
不能手提天下往，何忍身去游其间！

【译文】清风没有力量驱赶暑天的炎热，那西坠的太阳仿佛生了翅膀，飞旋在山头，不肯下降。人们很担心这样干旱江湖大海都要枯竭，难道老天就不怕耿耿银河被晒干？高高的昆仑山有常年不化的积雪，遥远的蓬莱岛有永不消失的清凉。我不能够携带天下人一起去避暑，又怎能忍心独自一个，到哪儿去逍遥徜徉。

【作者简介】王令（1032—1059），北宋诗人。初字钟美，后改字逢原。原籍元城（今河北大名）人。五岁而孤，随其叔祖王乙居广陵（今江苏扬州）。其诗风格雄伟、感情奔放，想象力丰富。有《广陵集》二十卷传世。

【作品赏析】《暑旱苦热》是北宋诗人王令创作的一首七言律诗。诗的前四句主要是写暑旱酷热，抒发诗人苦于暑热，憎恨"热""天"之情；后四句意为尽管昆仑有积雪，蓬莱常遗寒，诗人也不忍心舍弃天下，独自一人前往，重在抒发诗人愿与天下共苦难的豪情，彰显其博大的胸襟。

【相关链接】王令的诗大多是与友人的酬答唱和之作，主要叙述了自己的生平、志向与人生态度以及为温饱而四处奔波的苦难生活。王令一生艰难，心情一直比较沉郁，这类诗的基调也比较低沉。王令一生不应举，不做官，生活在社会底层，接近贫苦大众而远离统治阶级，所以他的不少诗篇深刻反映了连年的灾荒与统治者的残酷压迫剥削给民众带来的疾苦。更可贵的是，诗人还能明确地指出这种苦难来自统治者对人民的压迫和剥削，展现了自己救民众于苦难之志向和胸怀。

夏　意

［宋］苏舜钦

别院深深夏簟清，石榴开遍透帘明。
树阴满地日当午，梦觉流莺时一声。

【译文】小院幽深寂静，我躺在竹席上，浑身都感到清凉；窗外的石榴花盛开，透过垂挂的竹帘，映红了整个房间。浓密的树荫隔断了暑气，正是中午时分，我一觉醒来，耳边传来黄莺儿时断时续的啼唱。

【作者简介】苏舜钦（1008—1049），北宋诗人，字子美，开封（今属河南）人，曾祖父由梓州铜山（今四川中江）迁至开封（今属河南）。曾任县令、大理评事、集贤殿校理、监进奏院等职。因支持范仲淹的庆历革新,为守旧派所恨,御史中丞王拱辰让其属官劾奏苏舜钦,劾其在进奏院祭神时,用卖废纸之钱宴请宾客。罢职闲居苏州,后来复起为湖州长史,但不久就病故了。他与梅尧臣齐名,人称"梅苏"。著有《苏学士文集》,诗文集有《苏舜钦集》十六卷(《四部丛刊》影清康熙刊本),1981年上海古籍出版社出版《苏舜钦集》。

【作品赏析】《夏意》是北宋诗人苏舜钦创作的一首七言绝句。诗中虽写炎热盛夏,却句句显清凉静谧、清幽朦胧的气氛,表现了诗人悠闲旷达、虚怀若谷的心境。

【相关链接】苏舜钦为人豪放不受约束,喜欢饮酒。他在岳父杜祁公的家里时,每天黄昏的时候读书,并边读边饮酒,动辄一斗。岳父对此深感疑惑,就派人去偷偷观察他。当时他在读《汉书·张良传》,当他读到张良与刺客行刺秦始皇抛出的大铁锥只砸在秦始皇的随从车上时,他拍案叹息道:"真可惜呀!没有打中。"于是满满喝了一大杯酒。又读到张良说:"自从我在下邳起义后,与皇上在陈留相遇,这是天意让我遇见陛下呀。"他又拍案叹道:"君臣相遇,如此艰难!"又喝下一大杯酒。杜祁公听说后,大笑说:"有这样的下酒物,一斗不算多啊。"可见,苏舜钦的饮酒绝非今天喝烂酒,而是在读书过程中对内容有所感悟而饮的美酒。

夏日南亭怀辛大

[唐] 孟浩然

山光忽西落,池月渐东上。
散发乘夕凉,开轩卧闲敞。
荷风送香气,竹露滴清响。
欲取鸣琴弹,恨无知音赏。
感此怀故人,中宵劳梦想。

【译文】山上夕阳忽然从西方落下,池塘上的月亮渐渐东升。我披散着头发尽享清凉，推开窗户我悠闲地躺着。微风吹拂荷花清香怡人，筑业滴落露水声音清脆。想要取出鸣琴弹奏一曲，可惜没有知音前来欣赏。如此美景更加思念老友，整夜都在梦中想念着他。

【作者简介】孟浩然（689—740），本名浩，字浩然，唐代诗人。襄州襄阳（今属湖北）人，世称"孟襄阳"。因他未曾入仕，又被称为"孟山人"。早年有志用世，在仕途困顿、痛苦失望后，尚能自重，不媚世俗，以隐士终身。曾隐居鹿门山，生了六子。诗与王维齐名，并称"王孟"。其诗清淡，长于写景，多反映山水田园、隐逸和行旅等内容，绝大部分为五言短篇，在艺术上有独特的造诣。有《孟浩然集》。

【作品赏析】《夏日南亭怀辛大》是唐代诗人孟浩然的作品。此诗描绘了夏夜乘凉的悠闲自得，抒发了诗人对老友的怀念。开头写夕阳西下与素月东升，为纳凉设景；第三句、第四句写沐浴后纳凉，表现闲情适意；第五句、第六句由嗅觉继续写纳凉的真实感受；第七句、第八句写由境界清幽想到弹琴，想到"知音"，从纳凉过渡到怀人；最后写希望友人能在身边共度良宵而生梦。全诗写景状物细腻入微，语言流畅自然，情境浑然一体，诗味醇厚，意蕴盎然，给人一种清闲之感。

【相关链接】孟浩然性爱山水，喜泛舟，"我家南渡头，惯习野人舟"正是迎合了这性情。从涧南园到鹿门山，有近二十里的水程。从鹿门山到襄阳城，有三十里的水程，泛舟往返非常便利。也许是东汉初年的习郁修鹿门庙、建习家池的行为给了他启示。光武帝封习郁为侯，其封邑在今宜城。习家池则是习郁的私家园林，也就是"别墅"。习郁爱山水，而这三地联结，就构成了一条非常理想的游山玩水的路线。从宜城出发，泛舟汉水到鹿门山麓，"结缆事攀践"，到鹿门庙祭祀神灵，欣赏山林景色。然后，下山登舟，经鱼梁洲到凤林山下，舍舟登岸至习家池别墅。从习家池回宜城可以泛舟，也可以沿着冠盖里骑马、乘车。习郁就是在这条线路上，享受着"光武中兴"带来的和平安宁的生活。而孟浩然则在这如画的山水间，领略着盛唐时代田园牧歌般的乐趣。

幽居初夏

［宋］陆　游

湖山胜处放翁家，槐柳阴中野径斜。
水满有时观下鹭，草深无处不鸣蛙。
箨龙已过头番笋，木笔犹开第一花。
叹息老来交旧尽，睡来谁共午瓯茶？

【译文】湖光山色之地是我的家，槐柳树荫下小径幽幽。湖水满溢时白鹭翩翩飞舞，湖畔草长鸣蛙处处。新茁的竹笋早已成熟，木笔花却好像刚刚开始绽放。当年相识不见，午时梦回茶前，谁人共话当年？

【作者简介】陆游（1125—1210），字务观，号放翁，越州山阴（今浙江绍兴）人，南宋诗人。陆游生逢北宋灭亡之际，少年时即深受家庭爱国思想的熏陶，乾道七年（1171），投身军旅，任职于南郑幕府。次年，幕府解散，陆游奉诏入蜀，与范成大相知。嘉泰二年（1202），主持编修孝宗、光宗《两朝实录》和《三朝史》，至宝谟阁待制。书成后，陆游长期蛰居山阴，嘉定二年（1209）与世长辞，留绝笔《示儿》。陆游笔耕不辍，诗词文有很高成就，诗语言平易晓畅、章法整饬谨严，兼具李白的雄奇与杜甫的沉郁悲凉，尤以饱含爱国热情而对后世影响深远。陆游亦有史才，他的《南唐书》"简核有法"，史评色彩鲜明，具有很高的史料价值。

【作品赏析】《幽居初夏》为南宋诗人陆游晚年后居山阴时所作。该诗前六句写景，后二句结情，全诗紧紧围绕"幽居初夏"四字展开，四字中又着重写一个"幽"字。景是幽景，情亦幽情，但幽情中自有暗恨。这首诗是诗人一生忧国忧民，热爱生活，积极用世，坚忍执着的个性的表达。

【相关链接】坚持抗金，讨伐投降派。陆游坦率直言"和亲自古非长策""生逢和亲最可伤，岁辇金絮输胡羌"，并揭露"诸公尚守和亲策，志士虚捐少壮年"。其乐府诗《关山月》高度概括了上层统治者和守边士兵、沦陷区人民在主战和立场上的矛盾，集中揭露了南宋统治集团的妥协求和政策造成的严重恶果。陆游的这类诗歌，以其鲜明的战斗性、针对性，鼓舞了人们抗金的斗志，得到志士仁人的推许，抒发慷慨激昂的报国热情和壮志未酬的悲愤。陆游年轻时就以慷慨报国为己任，把消灭入侵的敌人、收复沦陷的国土当作人生第一要旨，但是他的抗敌理想屡屡受挫。于是，他的大量诗歌，既表现了昂扬的斗志，也倾诉了深沉的悲愤之情。如《书愤》一诗，诗人一心报国却壮志难酬，昂扬豪壮中带着苍凉悲怆，既是诗人个人的遭遇也是民族命运的缩影，是这类作品的典型代表。

三、秋　季

菊　花

长相思·一重山

［五代］李　煜

一重山，两重山。山远天高烟水寒，相思枫叶丹。
菊花开，菊花残。塞雁高飞人未还，一帘风月闲。

【译文】一重又一重，重重叠叠的山啊！山是那么远，天是那么高，烟云水气又冷又寒，可我的思念像火焰般的枫叶那样。菊花开了又落了，日子一天天过去。塞北的大雁在高空振翅南飞，思念的人却还没有回来。悠悠明月照在帘子上，随风飘飘然。

【作者简介】李煜（937—978），南唐中主李璟第六子，初名从嘉，字重光，号钟隐、莲峰居士，祖籍彭城（今江苏徐州铜山区）人，南唐最后一位国君。李煜精书法、工绘画、通音律，诗、文均有一定造诣，尤以词的成就最高。李煜的词，继承了晚唐以来温庭筠、韦庄等花间派词人的传统，又受李璟、冯延巳等的影响，语言明快，形象生动，用情真挚，风格鲜明，其亡国后词作更是题材广阔，含意深沉，在晚唐五代词中别树一帜，对后世词坛影响深远。

【作品赏析】《长相思·一重山》是南唐词人李煜的作品，抒发了一位思妇对离人的无限思愁。这首词每句写思妇"秋怨"，"秋怨"二字却深藏不露。该词对思妇的外貌、形象、神态、表情未作任何描摹，而是侧重于表现出她的眼中之景，以折现其胸中之情，用笔极其空灵。

【相关链接】李煜天性纯孝、好生戒杀。继位后，外奉中原，不畏卑屈；内轻徭役、以实民力,南唐因此得以偏安十五年。李煜为政重仁慈、宽刑罚,每有死刑论决,莫不垂泪。宪司章疏如有过错,李煜就寝食难安,并多次亲入大理寺,审查狱案,释放多人。中书侍郎韩熙载上奏李煜,认为狱讼自有刑狱掌管,监狱之地非皇上所宜驾临,请求罚内库钱三百万,以资国用。李煜虽不听从,但也不因此发怒。后主人宋后,悲伤失意,常与金陵旧宫人写词,心情悲惋异常,难以抑制。噩耗传出后,江南父老有许多人都聚巷痛哭。

重阳席上赋白菊

[唐]白居易

满园花菊郁金黄,中有孤丛色似霜。
还似今朝歌酒席,白头翁入少年场。

【译文】一院子的菊花开得金黄,中间有一丛白似霜的花儿显得格外孤独。就像今天盛大的酒席宴会上,老人家进了少年们欢聚的地方。

【作者简介】白居易(772—846),唐代诗人。字乐天,号香山居士。其先太原(今属山西)人,后迁下邽(今陕西渭南北)。贞元进士,授秘书省校书郎。元和年间任左拾遗及左赞善大夫。后因上表请求严缉刺死宰相武元衡的凶手,得罪权贵,贬为江州司马。长庆间任杭州刺史,宝历初任苏州刺史,后官至刑部尚书。在文学上,主张"文章合为时而著,歌诗合为事而作",是新乐府运动的倡导者。其诗语言通俗,相传老妪也能听懂。白居易和元稹并称"元白",和刘禹锡并称"刘白"。有《白氏长庆集》传世,代表诗作有《长恨歌》《卖炭翁》《琵琶行》等。

【作品赏析】《重阳席上赋白菊》是唐代诗人白居易创作的一首七言绝句。此诗前两句写诗人看到满园金黄的菊花中有一朵雪白的菊花,感到欣喜;后两句把那朵雪白的菊花比作自己是参加"歌舞宴会"的老人,和少年们一起载歌载舞。全诗表达了诗人虽然年老仍有少年的情趣,以花喻人,饶有情趣。

【相关链接】素口蛮腰。蓄妓玩乐,始自东晋,到唐代比较普遍。为了涤除人生烦恼,白居易以妓乐诗酒放纵自娱。从他的诗中出现的有姓名的名妓便有十几个,最出名的是小蛮和樊素。唐孟棨《本事诗·事感》中记载:"白尚书姬人樊素善歌,妓人小蛮善舞,尝为诗曰:'樱桃樊素口,杨柳小蛮腰。'"

白居易六十多岁时,得了风疾,半身麻痹,于是他卖掉那匹好马并让樊素离开他去嫁人。可是,他那匹马反顾而鸣,不忍离去。樊素也伤感落泪说:"主人乘此骆五年,衔橛之下,不惊不逸。素事主十年,巾栉之间,无违无失。今素貌虽陋,未至衰摧。骆力犹壮,又无虺隤。即骆之力,尚可以代主一步;素之歌,亦可送主一杯。一旦双去,有去无回。故素将去,其辞也苦;骆将去,其鸣也哀。此人之情也,马之情也,岂主君独无情哉?"

但在白居易七十岁时,樊素和小蛮还是走了。白居易思念中写道:"两枝杨柳小楼中,袅娜多年伴醉翁,明日放归归去后,世间应不要春风。五年三月今朝尽,客散筵空掩独扉;病与乐天相共住,春同樊素一时归。"

过故人庄

[唐]孟浩然

故人具鸡黍,邀我至田家。
绿树村边合,青山郭外斜。
开轩面场圃,把酒话桑麻。
待到重阳日,还来就菊花。

【译文】老朋友准备了丰盛的饭菜,邀请我到他好客的农家。翠绿的树林围绕着幽静的村落,苍青的山峦在城外横卧。推开窗户面对谷场菜园,手举酒杯闲谈着农田里庄稼的收成情况。等到九九重阳节到来时,再请你来这里观赏满园盛开的菊花。

【作者简介】孟浩然(689—740),唐代诗人,本名浩,字浩然。襄州襄阳(今属湖北)人,世称"孟襄阳"。因他未曾入仕,故又称之为"孟山人"。孟诗,绝大部分为五言短篇，多写山水田园、隐居的逸兴以及羁旅行役的心情。他和王维并称"王孟"，虽远不如王诗境界广阔，但在艺术上有独特的造诣，他们均是山水田园诗派的代表。

【作品赏析】《过故人庄》是唐代诗人孟浩然创作的一首五律，写的是诗人应邀到一位农村老朋友家做客的经过。在淳朴自然的田园风光之中，主客举杯饮酒，闲谈家常，充满了乐趣，抒发了诗人和朋友之间真挚的友情。这首诗初看似平淡如水，细细品味就像是一幅画着田园风光的中国画，将景、事、情完美地结合在一起，具有强烈的艺术感染力。

【相关链接】孟浩然四十岁时进京考试，与一批诗人赋诗作会。他以"微云淡河汉，疏雨滴梧桐"两句诗令满座倾倒，一时诗名远播。当时的丞相张九龄和王维等爱诗的京官都来和他交朋友。郡守韩朝宗先向其他高官宣扬他的才华，再和他约好日子向那些人引荐孟。到了约定的日子，孟浩然却和一批朋友喝酒谈诗，很是融洽。有人提醒他说，"你与韩公有约在先，不赴约而怠慢了别人怕不行吧。"他不高兴地说，"我已喝了酒了，身心快乐，哪管其他事情。"

菊 花

[唐] 元 稹

秋丛绕舍似陶家，遍绕篱边日渐斜。
不是花中偏爱菊，此花开尽更无花。

【译文】一丛一丛的秋菊环绕着房前屋后，看起来好似陶渊明的家。绕着篱笆观赏着盛开的菊花，不知不觉中太阳已经快落山了。不是因为百花中偏爱菊花，只是因为菊花开过之后便不能够看到更好的花了。

【作者简介】元稹（779—831），字微之，别字威明，河南洛阳人。唐朝大臣、诗人、文学家。元稹与白居易同科及第，结为终生诗友，共同倡导新乐府运动，世称

"元白"，形成"元和体"。诗词成就巨大，言浅意哀，扣人心扉，动人肺腑。乐府诗创作受到张籍、王建的影响，"新题乐府"直接缘于李绅。代表作有传奇《莺莺传》《菊花》《离思五首》《遣悲怀三首》等。

【作品赏析】这首诗从咏菊这一平常的题材，发掘出不平常的诗意，给人以新的启发，显得新颖自然，不落俗套。在写作上，笔法也很巧妙。前两句写赏菊的实景，渲染爱菊的气氛作为铺垫；第三句是过渡，笔锋一顿，跌宕有致；最后生花妙句，进一步开拓美的境界，增强了这首小诗的艺术感染力。

【相关链接】元稹和妻子韦丛的半缘情深为人津津乐道，元稹曾经留下"曾经沧海难为水，除却巫山不是云"这千古传诵的佳句，就是元稹悼念亡妻韦丛而作的。唐德宗贞元十八年（802），太子少保韦夏卿的小女儿——年方二十的韦丛下嫁给二十四岁的诗人元稹。这桩婚姻有很大的政治成分：当时二十四岁的元稹科举落榜，但是韦夏卿很欣赏元稹的才华，相信他会有大好前程，于是将小女儿许配给他，而元稹则是借这段婚姻得到向上爬的机会。不过两人在婚后却是恩爱百般，感情非常好。以韦丛的家庭背景下嫁给元稹，对于当时的元稹来说就好像天女下凡一样。她不仅贤惠端庄、通晓诗文，更重要的是出身富贵，却不好富贵，不慕虚荣。从元稹留下来几首那时期的诗来看，当时正是他不得志的时候，过着清贫的生活，韦丛从大富人家来到这个清贫之家，却无怨无悔，尽自己最大的努力去关心和体贴丈夫，对于生活的贫瘠淡然处之。元稹原本以为这只是一个政治上晋升的途径，却没想到韦丛是这样一个温柔的女子、体贴的娇妻。古话说，百无一用是书生，婚后的元稹忙着科试，家中的家务全是韦丛一人包办，而婚前她是大户人家的千金、父亲疼爱的小女儿，韦丛的贤惠淑良可想而知，所以元稹在数年以后，总还是会忍不住想起与他共度清贫岁月的结发妻子韦丛。

桂 花

鸟鸣涧

[唐] 王 维

人闲桂花落，夜静春山空。
月出惊山鸟，时鸣春涧中。

【译文】 很少有人活动，只有桂花无声地飘落，夜里一片静谧春日的山谷寂寂空空。明月升起光辉照耀惊动了山中栖鸟，不时地高飞鸣叫在这春天的溪涧中。

【作者简介】 王维（701？—761），唐代诗人。字摩诘，原籍祁县（今属山西），其父迁居蒲州（治今山西永济西南蒲州镇），遂为河东人。开元进士。累官至给事中。安禄山军陷长安时曾受职，乱平后，降为太子中允。后官至尚书右丞，故亦称王右丞。晚年居蓝田辋川，过着亦官亦隐的优游生活。诗与孟浩然齐名，并称"王孟"。前期写过一些以边塞题材的诗篇，以山水诗最为后世所称，通过田园山水的描绘，宣扬隐士生活和佛教禅理。体物精细，状写传神，有独特成就。兼通音乐，工书画。有《王右丞集》。

【作品赏析】 《鸟鸣涧》是唐代诗人王维所作组诗《皇甫岳云溪杂题五首》的第一首。此诗描绘山间春夜中幽静而美丽的景色，侧重于表现夜间春山的宁静幽美。全诗紧扣一"静"字着笔，极似一幅风景写生画。诗人用花落、月出、鸟鸣等活动着的景物，突出地显示了月夜春山的幽静，取得了以动衬静的艺术效果，生动地勾勒出一幅"鸟鸣山更幽"的诗情画意图。全诗旨在写静，却以动景处理，这种反衬的手法极见诗人的禅心与禅趣。

【相关链接】 月中桂花。月中有桂树，高五百丈。汉朝河西人吴刚，因学仙时，不遵道规，被罚至月中伐桂，但此树随砍随合，总不能伐倒。千万年过去了，吴刚总是每日辛勤伐树不止,而那棵神奇的桂树却依然如故,生机勃勃,每临中秋,馨香四溢。只有中秋这一天,吴刚才在树下稍事休息,与人间共度团圆佳节。毛泽东的诗词"问讯吴刚何所有,吴刚捧出桂花酒",就源出于这一典故。

十五夜望月寄杜郎中

[唐]王 建

中庭地白树栖鸦,冷露无声湿桂花。
今夜月明人尽望,不知秋思在谁家。

【译文】庭院地面雪白树上栖息着鹊鸦,秋露点点无声打湿了院中桂花。今夜明月当空世间人人都仰望,不知道这秋日情思可落到谁家?

【作者简介】王建(约767—约830),唐代诗人。字仲初,许州(今河南省许昌市)人。擅长乐府诗,与张籍齐名,世称"张王"。其以田家、蚕妇、织女、水夫等为题材的诗篇,对当时社会现实有所反映。所作《宫词》一百首颇有名。有《王司马集》。

【作品赏析】《十五夜望月寄杜郎中》是唐代诗人王建创作的一首以中秋月夜为内容的七绝。全诗四句二十八字,以每两句为一层意思,分别写中秋月色和望月怀人的心情,展现了一幅寂寥、冷清、沉静的中秋之夜的图画。此诗以写景起,以抒情结,想象丰美,韵味无穷。

【相关链接】顽强的桂花。《西京杂记》中记载,汉武帝初修上林苑,群臣皆献名果异树奇花两千余种,其中有桂十株。公元前111年,武帝破南越,接着在上林苑中兴建扶荔宫,广植奇花异木,其中有桂一百株。当时栽种的植物,如甘蕉、指甲花、龙眼、荔枝、橄榄、柑橘等,大多枯死,而桂花有幸活了下来,司马相如的《上林赋》中也提到桂花,当时桂花引种宫苑初获成功,并具有一定规模。

糖多令·芦叶满汀洲

[宋] 刘 过

安远楼小集,侑觞歌板之姬黄其姓者,乞词于龙洲道人,为赋此《糖多令》。同柳阜之、刘去非、石民瞻、周嘉仲、陈孟参、孟容。时八月五日也。

芦叶满汀洲,寒沙带浅流。二十年重过南楼。柳下系船犹未稳,能几日,又中秋。

黄鹤断矶头,故人今在不?旧江山浑是新愁。欲买桂花同载酒,终不似,少年游。

【译文】同一帮友人在安远楼聚会,酒席上一位姓黄的歌女请我作一首词,我便当场创作此篇。时为八月五日。

芦苇的枯叶落满沙洲,浅浅的寒水在沙滩上无声无息地流过。二十年光阴似箭,如今我又重新登上这旧地南楼。柳树下的小舟尚未系稳,我就匆匆忙忙重回故地。因为过不了几日就是中秋。

早已破烂不堪的黄鹤矶头,我的老朋友有没有来过?我眼前满目是苍凉的旧江山,又平添了无尽的绵绵新愁。想要买上桂花,带着美酒一同去水上泛舟逍遥一番。但没有了少年时那种豪迈的意气。

【作者简介】刘过(1154—1206),南宋词人、诗人,字改之,号龙洲道人。吉州太和(今江西泰和县)人,长于庐陵(今江西吉安),去世于江苏昆山,今其墓尚在。四次应举不中,流落江湖间,布衣终身。曾为陆游、辛弃疾所赏,亦与陈亮、岳珂友善。词风与辛弃疾相近,抒发抗金抱负狂逸俊致,与刘克庄、刘辰翁享有"辛派三刘"之誉,又与刘仙伦合称为"庐陵二布衣"。有《龙洲集》《龙洲词》。

【作品赏析】《糖多令·芦叶满汀洲》是南宋词人刘过创作的一首重游故地的忆

旧之作，被选入《宋词三百首》。词人二十年前曾在安远楼与朋友名士聚会，二十年后重游此地，感慨今昔，因此写了这首词。上阕概括描写秋令时节安远楼的情景。下阕发出物是人非的感叹。"旧江山浑是新愁"淡语有深情，为全篇之主旨。全词言简意丰，情致哀婉。

【相关链接】安远楼，在武昌黄鹄山上，一名南楼，建于淳熙十三年（1186）。姜夔曾自度《翠楼吟·淳熙丙午冬》词记之。其小序云"淳熙丙午冬，武昌安远楼成，与刘去非诸友落之，度曲见志"，具载其事。刘过重访南楼，距上次登览几二十年。当时韩侂胄掌握实权，轻举妄动，意欲伐金以成就自己的"功名"。而当时南宋朝廷军备废弛，国库空虚，将才难觅，一旦挑起战争，就会兵连祸深，生灵涂炭。词人刘过以垂暮之身，逢此乱局，虽风景不殊，却触目有忧国伤时之恸，这种心境深深地反映到他的词中。

于中好·握手西风泪不干

[清] 纳兰性德

握手西风泪不干，年来多在别离间。遥知独听灯前雨，转忆同看雪后山。

凭寄语，劝加餐，桂花时节约重还。分明小像沉香缕，一片伤心欲画难。

【译文】在秋风中执手送顾贞观南归，恋恋不舍，想到一年来与好友多次分别，不由得泪流满面。这一年来我们经常分离。遥想你在家乡独坐灯前，听着窗外淅沥的秋雨，无人可以相伴；转念一想，你我曾经同在雪后看山，也可稍解别后独处的寂寞孤独。

凭借我的殷勤话语，你要努力加餐饭，别让身体瘦损。咱们约定，等到明年桂花开放的时候你要再回来。你的画像在沉香的缕缕轻烟中清晰可见，但是你内心的悲伤是无论如何也无法描画出来的。

【作者简介】纳兰性德(1655—1685),原名成德,字容若,号楞伽山人,满洲正黄旗人。清朝著名词人。大学士明珠长子。康熙进士,官至一等侍卫。善骑射,好读书,曾从徐乾学受经学,并广泛搜集整理清家经解文献,主持编纂《通志堂经解》。有《通志堂集》《侧帽集》《饮水词》等。

【作品赏析】《于中好·握手西风泪不干》是清代词人纳兰性德所写的一首词。该词抒写纳兰对梁汾离去的眷恋不舍之情,从中可见词人对朋友的深情厚谊。词人通过对最平常的情感交流进行描写,形象生动地描写了词人与友人之间感情至深。

【相关链接】《南部烟花记》记载,陈后主(583—589)为爱妃张丽华造"桂宫"于庭院中,植桂一株,树下置药杵臼,并使张妃驯养一白兔,时独步于中,谓之月宫。可想而知,当时把月亮认作有嫦娥、桂树、玉兔存在的月宫这一传说已相当普及,说明早在两千多年前,中国就把桂树用于园林栽培了。现陕西汉中市城东南圣水内还有汉桂一株,相传为汉高祖刘邦臣下萧何手植,其主干直径达二百三十二厘米,树冠覆地面积四百多平方米,枝叶繁茂,苍劲雄伟。

霜天晓角·桂花

[宋]谢 懋

绿云剪叶,低护黄金屑。占断花中声誉,香与韵、两清洁。

胜绝,君听说。是他来处别。试看仙衣犹带,金庭露、玉阶月。

【译文】桂树的绿叶青翠欲滴,仿佛是用碧云剪裁出来的,青青的叶片低垂着,保护着它那像金子碎屑一样的黄色花朵。它独占了花中的美誉,无论是它那优雅的气质还是幽郁的香气,两样都称得上是花中的极品,无谁能比。桂花已达到了无法再圣洁的程度,你若不信就听我说说它非同一般的来处。你抬头望望天上那轮皎洁的月光,嫦娥轻逸地把长袖挥舞,白玉做成的台阶映射着银色的光辉,金碧辉煌的宫殿沐浴着一层甘露。那就是月宫，桂花就在那里生长。

【作者简介】谢懋，生卒年不详，字勉仲，号静寄居士，洛阳（今属河南）人。工乐府，闻名于当时。有《静寄居士乐章》，有后人辑本，一名《静寄乐府》。

【作品赏析】《霜天晓角·桂花》是宋朝词人谢懋的作品。这虽然是一首咏桂花的咏物词，但在词中，作者借物寓怀，陈义甚高。上片，写桂花的形象与高洁的气质。下片抒情。过片处"胜绝，君听说"，承上片趣旨，极度赞美桂花的绝佳。"试看仙衣犹带，金庭露、玉阶月。"相传月中有一棵桂树，诗人常用月光皎洁，桂枝飘香，形容秋夜景致。金庭、玉阶，都是天宫的庭院。这里用"玉阶月"结束全篇。

【相关链接】桂花花语。永伴佳人，桂树是香满天下，誉满天下的宝树，是崇高美好的、吉祥的象征。国内国外还不约而同地把桂花看作高雅和荣誉、友谊与爱情、地位和财富的贞洁、荣誉的象征，桂花还代表着高尚的道德和崇高的品质。

昙 花

昙 花

［清］孙元衡

一丛优钵昙花好，移得西天小本来。
日色烟光浮紫气，凌空谁为筑瑶台。

【译文】一丛花草里还是昙花好啊，移得到西天小本这里来。太阳颜色和烟光笼罩着紫气，高空之上谁为它筑了高台。

【作者简介】孙元衡，字湘南，桐城人。生卒年均不详，清康熙间贡生，官至东昌府知府。著有《赤嵌集》等。

【作品赏析】《昙花》是清代诗人孙元衡的一首绝句，描写了美丽绽放的昙花，尽管是刹那间的美丽，但给人留下一瞬间的永恒。

【相关链接】昙花的花语是刹那间的美、一瞬间的永恒，它之所以有这个花语，是因为在开花的时候虽然很惊艳，但时间比较短，所以花语是刹那间的美。即便昙花的花朵开放时间短，但美丽的花朵依然会存在人们的心中，因此也有着一瞬间永恒的花语。

相传昙花原是天上一个小花仙，后来凡心私动喜欢上一个叫作韦陀的小神。玉帝得知后大怒，把昙花变作一朵小花，让她在每天里只有一个时辰的开花期。昙花非常痴情，她算好韦陀每天晚饭后下山挑水的时间，并选在此时盛开，只希望能借此见心上人一面，于是就有了"昙花一现，只为韦陀"的传说。感情不在于一生一世还是瞬间，重要的是，是不是真感情，能一生一世固然好，可有时无法做到一生一世，那么瞬间的真情或许也会让一个人温暖一辈子……

昙 花

[清] 张 湄

采自猊床象座前，紫霞一片映青莲。
优昙不是人间种，色相应归忉利天。

【译文】昙花是在象座千采摘而来，紫色的晚霞下倒映着一片莲叶。好看的昙花不应在人间种植，此花的模样应是天上的。

【作者简介】张湄，字鹭洲，号南漪，又号柳渔，浙江钱塘人。雍正十一年（1733）进士。官至兵科给事中。颇著风节。湄工诗，与厉鹗、金志章等相唱和。著有《柳渔诗抄》。

【作品赏析】《昙花》是清代诗人张湄的一首绝句，描写了长久以来因花期特别短而不被人称颂的昙花，从不同角度描写昙花的优雅脱俗。

【相关链接】昙花开放的时间与气象条件有一定的关系。昙花的花瓣大而娇嫩，需要一定的温湿度条件才能开放。白天温度过高，空气干燥；深夜，气温又过低，对昙花的开放都不利,只有晚上九点到十点左右,天气冷热适宜,加上空气湿润,比较适合昙花的开放。另外,昙花对光照强度的变化比较敏感,当夜幕渐渐降临时,它便感知黑暗来临的信息,这样就给欲放的蓓蕾做好了开花的准备。一入夜就开花,而且只开三个小时左右。到了深夜零点左右,气温渐渐降低,于是昙花就开始萎缩,这样昙花的开放,避免了遭受高温低温的伤害。

梧桐树

咏梧桐

[清]郑　燮

高梧百尺夜苍苍,乱扫秋星落晓霜。
如何不向西州植,倒挂绿毛幺凤皇。

【译文】高大的梧桐树在夜晚的暮色下能够扫动天上的寒星,拂落晓霜。这样高大的梧桐树,为什么不种在扬州,从而引来凤凰的栖息?

【作者简介】郑燮(1693—1766),清代画家、文学家。字克柔,号板桥,江苏兴化人。乾隆间进士,中进士后曾历官山东范县、潍县知县,有惠政。以请赈饥民忤大吏,乞疾归。一生主要客居扬州,以卖画为生。"扬州八怪"之一。其诗、书、画均旷世独立,世称"三绝",擅画兰、竹、石、松、菊等植物,其中画竹已五十余年,成就最为突出。著有《板桥全集》。

【作品赏析】《咏梧桐》是清代郑板桥创作的一首七言律诗,是一首借物喻人的诗。诗中以"乱扫秋星"的梧桐所生非地,无凤凰来栖比喻有才之士所生非时,无所成就,比喻形象贴切。从诗中可以明显看出诗人对于自己或友人不公平遭遇的愤慨。

【相关链接】郑板桥无官一身轻,再回到扬州卖字画,身价已与前大不相同,求之者多,收入颇为可观。但他最厌恶那些表面附庸风雅的暴发户,就像扬州一些脑满肠肥的盐商之类，纵出高价，他也不加理会。他高兴时马上动笔，不高兴时，不答应还要骂人。他这种怪脾气，自难为世俗所理解。有一次为朋友作画时，他特地题字以作坦率地自供："终日作字作画，不得休息，便要骂人。三日不动笔，又想一幅纸来，以舒其沉闷之气，此亦吾曹之贱相也。索我画，偏不画，不索我画，偏要画，极是不可解处。然解人于此，但笑而听之。"

声声慢·寻寻觅觅

[宋] 李清照

寻寻觅觅，冷冷清清，凄凄惨惨戚戚。乍暖还寒时候，最难将息。三杯两盏淡酒，怎敌他、晚来风急？雁过也，正伤心，却是旧时相识。

满地黄花堆积，憔悴损，如今有谁堪摘？守着窗儿，独自怎生得黑？梧桐更兼细雨，到黄昏、点点滴滴。这次第，怎一个愁字了得？

【译文】空空荡荡无主张，冷冷清清好凄凉，悲悲惨惨好心伤。一时觉暖一时觉凉，身子如何得休养？饮三杯两盏淡酒，怎能抵御傍晚的寒风？向南避寒的大雁已飞过去了，让人更加伤心，因为它们是替我传递过书信的旧相识。

菊花已落满地，我因忧伤憔悴无心赏花惜花，如今花儿将败还有谁能采摘？守着窗前挨时光，什么时候才能盼到天黑？梧桐叶上细雨淋滴，到黄昏时分，那雨声还点点滴滴。此情此景，用一个愁字又怎么能说得够？

【作者简介】李清照（1084—约1155），号易安居士，齐州章丘（今山东章丘）人。宋代女词人，婉约词派代表，有"千古第一才女"之称。所作词，前期多写其悠闲生活，后期多悲叹身世，情调感伤，也流露出对中原的怀念。形式上善用白描手法，自辟途径，语言清丽。论词强调协律，崇尚典雅情致，提出词"别是一家"之说，反对以诗文之法作词。并能作诗，留存不多，部分篇章感时咏史，情辞慷慨，与其词风不同。有《易安居士文集》《易安词》，已散佚。后人有《漱玉词》辑本。今人有《李清照集校注》。

【作品赏析】《声声慢·寻寻觅觅》是宋代女词人李清照的作品。作品通过描写残秋所见、所闻、所感，抒发自己因国破家亡、天涯沦落而产生的孤寂落寞、悲凉愁苦的心绪，具有浓厚的时代色彩。此词在结构上打破了上下片的局限，一气贯注，着意渲染愁情，如泣如诉，感人至深。开头连下十四个叠字，形象地抒写了作者的心情；下文"点点滴滴"又前后照应，表现了作者孤独寂寞的忧郁情绪和动荡不安的心境。全词一字一泪，风格深沉凝重，哀婉凄苦，极富艺术感染力。

【相关链接】相传，在很久很久以前，千山里居住着一户人家，夫妻二人男耕女织，生活还算衣食无忧，只是一直膝下无子，日子过得甚是冷清。眼看人过中年，生子无望，夫妻俩合计，收养了一个远房亲戚的一个孩子。虽说是养子，夫妻俩视为亲生，百般疼爱，精心抚养，小日子自此充满天伦之乐。日月如梭，时光流逝，转眼孩子已经长大成人，夫妻俩也都年近花甲。在孩子十六岁那年，村里来了个外乡人，看上小伙子聪明伶俐，说是能教会他学门手艺。小伙子甚是高兴，愿意拜外乡人为师，并跟随师傅出门学艺一年。老夫妻不忍儿子离家，苦苦劝阻，不想儿子求学心切，最终还是跟着外乡人走了。一年过去了，儿子没有回来，两年过去了，三年过去了，儿子还是没有回来。老两口每天坐在村头山坡上，眼巴巴守望着儿子的归来，然而他们流干眼泪、望穿了双眼，还是未能看到儿子的身影。怀着对儿子的深切思念和晚年的无限凄凉，双双离开了人世。相传，就在两位老人每天守望儿子的山坡上，后来长出了两棵很大很大的梧桐树，而且在这两棵梧桐树的周围很快长出了一排排小梧桐树苗，像一群儿女们紧紧地簇拥在大树的身旁。据传，这对老人的儿子后来还是回到了这里，就在那棵梧桐树旁安下了家，娶了妻，生了子。后来他的子孙像梧桐树苗一样生生不息，世世代代伴守在老梧桐树的身边。

相见欢

[五代] 李 煜

无言独上西楼，月如钩。寂寞梧桐深院锁清秋。

剪不断，理还乱，是离愁。别是一般滋味在心头。

【译文】默默无言，孤孤单单，独自一人缓缓登上空空的西楼。抬头望天，只有一弯如钩的冷月相伴。低头望去，只见梧桐树寂寞地孤立院中，幽深的庭院被笼罩在清冷凄凉的秋色之中。那剪也剪不断，理也理不清，让人心乱如麻的，正是亡国之苦。那悠悠愁思缠绕在心头，却又是另一种无可名状的痛苦。

【作者简介】李煜（937—978），南五代时南唐国主。初名从嘉，字重光，号钟隐，生于金陵（今江苏南京），祖籍彭城（今江苏徐州铜山区），南唐最后一位国君。李煜精书法、工绘画、通音律，诗与文均有一定造诣，尤以词的成就最高。李煜的词，继承了晚唐以来温庭筠、韦庄等花间派词人的传统，又受李璟、冯延巳等的影响，语言明快，形象生动，用情真挚，风格鲜明，其亡国后词作更是题材广阔，含意深沉，在晚唐五代词中别树一帜，对后世词坛影响深远。

【作品赏析】首句"无言独上西楼"将人物引入画面。"无言"二字活灵活现出词人的愁苦神态，"独上"二字勾勒出作者孤身登楼的身影，孤独的词人默默无语，独自登上西楼。神态与动作的描写，揭示了词人内心深处隐喻的很多不能倾诉的孤寂与凄婉。李煜的这首词情景交融，感情沉郁。上片选取典型的景物为感情的抒发渲染铺垫，下片借用形象的比喻委婉含蓄地抒发真挚的感情。此外，运用声韵变化，做到声情合一。下片押两个仄声韵（"断""乱"），插在平韵中间，加强了顿挫的语气，似断似续；同时在三个短句之后接以九言长句，铿锵有力，富有韵律美，也恰当地表现了词人悲痛沉郁的感情。

【相关链接】成语"不堪回首"的出处。南唐后主李煜从小在深宫里长大，过着奢侈的生活，因此他的作品也大都描写宫廷生活的情景。李煜的妻子周后娥皇，容貌出众，擅长书画歌舞，但不幸早逝。后来，李煜又与娥皇的妹妹小周后相爱，在花前月下饮酒作乐，而把国家大事置之脑后。宋朝的威胁越来越严重，而李煜迷恋于歌舞升平的生活，只想求得眼前安逸，并不作抵御的准备，一味向宋朝屈服。后来，又主动向宋朝上表，希望取消南唐国号，作为宋朝的附庸。公元974年秋，宋太祖赵匡胤攻占金陵，李煜率众投降。李煜穿戴着白衣纱帽，战战兢兢地接受赵匡胤的召见。赵匡胤没有杀他，侮辱性地封他为违命侯，把他安置在城里。他名义上是侯，实际上过着囚犯一样难堪的生活。李煜是个多愁善感的人，降宋后的痛苦生活，自然使他抑郁不堪。不久赵匡胤去世，他的弟弟赵匡义即位，世称宋太宗。太宗取消了李煜违命侯的封号，封他为陇西郡公。李煜做了一首名为《虞美人》的词。词有"小楼昨夜又东风，故国不堪回首月明中"等句，其中的意思是，过去美好的一切不能再回顾，回顾了只能使人更感到痛苦。

清平乐·金风细细

[宋] 晏 殊

金风细细，叶叶梧桐坠。绿酒初尝人易醉，一枕小窗浓睡。

紫薇朱槿花残，斜阳却照阑干。双燕欲归时节，银屏昨夜微寒。

【译文】微微的秋风正在细细吹拂，梧桐树叶正在飘飘坠下。初尝香醇绿酒便让人陶醉，我在小窗下睡得正香。紫薇和朱槿在秋寒里凋残，只有夕阳映照着楼阁栏杆。双燕到了将要南归的季节，镶银的屏风昨夜已微寒。

【作者简介】晏殊（991—1055），字同叔，抚州临川（今江西抚州）人。北宋著名文学家、政治家。十四岁以神童入试，赐进士出身，命为秘书省正字，官至右谏议大夫、集贤殿大学士、同中书门下平章事兼枢密使，1055年病逝于京中，封临淄公，谥号"元献"，世称"晏元献"。晏殊以词著于文坛，尤擅小令，风格含蓄婉丽，与其子晏几道,被称为"大晏"和"小晏",又与欧阳修并称"晏欧"。亦工诗善文,原有集,已散佚。存世有《珠玉词》及清人所辑《晏元献遗文》。

【作品赏析】《清平乐·金风细细》作者是宋代词人晏殊,此词突出反映了晏殊词的娴雅风格和富贵气象。作者以精细的笔触,描写细细的秋风、衰残的紫薇、木槿、斜阳照耀下的庭院等意象,通过主人公精致的小轩窗下目睹双燕归去、感到银屏微寒这一情景,营造了一种冷清寂寞的意境,这一意境中抒发了词人淡淡的忧伤。这首词的特点是风调娴雅,气象华贵,二者本有些矛盾,但词人却把它统一起来,形成表现自己个性的特殊风格。

【相关链接】晏殊,从小聪明好学,五岁就能创作,有"神童"之称。景德元年(1004),江南按抚张知白听说这件事,将他以神童的身份推荐。次年,十四岁的晏殊和来自各地的数千名考生同时入殿参加考试,晏殊的神色毫不胆怯,用笔很快完成了答卷。受到真宗的嘉赏,赐同进士出身。宰相寇准说道:"晏殊是外地人。"皇帝回答道:"张九龄难道不是外地人吗?"过了两天,又要进行诗、赋、论的考试,晏殊上奏说道:"我曾经做过这些题,请用别的题来测试我。"他的真诚与才华更受到真宗的赞赏,授其秘书省正事,留秘阁读书深造。他学习勤奋,交友持重,深得直使馆陈彭年的器重。景德三年(1006),召试中书,任太常寺奉礼郎。

烈女操

[唐] 孟 郊

梧桐相待老,鸳鸯会双死。
贞妇贵殉夫,舍生亦如此。
波澜誓不起,妾心井中水。

【译文】古老的梧桐树总是同生同长,彼此相守到枯老。河中的鸳鸯绝不独生,成双成对厮守终身。贞节妇女的美德,是嫁夫以死相随,舍弃自己的生命也理应如此。妾身的内心啊，发誓要如古井里的水，风再大也掀不起任何波澜。

【作者简介】孟郊（751—814），唐代诗人。字东野，湖州武康（今浙江德清）人，祖籍平昌（今山东临邑东北），先世居洛阳（今属河南）。唐代著名诗人。现存诗歌五百多首，以短篇的五言古诗最多，代表作有《游子吟》。有"诗囚"之称，又与贾岛齐名，人称"郊寒岛瘦"。有《孟东野诗集》。

【作品赏析】此诗是一首赞颂烈女坚守节操的诗。旧时代的女子不少成为封建礼教和伦理的牺牲品，有的夫死而不独生，有的夫死而终身不嫁，都表示对丈夫的忠贞。作者歌颂贞妇，正说明他的封建伦理道德观念的浓厚，反映了他的阶级局限性。诗歌成功地运用了比兴手法，全诗以烈女自比，寄寓虽不拘于时，也不随世俗而改变冰清玉洁的操守。以梧桐偕老，鸳鸯双死，比喻贞妇殉夫。同时以古井水作比，称颂妇女的守节不嫁。此诗内容或以为有所寄托，借赞颂贞妇烈女，表达诗人坚守节操、不肯与权贵同流合污之品行。

【相关链接】孟郊思母。话说唐朝德宗年间，孟郊任江苏省溧阳县县尉。一天晚上，他正在书房里看书，看了一会儿，觉得有些累了，就站起身来，走到窗前。此时，窗外明月当空，晚风轻拂。他抬头眺望明月，一股思乡之情油然而生。

回想自己几十年寒窗苦读，直到五十来岁才中了进士，做了一个小小的县尉。这几十年，老母亲为自己付出了多少心血啊！自己每次赴京赶考，出门前白发苍苍的老母亲总是忙前忙后，为自己准备行装。特别是这一次出门前一天的晚上，母亲坐在昏暗的油灯下，一针一针地为自己缝衣服。母亲一边缝，一边小声念叨着："多缝几针，缝得密实一点儿，才结实、耐穿。出门在外要多保重身体，早点儿回来，别让娘在家惦记……"当时，听着母亲暖人心脾的话语，望着母亲布满皱纹的脸庞和如霜的白发，孟郊的心里一阵酸楚，他的眼睛湿润了……他深深地感到，母爱是多么伟大啊，就像春天的阳光那么温暖。

孟郊想到这里，一股激情在胸中回荡。他返身回到书案前，挥毫写道：

慈母手中线，游子身上衣。

临行密密缝，意恐迟迟归。

谁言寸草心，报得三春晖。

玉蝴蝶·望处雨收云断

[宋]柳 永

望处雨收云断，凭阑悄悄，目送秋光。晚景萧疏，堪动宋玉悲凉。水风轻、蘋花渐老，月露冷、梧叶飘黄。遣情伤。故人何在，烟水茫茫。

难忘。文期酒会，几孤风月，屡变星霜。海阔山遥，未知何处是潇湘。念双燕、难凭远信，指暮天、空识归航。黯相望。断鸿声里，立尽斜阳。

【译文】我倚栏凝望，雨已停歇，云已散去，目送着秋色消逝于天边。黄昏的景色萧瑟凄凉，真让人兴发宋玉悲秋之叹。轻风拂过水面，蘋花渐渐衰残，凉月使露水凝住，梧桐的叶子已片片枯黄。此情此景，不由人寂寞伤心，我的故朋旧友，不知你们都在何方？眼前所见，唯有烟水茫茫。

文人的雅集，纵情的欢宴，如今仍历历在目，令人难忘。离别后辜负了多少风月时光，斗转星移，都只为你我相距遥远，天各一方。海是如此之遥，山是如此之遥，相逢相会不知何处何年？让人感到凄苦彷徨。想那双双飞去的燕子，难以靠它给故友传音送信，企盼故友归来，遥指天际苍茫，辨识归来航船，谁知过尽千帆皆不是。我默默伫立，黯然相望，只见斜阳已尽，孤雁哀鸣声仍在天际飘荡。

【作者简介】柳永（约987—约1053），北宋著名词人，婉约派创始人物。崇安（今福建武夷山）人，原名三变，字景庄，后改名永，字耆卿，排行第七，又称柳七。景祐进士，官至屯田员外郎，故世称"柳屯田"。他自称"奉旨填词柳三变"，以毕生精力作词，并以"白衣卿相"自诩。其词多描绘城市风光和歌妓生活，尤长于抒写羁旅行役之情，其中慢词独多，铺叙刻画，情景交融，语言通俗，音律谐婉，在当时流传极其广泛，有"凡有井水饮处，皆能歌柳词"之说。柳永作为婉约派最具代表性的人物之一，对宋词的发展有重大影响，代表作有《雨霖铃》《八声甘州》《凤栖梧》等，现存有大量诗篇。

【作品赏析】这首《玉蝴蝶》是柳永为怀念湘中故人所作。这首词以抒情为主，把写景和叙事、忆旧和怀人、羁旅和离别、时间和空间，融汇为一个浑然的艺术整体，具有很强的艺术感染力。开头"望处"二字统摄全篇。凭阑远望，但见秋景萧疏，花老，梧叶黄，烟水茫茫，故人不见，悲秋伤离之感充盈心头。下阕回忆昔日文期酒会、相聚之乐，慨叹今日相隔遥远，消息难通。最后"黯相望，断鸿声里，立尽斜阳"，回应开头"望处"。立尽斜阳，足见词人伫立之久；断鸿哀鸣，愈见其怅惘孤独。

【相关链接】柳永是北宋婉约派词人的代表，对宋词进行了全面革新。他首变五代、宋初词多以小令为主的模式，专意创作长调，有的甚至是自创的新调，李清照曾称他"变旧声作新声"。虽然柳永和苏轼都是词坛大家，但风格迥异。据传，苏东坡在京为官时，曾问其幕下善歌之人："我的词作，与柳七相比，有何不同？"歌者答曰："柳郎中的词，适合十七八岁女郎，手执红牙板，歌'杨柳岸晓风残月'；学士您的词是关西大汉，持铜琵琶、铁绰板，唱'大江东去'。"这一故事生动地反映了两人词风的不同。

竹

山中杂诗

[南朝·梁] 吴　均

山际见来烟，竹中窥落日。
鸟向檐上飞，云从窗里出。

【译文】山与天相接的地方缭绕着阵阵云烟，从竹林的缝隙里看洒落下余晖的夕阳。鸟儿欢快地向房檐上飞去，洁白的云儿竟然从窗户里轻轻地飘了出来。

【作者简介】吴均（469—520），字叔庠（xiáng），吴兴故鄣（今浙江安吉）人。南朝梁时期的文学家。好学有俊才，其诗文深受沈约的称赞。其诗清新，且多为反映社会现实之作。其文工于写景，诗文自成一家，常描写山水景物，称为"吴均体"，开创一代诗风。

【作品赏析】《山中杂诗》是南朝文学家吴均所作。这篇著名的南朝山水小品，语言清新优美，文字简练利落；文章条理分明，表现角度多样；写景状物生动逼真，抓住特征寓情于景。文中所绘景致优美，意境幽远，尤其是多种感官的调动，读来使人如临其境，令人悠然神往。文中句式齐整，以五言为主，多用工整的对偶，文句整饬匀称，节奏疏宕谐婉，语意转折灵活。此诗以素笔淡墨，描写了深山幽丽的自然景色，流露出诗人喜爱山水的生活情趣。

【相关链接】中国传统中，竹子象征着生命的弹力、长寿、幸福和精神真理。竹，秀逸有神韵，纤细柔美，长青不败，象征青春永驻，年轻；春天（春山）竹子潇洒挺拔、清丽俊逸，翩翩君子风度；竹子空心，象征谦虚，品格虚心能自持。竹的特质弯而不折，折而不断，象征柔中有刚的做人原则；凌云有意、强项风雪、偃而犹起，竹节毕露，竹梢拔高，比喻高风亮节；品德高尚不俗，生而有节，视为气节的象征。唐·张九龄咏竹，称"高节人相重，虚心世所知"。（《和黄门卢侍御咏竹》）淡泊、清高、正直，正是中国文人的人格追求。元·杨载《题墨竹为郑尊师》："风味既淡泊，颜色不妩媚。孤生崖谷间，有此凌云气。"

虞美人·风回小院庭芜绿

[五代] 李 煜

风回小院庭芜绿，柳眼春相续。凭阑半日独无言，依旧竹声新月似当年。

笙歌未散尊罍在，池面冰初解。烛明香暗画堂深，满鬓清霜残雪思难任。

【译文】春风吹回来了,庭院里的杂草变绿了,柳树也生出了嫩叶,一年又一年的春天继续来到人间。独自倚靠着栏杆半天没有话说,那吹箫之声和刚刚升起的月亮和往年差不多。

乐曲演奏未完,酒宴未散,仍在继续,池水冰面初开。夜深之时,华丽而精美的君室也变得幽深。我已年老,忧思难以承受啊。

【作者简介】李煜(937—978),南唐中主李璟第六子,初名从嘉,字重光,号钟隐、莲峰居士,世称李后主。在位十四年。能诗文、音乐、书画,尤以词著名,其词形象鲜明,语言生动,在题材与意境上也突破了晚唐五代词以写艳情为主的窠臼。原有集,已散佚。后人把他及其父璟(中主)的作品,合刻为《南唐二主词》。

【作品赏析】《虞美人·风回小院庭芜绿》是南唐后主李煜创作的一首词。这首词书写伤春怀旧之情,上片写春景,并由此引出对过去的回忆;下片写往日的欢欣与今日的凄苦。这首词在生机盎然、勃勃向上的春景中寄寓了作者的深沉怨痛,在对往昔的依恋怀念中也蕴含了作者不堪承受的痛悔之情。词写得情文悱恻,感情真挚,别有韵味。

【相关链接】绿萝的花语是"坚韧善良""守望幸福"。坚韧善良:它生命力极其顽强,有水就能活。坚韧善良的它要求很少,回报给大家的却很多。守望幸福:绿萝不易开花但梦想着能开花,它们为着这个梦想而不断努力,期待着幸福的到来。绿萝是一种生命力极其顽强的草本植物,有水即能生长,又被称为"生命之花",蔓延下来的绿色枝叶,非常容易满足,就连喝水也觉得是幸福的。

云阳馆与韩绅宿别

[唐] 司空曙

故人江海别,几度隔山川。
乍见翻疑梦,相悲各问年。
孤灯寒照雨,深竹暗浮烟。
更有明朝恨,离杯惜共传。

【译文】自从和老友在江海分别,隔山隔水已度过多少年。突然相见反而怀疑是梦,悲伤叹息互相询问年龄。孤灯暗淡照着窗外冷雨,幽深的竹林漂浮着云烟。明朝更有一种离愁别恨,难得今夜聚会传杯痛饮。

【作者简介】司空曙,字文明,或作文初。洛州(今河北永年区东南)人,大历十才子之一,唐代诗人。大历初进士,后为剑南节度使幕职。官至虞部郎中。其诗朴素真挚,情感细腻,多写自然景色和乡情旅思,长于五律,诗风娴雅疏淡,有《司空文明诗集》。

【作品赏析】《云阳馆与韩绅宿别》是唐代诗人司空曙创作的一首五言律诗,此诗抒写了友人离别多年而乍相会又分别时的心路历程。作者与老友久别重逢,竟以为在梦中,而明朝还要分别,两人在孤灯下饮着离别的酒,不觉恋恋不舍,表现出两人的情谊及对友谊的珍惜。全诗句式工整,淡淡道来,却是情深意长。

【相关链接】唐代,作为中国古代的鼎盛时期之一,其文化风貌开放多元,诗词歌赋繁荣发展,形成了独特的"唐风"。交通方面,随着丝绸之路的繁荣,陆路与水路交通均得到显著发展,虽不及现代便捷,但已能跨越"江海",穿越"山川",促进了文化的交流与融合。人际交往上,唐代士人重视友情,离别成为文学作品中常见的主题,体现了深厚的情感纽带和时代精神。这些历史背景为司空曙《云阳馆与韩绅宿别》中"江海别""几度隔山川"等场景提供了丰富的社会土壤,使得诗中的离别之情更显深沉与真挚,也反映了唐代社会的广阔图景与人文情怀。

竹 石

[清]郑 燮

咬定青山不放松,立根原在破岩中。
千磨万击还坚劲,任尔东西南北风。

【译文】竹子把根深深地扎进青山里,它的根牢牢地扎在岩石缝中。经历成千上万次的折磨和打击,它依然那么坚强,不管你是吹来酷暑的东南风,还是吹来严冬的西北风,它都能经受得住,同以前一样依然坚韧挺拔,顽强地生存着。

【作者简介】郑燮(1693—1766),清代画家、文学家。字克柔,号板桥,江苏兴化人。一生主要客居扬州,以卖画为生。"扬州八怪"之一。其诗、书、画均旷世独立,世称"三绝",擅画兰、竹、石、松、菊等植物,其中画竹已五十余年,成就最为突出。著有《板桥全集》。

【作品赏析】《竹石》是清代著名画家、书法家郑燮的七言绝句。这首诗着力表现了竹子那顽强而又执着的品质,是一首赞美岩竹的题画诗,也是一首咏物诗。诗人所赞颂的并非竹的柔美,而是竹的刚毅。前两句赞美立根于破岩中的劲竹的内在精神。开头一个"咬"字,一字千钧,极为有力,而且形象化地充分表达了劲竹的刚毅性格。这首诗着力表现了竹子那顽强而又执着的品质,托岩竹的坚韧顽强,言自己刚正不阿、正直不屈、铁骨铮铮的骨气。全诗语言简易明快,执着有力。

【相关链接】好吃狗肉。郑板桥定润格,规定凡求其书画者,应先付定金,并作润例,颇为风趣。当时,许多豪门巨绅,厅堂点缀,常以得到板桥书画为荣。但板桥不慕名利,不畏权势,生平最不喜为那些官宦劣绅们作书画,这在他老人家的润格里是不便声明的。有一次,一帮豪绅为得其书画,运用计谋,设下陷阱。他们了解到板桥爱吃狗肉,就在他偕友外出交游的必经之路上,借村民的茅舍,烹煮了一锅香喷喷的狗肉,待板桥经过时,主人笑脸相迎,并以狗肉好酒相待。板桥不疑,开怀畅饮,连赞酒美佳肴。饭罢,主人端出文房四宝,言请大人留联以作纪念。板桥深觉今有口福,便立刻应诺,随即起身提笔,并询问主人大名,署款以酬雅意。书毕,尽兴而归。后来,在一次宴席上,他偶然发现自己的书画作品挂在那里,方知自己受骗,对自己嘴馋引发的事端后悔不已。

潇湘神·斑竹枝

[唐] 刘禹锡

斑竹枝,斑竹枝,泪痕点点寄相思。

楚客欲听瑶瑟怨，潇湘深夜月明时。

【译文】斑竹枝啊斑竹枝，泪痕点点寄托着相思。楚地的游子啊，若想听听瑶瑟的幽怨，在这潇水湘江之上当着夜深月明之时。

【作者简介】刘禹锡（772—842），唐代文学家、哲学家，字梦得，洛阳（今属河南）人，自称"家本荥上，籍占洛阳"，又自言系出中山（治今河北定州），其先为中山靖王刘胜。有"诗豪"之称。

【作品赏析】《潇湘神·斑竹枝》是唐代词人刘禹锡的创作的作品。作者叙写了舜帝与娥皇、女英二妃的故事，触景生情，怀古抒怀。全词哀婉幽怨，思绪缠绵，体现了梦得词的风格特色。借古代神话湘妃的故事，抒发自己政治受挫和无辜被贬谪的怨愤。作者运用比兴的艺术手法，描绘了一个真实与虚幻结合的艺术境界，将远古的传说、战国时代逐臣的哀怨和自己被贬湘地的情思交织起来，融为一体，赋予这首小词以深邃的政治内涵，显示出真与幻的交织和结合。以环境烘托其哀怨之情，虽似随口吟成，而意境幽远，语言流利，留给读者无穷回味和遐想的余地。

【相关链接】舜帝有两个妃子——娥皇和女英，是尧帝的两个女儿。她们虽然出身皇家，又身为帝妃，但她们深受尧舜的影响和教诲，并不贪图享乐，而总是在关心着百姓的疾苦。虽然她们对舜的这次远离家门也是依依不舍，但是想到是为了给湘江的百姓解除灾难和痛苦，她们还是强忍着内心的离愁别绪欢欢喜喜地送舜上路了。舜帝去惩治恶龙，最后死在九嶷山上。娥皇和女英得知实情后，难过极了，二人抱头痛哭起来。她们悲痛万分，一直哭了九天九夜，她们把眼睛哭肿了，嗓子哭哑了，眼泪流干了。最后，哭出血泪来，也死在了舜帝的旁边。

娥皇和女英的眼泪，洒在了九嶷山的竹子山，竹竿上便呈现出点点泪斑，有紫色的，有雪白的，还有血红血红的，这便是"湘妃竹"。竹子上有的像印有指纹，传说是二妃在竹子抹眼泪印上的；有的竹子上鲜红鲜红的血斑，便是两位妃子眼中流出来的血泪染成的。

秋风、秋景

三五七言

[唐]李 白

秋风清，秋月明，落叶聚还散，寒鸦栖复惊。相思相见知何日？此时此夜难为情！

入我相思门，知我相思苦。长相思兮长相忆，短相思兮无穷极。早知如此绊人心，何如当初莫相识。

【译文】秋天的风是如此的凄清，秋天的月是如此的明亮，落叶飘飘聚了还离散，连栖息在树上的鸦雀都心惊。想当日彼此亲爱相聚，现在分开后何日再相聚，在这秋风秋月的夜里，想起来让人真是情何以堪！走入相思之门，知道相思之苦，永远的相思永远的回忆，短暂的相思却也无止境，早知相思如此在心中牵绊，不如当初就不要相识。

【作者简介】李白（701—762），字太白，号青莲居士，又号"谪仙人"，唐代伟大的浪漫主义诗人，被后人誉为"诗仙"，与杜甫并称为"李杜"，为了与另两位诗人李商隐与杜牧即"小李杜"区别，杜甫与李白又合称"大李杜"。据《新唐书》记载，李白为兴圣皇帝（凉武昭王李暠）九世孙，与李唐诸王同宗。其人爽朗大方，爱饮酒作诗，喜交友。李白深受黄老列庄思想影响，有《李太白集》传世，诗作中多为醉时写的，代表作有《望庐山瀑布》《行路难》《蜀道难》《将进酒》《明堂赋》《早发白帝城》等多首。

【作品赏析】在深秋的夜晚，诗人望见了高悬天空的明月和栖息在已经落完叶子的树上的寒鸦，也许在此时诗人正在思念一个旧时的恋人，此情此景，不禁让诗人悲伤和无奈，这存于心底的不可割舍的恋情和思念，反而让诗人后悔当初的相识。这首词是典型的悲秋之作，秋风、秋月、落叶、寒鸦烘托出悲凉的氛围，加上诗人的奇丽的想象和对自己内心的完美刻画，整首诗显得凄婉动人。

【相关链接】那是在李白七岁时，父亲要给儿子起个正式的名字。李白的父母亲酷爱读书，他们要培养儿子做个高雅脱俗的人。父亲平时喜欢教孩子看书作诗，在酝酿起名之时，同妻子商量好了，就在庭院散步时考考儿子作诗的能力。

父亲看着春日院落中葱翠树木，似锦繁花，开口吟诗道："春国送暖百花开，迎春绽金它先来。"母亲接着道："火烧叶林红霞落。"李白知道父母吟了诗句的前三句，故意留下最后一句，希望自己接续下去。他走到正在盛开的李树花前，稍稍想了一下说："李花怒放一树白。""白"——不正说出了李花的圣洁高雅吗？父亲灵机一动，决定把妙句的头尾"李""白"二字选作孩子的名字，便为七岁的儿子取名为"李白"。

水仙子·夜雨

[元] 徐再思

一声梧叶一声秋，一点芭蕉一点愁，三更归梦三更后。落灯花，棋未收，叹新丰孤馆人留。枕上十年事，江南二老忧，都到心头。

【译文】夜雨一点点淋在梧桐树叶上，秋声难禁，打在芭蕉上，惹人愁思不断。半夜时分梦里回到了故乡。醒来只见灯花垂落，一盘残棋还未收拾，可叹啊，我孤单地留滞在新丰的旅馆里。靠在枕边，十年的经历，远在江南的双亲，都浮上心头。

【作者简介】徐再思，元代散曲作家。曾任嘉兴路吏，以擅写散曲名世。因喜食甘饴，故号甜斋。浙江嘉兴人。今存所作散曲小令一百零三首，内容多定悠闲生活与闺情想思，风格清新婉丽。与贯云石为同时代人，作品与当时自号酸斋的贯云石齐名。后人合辑二人散曲，作品为《酸甜乐府》。

【作品赏析】《水仙子·夜雨》是元代曲作家徐再思所作的一首散曲。这是一首悲秋感怀之作，不但写伤秋的情怀，也包含了羁旅的哀怨，更有对父母的挂念。作者先写秋叶和秋雨勾起了心里的烦愁，梧桐落叶声声似乎提醒人秋天来了，雨点打在芭蕉叶上也仿佛都在人心上不停地增添愁怨。三更才勉强入眠，不过三更就又醒来了，连一个好梦都没法做成。摆起棋盘，独自下棋消遣，灯花落尽，棋局仍未撤去。深叹客旅他乡，十年一觉黄粱梦，功名未成；而父母留在家中，又未得回去服侍尽孝。这种种的烦忧一齐涌上心头，让人愁思百结，感慨不已。全曲语言简洁，风格自然清雅，意境优美。

【相关链接】 徐再思词曲风格清丽，文字优美，深受众人喜爱。吴梅在《顾曲麈谈》中大赞称其"金莲脱瓣""落花飞上"等词句精妙绝伦，为文坛翘楚。该文人咏史诗亦非凡，短小精悍间道尽朝代兴衰，引人深思。朱权于《太和正音谱》中喻其词风如桂林秋月，清澈美丽，恰如其分。然而，他笔下常带忧伤悲凉，或源于生平多舛。其散曲集《甜斋乐府》与贯云石《酸斋乐府》因字号相趣，合辑为《酸甜乐府》，虽名相近，实则二人经历迥异，文风有别。徐再思辈分虽晚于贯云石，文学成就与影响亦略逊一筹，但其作品仍不失为瑰宝。

登 高

[唐] 杜 甫

风急天高猿啸哀，渚清沙白鸟飞回。
无边落木萧萧下，不尽长江滚滚来。
万里悲秋常作客，百年多病独登台。
艰难苦恨繁霜鬓，潦倒新停浊酒杯。

【译文】 天高风急猿声凄切悲凉，水清沙白的河洲上有鸟儿在盘旋。无穷无尽的树叶纷纷落，长江滚滚涌来奔腾不息。悲对秋色感叹漂泊在外，暮年多病我独自登高台。深为憾恨鬓发日益斑白，困顿潦倒病后停酒伤怀。

【作者简介】 杜甫（712—770），字子美，尝自称"少陵野老"。举进士不第，曾任检校工部员外郎，故世称杜工部。唐代最伟大的现实主义诗人，宋以后被尊为"诗圣"，与李白并称"李杜"。其诗大胆揭露当时社会矛盾，对穷苦人民寄予深切同情，内容深刻。他的许多优秀作品显示了唐代由盛转衰的历史过程，因而被称为"诗史"。在艺术上，善于运用各种诗歌形式，尤长于律诗；风格多样，而以沉郁为主；语言精练，具有高度的表达能力。存诗一千四百多首，有《杜工部集》。

【作品赏析】《登高》是唐代伟大诗人杜甫于大历二年（767）秋天在夔州所作的一首七言律诗。前四句写景，主要写了作者登高见闻，紧扣秋天的季节特色，描绘了江边空旷寂寥的景致。首联为局部近景，颔联为整体远景。后四句抒情，写登高所感，围绕作者自己的身世遭遇，抒发了穷困潦倒、年老多病、流寓他乡的悲哀之情。颈联自伤身世，将前四句写景所蕴含的比兴、象征、暗示之意揭出；尾联再作申述，以哀愁病苦的自我形象收束。此诗语言精练，通篇对偶，一二句尚有句中对，充分显示了杜甫晚年对诗歌语言声律的把握运用已达圆通之境。

【相关链接】唐代宗大历三年（768），杜甫思乡心切，乘舟出峡，先到江陵，又转公安，年底又漂泊到湖南岳阳，这一段时间杜甫一直住在船上。由于生活困难，不但不能北归，还被迫更往南行。大历四年正月，由岳阳到潭州（长沙），又由潭州到衡州（衡阳），复折回潭州。唐大历五年（770），臧玠在潭州作乱，杜甫又逃往衡州，原打算再往郴州投靠舅父崔湋，但行到耒阳，遇江水暴涨，只得停泊方田驿，五天没吃到东西，幸亏县令聂某派人送来酒肉而得救。后来杜甫由耒阳到郴州，需逆流而上二百多里，这时洪水又未退，杜甫原一心要北归，这时便改变计划，顺流而下，折回潭州。大历五年（770）冬，杜甫在由潭州往岳阳的一条小船上去世。时年五十九岁。

苏幕遮·怀旧

[宋]范仲淹

碧云天，黄叶地。秋色连波，波上寒烟翠。山映斜阳天接水。芳草无情，更在斜阳外。

黯乡魂，追旅思。夜夜除非，好梦留人睡。明月楼高休独倚。酒入愁肠，化作相思泪。

【译文】碧云飘悠的蓝天，黄叶纷飞的大地，秋景连接着江中水波，波上弥漫着苍翠寒烟。群山映着斜阳蓝天连着江水。芳草不谙人情，一直延绵到夕阳照不到的天边。

默默思念故乡黯然神伤，缠人的羁旅愁思难以排遣，除非夜夜都做好梦才能得到片刻安慰。不想在明月夜独倚高楼望远，只有频频地将苦酒灌入愁肠，化作相思的眼泪。

【作者简介】范仲淹（989—1052），北宋政治家、文学家，字希文。其先邠（今陕西邠县）人，后徙苏州吴县（今属江苏）。大中祥符进士。官至枢密副使，参知政事，又曾出任陕西四路宣抚使，知邠州。守边多年，西夏称他"胸中自有数万甲兵"。卒谥"文正"。著有《范文正公集》。词存五首，风格、题材均不拘一格，如《渔家傲·秋思》写边塞生活，风格苍劲明健，《苏幕遮·怀旧》《御街行·秋日怀旧》写离别相思，缠绵深致，均脍炙人口。有今辑本《范文正公诗余》。

【作品赏析】《苏幕遮·怀旧》是宋代文学家范仲淹的词作。这是一首描写羁旅乡愁的词。此词借景抒情，情景交融，以绚丽多彩的笔墨描绘了碧云、黄叶、寒波、翠烟、芳草、斜阳、水天相接的江野辽阔苍茫的景色，勾勒出一幅清旷辽远的秋景图，刻画了夜不能寐、高楼独倚、借酒浇愁、怀念家园的深情。全词低回婉转，而又不失沉雄清刚之气。上阕着重写景，气象宏大浑厚，意境深远，为下阕抒情设置了背景，下阕重在抒情，直抒胸臆，声情并茂，意致深婉。其主要特色在于能以沉郁雄健之笔力抒写低回婉转的愁思，展现了范仲淹词柔媚的一面。《西厢记》中"碧云天，黄花地，西风紧，北雁南飞"就是化用的这首诗中的名句。

【相关链接】明道二年（1033）冬，郭皇后误伤仁宗，宰相吕夷简因与皇后有隙，遂协同内侍阎文应、范讽等人，力主废后。消息传出，群臣议论纷纷，都认为废后不合适，范仲淹也向皇帝进言。因吕夷简事先令有司不得接受台谏章疏，疏入内廷，不得奏。范仲淹遂率中丞孔道辅、侍御史蒋堂、段少连等十余人跪伏垂拱殿外，请求召见，仁宗不见，派吕夷简出来解释。范仲淹等与之当众辩论，吕夷简理屈词穷，无以为对。

第二天，范仲淹与众人商议，打算早朝之后，将百官留下，再次与宰相谏争。一行人刚走到待漏院，朝廷诏书下达，外放范仲淹为睦州知州，孔道辅等人也或贬或罚，无一幸免。河阳签判富弼上书仁宗，建议诏还范仲淹入京，以开言路，未得批复。

淮上喜会梁川故人

[唐] 韦应物

江汉曾为客，相逢每醉还。浮云一别后，流水十年间。
欢笑情如旧，萧疏鬓已斑。何因北归去，淮上对秋山。

【译文】想当年客居他乡，飘零江汉，每次我们相聚都是喝得大醉才肯回家。离别后如浮云一般漂流不定，岁月如流水一晃就过十年。今日我与你在这里相聚，虽然欢笑如旧，可惜人已苍老鬓发斑斑。为何我不与故人一起回去？因为淮上有秀美的秋山。

【作者简介】韦应物（约737—791），字义博，长安（今陕西西安）人，唐代诗人。因出任过苏州刺史，世称"韦苏州"。诗风恬淡高远，以善于写景和描写隐逸生活著称。今传有十卷本《韦江州集》、两卷本《韦苏州诗集》、十卷本《韦苏州集》。散文仅存一篇。

【作品赏析】《淮上喜会梁川故友》是唐朝诗人韦应物所作的一首五言律诗。该诗借景抒情，表达了诗人在淮水重逢久别十年故人的喜悦心情，以及岁月流逝、年华易老的人生感叹。

【相关链接】韦应物脱离官场，幽居山林，享受可爱的清流、茂树、云物的愿望，他感到心安理得，因而"自当安蹇劣，谁谓薄世荣"。"蹇劣"，笨拙愚劣的意思；"薄世荣"，鄙薄世人对富贵荣华的追求。这里用了《魏志·王粲传》的典故，其中说到徐干，引了裴松之注说徐干"轻官忽禄，不耽世荣"。韦应物所说的与徐干有所不同，韦应物这二句的意思是：我本来就是笨拙愚劣的人，过这种幽居生活自当心安理得，怎么能说我是那种鄙薄世上荣华富贵的高雅之士呢？对这两句，我们不能单纯理解为是诗人的解嘲，因为诗人并不是完全看破红尘而去归隐，他只是对官场的昏暗有所厌倦，想求得解脱，因而辞官幽居。一旦有机遇，他还是要进入仕途的。所以诗人只说自己的愚拙，不说自己的清高，把自己同真隐士区别开来。这既表示了他对幽居独处、独善其身的满足，又表示了对别人的追求并不鄙弃的态度。

秋日登吴公台上寺远眺

［唐］刘长卿

古台摇落后，秋日望乡心。
野寺人来少，云峰水隔深。
夕阳依旧垒，寒磬满空林。
惆怅南朝事，长江独至今。

【译文】南朝时期的吴公台已经破败不堪，周边的草木也已经凋落，看着这些秋天景色，不禁引起我对家乡的思念。荒野的寺院来往行人越来越少，隔水眺望那些高耸的山峰显得更加幽深。夕阳依恋旧城迟迟不肯下落，空林中回荡着阵阵磬声。感伤南朝往事不胜惆怅，只有长江奔流从古到今，从不停息。

【作者简介】刘长卿（？—789），字文房，宣城（今属安徽）人，唐代诗人。后迁居洛阳，河间（今属河北）为其郡望。玄宗天宝年间进士。唐肃宗至德中官监察御史，后为长洲县尉，因事下狱，贬南巴尉。代宗大历中任转运使判官，知淮西、鄂岳转运留后，又被诬再贬睦州司马。德宗建中年间，官至随州刺史，世称"刘随州"。

【作品赏析】这是一首登临怀古诗。此诗描写了诗人登吴公台所见那些萧瑟荒凉的景象，深刻反映了唐朝中期安史之乱后荒凉破败的景象，也袒露了作者忧国忧民的心声。全诗抚今追昔，感慨深沉，风格悲壮苍凉，意境深远悠长。观赏前朝古迹的零落，作者不禁感慨万分。首联是写因作者前往观看南朝古迹吴公台，而发感慨，即景生情。中间两联写古迹零落，游人罕至的悲凉景象。末联写江山依旧，人物不同。有人认为，最后两句有"大江东去，浪淘尽，千古风流人物"之气韵。

【相关链接】刘长卿是河北河间人，从小就很有名气。青年时期的刘长卿曾经是年轻举子中的领袖人物，但他命运不济，长时间屡试不第，直到三十二岁的时候才考中进士。与之相应的是官运也不佳，曾经遭人诬陷，两次被贬，甚至被陷害入狱。直到五十五岁的时候，被任命为随州（今湖北随县）刺史。安史之乱之后，唐朝的节度使们专横跋扈，经常背叛朝廷，割据称雄，刘长卿所在的州府也就成了空架子。最后，还因为李希烈的反叛，让他被迫失去了职位。他心力交瘁，只好从随州避地江南，最后在六十岁的时候选择去了扬州，并把古运河旁的半逻作为自己的居家之地。

凉州馆中与诸判官夜集

[唐] 岑 参

弯弯月出挂城头，城头月出照凉州。
凉州七里十万家，胡人半解弹琵琶。
琵琶一曲肠堪断，风萧萧兮夜漫漫。
河西幕中多故人，故人别来三五春。
花门楼前见秋草，岂能贫贱相看老。
一生大笑能几回，斗酒相逢须醉倒。

【译文】弯弯的月儿爬上了凉州城头，城头的月儿升空照着整个凉州城。凉州方圆七里住着十万人家，这里的胡人半数懂得弹琵琶。动人的琵琶曲令人肝肠欲断，只觉得风声萧萧，长夜漫漫。河西幕府里我有很多老朋友，老朋友分别以来已有三五年的时间了。如今在花门楼前又见到秋草，哪能互相看着在贫贱中变老？人的一生能有几回开怀大笑，今日相逢人人必须痛饮醉倒。

【作者简介】岑参（约715—770），唐代诗人。江陵（今湖北荆州市荆州区）

人。天宝进士，曾随高仙芝到安西、武威等地，后又往来于北庭、轮台间。官至嘉州（今四川乐山）刺史，卒于成都。世称"岑嘉州"。其诗长于七言歌行。所作题材广泛，善于描绘塞上风光和战争景象，气势豪迈，情辞慷慨，语言变化自如。与高适齐名，并称"高岑"，同为盛唐边塞诗派的代表。有《岑嘉州诗集》。

【作品赏析】《凉州馆中与诸判官夜集》是唐代诗人岑参的七言古诗作品。此诗写作者赴北庭途经凉州在河西节度府做客，与老朋友欢聚宴饮的景况，同时写到了凉州的边境风格及民俗风情。全诗格调豪迈乐观，尤其把夜宴写得淋漓尽致，充满了盛唐的时代气象。

【相关链接】一天，岑参在武威办完军务，赶回西域，途经赤亭，戍边的士兵让他题词赋诗。岑参和这些士兵是老熟人了，也就没有托辞。刚题完一首诗，不料，挤在当中的一个小孩，随口吟了出来。岑参有些吃惊，这里还有这样的孩子。士兵告诉他说："这个小孩子是个回鹘放羊娃，一次大风，这个放羊娃救了我们十三个士兵，是我们允许他在这放羊的。"岑参转过头问放羊娃："是谁教你汉语的？"放羊娃说："是父亲。"一个士兵说："他家是早年流落到这里的。"放羊娃从怀里掏出一本破旧的书递给岑参。岑参不懂回鹘文，问放羊娃。放羊娃说："是爷爷写的，叫《论语》。"岑参没再吱声，他抚摸了一下放羊娃的头，给放羊娃题了一幅字："论语博大，回鹘远志。"放羊娃把岑参给他的题词揣到怀里，向岑参鞠了三个躬，高兴地走了。第二天，放羊娃的父亲听说诗人岑参来此，就领着放羊娃找到岑参说，他家是书香门第，原来在漠北草原，因宫廷之乱逃亡西域。他恳求岑参收这个孩子为义子，教以成人。岑参内心非常喜爱这个聪明伶俐的孩子，又心想，在西域，军队很缺翻译，这孩子可以好好培养一下。于是，对放羊娃的父亲说："我是军人，要收他为义子，我得把他带走。"放羊娃的父亲立刻答应了岑参。放羊娃的名字原来叫也里，岑参给他改了个名字叫"岑鹘"。就这样，岑鹘就跟着岑参参军入伍，来到了轮台。

几年过后，岑鹘在岑参的悉心教导下，不仅聪明干练，而且精通汉语和回鹘语。岑参入关赴任，向朝廷举荐了岑鹘。岑鹘没有辜负老师的栽培，一边工作，一边培养了许多翻译。岑鹘晚年回到了家乡蒲昌，享受天伦之乐。他继续教育他的儿孙们，讲岑参的故事。后来，回鹘首领仆固俊尽取得西州，建立高昌回鹘王国。

雨霖铃

[宋]柳 永

寒蝉凄切。对长亭晚，骤雨初歇。都门帐饮无绪，留恋处，兰舟催发。执手相看泪眼，竟无语凝噎。念去去，千里烟波，暮霭沉沉楚天阔。

多情自古伤离别。更那堪，冷落清秋节。今宵酒醒何处？杨柳岸，晓风残月。此去经年，应是良辰好景虚设。便纵有千种风情，更与何人说？

【译文】秋后的蝉叫得是那样凄凉而急促，面对着长亭，正是傍晚时分，一阵急雨刚刚停住。在京都城外设帐饯别，却没有畅饮的心绪，正在依依不舍的时候，船上的人已催着出发。握着手互相望着，满眼泪花，直到最后也无言相对，千言万语都噎在喉间说不出来。想到这次去南方的路，这一程又一程，千里迢迢，一片烟波，那夜雾沉沉的楚地天空竟是一望无边。

自古以来多情的人最伤心的是离别，更何况又碰上这萧瑟冷落的秋季，这离愁哪能经受得了？谁知我今夜酒醒时身在何处？怕是只有杨柳岸边，面对凄厉的晨风和黎明的残月了。这一去长年相别，相爱的人不在一起，我料想即使遇到好天气、好风景，也如同虚设。即使有满腹的话语和情思，又能向谁去诉说呢？

【作者简介】柳永（约987—约1053），北宋著名词人，婉约派代表人物。崇安（今福建武夷山）人，原名三变，字景庄，后改名永，字耆卿，排行第七，又称"柳七"。景祐进士，官至屯田员外郎，故世称"柳屯田"。他自称"奉旨填词柳三变"，以毕生精力作词，并以"白衣卿相"自诩。其词多描绘城市风光和歌妓生活，尤擅长于抒写羁旅行役之情，其中慢词较多，铺叙刻画，情景交融，语言通俗，音律谐婉，在当时流传极其广泛，有"凡有井水饮处，皆能歌柳词"之说。柳永作为婉约派最具代表性的人物之一,对宋词的发展有重大影响,代表作有《雨霖铃》《八声甘州》《凤栖梧》等,现存有大量诗篇。

【作品赏析】《雨霖铃》通过描写秋蝉、长亭、骤雨、烟波、暮霭等景物,营造了一种凄凉、冷清的氛围,表达了作者与情人离别时的惆怅伤感之情。上片主要写离别时的情景和人物情态,通过景物描写和氛围渲染,传达了凄凉之味。下片则着重写想象中别后的凄楚情景和人生哲理,表达了离人凄楚惆怅、孤独忧伤的感情以及对未来的无奈与感慨。词人运用白描手法,直接描绘离别时的情景和人物情态,如"执手相看泪眼,竟无语凝噎",语言简洁而情感深挚,形象逼真。善用铺叙和点染的手法,如"念去去,千里烟波,暮霭沉沉楚天阔"一句,通过铺叙展现了离别后的广阔景象,增强了情感的表达力度。全词围绕"伤离别"而构思,生动地刻画了词人抑郁的心情和失去爱情的痛苦。

【相关链接】柳永年轻时应试科举,屡屡落第。即暮年及第,又转官落魄,终官不过屯田员外郎。由于仕途坎坷、生活潦倒,柳永由最开始的追求功名转而厌倦官场,沉溺于旖旎繁华的都市生活,以毕生精力作词,并在词中以"白衣卿相"自诩。表面上看,柳永对功名利禄不无鄙视,但骨子里还是忘不了功名,希望走上一条通达于仕途的道路。柳永是矛盾的,他想做一个文人雅士,却永远摆脱不掉对俗世生活和情爱的眷恋和依赖;而醉里眠花柳的时候,他却又在时时挂念自己的功名。然而,仕途上的不幸,反倒使他的艺术天赋在词的创作领域得到充分的发挥。

玉京秋 · 烟水阔

[宋] 周 密

长安独客,又见西风,素月丹枫,凄然其为秋也,因调夹钟羽一解。

烟水阔。高林弄残照,晚蜩凄切。碧砧度韵,银床飘叶。衣湿桐阴露冷,采凉花、时赋秋雪。叹轻别。一襟幽事,砌蛩能说。

客思吟商还怯。怨歌长、琼壶暗缺。翠扇恩疏，红衣香褪，翻成消歇。玉骨西风，恨最恨、闲却新凉时节。楚箫咽，谁倚西楼淡月。

【译文】轻烟笼罩，湖天寥廓，一缕夕阳的余光，在林梢处暂歇，宛如玩弄暮色。晚蝉的叫声悲凉呜咽。画角声中吹来阵阵寒意，捣衣砧敲出闺妇的相思之切。井边处飘下梧桐的枯叶。我站在梧桐树下，任凭凉露沾湿衣鞋，采来一枝芦花，不时吟咏这白茫茫的芦花似雪。我感叹与她轻易离别，满腔的幽怨和哀痛，台阶下的蟋蟀仿佛在替我低声诉说。

客居中吟咏着秋天，只觉得心情寒怯。我长歌当哭，暗中竟把玉壶敲缺。如同夏日的团扇已被捐弃抛撇，如同鲜艳的荷花枯萎凋谢，一切芳景都已消歇。我在萧瑟的秋风中傲然独立，心中无比怨恨，虚度了这清凉的时节。远处传来箫声悲咽，是谁在凭倚西楼侧耳倾听，身上披着一层淡月。

【作者简介】周密（1232—约1298），字公谨，号草窗，又号四水潜夫等，南宋词人、文学家。祖籍济南，流寓吴兴（今浙江湖州）。宋末曾任义乌令等职。入元隐居不仕。他的诗文都有成就，又能诗画音律，尤好藏弄校书，一生著述较丰。著有《齐东野语》《武林旧事》《癸辛杂识》《志雅堂要杂钞》等杂著数十种。其词讲求格律，近法姜夔，风格清雅秀润，与吴文英并称"二窗"。

【作品赏析】这是一首感秋怀人的词，写作时间已不可考。词序云"长安独客"，"长安"自是指代南宋都城杭州，这首词应是宋亡以前，周密某次暂寓杭州所作。他出身士大夫家庭，家资富有，虽未有科第，还是得以在宦海中浮沉。但那时朝政日非，国势日蹙，前途暗淡，周密词中的感伤之气显然与当时的时局有关。

【相关链接】琼壶暗缺。此句化用了北宋词人周邦彦《浪淘沙慢》中的"怨歌永、琼壶敲尽缺"。原句中，词人通过"琼壶敲尽缺"来形象地表达内心的愁苦与愤懑，周密在此处借用此典，以"琼壶暗缺"进一步深化自己的愁绪，暗指自己在长期的忧愁与吟咏中，不知不觉间竟将手中的玉壶敲缺，从而更加生动地展现了其内心深沉的哀怨与无奈。

四、冬 季

梅花、月季

梅 花

［宋］王安石

墙角数枝梅，凌寒独自开。
遥知不是雪，为有暗香来。

【译文】墙角的几枝梅花，正冒着严寒独自开放了。远远地就知道洁白的梅花不是雪，因为有梅花的幽香传来。

【作者简介】王安石（1021—1086），字介甫，号半山，谥"文"，封荆国公，世人又称"王荆公"。北宋抚州临川人（今江西省抚州市临川区邓家巷人），中国北宋著名政治家、思想家、文学家、改革家，"唐宋八大家"之一。欧阳修称赞王安石："翰林风月三千首，吏部文章二百年。老去自怜心尚在，后来谁与子争先。"其诗文各体兼擅，词虽不多，但亦擅长，且有名作《桂枝香》等。而王荆公最得世人哄传之诗句莫过于《泊船瓜洲》中的"春风又绿江南岸，明月何时照我还。"传世文集有《王临川集》《临川集拾遗》等。

【作品赏析】此诗前两句写墙角梅花不惧严寒，傲然独放；后两句写梅花的幽香，以梅拟人，凌寒独开，喻典品格高贵，暗香沁人，象征其才华横溢。也是以梅花的坚强和高洁品格来喻示那些像诗人一样，处于艰难环境中依然能坚持操守、主张正义的人。全诗虽语言朴素，写得非常平实内敛，却自有深意，耐人寻味。

【相关链接】"天变不足畏，祖宗不足法，人言不足恤"，这话并不是王安石所说，却符合他的思想，因此，一般都将它归到王安石名下。"天变不足畏"指的是对自然界的灾异不必畏惧;"祖宗不足法"是指对前人制定的法规制度不应盲目效法;"人言不足恤"指的是对流言蜚语无需顾虑。后世对这三句话多加褒奖,认为它表达了一位改革家无所畏惧的精神态度。王安石正是以这种精神毅力来顶住一切压力,排除一切阻力,坚定不移推行新法的。

墨 梅

[元] 王 冕

我家洗砚池头树,朵朵花开淡墨痕。
不要人夸好颜色,只留清气满乾坤。

【译文】 我家洗砚池边有一棵梅树,朵朵开放的梅花都像是用淡淡的墨汁点染而成。它不需要别人夸奖颜色多么好看,只是要将清香之气弥漫在天地之间。

【作者简介】 王冕(1287—1359),字元章,号煮石山农,亦号饭牛翁、梅花屋主等,浙江省绍兴市诸暨枫桥人,元朝著名画家、诗人、篆刻家。他出身贫寒,幼年替人放牛,靠自学成才。有《竹斋集》三卷,续集两卷。一生爱好梅花,种梅、咏梅,又攻画梅。所画梅花,花密枝繁,生机盎然,劲健有力,对后世影响较大。能治印,创用花乳石刻印章,篆法绝妙。存世画迹有《南枝春早图》《墨梅图》《三君子图》等。

【作品赏析】 这是一首题画诗。诗人赞美墨梅不求人夸,只愿给人间留下清香的美德,实际上是借梅自喻,表达自己对人生的态度以及不向世俗献媚的高尚情操。《墨梅》盛赞梅花的高风亮节,诗人也借物抒怀,借梅自喻,表明了自己的人生态度和不与世俗同流合污的高尚情操。该题画诗,点出创作意图,强调操守志趣,在艺术史上甚至比《墨梅图》本身还要出名。

【相关链接】 王冕小的时候,求知欲很旺盛,好奇心也很强。有一天,他的父亲叫他去放牛,他把牛放在草地上,自己就溜到私塾里去听村里的孩子们读书,傍晚回来时，发现牛不见了，被他父亲狠狠地打了一顿。可是他并不因此而放弃，过了几天，他又到庙里坐在菩萨的膝上，借长明灯读书认字。《儒林外史》一开始描写"王冕放牛"的故事，也可能是根据这件事写的。不过查考有关他的传记资料，王冕并不曾替别家放牛，也并不是幼年丧父。吴敬梓把王冕写成幼年丧父，从十岁起雇给人家放牛，经过这样的加工，使王冕作为一个农民艺术家形象就更加突出，性格也更鲜明，所以王冕的故事流传至今，仍然脍炙人口。

卜算子·咏梅

[宋] 陆 游

驿外断桥边，寂寞开无主。已是黄昏独自愁，更著风和雨。
无意苦争春，一任群芳妒。零落成泥碾作尘，只有香如故。

【译文】驿站之外的断桥边，梅花孤单寂寞地绽开着，从来没有人过问。暮色降临，梅花无依无靠，已经够愁苦了，又遭到了风雨的摧残。梅花并不想费尽心思去争艳斗宠，对百花的妒忌与排斥也毫不在乎。即使凋零了，被碾作泥土，又化作尘土了，梅花也依然和往常一样散发出缕缕清香。

【作者简介】陆游（1125—1210），宋代爱国诗人、词人。字务观，号放翁，越州山阴（今浙江绍兴）人。他具有多方面文学才能，尤以诗的成就为最，在生前即有"小李白"之称，不仅成为南宋一代诗坛领袖，而且在中国文学史上享有崇高地位，存诗九千三百多首，是文学史上存诗最多的诗人，内容极为丰富，抒发政治抱负，反映人民疾苦，风格雄浑豪放；抒写日常生活，也多清新之作。词作量不如诗篇巨大，但和诗同样贯穿了气吞残虏的爱国主义精神。有《剑南诗稿》《渭南文集》《南唐书》《老学庵笔记》《放翁词》《渭南词》等数十个文集传世。

【作品赏析】《卜算子·咏梅》是南宋词人陆游创作的一首词，这是一首咏梅词。词的上阕集中写了梅花的困难处境，下阕写梅花的灵魂及生死观。词人以物喻人，托物言志，以清新的情调写出了傲然不屈的梅花，暗喻了自己虽终生坎坷却坚贞不屈，达到了"物我融一"的境界，笔致细腻，意味深隽，是咏梅词中的绝唱。

【相关链接】陆游一生酷爱梅花，将其作为一种精神的载体来倾情歌颂，梅花在他的笔下成为一种坚贞不屈的形象的象征。联系陆游的生平不难理解，词中的梅花正是作者自身的写照。陆游的一生可谓充满坎坷：他出生于宋徽宗宣和七年（1125），正值北宋摇摇欲坠、金人虎视眈眈南下抢掠的时候。不久随家人开始动荡不安的逃亡生涯，"儿时万死避胡兵"是当时的写照，也使他在幼小的心灵深处埋下了爱国的种子。宋高宗绍兴二十三年（1153），陆游赴临安应进士考试，因其出色的才华被取为第一，但因秦桧的孙子被排在陆游之后，触怒了秦桧，第二年礼部考试时居然被黜免。秦桧黜免陆游的原因，一方面是挟私报复，一方面也是因其"喜论恢复"，引起这一投降派首脑的嫉恨。直到秦桧死后，陆游方开始步入仕途。这之后，陆游的仕途也并非一帆风顺，而是几起几落。他曾到过抗金前线，身着戎装投身火热的战斗生活，从而体会到了"诗家三昧"。从此，那壮怀激烈的战斗场面和收复失地的强烈愿望成为其诗歌中最为动听的主旋律。然而南宋小朝廷偏安一隅，对眼前的剩水残山颇为满足，并不真正想要恢复。即使有时不得不做出些姿态，也是掩人耳目，心不在焉。因此，陆游曾两次被罢官，力主用兵是最主要原因所在。尽管陆游的爱国热情惨遭打击，但其爱国志向始终不渝，这在他的诗歌中得到了充分的体现。

临江仙·梅

［宋］李清照

庭院深深深几许，云窗雾阁春迟。为谁憔悴损芳姿。夜来清梦好，应是发南枝。

玉瘦檀轻无限恨，南楼羌管休吹。浓香吹尽有谁知。暖风迟日也，别到杏花肥。

【译文】庭院从里到外一层层的有好多层，云簇阁楼的窗户，淡淡的雾气弥漫在四周，春天却迟迟不来。思念让人们面色憔悴，只有在夜晚的梦中才能相聚，向阳的梅枝也到了发芽的时节。梅花风姿清瘦，南楼的羌笛不要吹奏哀怨的曲调。散发着浓浓的香味的梅花不知道被吹落多少？春日的暖风，别一下子就让时间来到杏花盛开的时节了。

【作者简介】李清照（1084—约1155），南宋女词人。号易安居士，齐州章丘（今属山东）人。早期生活优裕，与夫赵明诚共同致力于书画金石的搜集整理。金兵入据中原，清照流寓南方，境遇孤苦。有《易安居士文集》《易安词》，已散佚。后人有《漱玉词》辑本。今人有《李清照集校注》。

【作品赏析】《临江仙·梅》是李清照的一首咏物词。此首《临江仙·梅》的字面通俗易懂，而其寓意，则可能被认为是不雅的。诗人把未出场的男主人公（赵明诚）比作春天的和煦东风（暖风迟日），而担心自己将成为芳姿憔悴、浓香吹尽的落梅。结尾二句"暖风迟日也，别到杏花肥"，意谓春风离梅而去，却掉头（"别到"）吹拂杏花，遂使之"肥"！"梅"是公认的作者的化身，而"杏花"可喻指美女，其中的含义不言而喻。

【相关链接】梅花在中国古典文学中，其象征意义不断深化与丰富。它不仅是隐逸之士避世高洁的象征，更在唐宋时期，成为逆境中坚韧生存、孤高清雅的典范。文人墨客常以梅花自喻，表达不畏严寒、独守清贫的高尚情操。梅花于寒冬中绽放，不仅展现了生命的顽强与不屈，更寓意着即使在最艰难的环境中，也要保持内心的纯净与高尚。这种精神，激励着一代又一代的士人，在面对人生困境时，能够坚守信念，保持独立的人格与品格。因此，梅花在中国文化中，已超越了简单的自然物象，成为一种深刻的文化符号和精神寄托。

梅花落·中庭多杂树

[南朝·宋] 鲍 照

中庭多杂树，偏为梅咨嗟。问君何独然？

念其霜中能作花，露中能作实。

摇荡春风媚春日，念尔零落逐风飚，徒有霜华无霜质。

【译文】庭院中有许许多多的杂树，却偏偏对梅花赞许感叹，请问你为何会这样呢？是因为它能在寒霜中开花，在寒露中结果实。那些只会在春风中摇荡，在春日里妩媚的，你一定会飘零在寒风中追逐，因为你只有在寒霜中开花却没有耐寒的本质。

【作者简介】鲍照（约414—466），南朝宋文学家，与颜延之、谢灵运合称"元嘉三大家"。字明远，祖籍东海（郡治今山东郯城北），久居建康（今江苏省南京市）。家世贫贱，临海王刘子顼镇荆州时，任前军参军。刘子顼作乱，照为乱兵所杀。他擅长于乐府诗，其七言诗对唐代诗歌的发展，起了很重要的作用。有《鲍参军集》。

【作品赏析】《梅花落·中庭多杂树》是南北朝宋时诗人鲍照创作的一首乐府诗。诗的内容是赞梅。此诗结构单纯，一二两句直抒己见，第三句作为过渡，引出下文的申述。言辞爽直，绝无雕琢、渲染之态。运用平实的语言，描绘了梅花掉落的情景。

【相关链接】相传，在南北朝时期，某年春季备耕期间，一位姓宛的农民发现，他家那块稻田里不知什么时候葬了一座新坟。他虽然觉得奇怪，却不动声色地接纳了它，在耕田时还特意为它多留了一犁土，且让"留一犁"成了宛家的"祖训"，让宛家人一代一代地善待这个无名之坟。

隋朝开科举前，宛家原本世代务农。但到了隋朝开科举后，这个农民的孙子辈中却出了个在省城会考中名列榜首的大秀才。据传，宛秀才在省城会考期间，每逢遇到疑难问题时，总有一个人在他后面指点他，可是当他抬头时却发现什么人也没有。在指点声音出现时，宛秀才再三追问后得知指点他的是"刘一雷"，因为宛家对其有恩而暗中指点宛秀才。宛家人千思百想后，最终想到"留一犁"的"祖训"上，认为是"留一犁"在暗中相助宛秀才，于是宛家人重修此坟以表感谢，后从墓中的随葬竹简中得知墓主是鲍照。

生查子·重叶梅

［宋］辛弃疾

百花头上开，冰雪寒中见。霜月定相知，先识春风面。
主人情意深，不管江妃怨。折我最繁枝，还许冰壶荐。

【译文】梅花啊，你在百花开放之前绽开，在寒冷的风雨中出现。春寒料峭中，朦胧的月亮总是先照亮梅花。主人十分喜爱你，不管江妃如何抱怨，也要折下最繁茂的枝头，插进壶中，供人玩赏。

【作者简介】辛弃疾（1140—1207），南宋爱国词人。原字坦夫，改字幼安，别号稼轩。辛弃疾艺术风格多样，以豪放为主，曾上《美芹十论》与《九议》，条陈战守之策，现存词六百多首。其词抒写力图恢复国家统一的爱国热情，倾诉壮志难酬的悲愤，对当时执政者的屈辱求和颇多谴责；也有不少吟咏祖国河山的作品。题材广阔又善用前人典故入词，风格沉雄豪迈又不乏细腻柔媚之处。

【作品赏析】《生查子·重叶梅》是南宋爱国词人辛弃疾所作的一首词。这是一首咏重叶梅的咏物词。上阕写了重叶梅在雪中独放，下阕则写重叶梅受到主人喜爱及主人对重叶梅的情深义重。词中作者对重叶梅的形态并没有进行描摹，而是突出其不畏严寒、傲立风霜的精神，深得咏物词"取形不如取神"之真谛。

【相关链接】辛弃疾初来到南方时，对南宋朝廷的怯懦和畏缩并不了解，加上宋高宗赵构曾赞许过他的英勇行为。不久后即位的宋孝宗也一度表现出想要恢复失地、报仇雪耻的锐气，所以在他南宋任职的前一时期中，曾写了不少有关抗金北伐的建议，像著名的《美芹十论》《九议》等。尽管这些建议书在当时深受人们称赞，广为传诵，但已经不愿意再打仗的朝廷却反应冷淡，只是对辛弃疾在建议书中所表现出的实际才干很感兴趣，于是先后把他派到江西、湖北、湖南等地担任转运使、安抚使一类重要的地方官职，去治理荒政、整顿治安。这显然与辛弃疾的理想大相径庭，虽然他干得很出色，但由于深感岁月流逝、人生短暂而壮志难酬，内心也越来越感到压抑和痛苦。

现实对辛弃疾是残酷的。他虽有出色的才干，但他豪迈倔强的性格和执着北伐的热情，却使他难以在官场上立足。另外，"归正人"的尴尬身份也阻拦了他仕途的发展，使他的官职最高为从四品龙图阁待制。

点绛唇·咏梅月

[宋] 陈 亮

一夜相思，水边清浅横枝瘦。小窗如昼，情共香俱透。

清入梦魂，千里人长久。君知否？雨僝云僽，格调还依旧。

【译文】整夜思念着远方的知音，在清澈的池水边，横斜着清瘦稀疏的梅花影子。小窗外被月光照得如同白昼一样，那一缕缕情思、一阵阵暗香，都透出在这幽静的夜晚。那清淡的月光，那疏梅的幽芳，将伴人进入梦乡，梦中很可能见到远在千里外的长久思念的知音。你知道吗？纵然屡遭风吹雨打的摧残，梅的品格还是依然如故。

【作者简介】陈亮（1143—1194），原名汝能，后改名陈亮，字同甫，号龙川，婺州永康（今属浙江）人。绍熙进士。婺州以解头荐，因上《中兴五论》，奏入不报。孝宗淳熙五年（1178），诣阙上书论国事。后曾两次被诬入狱。授签书建康府判官，未行而卒，谥号文毅。所作政论气势纵横，词作豪放，有《龙川文集》《龙川词》。

【作品赏析】《点绛唇·咏梅月》是南宋词人陈亮所写的一首咏物词，被收入《全宋词》。上阕写月光映照着水边梅影，自己小坐窗前，幽情、暗香交织融会。下阕写清辉幽芳伴我入梦，梦中向千里外的友人致意，并表示即使风雨折磨，自己高洁的情操也不会改变。词人托物言志，借物抒怀，用月和梅饱经摧残而品格依旧来表达词人屡遭打击而毫不屈服的内心品质。

【相关链接】"水边清浅横枝瘦"化用林逋《山园小梅》中"疏影横斜水清浅,暗香浮动月黄昏"的诗意,既写梅花的形象,亦暗写月。"水边清浅"是梅生长的环境,"横枝瘦"形容梅花的风韵姿态,其中"瘦"字照应上句,是"相思"的结果。

腊前月季

[宋]杨万里

只道花无十日红,此花无日不春风。
一尖已剥胭脂笔,四破犹包翡翠茸。
别有香超桃李外,更同梅斗雪霜中。
折来喜作新年看,忘却今晨是季冬。

【译文】只以为花开后红艳不了几天,然而月季花每天都是春风满面,娇艳欲滴。初绽的蓓蕾就像一枝胭脂色的毛笔,翡翠般的细茸包裹着绽放的花朵。月季之芳香非但桃李所能媲美,更是同腊梅一起,抖擞精神,傲霜斗雪。欣喜地折下它来,作春花观赏,忘却了今晨还是隆冬腊月。

【作者简介】杨万里(1127—1206),字廷秀,号诚斋。吉州吉水(今江西省吉水县)人。南宋著名诗人,与陆游、尤袤、范成大并称为"中兴四大诗人"。因宋光宗曾为其亲书"诚斋"二字,故学者称其为"诚斋先生"。杨万里一生作诗两万多首,传世作品有四千二百首,被誉为一代诗宗。他创造了语言浅近明白、清新自然、富有幽默情趣的"诚斋体"。杨万里的诗歌大多描写自然景物,且以此见长。他也有不少篇章反映民间疾苦、抒发爱国感情的作品。著有《诚斋集》等。

【作品赏析】此诗首联写月季花的季节特征;颔联重点描绘了月季花开放时的形态和色泽;颈联以桃李作比,透露出月季花的别有香味,以雪梅作比,又衬托着月季花的盎然英姿;尾联写诗人的独特感受,表露了诗人腊月前见月季的欣喜之情。全诗语言生动,新鲜活泼,且结构谨严,层层描绘,既有对月季花的精勾细摹,又有诗人的感情抒发，二者紧密结合起来，有较好的艺术效果。

【相关链接】月季花，这一绚烂多姿的花卉，不仅以其丰富的色彩和四季不断的花期赢得了人们的喜爱，更因其背后承载的深厚文化意义而备受瞩目。在中国，白色月季作为纯洁与高雅的象征，常被用于庄重场合，表达对长辈、师长或尊贵客人的崇高敬意。而在日本，这一洁白之花则被赋予了父爱的温暖与深沉，如同父亲那默默无言却坚定不移的支持与守护。

此外，白色月季的蓓蕾，在日本文化中更添一层少女般的纯真与羞涩，象征着青春的美好与梦想的萌芽。在美国，白色月季同样被视为纯洁无瑕的化身，无论是作为爱情的表达，还是作为对美好品质的颂扬，都传递着一种不染尘埃、清新脱俗的情怀。

松　柏

孤　松

［唐］柳宗元

孤松停翠盖，托根临广路。
不以险自防，遂为明所误。
幸逢仁惠意，重此藩篱护。
犹有半心存，时将承雨露。

【译文】孤松挺拔着翠绿的华盖，遒劲的老根盘临在宽广的路边。不因为危险而为自己防卫，却因为照明而被人所伤害。幸好遇上好心人施惠，有了藩篱的保护。还剩下一半儿的心在那里，承接上天的雨露。

【作者简介】柳宗元（773—819），字子厚，河东解县（今山西运城西南）人，唐宋八大家之一，唐代文学家、哲学家、散文家和思想家，世称"柳河东""河东先生"，因官终柳州刺史，又称"柳柳州"。柳宗元与韩愈并称为"韩柳"，与刘禹锡并称"刘柳"，与王维、孟浩然、韦应物并称"王孟韦柳"。

柳宗元一生留诗文作品达六百余篇，其文的成就大于诗。骈文有近百篇，散文论说性强，笔锋犀利，讽刺辛辣。游记写景状物，多所寄托，有《河东先生集》，代表作有《溪居》《江雪》《渔翁》。

【作品赏析】这是一首咏物寄怀之作，诗人以孤松自喻，通过对孤松遭遇的记叙，总结了参加革新失败的经验教训，表明了自己并不灰心丧气，而是期待着有朝一日重新奋起的决心和志向。展示了诗人坚强不屈，矢志不移的精神风貌和对前途充满信心的人生态度。"不以险自防，遂为明所误"两句，既是对永贞革新因没有防备保守势力的阴谋陷害而失败沉痛教训的总结，又是对所有正直的仁人志士的衷心告诫：为了防止敌人的阴谋陷害，应当时刻提高警惕，并"以险自防"。正如俗话所说的"害人之心不可有，防人之心不可无"。

【相关链接】松树的寓意和象征。松树代表着坚强不屈、不怕困难打倒的精神，它孤独、正直、朴素、不怕严寒。四季常青，是一个真正的强者。以松柏象征坚贞。松枝傲骨峥嵘，柏树庄重肃穆，且四季常青，历严冬而不衰。《论语》赞曰："岁寒然后知松柏之后凋也。"松与竹、梅一起，素有"岁寒三友"之称。文艺作品中，常以松柏象征坚贞不屈的英雄气概，松柏也可代表万古长青、长寿。

赠从弟（其二）

[东汉] 刘　桢

亭亭山上松，瑟瑟谷中风。
风声一何盛，松枝一何劲！
冰霜正惨凄，终岁常端正。
岂不罹凝寒？松柏有本性。

【译文】高山上挺拔耸立的松树，顶着山谷间瑟瑟呼啸的狂风。风声是如此的猛烈，而松枝是如此刚劲！任它满天冰霜惨惨凄凄，松树的腰杆终年端端正正。难道是松树没有遭遇凝重的寒意？不，是松柏天生有着耐寒的本性。

【作者简介】刘桢（？—217），字公幹，东汉末年东平宁阳（今山东宁阳北）人，东汉名士、诗人，"建安七子"之一。其人博学有才，警悟辩捷，以文学见贵。主要表现于诗歌、特别是五言诗创作方面，在当时负有盛名，后人以其与曹植并举，称为"曹刘"。如今存诗十五首，风格遒劲，语言质朴，重名于世，《赠从弟》三首为代表作，言简意明，平易通俗，长于比喻。

【作品赏析】《赠从弟三首》是汉末三国时期诗人刘桢的组诗作品，共三首，分别咏蘋藻、松柏、凤凰三物，以此勉励其堂弟坚贞自守，不因外力压迫而改变本性，亦以自勉。《赠从弟（其二）》便是其中的第二首，专门以松柏为题材，通过对青松的描绘和赞美，表达了对坚贞不屈精神的追求和对从弟的深情勉励。同时，该诗也以其独特的艺术魅力和深邃的思想内涵成为中国古典诗歌中的瑰宝。开篇即以青松与山谷中的风声为对象，用"亭亭"形容松树的挺拔高耸，用"瑟瑟"模拟刺骨的风声，绘影绘声，简洁生动。同时，"山上"与"谷中"的对比，更加突出了青松的傲岸姿态。三四句加强了抒情的氛围，在松与风之间构建了激烈的冲突。两个"一何"强调了诗人感受的强烈，一"盛"一"劲"则表现了冲突的激烈和诗人的感情倾向。松枝在狂风中更显刚劲，展现了不屈不挠的精神。最后"岂不罹凝寒？松柏有本性"，诗人以有力的一问一答作结，点明主旨。松柏之所以能在严寒中挺立不倒，是因为它们天生具有耐寒的本性。这里既是对松柏品质的总结，也是对从弟及所有具有坚贞不屈精神的人的勉励。

【相关链接】松柏。松柏在中国古代文学中常被赋予坚韧不拔、高洁不屈的象征意义。它们四季常青，不畏严寒，展现出强大的生命力和高尚的品格。《赠从弟（其二）》中，"亭亭山上松"描绘了松树高耸挺立之姿，而"冰霜正惨凄"则勾勒出严酷的自然环境。两者形成鲜明对比，突显了松树在极端条件下依然保持挺拔、不落的风骨。这恰如君子在困境中，面对种种挑战与诱惑，依然能够坚守自己的信念与品德，展现出高尚的人格魅力。松柏意象因此成为激励人们在逆境中不屈不挠、勇往直前的精神象征。

咏 史（其二）

[西晋] 左 思

郁郁涧底松，离离山上苗。
以彼径寸茎，荫此百尺条。
世胄蹑高位，英俊沉下僚。
地势使之然，由来非一朝。
金张藉旧业，七叶珥汉貂。
冯公岂不伟，白首不见招。

【译文】茂盛葱翠的松树生长在山涧底，风中低垂摇摆着的小树生长在山顶上。由于生长的地势高低不同，山顶径寸的小树，却能遮盖百尺之松。世家子弟能登上高位获得权势，有才能的人却被埋没在下级官职中。这种情况恰如涧底松和山上苗一样，是地势造成的，其所从来久矣。汉代金日磾和张安世二家就是依靠了祖上的遗业，子孙七代做了高官。冯唐难道还不算是个奇伟的人才吗？可就因为出身寒微，等到白头仍不被重用。

【作者简介】左思（约250—约305），字太冲，齐国临淄（今山东淄博）人。西晋著名文学家，其《三都赋》颇被当时称颂，造成"洛阳纸贵"的奇观。左思自幼其貌不扬却才华出众。晋武帝时，因妹左棻被选入宫，举家迁居洛阳，任秘书郎。晋惠帝时，依附权贵贾谧，为文人集团"二十四友"的重要成员。永康元年（300），因贾谧被诛，左思遂退居宜春里，专心著述。

【作品赏析】《咏史八首》是晋代文学家左思创作的一组咏史诗。名为咏史，实为咏怀，借古人古事来浇诗人心中之块垒。这首诗写在门阀制度下，有才能的人，因为出身寒微而受到压抑，不管有无才能的世家大族子弟占据要位，造成"上品无寒门，下品无势族"的不平现象。"郁郁涧底松"四句，以比兴手法表现了当时人间的不平。以"涧底松"比喻出身寒微的士人，以"山上苗"比喻世家大族子弟。仅有一寸粗的山上树苗竟然遮盖了涧底百尺长的大树，从表面看来，写的是自然景象，实际上诗人借此隐喻人间的不平，包含了特定的社会内容。形象鲜明，表现含蓄。四句用对比手法，通篇皆用对比，所以表现得十分鲜明生动。加上内容由隐至显，一层比一层具体，具有良好的艺术效果。

【相关链接】洛阳纸贵。左思家族世代学习儒学，家学氛围浓厚，父亲左熹从小对左思和左棻兄妹二人进行儒学教育。可左思小时候很顽皮，不爱读书。学习钟繇、胡昭的书法，并学鼓琴，都没学成。左熹对朋友说："左思通晓、理解的东西，比不上我小时候，看来没有多大出息了。"小左思听到这话非常难过，觉得自己不好好念书确实很没出息，于是暗下决心、勤奋向学。

日复一日，年复一年，左思渐渐长大了，由于他坚持不懈发奋读书，终于成为一位学识渊博的人，文章也写得非常好。少年时他就写成《齐都赋》，显示出文学方面的才华。后来，他废寝忘食，潜心研究，以三国时魏、蜀、吴首都的风土、人情、物产为内容，用了整整十年时间，写成《三都赋》。一时间豪门贵族之家争相传阅抄写，竟然导致京城洛阳的纸张供不应求，价格大涨。

左思的妹妹左棻同样才华横溢，以文采扬名，但相貌丑陋，晋武帝司马炎仰慕其文才将她纳入后宫。泰始八年（272）封为修仪，后晋封为贵嫔，世称左嫔妃。司马炎对她的词赋才华非常满意，常夸赞她："言及文义，辞对清华，左右侍听，莫不称美。"

雪、霜

踏莎行·雪似梅花

[宋] 吕本中

雪似梅花，梅花似雪。似和不似都奇绝。恼人风味阿谁知，请君问取南楼月。

记得去年，探梅时节。老来旧事无人说。为谁醉倒为谁醒？到今犹恨轻离别。

【译文】这里的雪像梅花一样洁白，那里的梅花又像雪一般晶莹，无论是像，还是不像，都是一样的绝美。可这绝美的雪与梅，却勾起我的愁思。这愁思，有谁能知道呢？只有南楼上的明月是我的见证。记得往年，也是这样时节，我却是和你一起踏雪寻梅，那明月照着我们俩，时间流逝，人亦渐老，事也成了旧事，没人再提了！我醉了又醒，醒了又醉，却是为了谁？唉，直到现在，我还在悔恨，悔恨当初那样轻易地离开了你！

【作者简介】吕本中（1084—1145），字居仁，世称东莱先生，寿州（治今安徽凤台）人，南宋诗人，诗属"江西派"，著有《春秋集解》《紫微诗话》《东莱先生诗集》等。

【作品赏析】《踏莎行·雪似梅花》是南宋词人吕本中的作品。词中作者借梅怀人，花魂雪魄，冰清玉洁，浑然相似，对此佳景，更惹相思。因此探梅时节，不禁对景追忆往事，遂别有一番恼人风味萦绕于心。词写别恨，情从景生，浑然天成，上下两阕的末句尤为警策。

【相关链接】南楼月。"南楼月"作为一个文学意象，其历史背景和文学意义丰富而深远，主要源于古代文人墨客对南楼赏月情景的描绘与咏叹。南楼，位于武昌（今湖北武汉一带），因晋朝太尉庾亮在此赏月而闻名。据《世说新语·容止》记载，庾亮在武昌时，曾于秋夜与友人同僚登南楼赏月，留下了一段佳话。此后，南楼便成为文人墨客赏月、吟诗、怀古的重要场所。

巴山道中除夜书怀

［唐］崔　涂

迢递三巴路，羁危万里身。

乱山残雪夜，孤烛异乡人。
渐与骨肉远，转于僮仆亲。
那堪正漂泊，明日岁华新。

【译文】跋涉在道路崎岖又遥远的三巴路上，客居在万里之外的危险地方。四面群山下，残雪映寒夜，对烛夜坐，我这他乡之客。因离亲人越来越远，反而与书童和仆人渐渐亲近。真难以忍受在漂泊中度过除夕夜，到明天岁月更新就是新的一年。

【作者简介】崔涂（约850—？），唐诗人。字礼山。唐光启四年（888）进士，壮客巴蜀，老游龙山，故也多写旅愁之作。善音律，尤善长笛，其《春夕旅怀》颇为传诵。

【作品赏析】此诗写除夕作者旅居之感怀。首联即对，起句点地，次句点人，气象阔大；颔联写除夕客居异地的孤独；颈联写亲眷远离，僮仆成了至亲，再烘托"独"字；尾联点出时逢除夕，更不堪漂泊。全诗流露出浓烈的离愁乡思和对羁旅的厌倦情绪。

【相关链接】除夕文化在中国历史中承载着浓厚的家庭团聚与辞旧迎新的意义。此日，家家户户会进行大扫除，寓意扫除一年的晦气，迎接新年的到来。年夜饭是除夕的重头戏，家人围坐一堂，共享美食，象征着团圆与和谐。此外，贴春联、福字，燃放烟花爆竹也是不可或缺的传统习俗，它们不仅增添了节日的喜庆氛围，也寄托了人们对来年幸福安康的美好祝愿。在文学作品中，除夕常被描绘为思乡怀旧的温情时刻。诗人墨客借这一特殊日子，抒发对远方亲人的深切思念，以及对过往岁月的无限感慨。

别董大

［唐］高　适

千里黄云白日曛，北风吹雁雪纷纷。
莫愁前路无知己，天下谁人不识君。

【译文】千里的黄云把太阳遮得灰昏，北风呼啸吹着大雪送走南去的雁群。不要担心前面的路上没有知己，天下有谁不知道您的大名？

【作者简介】高适（约700—765），字达夫，又字仲武，渤海蓨（今河北省景县）人。早年生活困苦，四十岁后因人推荐才做官。是盛唐边塞诗人的杰出代表。

【作品赏析】董大名叫董庭兰，是一位很有才华的音乐家。高适先描写朋友将去的地方环境很恶劣，这是事实，但又不得不去。诗人用安慰和勉励的口吻说：像您这样有才华、有名气的好人，到哪里都会遇到知己，人们都是了解和尊敬您的！语言诚挚，友谊深厚，对朋友体贴入微，情真而意切，感人肺腑。

【相关链接】旗亭画壁。据传说，唐代诗人王昌龄、高适、王之涣在一个大雪天同到旗亭（酒楼）饮酒，见有梨园伶官多人协同一些歌女也在那里饮宴。三人相约，听歌女所唱歌词中谁的诗最多，每歌一曲，画壁为记。刚开始，有两位歌女分别唱了两首王昌龄的绝句，有一位歌女唱了一首高适的绝句。当然，王昌龄和高适很高兴并有几分得意。王之涣遥指一位梳着双髻的最美的歌女说："如果她唱的不是我的诗，终身再也不敢与你们比高低了。"等这位歌女一开腔，果然唱的是王之涣的《凉州词二首·其一》："黄河远上白云间，一片孤城万仞山。羌笛何须怨杨柳，春风不度玉门关。"王之涣喜形于色，高兴得大叫："怎么样！乡巴佬，我可没乱说吧！"三人纵声大笑起来。这就是有名的"旗亭画壁"，也叫"旗亭赌唱"的故事。

鹧鸪天·雪照山城玉指寒

[宋] 刘 著

雪照山城玉指寒，一声羌管怨楼间。江南几度梅花发，人在天涯鬓已斑。

星点点，月团团。倒流河汉入杯盘。翰林风月三千首，寄与吴姬忍泪看。

【译文】铺满大地的白雪映照着山城。冰天雪地里，楼上吹笛的，连玉指都感到寒冷吧。你吹奏出的一声声羌笛音里，饱含着离别的哀怨，飘荡在整个上空。江南的梅花开了又落，落了又开，不知开落了几次了？我在天涯漂泊，两鬓已如此斑白了。

面对天上点点闪亮的星星，朗朗普照的圆月，我独自一人痛饮不休。喝着，喝着，好像觉得天上的银河倒流入了我的杯中。我这翰林学士为我这种相思写了三千首诗词，想寄给你这南方的恋人，让你去忍着眼泪慢慢细读啊！

【作者简介】刘著，字鹏南，舒州皖城（今安徽潜山）人。著善诗，与吴激常相酬答。《金史》无传，诗见《中州集》卷二。词存一首。

【作品赏析】《鹧鸪天·雪照山城玉指寒》是宋代诗人刘著所创作的唯一一首词作，是一首寄给情人的词。全词感情真挚，迂回曲折，流转自然，营造了一个慨叹韶光易逝、人生易老，身处他乡、缺少知音、对故土拥有无限依恋与思念的主人公形象。

【相关链接】在刘著之前，名动九州的潜山籍大诗人自是曹松，刘著的诗歌家谱自会接受曹松的诗风和诗歌语言，同时又不会承认曹松诗歌精神的存在，刘著在这种求学的态势上自会有一些有关诗歌传承的痕迹外泄，包括家乡的谚语。源潭镇的谚语其中有很多都是针对曹松的，这些谚语基本来源于刘著对曹松诗歌传承的接纳和排斥。例如："曹家人吃挂面，找不到头尾。""曹家人打狗，多把人手。"等。这些虽然是对曹松的大不敬，但在诗歌创作的道路上，也是一种迫不得已的情况。

雪晴晚望

[唐] 贾 岛

倚杖望晴雪，溪云几万重。
樵人归白屋，寒日下危峰。
野火烧冈草，断烟生石松。
却回山寺路，闻打暮天钟。

【译文】独倚竹杖眺望雪霁天晴，只见溪水上的白云重重叠叠。樵夫正走回那白雪覆盖的茅舍，闪着冷光的夕阳缓慢落下高高的山峰。野火燃烧着山上的蔓草，烟雾断续地缭绕着山石中的古松。我走向返回山寺的道路，远远地，听见了悠扬的暮钟。

【作者简介】贾岛（779—843），唐代诗人，字浪仙，人称"诗奴"，与孟郊共称"郊寒岛瘦"。唐朝河北道幽州范阳（今河北省涿州）人。其诗好写荒寂之境，多穷苦之句，尤擅五律。其诗在晚唐影响颇大。有《长江集》。

【作品赏析】《雪晴晚望》是唐代诗人贾岛创作的一首五言律诗，是一首写景诗。这首诗的诗题交代了晴雪和暮色这两种所写景物。首联点明主旨及背景，中间两联写雪中景色，尾联写诗人回山寺的有声画面。这首诗描绘了一幅寒寂的空山晚晴图。诗句淡笔勾勒，意象清冷峭僻，空旷寂寥。

【相关链接】贾岛多次赴考，都名落孙山，有一次竟因"吟病蝉之句，以刺公卿"，不仅被黜落，而且还被扣上"举场十恶"的帽子。更使他悲伤的是，他的好友孟郊于元和九年（814）突发急病而死。至长庆四年（824），韩愈又病逝。而此时的贾岛却依然是一介白衣。直到贾岛垂老之年，贾岛才出任长江县主簿。开成五年（840），贾岛三年考满，迁任普州（今四川安岳县）司仓参军。会昌三年（843），贾岛就染疾卒于任上。

贾岛在长江主簿任上有何建树，史书不载。唐人苏绛在他的《贾司仓墓志铭》称赞贾岛"三年在任，卷不释手"。看来，贾岛仕宦后，读书吟诗的癖好依然不改。

观 猎

[唐] 王 维

风劲角弓鸣，将军猎渭城。
草枯鹰眼疾，雪尽马蹄轻。
忽过新丰市，还归细柳营。
回看射雕处，千里暮云平。

【译文】角弓上箭射了出去，弦声和着强风一起呼啸。将军和士兵的猎骑，飞驰在渭城的近郊。枯萎的野草，遮不住尖锐的鹰眼；积雪融化，飞驰的马蹄更像风追叶飘。转眼间，猎骑穿过了新丰市，驻马时，已经回到细柳营。凯旋时回头一望那打猎的地方，千里无垠，暮云笼罩，原野静悄悄。

【作者简介】王维（701？—761），字摩诘，盛唐时期的著名诗人，官至尚书右丞，世称"王右丞"。原籍太原祁县（今山西祁县），迁至蒲州（今山西省永济），晚年居于蓝田辋川别墅。其诗、画成就都很高，苏轼赞他"味摩诘之诗，诗中有画；观摩诘之画，画中有诗"。尤以山水诗成就为最，与孟浩然合称"王孟"。著有《王右丞集》，存诗四百余首。

【作品赏析】《观猎》是唐代大诗人王维前期描写将军射猎情景的诗作。诗从打猎的高潮写起，展开一连串飞动的场面，末两句以平缓反衬，使刚才的纵横驰骋之状仿佛仍然历历在目。风格清爽劲健，结句又耐人回味。

【相关链接】世有"李白是天才，杜甫是地才，王维是人才"之说，后人亦称王维为"诗佛"，此称谓不仅是说王维诗歌中的佛教意味和王维的宗教倾向，更表达了后人对王维在唐朝诗坛崇高地位的肯定。王维不仅是公认的诗佛，也是文人画的南山之宗（钱钟书称他为"盛唐画坛第一把交椅"），并且精通音律，善书法，篆的一手好刻印，是少有的全才。王维不但有卓越的文学才能，而且是出色的画家，还擅长音乐。深湛的艺术修养，对于自然的爱好和长期山林生活的经历，使他对自然美具有敏锐独特而细致入微的感受，因而他笔下的山水景物特别富有神韵，常常是略事渲染，便表现出深长悠远的意境，耐人玩味。他的诗取景状物，极有画意，色彩映衬鲜明而优美，写景动静结合，尤善于细致地表现自然界的光色和音响变化。例如"声喧乱石中，色静深松里"（《青溪》）、"泉声咽危石，日色冷青松"（《过香积寺》）以及《鸟鸣涧》《鹿柴》《木兰柴》等诗，都是体物入微之作。

出居庸关

[清]朱彝尊

居庸关上子规啼，饮马流泉落日低。
雨雪自飞千嶂外，榆林只隔数峰西。

【译文】居庸关上，杜鹃啼鸣，驱马更行，峰回路转，在暮霭四起中，忽遇一带山泉，从峰崖高处曲折来泻，与落日余晖相映成趣。雨雪纷飞，飘落于千山之外，回望关内，西边和榆林也只隔了几座山峰而已。

【作者简介】朱彝尊（1629—1709），号竹垞，又号金风亭长、小长庐钓鱼师，浙江秀水（今嘉兴）人。少肆力古学，博极群书。客游南北，所至，以搜剔金石为事。康熙时举博学宏词科，官翰林院检讨，参加修纂《明史》，后充日讲官，入值南书房。时彝尊方辑《瀛洲道古录》，因私抄禁中书，被劾降一级。后补原官，引疾乞归。彝尊博通经史，擅长诗词古文。于词推崇姜夔，标举清空醇雅，开创"浙西词派"。诗与王士禛齐名，时称"南朱北王"。艺术上能兼取唐宋，笔力雅健，用亭赡博，开启了浙派诗风。著有《经义考》《日下旧闻》《曝书亭集》，编有《词综》《明诗综》等。

【作品赏析】《出居庸关》是清代诗人朱彝尊创作的一首七言绝句。诗人久久地凝视着这雨雪交加的千嶂奇景，那一缕淡淡的乡愁，早就如云烟一般飘散殆尽。于是清美、寥廓的北国，便带着它独异的"落日"流泉、千嶂"雨雪"和云海茫茫中触手可及的榆林古塞，苍苍茫茫地尽收眼底了。

【相关链接】居庸关，作为长城的重要关隘之一，位于北京市延庆区（也有资料提及昌平区），距离北京市中心五十余公里，地理位置极为重要。它不仅是连接北京和内蒙古的通道，也是京北长城沿线的著名古关城，有"天下第一雄关"之称。居庸关始建于秦代，历史上曾有过多个名称，如西关、纳款关等，最终定名为居庸关并沿用至今。明代时，居庸关成为长城沿线的九大关隘之一。

第二章 含有动物类意象的古诗词(摘编)

一、鸟

黄鹤楼

［唐］崔　颢

昔人已乘黄鹤去，此地空余黄鹤楼。
黄鹤一去不复返，白云千载空悠悠。
晴川历历汉阳树，芳草萋萋鹦鹉洲。
日暮乡关何处是？烟波江上使人愁。

【译文】传说中的仙人早乘黄鹤飞去，这地方只留下空荡的黄鹤楼。飞去的黄鹤再也不能复返了，唯有悠悠白云徒然千载依旧。汉阳晴川阁的碧树历历在目，鹦鹉洲的芳草长得密密稠稠。时至黄昏不知何处是我的家乡？面对烟波渺渺大江令人发愁！

【作者简介】崔颢（？—754），汴州（今河南开封市）人，唐代诗人。开元进士，官至太仆寺丞，天宝中为司勋员外郎。最为人称道的是他那首《黄鹤楼》，据说李白为之搁笔，曾有"眼前有景道不得，崔颢题诗在上头"的赞叹。《全唐诗》收录诗四十二首。他秉性耿直，才思敏捷，其作品激昂豪放，气势宏伟。有《崔颢诗集》。

【作品赏析】这首诗是吊古怀乡之佳作。诗人登临古迹黄鹤楼，泛览眼前景物，即景而生情，诗兴大作，脱口而出，一泻千里。既自然宏丽，又饶有风骨。诗虽不协律，但音节嘹亮而不拗口。真是信手而就，一气呵成，成为历代所推崇的珍品。

【相关链接】黄鹤楼因其所在之武昌黄鹤山（又名蛇山）而得名。传说古代仙人子安乘黄鹤过此（见《齐谐志》）；又云费文伟登仙驾鹤于此（见《太平寰宇记》引《图经》）。诗即从楼的命名之由来着想，借传说落笔，然后生发开去。仙人跨鹤，本属虚无，现以无作有，说它"一去不复返"，就有岁月不再、古人不可见之憾；仙去楼空,唯余天际白云,悠悠千载,正能表现世事茫茫之慨。诗人这几笔写出了那个时代登黄鹤楼的人们常有的感受,气概苍莽,感情真挚。

无题·相见时难别亦难

[唐] 李商隐

相见时难别亦难,东风无力百花残。
春蚕到死丝方尽,蜡炬成灰泪始干。
晓镜但愁云鬓改,夜吟应觉月光寒。
蓬山此去无多路,青鸟殷勤为探看。

【译文】相见很难,离别更难,何况在这东风无力、百花凋谢的暮春时节。春蚕结茧到死时丝才吐完,蜡烛要烧成灰烬时,像泪一样的蜡油才能滴干。早晨梳妆照镜,只担忧如云的鬓发改变颜色,容颜不再。长夜独自吟诗不寐,必然感到冷月侵入。蓬莱山虽离这儿不算太远,但无路可通,烦请青鸟一样的使者,殷勤地为我去探看。

【作者简介】李商隐(813—858),晚唐著名诗人,字义山,号玉谿生,又号樊南生,原籍怀州河内(今河南沁阳),祖辈迁荥阳(今河南荥阳市)。李商隐是晚唐乃至整个唐代,为数不多的刻意追求诗美的诗人。他擅长诗歌写作,骈文文学价值也很高,和杜牧合称"小李杜",与温庭筠合称为"温李"。其诗构思新奇,风格秾丽,尤其是一些爱情诗和无题诗写得缠绵悱恻,优美动人,广为传诵。但部分诗歌过于隐晦迷离,难于索解,至有"诗家总爱西昆好,独恨无人作郑笺"之说。

【作品赏析】这首诗以女性的口吻抒写爱情心理,在悲伤、痛苦之中,寓有灼热的渴望和坚忍的执着精神,感情境界深微绵邈,极为丰富。这首诗,从头至尾都熔铸着痛苦、失望而又缠绵、执着的感情,诗中每一联都是这种感情状态的反映,但是各联的具体意境又彼此有别。它们从不同的方面反复表现着融贯全诗的复杂感情,同时又以彼此之间的密切衔接,而纵向地反映以这种复杂感情为内容的心理过程。这样的抒情，连绵往复，细微精深，成功地再现了心底的绵邈深情。

【相关链接】 李商隐曾自称与唐朝的皇族同宗，经考证确认李商隐是唐代皇族的远房宗室。但是没有历史文献证明此事，因而可以认为李商隐和唐朝皇室的这种血缘关系已经相当遥远了。李商隐在诗歌和文章中数次申明自己的皇族宗室身份，但这没有给他带来任何实际的利益。

李商隐的家世，有记载的可以追溯到他的高祖李涉。李涉曾担任过最高级的行政职位是美原（治今陕西富平西北）县令；曾祖李叔恒（一作叔洪），曾任安阳（今属河南）县尉；祖父李俌，曾任邢州（治今河北邢台）录事参军；父亲李嗣，曾任殿中侍御史，在李商隐出生的时候，李嗣任获嘉（今属河南）县令。

李商隐一门三进士，李家的第一位进士是安阳君李叔洪。李叔洪是李商隐的爷爷，年十九，一举中进士第，与彭城刘长卿、虚清河张楚金齐名。始命于安阳，年二十九逝世，葬于怀州雍店之东原先大夫故美原令之左次。关于李叔洪，史籍记载他的事迹很少。

西江月·夜行黄沙道中

[宋] 辛弃疾

明月别枝惊鹊，清风半夜鸣蝉。
稻花香里说丰年。听取蛙声一片。
七八个星天外，两三点雨山前。
旧时茅店社林边。路转溪桥忽见。

【译文】 天边的明月升上了树梢，惊飞了栖息在枝头的喜鹊。清凉的晚风仿佛吹来了远处的蝉叫声。在稻谷的香气里，人们谈论着丰收的年景，耳边传来一阵阵青蛙的叫声，好像在说着丰收年。天空中轻云漂浮，闪烁的星星时隐时现，山前下起了淅淅沥沥的小雨，我急急地从小桥过溪想要躲雨。往日，土地庙附近树林旁的茅屋小店哪里去了？拐了个弯，茅店忽然出现在眼前。

【作者简介】辛弃疾（1140—1207），南宋词人。字幼安，号稼轩，历城（今山东济南）人。人称"词中之龙"，与苏轼合称"苏辛"，与李清照并称"济南二安"。二十一岁参加抗金义军，曾任耿京军的掌书记，不久投归南宋。历任江阴签判、建康府通判、江西提点刑狱，湖南、湖北转运使，湖南、江西安抚使等职。四十二岁遭谗落职，退居江西信州，长达二十年，其间一度起为福建提点刑狱、福建安抚使。六十四岁再起为浙东安抚使、镇江知府，不久罢归。一生力主抗金北伐，并提出有关方略《美芹十论》等，均未被采纳。其词热情洋溢、慷慨激昂，富有爱国感情。有《稼轩长短句》以及今人辑本《辛稼轩诗文钞存》。

【作品赏析】《西江月·夜行黄沙道中》是南宋人辛弃疾创作的一首吟咏田园风光的词。西江月是词牌名，夜行黄沙道中是词题。这首词是辛弃疾被贬官闲居江西时的作品。描写黄沙岭夜里明月清风、疏星稀雨、鹊惊蝉鸣、稻花飘香、蛙声一片的情景。从视觉、听觉和嗅觉三方面描写，写出夏夜的山村风光，表达了诗人对丰收之年的喜爱和对农村生活的热爱。

【相关链接】鹅湖山、灵山、博山等地，都是辛弃疾常去寻古觅幽的地方。鹅湖山下的鹅湖寺，在通往福建的古驿站旁。淳熙二年（1175）农历六月初三至初八，著名学者朱熹、吕祖谦、陆九龄、陆九渊等在鹅湖寺举行了中国哲学史上著名的"鹅湖之会"（第一次鹅湖之会）。鹅湖因而成了文化圣地。辛弃疾常去鹅湖游憩。

淳熙十五年（1188）秋天，陈亮写信给辛弃疾和朱熹，相约到铅山紫溪商讨统一大计。但后来，朱熹因故推辞了这次铅山之会。这年冬，到了相约之期，辛弃疾正染病在床，于瓢泉养息等待陈亮。傍晚，雪后初晴，夕照辉映白雪皑皑的大地，辛弃疾在瓢泉别墅扶栏远眺，一眼看见期思村前驿道上骑着大红马而来的陈亮，大喜过望，病痛消散。

鹧鸪天·十里楼台倚翠微

[宋]晏几道

十里楼台倚翠微，百花深处杜鹃啼。殷勤自与行人语，不似流莺取次飞。

惊梦觉，弄晴时。声声只道不如归。天涯岂是无归意，争奈归期未可期。

【译文】连绵十里的亭台楼阁，紧挨着青翠的山色延伸过去，在百花掩映的草树丛中，传来了杜鹃的啼鸣。它们热切地叫着，仿佛要同出门在外的旅人搭话。可不像那些轻浮的黄莺儿，只管自由自在地来回乱飞。

从午梦中我被惊醒了，初晴的阳光正在四下里闪动。"不如归去！不如归去！"那声声的啼叫听来愈加分明。作为漂泊天涯的游子，我又何尝没有返回家乡的想法？奈何那归去的日期啊，却至今难以确定！

【作者简介】晏几道（1038—1110），宋代词人。字叔原，号小山，抚州临川（今属江西抚州）人。晏殊第七子。历任颍昌府许田镇监、开封府判官等。一生仕途不利，晚年家道中落。然个性耿介，不肯依附权贵，文章亦自立规模。工令词，多追怀往昔欢娱之作，情调感伤，风格婉丽。与其父齐名，时称"二晏"。有《小山词》传世。

【作品赏析】《鹧鸪天·十里楼台倚翠微》是北宋词人晏几道创作的一首词。这首词表现浪迹天涯的游子，急切盼归却又归期难定的苦闷心情。上阕初闻杜鹃啼叫，触动情怀，感觉鸟儿在殷勤地与行人说话。下阕写不断地听杜鹃啼叫后，心情变得十分烦躁，埋怨鹃鸟在作弄人，曲折地反映了生活对人的作弄。最后用反跌之笔，强化了游子有家难归、孤独烦闷的心态。这首词构思巧妙，情感真挚，语言流利，有一定的感染力。

【相关链接】大观元年（1107），权倾天下的奸相蔡京在重九、冬至日，几次派人请晏几道写词。晏几道无奈之下，写了两首《鹧鸪天》，"九日悲秋不到心，凤城歌管有新音""晓日迎长岁岁同，太平箫鼓间歌钟"，竟然没有一句言及蔡京。一个绝佳的拍高官马屁以求升官的机会就这样流逝了。不识时务的晏几道终其一生，也仅做到通判这类小官。

金陵驿二首（其一）

[宋]文天祥

草合离宫转夕晖，孤云飘泊复何依！
山河风景元无异，城郭人民半已非。
满地芦花和我老，旧家燕子傍谁飞？
从今别却江南路，化作啼鹃带血归。

【译文】夕阳下那被野草覆盖的行宫，自己的归宿在哪里啊？祖国的大好河山和原来没有什么不同，而人民已成了异族统治的臣民。满地的芦苇花和我一样老去，人民流离失所，国亡无归。现在要离开这个熟悉的老地方了，从此以后南归无望，等我死后让魂魄归来吧！

【作者简介】文天祥（1236—1283），字宋瑞，一字履善，号文山，吉州庐陵（今江西吉安）人，南宋大丞、文学家。宝祐四年（1256）进士第一。历任刑部郎官，知瑞、赣等州。德祐元年（1275），元兵东下，他在赣州组义军，入卫临安（今浙江杭州）。次年任右丞相，出使元军议和，被扣留。后脱逃到温州。端宗景炎二年（1277）进兵江西，收复州县多处，不久败退广东。次年在五坡岭（在今广东海丰北）被俘。拒绝元将诱降，于次年送至大都（今北京），囚禁三年，屡经威逼利诱，誓死不屈。编《指南录》，作《正气歌》，大义凛然，终在柴市被害。有《文山先生全集》。

【作品赏析】《金陵驿二首（其一）》是文天祥在国破家亡之际写下的沉痛诗篇。诗人通过描绘金陵的荒凉景象和自身的悲惨遭遇，抒发了对故国的怀念和对亡国的悲痛之情。首联诗人以"草合离宫"与"孤云漂泊"相对,道出国家与个人的双重不幸,渲染出国家存亡与个人命运密切相关的情理基调。颔联通过"元无异"与"半已非"的巨大反差,揭露出战乱给人民群众带来的深重灾难,反映了诗人心系天下兴亡、情关百姓疾苦的赤子胸怀。颈联通过拟人化的传神描写,给人以身临其境的感觉,表达了诗人对国破家亡的深切悲痛。尾联诗人表示尽管不愿离开这片熟悉的土地,但元军不让他久留。他决心死后化作啼血不止、怀乡不已的杜鹃鸟归来陪伴故土,表达了他视死如归、以死报国的坚强决心。

【相关链接】宋词兴盛于两宋时期,其物质基础在于城市手工业和商业经济的繁荣,市民阶层的扩大及生活水平的提高,催生了丰富的文化娱乐需求。宋代社会政治相对稳定,文化环境开放,士人文化涌现,为宋词的发展提供了良好的土壤。宋词句子长短不一,便于歌唱,音韵和谐,意境深远。其题材广泛,包括爱情、离别、怀旧、自然景物等,情感表达丰富多样。在艺术手法上,宋词注重对仗、排比、夸张等修辞技巧的运用,使词句更加生动优美。同时,宋词还分为婉约派和豪放派两大风格,前者柔美细腻,后者奔放豪迈,共同构成了宋词独特的艺术魅力。

蝶恋花·槛菊愁烟兰泣露

[宋]晏 殊

槛菊愁烟兰泣露,罗幕轻寒,燕子双飞去。明月不谙离恨苦,斜光到晓穿朱户。

昨夜西风凋碧树,独上高楼,望尽天涯路。欲寄彩笺兼尺素,山长水阔知何处?

【译文】清晨栏杆外的菊花笼罩着一层愁惨的烟雾,兰花沾露似乎是饮泣的露珠。罗幕之间透露着缕缕清寒,一对燕子飞去。明月不明白离别之苦,斜斜的银辉直到破晓还穿入朱户。

昨天夜里西风惨烈，凋零了绿树。我独自登上高楼，望尽那消失在天涯的道路。想给我的心上人寄一封信。但是高山连绵，碧水无尽，又不知道我的心上人在何处。

【作者简介】 晏殊（991—1055），字同叔，著名词人、诗人、散文家，北宋抚州府临川（今江西抚州）人。晏殊与其第七子晏几道（1038—1110），在当时北宋词坛上，被称为"大晏"和"小晏"。

【作品赏析】《蝶恋花·槛菊愁烟兰泣露》是宋代词人晏殊的作品。此词写深秋怀人，是宋词的名篇之一，也是晏殊的代表作之一。上阕描写苑中景物，运用移情于景的手法，注入主人公的感情，点出离恨；下阕承离恨而来，通过高楼独望生动地表现出主人公望眼欲穿的神态，蕴含着愁苦之情。全词情致深婉而又寥廓高远，深婉中见含蓄，广远中有蕴含，很好地表达了离愁别恨的主题。

【相关链接】 晏殊入朝办事后，当时，天下无事，容许百官各择胜景之处宴饮，当时的朝臣士大夫们各自饮宴欢会，以至于市楼酒馆，都大设帷帐提供宴饮游乐的方便。晏殊当时很穷，没钱出门游玩宴饮，就在家与兄弟们讲习诗书。一天，皇宫中给太子选讲官，忽然皇帝御点晏殊上任。执政大臣不知为什么皇上选中晏殊，转天上朝复命，皇上说："最近听说馆阁大臣们都嬉游宴饮，一天到晚沉醉其中，只有晏殊与兄弟闭门读书，这么谨慎忠厚的人，正可教习太子读书。"晏殊上任后，有了面圣的机会，皇帝当面告知任命他的原因，晏殊语言质朴不拘，说"为臣我并非不喜欢宴游玩乐，只是家里贫穷没有钱出去玩。臣如果有钱，也会去宴饮，只是因为没钱出不了门"。皇上因此更欣赏他的诚实，懂得侍奉君王的大体，眷宠日深。仁宗登位后，得以大用（官至宰相）。

清平乐·采芳人杳

[宋]张 炎

采芳人杳，顿觉游情少。客里看春多草草，总被诗愁分了。
去年燕子天涯，今年燕子谁家？三月休听夜雨，如今不是催花。

【译文】采集花草的姑娘已经无踪无影,我也顿时失去游山玩水的心情。流落异乡总是以写诗诉说愁苦,哪有心思细细欣赏春天的光景。

去年的燕子已飞向辽远的南方,今年的燕子该落在谁家的梁栋?暮春三月不要听夜间的风雨,雨声不催花开,但见遍地落红。

【作者简介】张炎(1248—1314后),南宋词人、词论家。字叔夏,号玉田,又号乐笑翁。祖籍凤翔成纪(今甘肃天水),寓居临安(今浙江杭州)。他是贵族后裔(循王张俊六世孙),也是南宋著名的格律派词人。父张枢,精音律,与周密为结社词友。张炎前半生在贵族家庭中度过。宋亡以后,家道中落,贫难自给,曾北游燕赵谋官,失意南归,落拓而终。曾从事词学研究,有论词专著《词源》,有词集《山中白云》,存词约三百首。文学史上把他和另一著名词人姜夔并称为"姜张",还与宋末著名词人蒋捷、王沂孙、周密并称"宋末四大家"。

【作品赏析】《清平乐·采芳人杳》以春景为背景,通过细腻的景物描绘与深刻的情感抒发,展现了词人对家国沦落的感慨以及个人漂泊无依的愁苦心情。词中意象丰富、对比鲜明、语言清丽,具有很高的艺术价值。词中"采芳人杳"四字,平平之中包含着很多内容,词人孤寂游春,思今念昔,顿觉游兴大减。"客里看春多草草,总被诗愁分了"两句,道出了词人客居异乡、愁苦满怀的心境。他无心赏春,只因心中充满了家国沦落的哀愁。词中运用了燕子等意象,燕子本是春天的吉祥物,但在这里却成了词人漂泊无定的象征。"去年燕子天涯,今年燕子谁家?"两句,借燕子之口道出了词人自己的身世之感,他如同飞燕一般,居无定所,浪迹天涯。

【相关链接】张炎是南宋著名的格律派词人。张炎早年词学周邦彦,又深受姜夔词风的影响,注重格律、形式技巧,内容多写湖山游赏、风花雪月,反映了贵族公子的悠闲生活。宋亡,国破家亡的伤痛,浪迹江湖的凄苦,使其词风渐变。他长于写景咏物,格调凄清,情思婉转。词作音律协洽,句琢字炼,雅丽清畅。张炎的《词源》是一部有影响的词论专著。上卷是音乐论,其论词音律尤为祥赡;下卷为创作论,所论多为词的形式。他主张好词要意趣高远、雅正合律、意境清空,并以所作为论词的最高标准,但是他把辛弃疾、刘过的豪放词看作"非雅词",则反映了他偏重形式的艺术特点。书中所论词的做法,包含他个人的创作实践经验,某些论述至今仍有借鉴作用。他热衷于词学研究,著有《词源》二卷。有词集《山中白云词》八卷传世,存词约三百首。

蜀　相

[唐] 杜　甫

丞相祠堂何处寻,锦官城外柏森森。
映阶碧草自春色,隔叶黄鹂空好音。
三顾频烦天下计,两朝开济老臣心。
出师未捷身先死,长使英雄泪满襟。

【译文】诸葛丞相的祠堂去哪里寻找?锦官城外翠柏长得郁郁苍苍。碧草映照石阶自有一片春色,黄鹂在密叶间空有美妙歌声。当年先主屡次向您求教大计,辅佐先主开国扶助后主继业。可惜您却出师征战病死军中,尝使古今英雄感慨泪湿衣襟。

【作者简介】杜甫(712—770),字子美,尝自称少陵野老。举进士不第,曾任检校工部员外郎,故世称杜工部。唐代伟大的现实主义诗人,宋以后被尊为"诗圣",与李白并称"李杜"。其诗大胆揭露当时社会矛盾,对穷苦人民寄予深切同情,内容深刻。他的许多优秀作品,显示了唐代由盛转衰的历史过程,因此被称为"诗史"。在艺术上,善于运用各种诗歌形式,尤长于律诗;风格多样,而以沉郁为主;语言精练,具有高度的表达能力。存诗一千四百多首,有《杜工部集》。

【作品赏析】《蜀相》是唐代诗人杜甫定居成都草堂后,翌年游览武侯祠时创作的一首咏史怀古诗。此诗借游览古迹,表达了诗人对蜀汉丞相诸葛亮雄才大略、辅佐两朝、忠心报国的称颂以及对他出师未捷而身死的惋惜之情。诗中既有尊蜀正统的观念,又有才困时艰的感慨,字里行间寄寓感物思人的情怀。这首七律章法曲折婉转,自然紧凑。前两联记行写景,洒洒脱脱;后两联议事论人,忽变沉郁。全篇由景到人,由寻找瞻仰到追述回顾,由感叹缅怀到泪流满襟,顿挫豪迈,几度层折。全诗所怀者大，所感者深，雄浑悲壮，沉郁顿挫，具有震撼人心的巨大力量。

【相关链接】杜甫小时候很贪玩，连板凳都坐不住，长到五六岁连一首诗都记不住，让爷爷很生气。在爷爷的严厉管教下，杜甫改掉了贪玩的习惯。发奋苦读，为了练好诗，他练习的习作装了整整一麻袋。杜甫成名以后曾在诗中表达了他对于诗歌创作的心得。那就是"读书破万卷，下笔如属有神。"

菩萨蛮·红楼别夜堪惆怅

[唐]韦　庄

红楼别夜堪惆怅，香灯半卷流苏帐。残月出门时，美人和泪辞。琵琶金翠羽，弦上黄莺语。劝我早还家，绿窗人似花。

【译文】当时红楼离别之夜，令人惆怅不已，香灯隐约地映照着半卷的流苏帐。残月将落，天刚破晓时，"我"就要出门远行，美人含着泪珠为"我"送行，真是"寸寸柔肠，盈盈粉泪"的样子。临别时为我弹奏一曲如泣如诉的乐章，那琵琶杆拨上装饰着用金制成的翠羽，雍容华贵；那琵琶弦上弹奏着娇软的莺语，婉转动人。那凄恻的音乐分明是在劝"我"早些回家，碧纱窗下有如花美眷在等着。

【作者简介】韦庄（约836—910），字端己，长安杜陵（今陕西西安东南）人，晚唐诗人、词人，五代时前蜀宰相。韦庄工诗，与温庭筠同为"花间派"代表作家，并称"温韦"。所著长诗《秦妇吟》反映战乱中妇女的不幸遭遇，在当时颇负盛名，与《孔雀东南飞》《木兰诗》并称"乐府三绝"。有《浣花集》十卷，后人又辑其词作为《浣花词》。

【作品赏析】这首《菩萨蛮》词，是写作者浪迹江南一带时思乡怀念妻子的惆怅心情。词的上阕，写离别之夜，爱人和泪送行的动人情景。词的下阕，写客地思归，由听到琵琶乐声想到所爱之人正倚窗远望，等候自己归去。

【相关链接】韦庄前逢黄巢农民大起义，后遇藩镇割据大混战，自称"平生志业匡尧舜"（《关河道中》），因而忠于唐王朝是他思想的核心，忧时伤乱为他诗歌的重要题材，从而较为广阔地反映了唐末动荡的社会面貌。《悯耕者》《汴堤行》对战乱中人民所遭受的苦难深表同情。《睹军回戈》《喻东军》《重围中逢萧校书》对当时屯居洛阳的援军残害人民、掳掠妇女的丑恶行径作了谴责，同时又对他们拥兵自重、未能积极镇压起义军表示不满。而《铜仪》《洛北村居》《北原闲眺》《辛丑年》等诗，则反映了他对唐室"中兴"的热切期待；《闻再幸梁洋》《江南送李明府入关》等诗，表示了他对离乱中的君主、皇族多所眷念；《咸通》《夜景》《忆昔》等作，更抚今追昔，为唐王朝的衰微唱出了深沉的挽歌。他又有一些出色的怀古诗，如《台城》《金陵图》《上元县》等，在对南朝史迹的凭吊中，也寄寓着他对唐末社会动乱的哀叹，情调凄婉。此外，他还有一些诗如《思归》《江外思乡》《古离别》《多情》等，反映了他长期四处漂泊，求官求食的境遇和心情。他的写景诗，如《题盘豆驿水馆后轩》《登咸阳县楼望雨》《秋日早行》等，取景疏淡，思致清婉，也有特色。

汉宫词

[唐] 李商隐

青雀西飞竟未回，君王长在集灵台。
侍臣最有相如渴，不赐金茎露一杯。

【译文】王母的信使青鸟啊，你飞去西方竟然还没回来，只累得求仙的君王，依然长久地守候在集灵台。唉，有一位文学侍臣，最是有司马相如的消渴病，君王啊，你怎不赐予他那金茎上的仙露一杯？

【作者简介】李商隐（813—858），字义山，号玉谿生、樊南生，唐代著名诗人，怀州河内（今河南沁阳）人，出生于郑州荥阳。他擅长诗歌写作，骈文文学价值也很高，是晚唐最出色的诗人之一，和杜牧合称"小李杜"，与温庭筠合称为"温李"，因诗文与同时期的段成式、温庭筠风格相近，且三人都在家族里排行第十六，故并称为"三十六体"。其诗构思新奇，风格秾丽，尤其是一些爱情诗和无题诗写得缠绵悱恻、优美动人，广为传诵。但部分诗歌过于隐晦迷离，难于索解，至有"诗家总爱西昆好，独恨无人作郑笺"之说。因处于牛李党争的夹缝之中，一生很不得志。死后葬于家乡沁阳（今河南焦作市沁阳与博爱县交界之处）。作品收录为《李义山诗集》。

【作品赏析】《汉宫词》是唐代诗人李商隐的一首咏史诗，诗人展开想象的翅膀，巧妙地将神话传说和历史故事编织在一起，虚构出了一种充满烂漫色彩的艺术形象。诗中借《山海经》中的青鸟，喻为替西王母和汉武帝之间传递信息的使者。青鸟一去不复返，然而异想天开的汉武帝依然长久地守候在集灵台，等候佳音，揭露了汉武帝迷恋神仙的痴心妄想，显得委婉有致，极富幽默感。诗人进一步刻画汉武帝一心求仙、无意求贤的思想行径，不顾惜人才的死活，就连一杯止渴救命的露水都不愿意赐给司马相如，揭露了武帝好神仙甚于爱人才的偏执灵魂。

诗人用典精巧贴切，灵活自然，委婉地表达不便明言又不得不说的内容，让辛辣的讽刺披上了一幅神话、历史与现实巧妙织成的面纱，显得情味隽永而富有迷人的艺术感染力。

【相关链接】历史背景与典故。

青雀西飞：暗含了汉代或更早期关于青鸟的神话传说，如西王母与青鸟的故事，通常象征着信息传递或不可及的仙境。在诗中，青雀未回可能寓意着某种期待或希望的落空，或是君主对远方信息的渴望。

集灵台：集灵台是汉代皇家祭祀或求仙的场所，象征着君主对长生不老、永享富贵的渴望。通过"君王长在集灵台"，可以探讨古代帝王对神仙之道的痴迷及其背后的文化心理。。

商山早行

[唐]温庭筠

晨起动征铎，客行悲故乡。

鸡声茅店月，人迹板桥霜。
槲叶落山路，枳花明驿墙。
因思杜陵梦，凫雁满回塘。

【译文】黎明起身，套子驾车铃声叮当。踏上征途，游子不禁思念故乡。残月高挂，村野客店传来声声鸡叫；板桥清霜，先行客人留下行行足迹。槲树枯叶，飘落山路；枳树白花，映亮店墙，触景伤情。不由想起夜回长安的梦境。野鸭大雁，早已挤满堤岸曲折的湖塘。

【作者简介】温庭筠（约801—866），唐代诗人、词人。本名岐，字飞卿，太原（今山西太原西南）人。富有天才，文思敏捷，每入试，押官韵，八叉手而成八韵，故有"温八叉""温八吟"之称。然恃才不羁，又好讥刺权贵，多犯忌讳，取憎于时，故屡举进士不第，长被贬抑，终生不得志。精通音律，诗词兼工。诗与李商隐齐名，时称"温李"。其诗辞藻华丽。其词艺术成就在晚唐诸词人之上，为"花间派"首要词人，对词的发展影响较大。在词史上，与韦庄并称"温韦"。现存诗三百多首，词七十余首。后人辑有《温飞卿集笺注》《金奁集》等。

【作品赏析】《商山早行》是唐代文学家温庭筠的诗作。此诗描写了旅途中寒冷凄清的早行景色，抒发了游子在外的孤寂之情和浓浓的思乡之意，字里行间流露出人在旅途的失意和无奈。整首诗正文虽然没有出现一个"早"字，但是通过霜、茅店、鸡声、人迹、板桥、月这六个意象，把初春山村黎明特有的景色，细腻而又精致地描绘出来。全诗语言明净，结构缜密，情景交融，含蓄有致，字里行间都流露出游子在外的孤寂之情和浓浓的思乡之情，是唐诗中的名篇，也是文学史上写羁旅之情的名篇，历来为诗词选家所重视，尤其是诗的颔联"鸡声茅店月，人迹板桥霜"，更是脍炙人口，备受推崇。

【相关链接】相传温庭筠是唐代才女诗人鱼玄机的初恋情人。温庭筠和鱼玄机的认识应当是机缘巧合。鱼玄机，原名幼薇，字蕙兰。其父是个落魄秀才，因病过世后，鱼幼薇母女生活无着落，只好帮着别人做些浆洗的活计谋生。温庭筠无意中认识了她们母女。温庭筠看鱼幼薇聪明伶俐，就收她为弟子，教她写诗，也顺便照顾一下她们母女的生活。后来，温庭筠得到一个做巡官的机会。他得离开长安，离开鱼幼薇，到外地去了。在一起不觉得什么，离开了温庭筠，鱼幼薇才觉得缺少什么，心里空落落的。于是，鱼幼薇连续修书，表白心迹。温庭筠想了好久，拒绝了鱼幼薇，他决定把她介绍给少年才子李亿。李亿对鱼幼薇还不错，但是李亿老家的老婆见丈夫带着鱼幼薇进门就不客气了，先是打，然后赶出家门。万般无奈，李亿将鱼幼薇送进一座道观内，说三年后再来接她。她成了道姑，就是这个时候开始叫道号"玄机"的。

"过尽千帆皆不是"，三年的等待，是一场空。鱼玄机开始改变自己。她成了艳丽女道士，不少男人成了她的入幕之宾，把修行所变成了青楼。后来她因为争风吃醋，一时失去理智，把情人的贴身丫鬟鞭打致死。这起命案很快被告到官府，鱼玄机被判处死刑。那一年，鱼玄机还是个妙龄女子。温庭筠日子混得也很狼狈。在襄阳当小小的巡官时，温庭筠与段成式、周繇等一起交游、喝酒、酬唱。后来，离开襄阳，去了江东，又到了淮南。每到一处，温庭筠都喜欢和歌女厮混、不检行迹。大家都知道他的词写得好，但他自己不珍惜自己的名声，总是讽刺官员，得罪了一些人。有关温庭筠品行不太好的话就这样被传来传去，传到了现在。也许，正因为温庭筠的生活经历太失意，所以，他在无意中将词中的美女写得总是那么寂寞，得不到人的欣赏。

破阵子·春景

[宋] 晏 殊

燕子来时新社，梨花落后清明。池上碧苔三四点，叶底黄鹂一两声，日长飞絮轻。

巧笑东邻女伴，采桑径里逢迎。疑怪昨宵春梦好，元是今朝斗草赢，笑从双脸生。

【译文】燕子飞来正赶上社祭之时，梨花落去之后又迎来了清明。几片碧苔点缀着池中清水，树枝掩映下的黄鹂偶尔歌唱两声。白昼越来越长，随处可见柳絮飘飞。

在采桑的路上邂逅巧笑着的东邻女伴。正疑惑着她是不是昨晚做了个春宵美梦,原来是今天斗草获得胜利了啊!双颊不由地浮现出了笑意。

【作者简介】晏殊(991—1055),字同叔,北宋词人,抚州府临川(今江西抚州)人,位于香楠峰下,其父为抚州府手力节级,是当时的抚州籍第一个宰相。与欧阳修并称"晏欧"。原有集,已散佚,仅存《珠玉词》及清人所辑《晏元献遗文》。

【作品赏析】这首词以轻淡的笔触,描写了古代少女们春天生活的一个小小片段,展示在读者面前的却是一幅情趣盎然的图画。此词通过清明时节的一个生活片段,反映出少女身上显示的青春活力,充满着一种欢乐的气氛。全词纯用白描,笔调活泼,风格朴实,形象生动,展示了少女的纯洁心灵。

【相关链接】晏殊性格刚毅直率,生活俭朴。他多次做州官,官吏和百姓对他急躁的性格很畏惧。他善于了解别人,富弼、杨察都做了他的女婿。晏殊做宰相兼枢密使,富弼做枢密副使,于是,晏殊请求辞去所兼的枢密使职务,皇上没有允许,可见他受到皇上的信赖和恩遇达到如此地步。晏殊的文章,内容丰富,辞藻华丽,他能写各类文章,尤其善于写诗,有娴雅的意趣和多情的思绪,晚年仍专心致志地学习,不知疲倦。

天净沙·秋

[元]白 朴

孤村落日残霞,轻烟老树寒鸦,一点飞鸿影下。青山绿水,白草红叶黄花。

【译文】太阳渐渐西沉,已衔着西山了,天边的晚霞也逐渐开始消散,只残留有几分黯淡的色彩,映照着远处安静的村庄是多么的孤寂,拖出那长长的影子。雾淡淡飘起,几只乌黑的乌鸦栖息在佝偻的老树上,远处的一只大雁飞掠而下,划过天际。山清水秀,霜白的小草、火红的枫叶、金黄的花朵,在风中一齐摇曳着,颜色几近妖艳。

【作者简介】白朴（1226—1306以后），原名恒，字仁甫，后改名朴，字太素，号兰谷，祖籍隩州（今山西河曲）人，晚岁寓居金陵(今江苏南京)。白朴是元代著名的杂剧作家，与关汉卿、马致远和郑光祖并称为"元曲四大家"。代表作主要有《唐明皇秋夜梧桐雨》（简称《梧桐雨》）、《裴少俊墙头马上》（简称《墙头马上》）、《董秀英花月东墙记》（简称《东墙记》）、《天净沙·秋》等。

【作品赏析】这首曲子是以秋景作为写作的题材，从其中的修辞可以看出，他的文学涵养是极高的。通篇作品，全都由一些美丽的自然图景构成，而白朴本人，就好像是拿着这些自然拼图的艺术家，拼出一幅美丽中带着和谐的人生图画。

【相关链接】白朴自幼聪慧，记忆过人，精于度曲。与关汉卿、王实甫（另一说为郑光祖）、马致远等人并称"元曲四大家"。散曲儒雅端庄，与关汉卿同为由金入元的大戏曲家。在其作品中，著名的杂剧《梧桐雨》，内容讲述幽州节度使安禄山与杨贵妃私通，出任范阳节度使，与杨国忠不和，于是安禄山造反，明皇仓皇幸蜀。至马嵬驿时，大军不前，陈玄礼请诛杨国忠兄妹。明皇只得命贵妃自缢于佛堂中。李隆基返长安后，一日梦中相见贵妃，后为梧桐雨声惊醒，追忆往事，不胜惆怅之至。此剧在历代评价甚高，清人李调元《雨村曲话》说："元人咏马嵬事无虑数十家，白仁甫《梧桐雨》剧为最。"王国维的《人间词话》说："白仁甫《秋夜梧桐雨》剧，沈雄悲壮，为元曲冠冕。"另有一部作品《墙头马上》全名《裴少俊墙头马上》，是白朴最出色的作品，与五大传奇之一的《拜月亭记》、王实甫的《西厢记》、郑光祖的《倩女离魂》合称为"元代四大爱情剧"。

钱塘湖春行

［唐］白居易

孤山寺北贾亭西，水面初平云脚低。
几处早莺争暖树，谁家新燕啄春泥。
乱花渐欲迷人眼，浅草才能没马蹄。

最爱湖东行不足，绿杨阴里白沙堤。

【译文】 行至孤山寺的北面，贾公亭的西面，向远处看，只看见水面涨平，白云低垂。几只黄莺，争先飞往向阳树木，谁家燕子，为筑新巢衔来春泥？鲜花缤纷，几乎迷人眼神，野草青青，刚好遮没马蹄。湖东景色，令人流连忘返，最为可爱的，还是那绿杨掩映的白沙堤。

【作者简介】 白居易（772—846），唐代诗人。字乐天，号香山居士。其先太原（今属山西太原西南）人，后迁下邽（今陕西渭南北）。贞元进士，授秘书省校书郎。元和年间任左拾遗及左赞善大夫。后因上表请求严缉刺死宰相武元衡的凶手，得罪权贵，被贬为江州司马。长庆间任杭州刺史，宝历初任苏州刺史，后官至刑部尚书。在文学上，主张"文章合为时而著，歌诗合为事而作"，是新乐府运动的倡导者。其诗语言通俗。有《白氏长庆集》传世。

【作品赏析】《钱塘湖春行》选自《白氏长庆集》，是一首写西湖颇具盛名的七言律诗。这首诗写早春的西湖极有特色，读后会同诗人一样，爱上这湖光山色。白居易是在公元822年的七月被任命为杭州刺史的时候创作的这首诗。

【相关链接】 元和元年（806），白居易罢校书郎。同年四月试才识兼茂明于体用科，及第，授盩厔县（今西安周至县）尉。元和二年（807），任进士考官、集贤校理，授翰林学士。元和三年（808）任左拾遗，迎娶杨虞卿从妹为妻。元和五年（810）改任京兆府户部参军，元和六年（811）母亲陈氏去世，离职丁忧，归下邽。元和九年（814）回长安，授太子左赞善大夫。

任左拾遗时，白居易认为自己受到喜好文学的皇帝赏识提拔，故希望以尽言官之职责报答知遇之恩，因此频繁上书言事，并写大量的反映社会现实的诗歌，希望以此补察时政，乃至于当面指出皇帝的错误。白居易上书言事多获接纳，然而他言事的直接，曾令唐宪宗感到不快而向李绛抱怨："白居易小子，是朕拔擢致名位，而无礼于朕，朕实难奈。"李绛认为这是白居易的一片忠心，而劝谏宪宗广开言路。

渔家傲·秋思

［宋］范仲淹

塞下秋来风景异，衡阳雁去无留意。四面边声连角起，千嶂里，长烟落日孤城闭。

浊酒一杯家万里，燕然未勒归无计。羌管悠悠霜满地，人不寐，将军白发征夫泪。

【译文】秋天到了，西北边塞的风光和江南不同。大雁又飞回衡阳了，一点也没有停留之意。黄昏时，军中号角一吹，周围的边声也随之而起，层峦叠嶂里，暮霭沉沉，山衔落日，孤零零的城门紧闭。

饮一杯浊酒，不由得想起万里之外的家乡，不能像窦宪那样战胜敌人，刻石燕然，不能早作归计。悠扬的羌笛响起来了，天气寒冷，霜雪满地。夜深了，将士们都不能安睡：将军为操持军事，须发都变白了；战士们久戍边塞，也流下了伤时的眼泪。

【作者简介】范仲淹（989—1052），字希文，北宋政治家、文学家。苏州吴县（今江苏苏州）人。大中祥符进士，授广德军司理参军。仁宗时，累迁吏部员外郎，权知开封府。康定元年（1040）以龙图阁直学士，与韩琦并为陕西经略副使，兼知延州，加强对西夏的防御。庆历三年（1043）任参知政事，上《答手诏条陈十事》《再进前所陈十事》，要求原有法度的范围内，作一些改革，主持"庆历新政"，因遭到反对，次年出任陕西四路宣抚使，历知邓州、杭州。皇祐四年（1052），范仲淹病逝于赴颍州途中，年六十四。谥号"文正"。

【作品赏析】这首词首先给人的感觉是凄清、悲凉、壮阔、深沉，还有些伤感。而就在这悲凉、伤感中，有悲壮的英雄气在回荡着。这首词既表现将军的英雄气概及征途的艰苦生活，也暗寓对宋王朝重内轻外政策的不满，爱国激情，浓重乡思，兼而有之，构成了将军与征夫思乡却渴望建功立业的复杂而又矛盾的情绪。

【相关链接】范仲淹替人写墓志铭,写毕封好刚要发送时,忽然想,这篇铭记不能不让尹洙看。第二天,范仲淹就把铭文交给尹洙过目,尹洙看后说:"你的文章已经很出名,后代人会以你的文章为典范,不能够不谨慎啊。现在你把转运使写作刺史,知州写成太守,固然清雅古隽,但现在却没有这些官职名称,后人必然心生疑惑,这正是引起庸俗文人争论的原因啊。"范仲淹听后,感叹地说:"多亏请你看了,否则,我差一点要失误啊。"

一剪梅·红藕香残玉簟秋

[宋]李清照

红藕香残玉簟秋,轻解罗裳,独上兰舟。云中谁寄锦书来,雁字回时,月满西楼。

花自飘零水自流,一种相思,两处闲愁。此情无计可消除,才下眉头,却上心头。

【译文】荷已残,香已消,冷滑如玉的竹席,透出深深的凉秋。轻轻地脱下罗绸外裳,一个人独自躺上床铺。那白云舒卷处,谁会将锦书寄来?正是雁群排成"人"字,一行行南归时候。月光皎洁浸入,洒满这西边独倚的亭楼。

花,自顾地飘零,水,自顾地漂流。一种离别的相思,牵动起两处的闲愁。啊,无法排除的是这相思,这离愁,刚从微蹙的眉间消失,又隐隐缠绕上了心头。

【作者简介】李清照(1084—约1155),南宋女词人,号易安居士,齐州章丘(今属山东)人。早期生活优裕,与夫赵明诚共同致力于书画金石的搜集整理。金兵入据中原,流寓南方,明诚病死,境遇孤苦。所作词,前期多写其悠闲生活,后期多悲叹身世,情调感伤,也流露出对中原的怀念。形式上善用白描手法,自辟途径,语言清丽。论词强调协律,崇尚典雅情致,提出词"别是一家"之说,反对以诗文之法作词。并能作诗,留存不多,部分篇章感时咏史,情辞慷慨,与其词风不同。有

《易安居士文集》《易安词》，已散佚。后人有《漱玉词》辑本。今人有《李清照集校注》。

【作品赏析】《一剪梅·红藕香残玉簟秋》是宋代女词人李清照的作品。此词作于词人与丈夫赵明诚离别之后，寄寓着作者不忍离别的一腔深情，反映出初婚少妇沉溺于情海之中的纯洁心灵。全词格调清新，以女性特有的沉挚情感，丝毫"不落俗套"的表现方式，给人以美的享受，是一首工致精巧的别情词作。

【相关链接】在古代的悠悠岁月里，锦字书不仅是织物之美的象征，更是情感传递的桥梁。相传，有位才情出众的女子，因丈夫远赴边疆，音讯难通，心中思念如潮。她便将满腔情意倾注于锦缎之上，以细腻的针法和斑斓的丝线，绣出一幅幅寓意深远的图案，每一针一线都蕴含着无尽的思念与期盼。这封不同寻常的"锦字书"，最终穿越千山万水，送达了丈夫手中。丈夫展卷细读，不仅被其华美所震撼，更被字里行间的深情所打动，从此，"锦字书"便成了夫妻间深情厚谊的代名词。

时至今日，虽然书写方式已发生翻天覆地的变化，但"锦字书"所承载的情感价值与文化意蕴依然被世人所珍视。它提醒我们，在快节奏的现代生活中，也不应忘记用心去表达爱意，让每一份情感都能如锦般绚烂，温暖人心。

入若耶溪

[南朝·梁] 王　籍

艅艎何泛泛，空水共悠悠。
阴霞生远岫，阳景逐回流。
蝉噪林逾静，鸟鸣山更幽。
此地动归念，长年悲倦游。

【译文】我驾着小舟在若耶溪上悠闲地游玩，天空倒映在水中，水天相和，一起荡漾。晚霞从远处背阳的山头升起，阳光照耀着蜿蜒曲折的水流。蝉声高唱，树林却显得格外宁静；鸟鸣声声，深山里倒比往常更清幽。这地方让我生了归隐之心，我因多年来厌倦仕途却没有归隐而悲伤起来。

【作者简介】 王籍（480—约536），字文海，琅琊临沂（今山东临沂市北）人。南朝梁诗人。因其《入若耶溪》一诗，而享誉诗史。有文才，不得志。齐末为冠军行参军，累迁外兵记室。梁时为大司马从事中郎，迁中散大夫等。王籍诗歌学谢灵运，《南史·王籍传》称"时人咸谓康乐之有王籍，如仲尼之有丘明，老聃之有庄周"。

【作品赏析】《入若耶溪》是南朝梁王籍创作的一首五言古诗。诗写作者泛舟若耶溪的所见所闻，并寓含长久羁留他乡的思归之念。诗开头两句写诗人乘小船入溪游玩，三四句写眺望远山时所见到的景色，五六句用以动显静的手法来渲染山林的幽静，最后两句写诗人面对林泉美景，不禁厌倦宦游，产生归隐之意。全诗因景启情而抒怀，十分自然和谐。此诗文辞清婉，音律谐美，创造出一种幽静恬淡的艺术境界。

【相关链接】 若耶溪，今名平水江，是绍兴市区境内一条著名的溪流，发源于今柯桥区平水镇，自南而北流经境内而注入鉴湖。若耶溪的地理位置独特，它位于浙江省绍兴市越城区，是越中南北向大溪中离州治最近的一条，故又称越溪。

若耶溪的自然风光极为优美，被誉为越中第一名溪。其溪水清澈，水至清能照众山倒影，窥之如画。《水经注》对若耶溪有过这样的记载："水至清，照众山倒影，窥之如画。"两岸风光旖旎，花树、农田、远山相映成趣，透出一种自然的野趣。清亮的溪水、斑驳的河坎、葱郁的山林、溪水人家、石桥古亭、飞鸟鸣虫等构成了若耶溪独特的自然景观。

二、虎、马等

九歌·国殇

[战国] 屈 原

操吴戈兮被犀甲,车错毂兮短兵接。
旌蔽日兮敌若云,矢交坠兮士争先。
凌余阵兮躐余行,左骖殪兮右刃伤。
霾两轮兮絷四马,援玉枹兮击鸣鼓。
天时怼兮威灵怒,严杀尽兮弃原野。
出不入兮往不反,平原忽兮路超远。
带长剑兮挟秦弓,首身离兮心不惩。
诚既勇兮又以武,终刚强兮不可凌。
身既死兮神以灵,子魂魄兮为鬼雄。

【译文】战士手持吴戈、身披犀甲,敌我战车交错刀剑相接。旗帜遮天蔽日敌众如云,飞箭交坠战士奋勇争先。敌军侵犯我们行列阵地,左骖死去右骖马受刀伤。兵车两轮深陷绊住四马,主帅举起鼓槌猛击战鼓。杀得天昏地暗神灵震怒,全军将士捐躯茫茫原野。将士们啊,一去永不回返,走向迷漫平原路途遥远。佩长剑挟强弓久战沙场,首身分离雄心永远不屈。真正勇敢顽强而又英武,始终刚强坚毅不可凌辱。人虽死亡神灵终究不泯,您的魂魄不愧鬼中英雄!

【作者简介】屈原(约公元前340年—约公元前278年),战国楚诗人。名平,字原,又自云,名正则,号灵均。学识渊博,初辅佐楚怀王,任三闾大夫、左徒。主张对内举贤能,修明法度,对外力主联齐抗秦。因遭贵族排挤,被流放沅湘流域。后因楚国政治腐败,首都郢被秦攻破,既无力挽救,又深感政治理想无法实现,遂投汨罗江而死。他写下了《离骚》《天问》《九章》《九歌》等许多不朽诗篇。其诗抒发了炽热的爱国主义思想感情,表达了对楚国的热爱,体现了他对理想的不懈追求和为此九死不悔的精神。他在吸收民间文学艺术营养的基础上,创造出骚体这一新形式,以优美的语言、丰富的想象,融化神话传说,塑造出鲜明的形象,富有积极浪漫主义精神,对后世影响很大。

【作品赏析】《九歌·国殇》是战国时期楚国诗人屈原的作品。这是追悼楚国阵亡士卒的挽诗。此诗分为两节,第一节描写在一场短兵相接的战斗中,楚国将士奋死抗敌的壮烈场面;第二节颂悼楚国将士为国捐躯的高尚志节,歌颂了他们的英雄气概和爱国精神。全诗生动地描写了战况的激烈和将士们奋勇争先的气概,对雪洗国耻寄予热望,抒发了作者热爱祖国的高尚感情。诗篇情感真挚炽烈,节奏鲜明急促,抒写铺张扬厉,传达出一种凛然悲壮、亢直阳刚之美,在楚辞体作品中独树一帜。

【相关链接】屈原的作品充满了积极的浪漫主义精神。其主要表现是他将对理想的热烈追求融入了艺术的想象和神奇的意境之中。风调激楚,是屈原楚辞风格。屈原由于受宵小的排挤陷害,使曾经对他十分信任并依靠他变法图强的楚怀王,对他产生怀疑以至疏远放逐;楚襄王当政后,更为昏庸,朝政日益腐败,楚国面临亡国的危机,而对屈原这样的爱国志士迫害有加。诗人正直的性格,高洁的人格,爱国的行动,反倒都成了罪过。他将自己满腔愤激的情绪,发而为诗,形成了激楚的情调。这种激楚的情调,在《九章》中表现得十分强烈。

马诗二十三首(其四)

[唐]李 贺

此马非凡马,房星本是星。
向前敲瘦骨,犹自带铜声。

【译文】这匹马不像是人间的凡马,似乎是天上的房星下凡。它看上去瘦骨嶙峋,可你如果上前去敲一敲它的瘦骨,好像还能听见铮铮的铜声。

【作者简介】李贺(790—816),字长吉,福昌(今河南省宜阳县)人。唐朝中期浪漫主义诗人,与诗仙李白、李商隐称为"唐代三李",后世称李昌谷。李贺是继屈原、李白之后,中国文学史上又一位颇享盛誉的浪漫主义诗人,有"太白仙才,长吉鬼才"之说。作为中唐到晚唐诗风转变期的代表人物,李贺与"诗仙"李白、"诗圣"杜甫、"诗佛"王维齐名,留下了"黑云压城城欲摧""雄鸡一声天下白""天若有情天亦老"等千古佳句。著有《昌谷集》。

【作品赏析】《马诗二十三首(其四)》是李贺的一首经典之作,诗人以马自喻,通过赞美马的非凡素质和艰难处境,寄托了自己对人才被埋没、壮志难酬的感慨。诗歌语言简练而生动,寓意深远而丰富。首句直接点明主题,强调这匹马非同寻常。这种直接而有力的表达方式,既是对马的高度评价,也隐含了诗人对自己的自信和期待。次句看似重复首句之意,实则别有深意。"房星"在古代天文学中代表天马之星,是天上的星宿。诗人借此比喻马非尘世凡物,而是来自天上的神驹。这种拟物手法,不仅增强了诗歌的神秘感和浪漫色彩,也暗示了诗人自己虽身处凡尘,但心怀高远之志。三四句通过形象的描绘展现了马的非凡素质。虽然这匹马看上去瘦骨嶙峋,但如果你上前去敲一敲它的骨头,就能听到犹如铜铃般的声音。这种"瘦骨"与"铜声"的对比,既表现了马的处境艰难,又突出了其内在的坚韧和品质。同时,这也象征着诗人在逆境中依然保持着坚定的信念和高尚的品格。

【相关链接】元和六年(811)五月,李贺经宗人推荐,考核后,父荫得官,任奉礼郎,从九品。从此,为官三年期间,在这一时期,李贺亲身耳闻目睹了许多事情,结交了一批志同道合的朋友,对当时社会状况有了深刻的认识。李贺个人生活虽不如意,但创作了一系列反映现实、鞭挞黑暗的诗篇。虽然此间心情"憔悴如刍狗",增长了生活阅历,扩充了知识领域,在诗歌创作上收获颇丰。所谓贺诗"深刺当世之弊,切中当世之隐"。

马诗二十三首（其五）

[唐]李 贺

大漠沙如雪，燕山月似钩。
何当金络脑，快走踏清秋。

【译文】大沙漠里，黄沙像厚厚的白雪；燕山山头，弯弯的月亮像钩子一样挂在天空。我什么时候才能骑上戴着黄金笼头的骏马，在秋天的大地上飞奔呢？

【作品赏析】这首诗前两句描绘出一片富有特色的边疆战场景色；后两句借马以抒情：什么时候才能披上威武的鞍具，在秋高气爽的疆场上驰骋，建功立业呢？诗人运用比兴的手法通过咏马、赞马或慨叹马的命运，来表现志士的奇才异质、远大抱负及不遇于时的感慨和愤懑。

【相关链接】成语"锦囊佳句"的出处。这个成语出自唐·李商隐《李长吉小传》，描述的是唐朝时期诗人李贺的创作习惯。李贺经常带着一名小书童，骑着一头毛驴，背上背着一个古旧的锦囊。每当他在外面有所灵感，得到优美的诗句时，就会立即写下来并放入锦囊中。这样，他每天回家后都会从锦囊中取出这些诗句，整理成完整的诗篇。这个成语不仅描绘了李贺的创作方式，也象征着文学创作中的灵感和才华。在古代文学中，锦囊不仅仅是一个装诗稿的容器，更是一个象征，代表着诗人的智慧和才情。

车遥遥篇

[西晋]傅 玄

车遥遥兮马洋洋，追思君兮不可忘。

君安游兮西入秦，愿为影兮随君身。
君在阴兮影不见，君依光兮妾所愿。

【译文】车马遥遥行，远去到何方，追念你的行踪啊，不能把你遗忘。你游历到哪里呢？是否西入秦地，我愿像影子跟随在你身旁。你在暗处时影子无法随身，希望你永远依傍着光亮。

【作者简介】傅玄（217—278），字休奕，西晋北地泥阳（治今陕西铜川市耀州区）人。三国魏末，州举秀才，除郎中，入选为著作郎。撰《魏书》。后迁任弘农太守。入晋以后，拜散骑常侍，多次上书言事，陈事直切。性格峻急，不能容人之短。官至司隶校尉。著作有《傅子》《傅玄集》，俱佚，明人辑有《傅鹑觚集》，又有清人方濬师集校本，较完备。

【作品赏析】《车遥遥篇》是西晋诗人傅玄创作的一首七言诗。这首诗写别离相思，在简短的篇幅中步步深入地刻画了女子对丈夫的刻骨思恋，对未来的深沉忧虑和热切期望，反映了封建时代的人们在爱情、婚姻和家庭问题上的命运和理想。这首诗构思新颖奇特，比喻贴切生动，最后两句进一步翻空出奇，突出表现了作者对巧思的追求。

【相关链接】傅玄博学能文，虽显贵，而著述不废，曾参加撰写《魏书》。又著《傅子》数十万言，书撰评论诸家学说及历史故事。傅玄以乐府诗体见长。今存诗六十余首，多为乐府诗。其中虽有一些宗庙乐章和模拟之作，但是也有不少作品继承了汉代乐府民歌的传统，反映了社会问题。其中尤以反映妇女问题的作品最为突出。如《豫章行·苦相篇》深刻揭示了封建社会重男轻女的现象和妇女的痛苦；《秦女休行》描写庞烈女（赵娥）为父报仇之事；《秋胡行》表现秋胡妻的贞烈、鞭挞了秋胡的轻薄行径，都从正面歌颂了妇女的高贵品质；他还有一首《墙上难为趋》，将贵族和贫士对比，有针砭社会的意义。傅玄的诗不求华艳，风格比较雄健，如《秦女休行》，后人就誉为"音节激扬，古质健劲"（《采菽堂古诗选》），虽颇有汉魏风韵，但语言有时流于艰涩。傅玄还有一些描写爱情的小诗，如《西长安行》《车遥遥篇》《云歌》等，善用比兴，婉转轻巧，语简情深。

菩萨蛮·赤阑桥尽香街直

[宋]陈 克

赤阑桥尽香街直,笼街细柳娇无力。金碧上青空,花晴帘影红。黄衫飞白马,日日青楼下。醉眼不逢人,午香吹暗尘。

【译文】赤阑桥同芳香的繁华街市笔直连接,笼罩街市的细柳娇弱无力。金碧辉煌的楼阁直上青空,花映晴日,隔着帷帘透过红影,穿着黄衫的贵少们骑着飞奔的白马,日日寻花问柳,系马在青楼下。两眼醉朦胧,在闹市上横冲直撞旁若无人,正午风吹花香,散入马蹄扬起的暗尘。

【作者简介】陈克(1081—1137),北宋末南宋初词人。字子高,自号赤城居士。临海(今属浙江)人。

【作品赏析】整首词在艺术表现上独具匠心,通过细腻的笔触和巧妙的布局,展现了繁华都市的花街柳巷之景与冶游狎妓之人的丑恶品行之间的鲜明对比。上阕以"赤阑桥尽香街直"开篇,引领读者步入一个色彩斑斓、香气四溢的都市画卷,细柳轻拂、金碧辉煌、花影帘红,每一处细节都透露出都市的繁华与绮丽。

而下阕则笔锋一转,以"黄衫飞白马"的形象引入冶游狎妓之人,他们日日流连于青楼之下,醉眼迷离,骄横跋扈,与上阕的繁华景象形成强烈反差。词人并未直接斥责这些人的行为,而是通过"醉眼不逢人,午香吹暗尘"的描绘,含蓄地表达了对其品行丑恶的讽刺与批判。这种寓讽于景、寓情于物的手法,使得整首词在委婉含蓄中透露出深沉的讽刺意味。

此外,词人在用词上也颇为讲究,如"娇无力"的细柳、"金碧上青空"的楼阁、"花晴帘影红"的景致以及"黄衫飞白马"的冶游者形象,都生动传神地展现了都市生活的不同侧面。同时,词人还巧妙地运用了色彩和光影的对比,使得整个画面既丰富又和谐,给人以强烈的视觉冲击和审美享受。

【相关链接】陈克亲历两宋之交的战乱,其词对时世有所反应。如《临江仙》写身世之感,触及"胡尘直到江城"的严酷现实。《虞美人》写祈雨,注意到农村"日夜歌声苦"的悲惨之状。这类作品在他的集子里很少见。他的词主要还是承"花间"和北宋的婉丽之风,以描写粉融香润的生活和闲适之情见长。如《菩萨蛮》:"赤阑桥尽香街直,笼街细柳娇无力。金碧上青空,花晴帘影红。黄衫飞白马,日日青楼下。醉眼不逢人,午香吹暗尘。"又如另一首写闲情的《菩萨蛮》"绿芜墙绕青苔院",以"烘帘自在垂"和"绿窗春睡轻"的恬淡境界受到历代词话家的称誉。清人陈廷焯说:"陈子高词婉雅闲丽,暗合温、韦之旨,晁无咎、毛泽民、万俟雅言等远不逮也。"(《白雨斋词话》)说陈克高于晁、毛等人未必公允,但"婉雅闲丽"和"合温韦之旨"二语倒是准确地道出了他的歌词创作的主导风格与继承关系。

水调歌头·题剑阁

[宋]崔与之

万里云间戍,立马剑门关。乱山极目无际,直北是长安。人苦百年涂炭,鬼哭三边锋镝,天道久应还!手写留屯奏,炯炯寸心丹。

对青灯,搔白发,漏声残。老来勋业未就,妨却一身闲。梅岭绿阴青子,蒲涧清泉白石,怪我旧盟寒。烽火平安夜,归梦到家山。

【译文】在离朝廷很远的地方戍守边疆,骑马立于剑门关上。在群山中极目远眺看不到边,正北的方向是长安城。百年来,生灵涂炭,百姓受苦,边境的战事依旧严峻,无数军民在战火中罹难,金人统治时间长了,干的坏事多了必定会遭到上天的惩罚。我亲手写好要求常驻此地的奏表,一寸丹心,精光炯炯。

面对着昏黄的青灯,双手挠着苍老的白发,夜晚的沙漏即将流尽,英雄年迈却功业未成,不妨归隐山林。蒲涧的景色优美,白云山间,泉清水甜,梅岭青梅阴阴,都怪我负却旧约。但在烽烟尚存,逆胡未平的时刻,我的梦魂难以回到家园。

【作者简介】崔与之（1158—1239），字正之，一字正子，号菊坡，增城（今属广州）人。南宋词人。光宗绍熙四年（1193）进士。授广西提点刑狱，迁成都府、本路安抚使，改授广东经略安抚使兼知广州。后拜参知政事、右丞相，皆力辞。以观文殿大学士致仕，封南海郡公，卒谥"清献"。有《崔清献公集》，又名《菊坡集》。

【作品赏析】《水调歌头·题剑阁》是南宋文人崔与之创作的一首词。词作上阕通过对宋朝南渡之后历史的回顾和现实的展望，表现出强烈的忧国情怀和报国壮志；下阕则立足于个人遭际，国家大业未完成，而自己则归隐故乡，表达了家国难以两全的矛盾心理。此词结构严谨，风格激昂雄壮，爱国之情和报国之志喷薄欲出。

【相关链接】剑门关地处四川省广元市剑阁县，位于大剑山中断处，为东峰营盘嘴和西峰金城山断崖之间的狭谷隘口。剑门关地势险峻，两崖石壁如刀砍斧劈，平地拔高150多米，长500多米，顶部宽100余米，底部宽50多米。大剑溪水绕崖穿石，向北流出隘口，直泻而下，形成显著的剑门关隘。这种独特的地理环境使得剑门关成为"一夫当关，万夫莫开"的军事要地。

菩萨蛮·朔风吹散三更雪

［清］纳兰性德

朔风吹散三更雪，倩魂犹恋桃花月。梦好莫催醒，由他好处行。无端听画角，枕畔红冰薄。塞马一声嘶，残星拂大旗。

【译文】凛冽的北风，将三更天还在飘落的大雪吹得四散飞扬。在梦中，相思之人还在迷恋开满桃花的明月之夜。梦是那么美好，不要催醒他，让他在美好的梦境中多转一转吧。

没有任何征兆，梦中突然听见了画角声，醒来时，泪水已经在枕边结成了薄薄的一层红冰。耳中听到的是塞马的嘶鸣，眼中看到的是斜挂着残星的军中大旗，好一派凄冷而又壮阔的景象。

【作者简介】纳兰性德（1655—1685），原名成德，字容若，满洲正黄旗人，大学士明珠之子。康熙进士，曾任一等侍卫。他文武双全，深得康熙信任。《清史稿》有传。喜为词，词风接近李煜。内容多写离别相思和悼念亡妻之苦，直抒怀抱，婉丽凄清，只是情调过于低沉。著有《通志堂集》《饮水词》等。

【作品赏析】这首词写驻留塞外的征夫在风雪之夜对妻子的思念。上阕首先描写塞外之夜风雪交加的典型物候特征，接着写梦中的情形。梦境的温馨绮丽和现实的苦寒荒凉形成了强烈的反差，突出了词人内心的悲苦。"三更雪"和"桃花月"，一实一虚，虚实结合，哀乐毕现，自然而然地引出三四两句对虚幻幸福的渴望。下阕紧承上片，继续写梦，但跌宕曲折，生出新意。即使是梦境也不能长久，令人心烦的画角声无端地惊醒了好梦。泪流成冰，既形象地写出了词人对妻子的思念之深，同时也进一步渲染了塞外的苦寒。最后以景语作结，塞马嘶鸣、残星大旗和朔风飞雪首尾呼应，为痛苦低沉的语境注入了苍凉壮阔的质素，具有一种特殊的美感。

【相关链接】康熙二十一年（1682），纳兰性德随队以捕鹿为名，北赴梭龙（今黑龙江流域一带）侦察敌情。这次出使的目的是了解沙俄在黑龙江流域的军事动态和侵略意图，为清朝政府制定边疆防御策略提供重要情报。纳兰性德在这次出使中表现出色，受到了康熙帝的高度评价。除了直接参与军事侦察活动外，纳兰性德还通过诗词创作等方式表达了对边疆防御和治理的关注和支持。他的诗词中经常描绘边疆地区的自然风光和民族风情，同时也透露出对边疆稳定和国家安全的深深忧虑和期盼。

纳兰性德出身于满洲贵族家庭，其父纳兰明珠是康熙朝的重臣。这样的家族背景使得纳兰性德在仕途上得到了更多的机会和支持。同时，他也具备了一定的军事才能和武艺基础，这使得他能够在边疆地区发挥更大的作用。

破阵子·为陈同甫赋壮词以寄之

［宋］辛弃疾

醉里挑灯看剑，梦回吹角连营。八百里分麾下炙，五十弦翻塞外声。沙场秋点兵。

马作的卢飞快，弓如霹雳弦惊。了却君王天下事，赢得生前身后名。可怜白发生！

【译文】醉里挑亮油灯观看宝剑，梦中听到军营的号角声响成一片。把牛肉分给部下享用，让乐器奏起雄壮的军乐鼓舞士气。这是秋天在战场上阅兵。

战马都能像卢马那样跑得飞快，弓箭像惊雷一样震耳离弦。一心想完成替君收复国家失地的大业，取得世代相传的美名。可惜壮志难酬，白发已生！

【作者简介】辛弃疾（1140—1207），南宋爱国词人。原字坦夫，改字幼安，别号稼轩，历城（今山东济南）人。辛弃疾艺术风格多样，以豪放为主，曾上《美芹十论》与《九议》，条陈战守之策。现存词六百多首，其词抒写力图恢复国家统一的爱国热情，倾诉壮志难酬的悲愤，对当时执政者的屈辱求和颇多谴责；也有不少吟咏祖国河山的作品。题材广阔又善用前人典故入词，风格沉雄豪迈又不乏细腻柔媚之处。由于与当政的主和派政见不合，后被弹劾落职，退隐，1207年秋，辛弃疾逝世，年六十八岁。

【作品赏析】此词通过对作者早年抗金部队豪壮的阵容和气概以及自己沙场生涯的追忆，表达了作者杀敌报国、收复失地的理想，抒发了壮志难酬、英雄迟暮的悲愤心情。通过创造雄奇的意境，生动地描绘出一位披肝沥胆、忠贞不二、勇往直前的将军形象。全词在结构上打破成规，前九句为一意，末一句另为一意，以末一句否定前九句，前九句写得酣嬉淋漓，正为加重末五字失望之情，这种艺术手法体现了辛词的豪放风格和独创精神。

【相关链接】辛弃疾在词史上的一个重大贡献，就在于内容的扩大、题材的拓宽。他现存的六百多首词作，写政治、写哲理、写朋友之情、恋人之情，写田园风光、民俗人情，写日常生活、读书感受，可以说，凡当时能写入其他任何文学样式的东西，他都写入词中，范围比苏词要广泛得多。而随着内容、题材的变化和感情基调的变化，辛词的艺术风格也有各种变化。虽说他的词主要以雄伟奔放、富有力度为长，但写起传统的婉媚风格的词，却也十分得心应手。如著名的《摸鱼儿·更能消几番风雨》：上阕写惜春，下阕写宫怨，借一个女子的口吻，把一种落寞怅惘的心情一层层地写得十分曲折委婉、回肠荡气，用笔极为细腻。他的许多描述乡村风光和农人生活的作品，又是那样朴素清丽、生机盎然。

登科后

［唐］孟　郊

昔日龌龊不足夸，今朝放荡思无涯。
春风得意马蹄疾，一日看尽长安花。

【译文】昔日的局促和不妥不值得再谈，今天可以无拘无束畅想无边。正是春风可人马蹄轻快，一天看尽鲜花踏遍长安。

【作者简介】孟郊（751—814），唐代诗人。字东野。湖州武康（今浙江德清）人，祖籍平昌（今山东临邑东北），故友人时称"平昌孟东野"。生性孤直，一生潦倒，友人私谥"贞曜先生"。诗名甚籍，尤长五古，愤世嫉俗，但情绪低沉，语多苦涩，苏轼将其与贾岛并称为"郊寒岛瘦"。有《孟东野诗集》。

【作品赏析】《登科后》是唐代诗人孟郊于贞元十二年（796）进士及第时所作的一首七绝。此诗前两句将作者过去失意落拓的处境和现今考取功名的得意情境进行今昔对比，突现今朝跃入新天地时的思绪沸腾；后两句说他在春风里扬扬得意地跨马疾驰，一天就看完了长安的似锦繁花，表现出极度欢快的心情。全诗节奏轻快，一气呵成，在"思苦奇涩"的孟诗中别具一格。

【相关链接】孟郊接过"元结一派"手中的复古旗帜，在社会思想和政治思想上继续宣扬其复古思想。他宣扬仁义道德，歌颂尧舜古风，批判浇薄时风和叛乱犯上，处处显示出一个伟岸君子的姿态，对时俗采取一种不合作态度："耻与新学游，愿将古农齐。"他所结交的官僚和朋友，如郑余庆等也大多是些重道德、守古遗的人物。他标榜的"自是君子才，终是君子识"，其主要内涵就在于不与时俗为伍，只求复古守道的知音的意愿。他卫道、行道的思想和行动，与韩愈所倡导的"道"相近，而其生活准则正好是韩愈的"道"在社会生活中的实践。孟郊不仅在生活中恪守古道，而且在创作中亦以宣扬这种"道"为目的。他的"补风教""证兴亡"的创作宗旨，直陈元结的"极帝王理乱之道，系古人规讽之流"的原则，与元和时白居易的"篇篇无空文，句句必尽规……惟歌民生病，愿得天子知""文章合为时而著，歌诗合为事而作"的创作理论是一致的。因此，孟郊虽然没有直接参与韩愈的古文运动，也没有像白居易那样在鲜明的文学原则下以直言讽谏式的诗去干预政治，但他却是自始至终地沿着恢复古道、整顿朝纲、淳化民俗、振兴诗坛的道路走下去的，而复古，就是他在这条道路上的精神武器。他是一位复古思潮的杰出代表。因此他在中唐这个复古之风很浓的时代里，得到了在后来不可能有的赞誉。

左迁至蓝关示侄孙湘

[唐] 韩 愈

一封朝奏九重天，夕贬潮州路八千。
欲为圣明除弊事，肯将衰朽惜残年！
云横秦岭家何在？雪拥蓝关马不前。
知汝远来应有意，好收吾骨瘴江边。

【译文】早晨我把一篇谏书上奏给朝廷，晚上被贬潮州离京八千里路程。本想替皇上除去那些有害的事，哪里考虑衰朽之身还顾惜余生！阴云笼罩着秦岭家乡可在何处？大雪拥塞蓝关马儿也不肯前行。我知道你远道而来该另有心意，正好在瘴江边把我的尸骨收清。

【作者简介】韩愈（768—824），唐代文学家、哲学家。字退之，河南河阳（今河南孟州南）人。自谓郡望昌黎，世称"韩昌黎"。贞元进士。曾任国子博士、刑部侍郎等职，因谏阻宪宗奉迎佛骨被贬为潮州刺史。后官至吏部侍郎。卒谥"文"。倡导古文运动,与柳宗元并称"韩柳"。其诗力求新奇,有时流于险怪,对宋诗影响颇大。现存有《昌黎先生集》。

【作品赏析】《左迁至蓝关示侄孙湘》是唐代文学家韩愈在贬谪潮州途中创作的一首七律。此诗抒发了作者内心郁愤以及前途未卜的感伤情绪。首联写因"一封(书)"而获罪被贬,"朝夕"而已,可知龙颜已大怒,一贬便离京城八千里之遥;颔联直书"除弊事",申述自己忠而获罪和非罪远谪的愤慨;颈联即景抒情,既悲且壮;尾联抒英雄之志,表骨肉之情,悲痛凄楚,溢于言表。全诗熔叙事、写景、抒情为一炉,诗味浓郁,感情真切,对比鲜明,是韩诗七律中的精品。

【相关链接】韩愈来到潮州后,有一天在街上碰见一个和尚,面貌十分凶恶,特别是翻出口外的两颗长牙,韩愈想这绝非好人,心想着要敲掉他那两颗长牙。韩愈回到衙门里,看门的人便拿来一个红包,说这是一个和尚送来的。韩愈打开一看,里面竟是一对长牙,和那和尚的两只长牙一模一样。他想,我想敲掉他的牙齿,并没说出来,他怎么就知道了呢?韩愈立即派人四处寻找那个和尚。见面交谈后,韩愈才知道,原来他就是很有名的潮州灵山寺的大颠和尚,是个学识渊博的人。韩愈自愧以貌看人,忙向他赔礼道歉。从此,两人成了好朋友。后人为纪念韩愈和大颠和尚的友谊,就在城里修了座庵,叫"叩齿庵"。

永遇乐·京口北固亭怀古

[宋] 辛弃疾

千古江山,英雄无觅孙仲谋处。舞榭歌台,风流总被雨打风吹去。斜阳草树,寻常巷陌,人道寄奴曾住。想当年,金戈铁马,气吞万里如虎。

元嘉草草,封狼居胥,赢得仓皇北顾。四十三年,望中犹记,烽火扬州路。可堪回首,佛狸祠下,一片神鸦社鼓。凭谁问:廉颇老矣,尚能饭否?

【译文】历经千古的江山,再也难找到像孙权那样的英雄。当年的舞榭歌台还在,英雄人物却随着岁月的流逝早已不复存在。斜阳照着长满草树的普通小巷,人们说那是当年刘裕曾经住过的地方。回想当年,他领军北伐、收复失地的时候是何等威猛。

然而刘裕的儿子刘义隆好大喜功,仓促北伐,却反而让北魏太武帝拓跋焘乘机挥师南下,兵抵长江北岸而返,遭到对手的重创。我回到南方已经有四十三年了,看着中原仍然记得,扬州路上烽火连天的战乱场景。怎么能回首啊,当年拓跋焘的行宫外竟有百姓在那里祭祀,乌鸦啄食祭品,人们过着社日,只把他当作一位神祇来供奉,还有谁会问,廉颇老了,饭量还好吗?

【作者简介】辛弃疾(1140—1207),原字坦夫,后改字幼安,号稼轩,历城(今山东济南)人。南宋豪放派词人、将领,有"词中之龙"之称。与苏轼合称"苏辛",与李清照并称"济南二安"。一生以恢复为志,以功业自诩,却命运多舛、备受排挤、壮志难酬。但他恢复中原的爱国信念始终没有动摇,而是把满腔激情和对国家兴亡、民族命运的关切、忧虑,全部寄寓于词作之中。其词艺术风格多样,以豪放为主,风格沉雄豪迈又不乏细腻柔媚之处。现存词六百多首,有词集《稼轩长短句》等传世。

【作品赏析】《永遇乐·京口北固亭怀古》是南宋词人辛弃疾于1205年所作。作者是怀着深重的忧虑和一腔悲愤写这首词的。上片赞扬在京口建立霸业的孙权和率军北伐、气吞胡虏的刘裕,表示要像他们一样金戈铁马为国立功。下片借讽刺刘义隆表明自己坚决主张抗金但反对冒进误国的立场和态度。该词的抒发感慨连连用典,中间稍加几句抒情性议论以见,不仅体现了辛弃疾词好用典的特点,也可窥见"词论"的风格。这首大气磅礴、怀古咏志的不朽词作,是送给与他志同道合的好友丘崈的。

【相关链接】稼轩词向来被人称为"英雄之词"。这些词主要表现了词人以英雄自诩,以恢复中原为己任的壮志豪情。他时常回忆起少年时突入金营,生擒叛徒张安国的英雄事迹。如《鹧鸪天》上片道:"壮岁旌旗拥万夫,锦襜突骑渡江初。燕兵夜娖银胡䩞,汉箭朝飞金仆姑。"辛词还表现了壮志难酬、报国无路的悲愤心情。如《水龙吟·登建康赏心亭》上片:"楚天千里清秋,水随天去秋无际。遥岑远目,献愁供恨，玉簪螺髻。落日楼头，断鸿声里，江南游子。把吴钩看了，阑杆拍遍，无人会，登临意。"词中通过看吴钩宝剑、拍遍栏杆的典型动作，生动表现了英雄无用武之地的悲愤心情。辛弃疾这类"英雄之词"，情感激昂悲壮，风格沉郁雄放。

经五丈原

[唐] 温庭筠

铁马云雕共绝尘，柳营高压汉宫春。
天清杀气屯关右，夜半妖星照渭滨。
下国卧龙空寤主，中原得鹿不由人。
象床宝帐无言语，从此谯周是老臣。

【译文】云旗飘战马嘶尘头滚滚，大军浩荡直奔长安古城。函谷关西战鼓号角正响，一颗将星坠落渭水之滨。蜀国卧龙空自忠心耿耿，统一大业终究难以完成。神龛里的遗像默默无语，只好让那谯周随意而行。

【作者简介】温庭筠（约801—866），唐代诗人、词人。本名岐，字飞卿，太原（今山西太原西南）人。富有天才，文思敏捷，每入试，押官韵，八叉手而成八韵，故有"温八叉""温八吟"之称。然恃才不羁，又好讥刺权贵，多犯忌讳，取憎于时，故屡举进士不第，长被贬抑，终生不得志。官终国子助教。精通音律，诗词兼工。诗与李商隐齐名，时称"温李"。其诗辞藻华丽，浓艳精致。其词艺术成就在晚唐诸词人之上，为"花间派"首要词人，对词的发展影响较大。在词史上，与韦庄并称"温韦"。现存诗三百多首，词七十余首。后人辑有《温庭筠诗集》等。

【作品赏析】《经五丈原》是唐代诗人温庭筠路过五丈原旧营废址时为怀念三国时期著名政治家、军事家诸葛亮而创作的一首怀古咏史诗。此诗前四句写景，以虚拟景象再现历史画面；后四句夹叙夹议，暗含褒贬。全诗表达了作者对诸葛亮赍志以殁的惋惜与竭智尽忠的敬仰之情，同时也对后主刘禅和谯周的投降误国作了辛辣的嘲讽。作品风格遒劲，气势雄浑，感情沉重，含蕴深厚。

【相关链接】晚唐词人温庭筠有个古怪的外号叫"温八叉"。唐进士考试中有律赋写作一项，要求八韵一篇。据说温庭筠叉手一吟便能吟成一韵，八叉即告完稿，于是被人称为"温八叉"。

考试时，温庭筠比别人写得快，闲着也是闲着，于是他就当枪手，帮其他考生作弊，一场进士考试下来可以救好些人，所以又得了另外一个绰号，叫"救数人"。温大诗人也算是唐朝的超级作弊王了。

三、鱼、蟹等

兰溪棹歌

[唐]戴叔伦

凉月如眉挂柳湾,越中山色镜中看。
兰溪三日桃花雨,半夜鲤鱼来上滩。

【译文】一弯娥眉月挂在柳湾的上空,月光清朗,凉爽宜人。越中山色倒映在水平如镜的溪面上,煞是好看。淅淅沥沥的春雨,下了三天,溪水猛涨,鱼群争抢新水,夜深人静之时纷纷涌上溪头浅滩。

【作者简介】戴叔伦(732—789),唐代诗人,字幼公(一作次公),润州金坛(今属江苏省常州市金坛区)人。年轻时,师事萧颖士。曾任新城令、东阳令、抚州刺史、容管经略使。晚年上表自请为道士。其诗多表现隐逸生活和闲适情调,但《女耕田行》《屯田词》等篇也反映了人民生活的艰苦。

【作品赏析】此诗描写了春夜兰溪江边的山水美景和渔民的欢乐心情。全诗四句,前两句是写月光下的月、树、河湾和倒映在水中的山,诗句写得纤丽、秀气;后两句给人的感觉则全然不同,像是引用了民间流传的物候语,朗朗上口,朴实无华,叙述一个事实:春雨一下,兰溪江的鱼就多起来了。前后诗句文笔虽然不同,却协调地组合了一幅春江月夜图。

【相关链接】戴叔伦年约三十二岁时,吏部尚书兼盐铁转运使刘晏很欣赏他,向朝廷上表推荐戴叔伦为九品秘书正字,并召他入自己的幕府中做事。盐铁转运的差事,其实就是负责国家盐务与钱粮的运输。那时,刘晏负责的是湖南一带的盐铁转运,戴叔伦可谓是他的得力助手。一次,戴叔伦押解钱粮路上,正逢叛臣杨子琳谋反,劫持了戴叔伦,并威吓戴叔伦说:"把钱交出来,我就免你一死。"戴叔伦竟也宁死不屈了一把,说"身可杀,财不可夺",那杨子琳看看也没什么办法,就又把他放了。戴叔伦因此而升为八品的监察御史。五十岁时,再升为七品的东阳县令。任县令期间,因政绩卓著,加授从六品的大理司直。约五十二岁时,提升为正六品的侍御史。约五十三岁那年,代任四品的抚州刺史,同年转正,加授金紫服(《新唐书车服志》曰:自是百官赏绯、紫,必兼鱼袋,谓之章服。),封谯县开国男爵位。

鱼 藻

[先秦] 佚 名

鱼在在藻,有颁其首。王在在镐,岂乐饮酒。
鱼在在藻,有莘其尾。王在在镐,饮酒乐岂。
鱼在在藻,依于其蒲。王在在镐,有那其居。

【译文】鱼在哪儿在水藻,肥肥大大头儿摆。王在哪儿在京镐,欢饮美酒真自在。鱼在哪儿在水藻,悠悠长长尾巴摇。王在哪儿在京镐,欢饮美酒真逍遥。鱼在哪儿在水藻,贴着蒲草多安详。王在哪儿在京镐,所居安乐好地方。

【相关链接】《诗经》,是中国古代诗歌开端,也是最早的一部诗歌总集,编成于春秋时代,共收录三百零五篇。

《诗经》的作者佚名,绝大部分已经无法考证,传为尹吉甫采集、孔子编订。《诗经》在先秦时期称为《诗》,或取其整数称《诗三百》。西汉时被尊为儒家经典,始称《诗经》,并沿用至今。《诗经》在内容上分为《风》《雅》《颂》三个部分。《风》是周代各地的歌谣;《雅》是周人的正声雅乐,又分《小雅》和《大雅》;《颂》是周王庭和贵族宗庙祭祀的乐歌,又分为《周颂》《鲁颂》和《商颂》。

孔子曾概括《诗经》宗旨为"无邪",并教育弟子读《诗经》以作为立言、立行的标准。先秦诸子中,引用《诗经》者颇多,如孟子、荀子、墨子、庄子、韩非子等人在说理论证时，多引述《诗经》中的句子以增强说服力。至汉武帝时，《诗经》被儒家奉为经典，成为《六经》及《五经》之一。

《诗经》内容丰富，反映了劳动与爱情、战争与徭役、压迫与反抗、风俗与婚姻、祭祖与宴会，甚至天象、地貌、动物、植物等方方面面，是周代社会生活的一面镜子。

渔歌子·西塞山前白鹭飞

[唐] 张志和

西塞山前白鹭飞，桃花流水鳜鱼肥。
青箬笠，绿蓑衣，斜风细雨不须归。

【译文】西塞山前白鹭在自由地翱翔，江水中，肥美的鳜鱼欢快地游着，漂浮在水中的桃花是那样的鲜艳而饱满。江岸一位老翁戴着青色的箬笠，披着绿色的蓑衣，冒着斜风细雨，悠然自得地垂钓，他被美丽的春景迷住了，连下了雨都不回家。

【作者简介】张志和，字子同，初名龟龄，号玄真子，祖籍婺州金华（今浙江金华），先世因"不忍坐视民患"，弃官隐居黟县赤山镇（今祁门县祁门镇）石山坞，又迁润田张村庇。唐代诗人。著作有《玄真子》。

【作品赏析】《渔歌子·西塞山前白鹭飞》是唐代诗人张志和创作的一首词。这首词开头两句写垂钓的地方和季节。这两句里，出现了山、水、鸟、花、鱼，勾勒了一个垂钓的优美环境，为人物出场做好了铺垫。词的后两句写烟波上垂钓。尾句里的"斜风细雨"既是实写景物，又另含深意。这首词通过对自然风光和渔人垂钓的赞美，表现了作者向往自由生活的心情。

【相关链接】张志和将自己修炼的心得辑为一部十二卷三万言的《玄真子》。《玄真子》模仿《庄子》《列子》，以假设寓言问答，以论述天地造化，有无、方圆、大小等哲理问题，是对《道德经》的深入和补充，或者说是对《道德经》的一个具体释例。其大旨是在吸收唐代道教重玄思想的基础上,解释道家虚无玄妙之说,如书中把"玄真"解释为"无自而然,是谓玄然;无造而化,是谓真化之玄也。无玄而玄,是谓真玄;无真而真,是谓玄真"。所以《道德经》和《玄真子》的关系,也就一个是纲领、一个是细则;一个是抽象、一个是具体而已。后人称其"著作玄妙,为神仙中人"。

浣溪沙·照日深红暖见鱼

[宋]苏 轼

照日深红暖见鱼,连溪绿暗晚藏乌。黄童白叟聚睢盱。
麋鹿逢人虽未惯,猿猱闻喜不须呼。归家说与采桑姑。

【译文】阳光照入潭水中形成深红色,暖暖的潭水中能见鱼儿游,潭四周树木浓密可藏乌鸦,儿童和老人喜悦地聚观谢雨盛会。常到潭边饮水的麋鹿突然逢人惊恐地逃避,猿猱听到鼓声不用呼叫而自来。这样的盛况回家应告诉未能目睹的采桑姑。

【作者简介】苏轼(1037—1101),宋代文学家。字子瞻,一字和仲,号东坡居士。眉州眉山(今属四川)人。嘉祐进士。曾上书力言王安石新法之弊,后因作诗讽刺新法而下御史狱,贬黄州。宋哲宗时任翰林学士,曾出知杭州、颍州,官至礼部尚书。后又贬谪惠州、儋州。多惠政。卒谥"文忠"。学识渊博,喜奖励后进。与父苏洵、弟苏辙合称"三苏"。其文纵横恣肆,为"唐宋八大家"之一。其诗题材广阔,清新豪健,善用夸张比喻,独具风格,与黄庭坚并称"苏黄"。词开豪放一派,与辛弃疾并称"苏辛"。又工书画。有《东坡七集》《东坡易传》《东坡乐府》等。

【作品赏析】《浣溪沙·照日深红暖见鱼》是苏轼的一首优秀的词作,以生动的笔触描绘了自然景色与人文风情,展现了词人深邃的情感与哲思,具有很高的艺术价值与审美意义。上片通过描写潭中的鱼儿欢快游动、绿树的浓密与乌鹊的鸣噪映衬出环境的幽静与生机,"黄童白叟"这一对典型人物的描绘概括了所有聚集的人群,展现了谢雨盛会的热闹与喜庆。下片则通过"麋鹿逢人虽未惯，猿猱闻鼓不须呼"等句进一步描绘了动物对人类的反应以及鼓声的感召力，从侧面反映了谢雨活动的盛大与隆重。

词中也蕴含了词人深刻的哲思与人生感悟。他通过对比春旱与得雨后的不同景象以及描绘农民们的喜悦心情与动物的反应等细节来暗示人生的无常与变化以及人们对美好生活的向往与追求。

【相关链接】鱼在中国的文化里有很多象征意义，比如说鲤鱼跃龙门，鱼象征着书信和幸福，过年的时候一定要吃鱼，意味着年年有余。鱼跟雁一样，可作为书信的代名词。古人为秘传信息，以绢帛写信而装在鱼腹中。这样以鱼传信称为"鱼传尺素"。唐宋时，显贵达官身皆佩以金制作的信符称"鱼符"，以明贵贱。"鱼"与"余"谐音，所以鱼象征着富贵。"如鱼得水"用来描述工作和生活和谐美满、幸福、自在。

蜀道难

[唐]李　白

噫吁嚱！危乎高哉！蜀道之难，难于上青天！蚕丛及鱼凫，开国何茫然！尔来四万八千岁，不与秦塞通人烟。西当太白有鸟道，可以横绝峨眉巅。地崩山摧壮士死，然后天梯石栈相钩连。

上有六龙回日之高标，下有冲波逆折之回川。黄鹤之飞尚不得过，猿猱欲度愁攀援。青泥何盘盘，百步九折萦岩峦。扪参历井仰胁息，以手抚膺坐长叹。问君西游何时还？畏途巉岩不可攀。但见悲鸟号古木，雄飞雌从绕林间。又闻子规啼夜月，愁空山。蜀道之难，难于上青天，使人听此凋朱颜！

连峰去天不盈尺，枯松倒挂倚绝壁。飞湍瀑流争喧豗，砯崖转石万壑雷。其险也如此，嗟尔远道之人胡为乎来哉！剑阁峥嵘而崔嵬，一夫当关，万夫莫开。所守或匪亲，化为狼与豺。朝避猛虎，夕避长蛇。磨牙吮血，杀人如麻。锦城虽云乐，不如早还家。蜀道之难，难于上青天，侧身西望长咨嗟！

【译文】啊！何其高峻，何其峭险！蜀道太难走呵，简直难于上青天。传说中蚕丛和鱼凫建立了蜀国，开国的年代实在久远无法详谈。自从那时起，至今约有四万八千年，从来不同秦地人员互相往来。西边太白山有飞鸟能过的小道，从那小路走可横渡峨眉山顶端。山崩地裂蜀国五壮士被压死了，两地才有天梯栈道开始相通连。

上有六龙车都驶不过去的高峰，下有激浪排空迂回曲折的大川。善于高飞的黄鹤尚且无法飞过，即能攀援的猿猱想要越过也愁。青泥岭多么曲折绕着山峦盘旋，百步之内萦绕岩峦转九个弯。屏住呼吸仰头过参井皆可触摸，用手抚胸惊恐不已徒长吁短叹。问你西游入蜀何时回来？可怕的岩山栈道实在难以登攀！只见那悲凄的鸟在古树上哀鸣啼叫，雄雌相随飞翔在原始森林之间。又听见月夜里杜鹃声声哀鸣，悲声回荡在空山中愁情更添。蜀道太难走，简直难于上青天，叫人听到这些怎么不脸色突变？

山峰座座相连离天还不到一尺，枯松老枝倒挂倚贴在绝壁之间。漩涡飞转瀑布飞泻争相喧闹着，水石相击转动像万壑鸣雷一般。那去处恶劣艰险到了这种地步，唉呀呀你这个远方而来的客人，为了什么而来到这险要的地方？剑阁那地方崇峻巍峨高入云端，只要一人把守，千军万马难攻占。驻守的官员若不是自己的近亲，难免要变为豺狼踞此为非造反。清晨你要提心吊胆地躲避猛虎，傍晚你要警觉防范长蛇的灾难。豺狼虎豹磨牙吮血真叫人不安，毒蛇猛兽杀人如麻即令你胆寒。锦官城虽然说是个快乐的所在，如此险恶还不如早早地把家还。蜀道太难走，简直难于上青天，侧身西望令人不免感慨与长叹！

【作者简介】李白（701—762），字太白，号青莲居士，是屈原之后最具个性特色、最伟大的浪漫主义诗人。有"诗仙"之美誉，与杜甫并称"李杜"。其诗以抒情为主，表现出蔑视权贵的傲岸精神，对人民疾苦表示同情，又善于描绘自然景色，表达对祖国山河的热爱。诗风雄奇豪放，想象丰富，语言流转自然，音律和谐多变，善于从民间文艺和神话传说中吸取营养和素材，构成其特有的瑰玮绚烂的色彩，达到盛唐诗歌艺术的巅峰。存世诗文千余篇,有《李太白集》。

【作品赏析】《蜀道难》是中国唐代伟大诗人李白的代表作品。此诗袭用乐府旧题,以浪漫主义的手法,展开丰富的想象,艺术地再现了蜀道峥嵘、突兀、强悍、崎岖等奇丽惊险和不可逾越的磅礴气势,借以歌咏蜀地山川的壮秀,显示出祖国山河的雄伟壮丽,充分显示了诗人的浪漫气质和热爱自然的感情。

全诗采用律体与散文间杂,文句参差,笔意纵横,豪放洒脱,感情强烈,一唱三叹。诗中诸多的画面此隐彼现,无论是山之高,水之急,河山之改观,林木之荒寂,连峰绝壁之险,皆有逼人之势。气象宏伟,境界阔大,集中体现了李白诗歌的艺术特色和创作个性。

国风·豳风·狼跋

[先秦] 佚 名

狼跋其胡,载疐其尾。公孙硕肤,赤舄几几。
狼疐其尾,载跋其胡。公孙硕肤,德音不瑕。

【译文】老狼前行踩下巴,后退又踩长尾巴。公孙挺着大肚囊,脚穿红鞋稳步踏。老狼后退踩尾巴,前行又踩肥下巴。公孙挺着大肚囊,品德声望美无瑕。

【作品赏析】《诗经》是中国古代第一部诗歌总集,不仅是文学的经典之作,也是研究古代社会、历史、文化的重要资料,具有极高的文学价值。《狼跋》作为其中的一篇,自然也承载了丰富的文学内涵和艺术特色。

《狼跋》中的"狼"和"公孙"等形象已经成为文化符号的象征,被广泛应用于各种文化领域和艺术形式中。这些文化符号不仅丰富了人们的文化生活和精神世界,也展示了《狼跋》在文学史上的独特地位和深远影响。

【相关链接】隋后,高句丽未服,屡犯东北,唐初忙于内政,高句丽趁机扩张。贞观十七年(643),唐太宗亲征高句丽,次年率大军攻占辽东多城,斩敌数万,然因气候、补给等难题，终未完全征服。

唐灭东突厥后，北方各族归附，唐朝借此在东北边疆加强控制，设立军事与行政机构。辽阳地区作为战略要地，成为唐朝守护东北的前沿。唐朝在此重兵驻守，修筑城防，有效维护了边疆安全，展现了强大的边疆治理能力。

独不见

[唐] 沈佺期

卢家少妇郁金堂，海燕双栖玳瑁梁。
九月寒砧催木叶，十年征戍忆辽阳。
白狼河北音书断，丹凤城南秋夜长。
谁谓含愁独不见，更教明月照流黄。

【译文】卢家年轻的主妇，居住在以郁金香浸洒和泥涂壁的华美的屋宇之内，海燕飞来，成对成双地栖息于华丽的屋梁之上。九月里，寒风过后，在急切的捣衣声中，树叶纷纷下落，丈夫远征辽阳已逾十载，令人思念。白狼河北的辽阳地区音信全部被阻断，幽居在长安城南的少妇感到秋日里的夜晚特别漫长。她哀叹：我到底是为哪一位思而不得见的人满含哀愁啊？为何还让那明亮的月光照在帏帐之上？

【作者简介】沈佺期（约656—716），字云卿，相州内黄（今河南内黄西）人，祖籍吴兴（今浙江湖州）。唐代诗人、儒客名家。与宋之问齐名，称"沈宋"。

【作品欣赏】《独不见》是一首较早出现的优秀的七言律诗，音韵明畅，境界广远，气势飞动。此诗曾被推为"唐人七律第一"。寒砧声声，秋叶萧萧，叫卢家少妇如何入眠呢！更有那一轮恼人的明月，竟也来凑趣，透过窗纱把流黄帏帐照得明晃晃的炫人眼目，给人愁上添愁。前六句是诗人充满同情的描述，到这结尾两句则转为女主人公愁苦已极的独白，她不胜其愁而迁怒于明月了。诗句构思新巧，比之前人写望月怀远的意境大大开拓一步，从而增强了抒情色彩。这首诗将人物心情与环境气氛密切结合。

【相关链接】北宋丁谓的"一举三得"重建皇宫方案。

祥符中，禁火。时丁晋公主营复宫室，患取土远，公乃令凿通衢取土，不日皆成巨堑。乃决汴水入堑中，引诸道竹木排筏及船运杂材，尽自堑中入至宫门。事毕，却以斥弃瓦砾灰尘壤实於堑中，复为街衢。一举而三役济，计省费以亿万计。

译文：宋真宗大中祥符年间，宫中着火。当时，丁谓主持重建宫室（需要烧砖），被取土地很远所困扰。于是，丁谓命令从大街取土，没几天就成了大渠。最后，挖通汴河水进入渠中，各地水运的资财，都通过汴河和大渠运至宫门口。重建工作完成后，用工程废弃的瓦砾回填入渠中，水渠又变成了街道。做了一件事情而完成了三个任务，省下的费用要用亿万来计算。

渑池道中

［宋］晁补之

虎狼敌国易良图，望见将军要引车。
不畏秦强畏廉斗，古来只有蔺相如。

【译文】凶残的敌国为了换取有用的图纸，看见将军的车马就赶紧让开了道。说起不害怕强大秦国的真正的勇敢的人，那也只有赵国的蔺相如了。

【作者简介】晁补之（1053—1110），字无咎，号归来子，济州巨野（今属山东巨野县）人，北宋时期著名文学家，为"苏门四学士"（另有北宋诗人黄庭坚、秦观、张耒）之一。曾任吏部员外郎、礼部郎中。工书画，能诗词，善属文。与张耒并称"晁张"。其散文语言凝练、流畅，风格近柳宗元。诗学陶渊明。其词格调豪爽，语言清秀晓畅，近苏轼。但其诗词流露出浓厚的消极归隐思想。著有《鸡肋集》《晁氏琴趣外篇》等。

【作品赏析】这是一首怀古诗。字面看起来是在叙述历史史实，实际上是在勉励当时的人们，应该学习和效仿战国时期的蔺相如，不要惧怕强大的敌人，应该坚强地面对，何惧一死呢？同时也从侧面表达了作者的抱负和驱敌的决心。

【相关链接】渑池之会是中国历史上一个著名的外交事件，发生在战国时期，具体年份为公元前279年（秦昭襄王28年、赵惠文王20年）。这一事件被详细记载于司马迁的《史记·廉颇蔺相如列传》中，并因此成了一个流传千古的成语典故。

在蔺相如完璧归赵的第二年，秦国借口赵国不与其联合攻齐，多次派兵攻打赵国，并占领了赵国的多座城池。秦国的军事威胁使得赵国在外交上处于被动地位。公元前279年，秦王派使者通知赵王，打算与赵王在西河外渑池（今河南渑池县西）举行高峰会晤，以图在外交上迫使赵国屈服。

赵王对秦王的邀请感到畏惧，担心此行凶多吉少，因此想推辞不去。然而，廉颇和蔺相如认为，如果赵王不去赴会，将显得赵国软弱胆怯，有损国家尊严。在两人的劝说下，赵王决定前往渑池与秦王会面，并携带蔺相如同行以应对可能的变故。

在渑池会上，秦王试图通过让赵王为其弹瑟并命史官记录的方式来羞辱赵国。面对秦王的挑衅，蔺相如毫不畏惧，他走上前去对秦王说："赵王私下听说秦王善于演奏秦地的乐曲，请允许我献盆缶给秦王，请秦王敲一敲，借此互相娱乐吧！"秦王发怒，不肯敲缶。蔺相如见状，立即上前一步，威胁秦王说："如大王不肯敲缶，在五步距离内，我能够把自己颈项里的血溅在大王身上！"秦王身边的侍从想要上前阻止，但被蔺相如的威严所震慑，纷纷后退。最终，秦王在无奈之下敲了一下瓦缶。蔺相如随即招来赵国史官，记录下"秦王为赵王击缶"的史实。

此外，在宴会上，秦国的群臣还提出以赵国的十五座城池为秦王祝寿的无理要求。蔺相如针锋相对地回应说："请把秦国的都城咸阳送给赵王祝寿。"双方就这样在言语上展开了激烈的交锋，但始终未能分出高下。

渑池之会结束后，秦王始终未能占得赵国的上风。赵国在边境上大量陈兵以防备秦国的入侵，而秦国则因为未能达到其外交目的而不敢轻举妄动。回到赵国后，赵王因为蔺相如在渑池之会上的出色表现而任命他为上卿，位在廉颇之上。这一事件不仅维护了赵国的尊严和利益，也展现了蔺相如的智勇双全和爱国情怀。

咏史上·战国

[宋]陈 普

千秋万古定于一，岂有乾坤属虎狼。
六印苏秦寿如石，山东终作一阿房。

【译文】千百年来的变化规律就是最终会统一，怎么会出现那些不懂礼仪的虎狼掌控天下的呢？战国时期的苏秦，曾经一人手持六国相印，权倾天下，最终只是在山东修建了一座阿房宫。

【作者简介】陈普，字尚德，号惧斋，世称石堂先生。南宋著名教育家、理学家，他铸刻的漏壶为世界最早钟表之雏形。

【作品赏析】《咏史上·战国》是宋朝陈普的一首七言绝句，是一首咏史诗。借助战国时期的一定历史史实，提出了天下最终"大一统"的思想。强调了天下归宗：在经历一些纷繁复杂的变化之后，最终会统一的思想。

【相关链接】为弘扬朱熹正学，陈普还先后在政和兴办德兴初庵书院，嗣应建阳乡贤刘烁之聘，主讲云庄书院，重辑朱熹门人黄干、杨复二人的《丧祭礼》及朱熹的有关著述，分十卷刊行于世。后来又在福州鳌峰书院、长乐县鳌峰书院任主讲。莆中贤士闻其贤，礼聘至勿轩庄书院授课。在莆田讲学，他一待就是十八年，在那里培养了一大批优秀理学人才。明嘉靖十四年（1535），江西路巡按陈褎在《石堂先生遗集》序中对他作了较为全面的评价："石堂之学，实本辅氏，辅氏之学，出自考亭（朱熹）。真知实践，崇雅黜浮，自六经外，星历、堪舆、律算以及百家之书，靡所不究。后聘礼勿轩庄书院，而道行延建(福建)。目今莆中多贤，讲学造就，石堂殆为鼻祖。"同年新任宁德知县叶稠，为纪念陈普，将石堂仁丰寺改建为先儒陈惧齐祠，并塑像祀之。

江城子·密州出猎

[宋]苏 轼

老夫聊发少年狂。左牵黄,右擎苍。锦帽貂裘,千骑卷平冈。为报倾城随太守,亲射虎,看孙郎。

酒酣胸胆尚开张。鬓微霜,又何妨!持节云中,何日遣冯唐?会挽雕弓如满月,西北望,射天狼。

【译文】我姑且施展一下少年时打猎的豪情壮志,左手牵着黄犬,右臂托起苍鹰。随从将士们戴着华美鲜艳的帽子,穿着貂皮做的衣服,带着上千骑的随从疾风般席卷平坦的山冈。为了报答满城的人跟随我出猎的盛情厚意,看我亲自射杀猛虎,犹如昔日的孙权那样威猛。

我虽沉醉但胸怀开阔胆略兴张,鬓边白发有如微霜,这又有何妨?什么时候皇帝会派人下来,就像汉文帝派遣冯唐去云中赦免魏尚的罪呢?我将使尽力气拉满雕弓就像满月一样,朝着弓矢西北瞄望,奋勇射杀西夏军队!

【作者简介】苏轼(1037—1101),宋朝著名文学家、书法家。唐宋散文八大家之一,字子瞻,又字和仲,号"东坡居士",诗文有《东坡七集》等。词集有《东坡乐府》。

【作品赏析】《江城子·密州出猎》是宋代文学家苏轼于密州知州任上所作的一首词。此词表达了强国抗敌的政治主张,抒写了渴望报效朝廷的壮志豪情。首三句直出会猎题意,次写围猎时的装束和盛况,然后转写自己的感想:决心亲自射杀猛虎,答谢全城军民的深情厚谊。下片叙述猎后的开怀畅饮,并以魏尚自比,希望能够承担卫国守边的重任。结尾直抒胸臆,抒发杀敌报国的豪情。全词"狂"态毕露,虽不乏慷慨激愤之情,但气象恢宏,一反词作柔弱的格调,充满阳刚之美。

【相关链接】狼作为高度社会化的动物,其狼群内部的合作与默契是自然界中的典范。它们共同狩猎、抚养幼崽、保卫领地,展现了非凡的团队协作与忠诚度。在许多文化中，狼因此被视为忠诚与团结的象征，提醒人们团队合作的重要性以及为了共同目标不懈努力的精神。

狼在追逐猎物时展现出的顽强与执着，是它们生存本能的体现。这种不屈不挠、勇往直前的精神，在文学、艺术和民间传说中常被用来象征面对困难与挑战时不放弃的坚韧品质。在梦境中，狼紧追不舍的形象，往往寓意着个体内心深处对于目标或理想的执着追求，即便面临重重阻碍也要坚持到底。

清明日对酒

[宋]高 翥

南北山头多墓田，清明祭扫各纷然。
纸灰飞作白蝴蝶，泪血染成红杜鹃。
日落狐狸眠冢上，夜归儿女笑灯前。
人生有酒须当醉，一滴何曾到九泉。

【译文】清明这一天，南山北山到处都是忙于上坟祭扫的人群。焚烧的纸灰像白色的蝴蝶到处飞舞，凄惨地哭泣，如同杜鹃鸟哀啼时要吐出血来一般。黄昏时，静寂的坟场一片荒凉，独有狐狸躺在坟上睡觉，夜晚，上坟归来的儿女们在灯前欢声笑语。因此，人活着时有酒就应当饮，有福就应该享。人死之后，儿女们到坟前祭祀的酒哪有一滴流到过阴间呢？

【作者简介】高翥（1170—1241），初名公弼，后改名翥。字九万，号菊涧，余姚（今属浙江）人。游荡江湖，布衣终身。高翥是江南诗派中的重要人物，有"江湖游士"之称。高翥少有奇志，不屑举业，以布衣终身。他游荡江湖，专力于诗，画亦极为出名。晚年贫困潦倒，无一椽半亩，在上林湖畔搭了个简陋的草屋，小仅容身，自署"信天巢"。有《菊涧集》。

【作品赏析】《清明日对酒》不仅是一首描绘清明时节祭扫场景的诗歌，更是一首抒发人生感慨的哲理诗。诗人通过对生死、欢乐与哀愁的深刻思考，表达了对人生无常的感慨和对现实世界的无奈。同时，他也提醒人们要珍惜眼前的幸福时光。首联描绘了清明时节，南北山头遍布墓地的景象，以及人们纷纷忙于祭扫的繁忙场景。颔联通过细腻的笔触，将焚烧的纸灰比作白色的蝴蝶在空中飞舞，将人们的泪水比作红色的杜鹃染红了山野。这里运用了庄周化蝶、杜鹃啼血的典故，增强了诗歌的意象美和情感深度。同时，也表达了人们对逝去亲人的深切怀念和无尽哀思。颈联在时间上形成了鲜明的对比。日落时分，荒凉的墓地中只有狐狸躺在坟上睡觉，而夜晚归家的儿女们则在灯前欢声笑语。诗人在尾联中表达了自己的人生态度。他认为人生短暂，有酒就应当尽情享受，因为死后连一滴酒也带不到阴间。这种看似及时行乐的态度背后，实则蕴含着诗人对人生无奈的感慨和对现实世界的深刻洞察。

【相关链接】 狐狸的寓意是虚伪、奸诈和狡猾，也用来比喻美丽妖娆的坏女人，很多都是对它的贬义，狐狸在人们的心中并不是一个好的象征。在人心目中，（狐）狸猫是一种神秘的动物，它们会使用一种类似障眼法的幻术，身体可以变成任意形状，或者把树叶变成钱什么的用来欺骗人类。实际上狐狸是民间对这一类动物的通称，种类繁多，分北极狐、赤狐、银黑狐、沙狐等。它们性格机敏胆小，常在古代神话中以"狐狸精"形象出现，虽在远古也曾作为图腾，但从不出现于正式祭祀中，皆因其"形象不雅"，多与狡诈鬼祟相关联。多年来，狐妖狐仙，在各种小说及趣闻中形成一种独有的妖精文化。

楚江怀古（其一）

[唐] 马 戴

露气寒光集，微阳下楚丘。
猿啼洞庭树，人在木兰舟。
广泽生明月，苍山夹乱流。
云中君不见，竟夕自悲秋。

【译文】雾露团团凝聚寒气侵入，夕阳已落下楚地的山丘。猿在洞庭湖畔树上啼叫，人乘木兰舟在湖中泛游。明月从广漠的湖上升起，两岸青山夹着滔滔乱流。云中仙君怎么都不见了？我竟通宵达旦独自悲秋。

【作者简介】马戴（？—约869），字虞臣，晚唐时期著名诗人。会昌进士。在太原幕府中任掌书记，以直言获罪，贬为龙阳尉。得赦回京，官终国子博士。与贾岛、姚合为诗友。擅长五律。《全唐诗》录其诗二卷。

【作品欣赏】全诗既抒发了对忠君爱国但报国无门的屈原的爱慕、缅怀之情，又抒发了自己壮志难酬的悲伤忧苦之情。从这首诗可以看到，清微婉约的风格，在内容上是由感情的细腻低回所决定的，在艺术表现上则是清超而不质实，深微而不粗放，词华淡远而不艳抹浓妆，含蓄蕴藉而不直露奔放。

【相关链接】楚江（常指长江流经楚地的河段）与洞庭湖，自古便是中国南方的地理要冲，不仅水系发达，更是古代交通的枢纽。楚江连接南北，促进了经济文化的交流；洞庭湖则以其广阔的水域和丰富的物产，成为农业与渔业的重镇。两者在古代诗词中频繁出现，不仅是自然风光的写照，更承载着深厚的历史情感与文化意蕴。

诗人马戴选择楚江与洞庭湖作为《楚江怀古》的背景，或许正是看中了它们所承载的丰富历史与文化记忆。楚地曾是春秋战国时期的重要诸侯国，其文化、历史影响深远。而洞庭湖畔，更是文人墨客常常驻足之地，留下了无数脍炙人口的诗篇。诗人借此抒发对过往岁月的怀念以及对历史变迁、人生无常的感慨，使诗歌充满了浓厚的怀古之情。

送李少府贬峡中王少府贬长沙

[唐] 高 适

嗟君此别意何如，驻马衔杯问谪居。
巫峡啼猿数行泪，衡阳归雁几封书。
青枫江上秋帆远，白帝城边古木疏。

圣代即今多雨露，暂时分手莫踌躇。

【译文】此次离别不知你们心绪怎么样，停住马饮酒询问被贬的去处。巫峡猿猴悲啼令人伤心流泪，衡阳的归雁会为我捎来回书。秋日青枫江上孤帆远远飘去，白帝城边黄叶飘零古木稀疏。圣明朝代如今定会多施雨露，暂时分手希望你们不要踌躇。

【作者简介】高适（约704—约765），字达夫、仲武，唐朝渤海蓨（今河北景县）人。唐代著名的边塞诗人，曾任刑部侍郎、散骑常侍、渤海县侯，世称"高常侍"。高适与岑参并称"高岑"，有《高常侍集》等传世，其诗笔力雄健，气势奔放，洋溢着盛唐时期所特有的奋发进取、蓬勃向上的时代精神。

【作品欣赏】《送李少府贬峡中王少府贬长沙》是唐代诗人高适的作品。此诗是诗人为送两位被贬官的友人而作，寓有劝慰鼓励之意。一诗同赠两人，内容铢两悉称。

【相关链接】"雄浑悲壮"是高适的边塞诗的突出特点。其诗歌尚质主理，雄壮而浑厚古朴。高适少孤贫，有游侠之气，曾漫游梁宋，躬耕自给，加之本人豪爽正直的个性，故诗作反映的层面较广阔，题旨亦深刻。高适的心理结构比较粗放，性格率直，故其诗多直抒胸臆，或夹叙夹议，较少用比兴手法。

高适诗歌的注意力在于人而不在自然景观，故很少单纯写景之作，常在抒情之时伴有写景的部分，因此这景带有诗人个人主观的印记。《燕歌行》中用"大漠穷秋塞草腓，孤城落日斗兵稀"勾画凄凉场面，用大漠、枯草、孤城、落日作排比，组成富有主观情感的图景，把战士们战斗不止的英勇悲壮气概烘托得更为强烈。高适在语言风格上用词简净，不加雕琢。

四、其他昆虫

秦中感秋寄远上人

[唐] 孟浩然

一丘常欲卧，三径苦无资。
北土非吾愿，东林怀我师。
黄金燃桂尽，壮志逐年衰。
日夕凉风至，闻蝉但益悲。

【译文】本想长久地归隐山林，又苦于无钱举步维艰。滞留长安不是我心愿，心向东林把我师怀念。黄金像烧柴一般耗尽，壮志随岁月逐日衰减。黄昏里吹来萧瑟凉风，听晚蝉声声愁绪更添。

【作者简介】孟浩然（689—740），唐代诗人。以字行，襄州襄阳（今湖北襄阳）人，世称"孟襄阳"。孟浩然与另一位山水田园诗人王维合称为"王孟"。有《孟浩然集》。

【作品赏析】诗中充满了失意、悲哀与追求归隐的情绪，是一首坦率的抒情诗。这首诗最显著的特点，在于直抒胸臆。感情的难以抒发，在于抽象。诗人常借用具体事物的形象描写以抒发感情，表达感情的词语往往一字不用。而此诗却一反这种通常的写法。对"一丘"称"欲"，对"无资"称"苦"，对"北土"则表示"非吾愿"，思"东林"于是"怀我师"。求仕进而不能，这使得作者的壮志衰颓。流落秦中，穷愁潦倒，感受到凉风、听到蝉声而"益悲"。这种写法，有如画中白描，不加润色，直写心中的哀愁苦闷。而读者读来并不感到抽象，反而显得诗人的率真和诗风的明朗。

【相关链接】蝉的寓意和象征：因其叫声凄惨，可用来表现凄楚哀婉之情。因其生活习性，可用来表现高洁自喻。以唐代诗人李商隐创作的《蝉》为例说明蝉代表的寓意和象征。此诗先是描写蝉的境遇，后面直接跳到自身的遭遇上来，直抒胸臆，感情强烈，最后却又自然而然地回到蝉身上，首尾圆融，意脉连贯。

蝉

[唐] 虞世南

垂緌饮清露，流响出疏桐。
居高声自远，非是藉秋风。

【译文】蝉垂下像帽缨一样的触角吸吮着清澈甘甜的露水，连续不断的鸣叫声从稀疏的梧桐树枝间传出。蝉正是因为在高处它的声音才能传得远，并非凭借秋风的力量。

【作者简介】虞世南（558—638），字伯施，越州余姚鸣鹤（今浙江省慈溪）人。南北朝至隋唐时期书法家、文学家、诗人、政治家，与欧阳询、褚遂良、薛稷合称"唐初四大书家"。正书碑刻有《孔子庙堂碑》。编有《北堂书钞》一百六十卷。

【作品赏析】这是一首咏物诗，咏物中尤多寄托，具有浓郁的象征性。句句写的是蝉的形体、习性和声音，而句句又暗示着诗人高洁清远的品行志趣，物我互释，咏物的深层意义是咏人。诗的关键是把握住了蝉的某些别有意味的具体特征，从中找到了艺术上的契合点。

【相关链接】"蝉"又名"知了"。在古人的眼中，蝉是一种神圣的灵物，有着很高的地位，寓意着纯洁、清高、通灵。蝉在古人的生活当中是一种不可或缺的物品，被人们推崇着。从汉代开始，人们都以蝉的羽化来喻之重生。若是身上有蝉的佩饰，则表示其人清高、高洁。《史记》中有："蝉蜕于浊秽，以浮游尘埃之外。"蝉的一生虽然大多时间都在泥土中度过，但待其蜕变为蝉时却攀于枝头远离浮尘，只以树汁露水为食，正可谓出淤泥而不染，所以用其来比喻人之清高、高洁的品德。

蝉从生到死的生命历程十分特别，其幼虫生活在土中可长达数年甚至数十年，之后才会爬上枝头结蛹，破壳而出化为飞蝉，而飞蝉的寿命却十分短暂，抵不过一个夏天。蝉的生命历程象征着重生，也代表着对生活的无限执着和对信念的奋不顾身，所以在古代葬礼中，人们会把玉蝉放入逝者口中以求庇护和永生。

闻　蝉

[宋] 游九言

悄悄山郭暗，故园应掩扉。
蝉声深树起，林外夕阳稀。

【译文】静悄悄的山郊外，故园应该已经关闭了。林中传出的悠悠蝉鸣，林外稀薄的夕阳光辉。

【作者简介】游九言（1142—1206），字诚之，一字讷夫，初名九思，号默斋，游酢三世孙，建州建阳（今属福建）人。江西漕试第一，累官知光化县，卒年六十五，赠直龙图阁，谥文清。尝从张拭学，又问于朱熹，序《太极图》，讲心为太极，有《默斋集》等。

【作品赏析】《闻蝉》是宋代诗人游九言的作品之一。诗人抓住夕阳西下、山郭灰暗、深林蝉噪等典型事物，生动地描绘了故园黄昏的寂寥凄凉景象，蕴含着对亲人家乡的深切怀念。

【相关链接】早年爱国之志。游九言从小就有强烈的爱国之心，十岁时即写文章诋骂秦桧的投降卖国行径。这种早年的爱国之志，不仅展现了他的正直和勇气，也预示了他日后在抗金事业上的坚定立场。

仕途经历与抗金事业。游九言在仕途上历经多个官职，其间他始终关心民瘼，积极组织抗金事业。他任地方官时，如古田尉时，以"律己严、莅事敏、抚民仁"著称，深受百姓爱戴。在组织抗金上，他也多有建树，为国家的安全和稳定做出了贡献。

咏螃蟹呈浙西从事

[唐]皮日休

未游沧海早知名，有骨还从肉上生。
莫道无心畏雷电，海龙王处也横行。

【译文】还没有游历沧海早就知道蟹的名声，它身上的骨头还是从肉上长出来。不要说它没有心肠，它哪里怕什么雷电，大海龙王那里也是横行无忌。

【作者简介】皮日休（约838—约883），字袭美，一字逸少，襄阳（今属湖北）人。曾居住在鹿门山，自号鹿门子，又号间气布衣、醉吟先生。晚唐文学家、散文家，诗文与陆龟蒙齐名，世称"皮陆"。咸通进士，在唐时历任苏州军事判官、著作佐郎、太常博士、毗陵副使。后参加黄巢起义，或言"陷巢贼中"，任翰林学士，起义失败后不知所终。诗文兼有奇朴二态，且多为同情民间疾苦之作。有《皮子文薮》。

【作品赏析】《咏螃蟹呈浙西从事》是唐代文学家皮日休创作的一首咏物诗。此诗首句写出螃蟹在海洋中的名声，次句指出螃蟹肉上生骨的奇特长相，后二句咏螃蟹本无心肠，故无所顾忌，浑身是胆，在海龙王处横行。全诗语言幽默传神，不著一个蟹字，却把螃蟹的形象和神态写得活灵活现。其艺术特色表现为多侧面的形象描写以及把深厚的思想感情含蓄地寄寓在妙趣横生的形象中，堪称咏蟹的佳作。

【相关链接】螃蟹寓意富甲天下或八方招财，纵横天下。螃蟹总是寻找水质清晰、阳光透彻、水草茂盛的水域栖息，俗语言：大闸蟹，八条腿，就是发。两个夹，就是抓。煮熟后个通红，象征鸿运当头！味道鲜美、营养健康。"敢蟹"寓意为敢吃螃蟹，即改革创新和勇士精神。"敢蟹"与"感谢"谐音，传递了感恩美德。"敢蟹"从说文解字理解为敢于解除蛀虫，暗含反腐倡廉精神。

螃蟹是甲壳类，在科举时代象征科甲及第。螃蟹披坚执锐而横行，两只蟹螯钳住东西就不放，有"横财大将军"之称，故螃蟹兼有金榜题名和横财就手的双重瑞兆。

荷花加上螃蟹，可谓是富贵双全。

村　夜

[唐]白居易

霜草苍苍虫切切，村南村北行人绝。
独出前门望野田，月明荞麦花如雪。

【译文】在一片被寒霜打过的灰白色秋草中，小虫在窃窃私语着，山村周围行人绝迹。我独自来到前门眺望田野，只见皎洁的月光照着一望无际的荞麦田，满地的荞麦花简直就像一片耀眼的白雪。

【作者简介】白居易（772—846），字乐天，号香山居士，又号醉吟先生，祖籍太原，到其曾祖父时迁居下邽（今陕西渭南北）。唐代伟大的现实主义诗人，唐代三大诗人之一。白居易与元稹共同倡导新乐府运动，世称"元白"，与刘禹锡并称"刘白"。白居易的诗歌题材广泛，形式多样，语言平易通俗，有"诗魔"和"诗王"之称。官至翰林学士、左赞善大夫。有《白氏长庆集》传世，代表诗作有《长恨歌》《卖炭翁》《琵琶行》等。

【作品赏析】《村夜》是唐代诗人白居易所作的一首七言绝句。这首诗以白描手法写出了一个常见的乡村之夜。诗文以白描手法画出一个常见的乡村之夜。信手拈来，娓娓道出，却清新恬淡，诗意很浓。对这首诗表达的思想感情和写作手法的理解：因前后描写的景物不同，表达出诗人由孤独寂寞而兴奋自喜的感情变化。诗人以白描的手法描绘乡村夜景，于清新恬淡中蕴含了浓浓的诗意。诗中描写村夜，既有萧瑟凄凉，也有奇丽壮观，对比中构成乡村夜景。

【相关链接】唐代田园诗承继魏晋之风，发展至鼎盛，其脉络清晰，情感真挚。白居易作为中唐杰出诗人，不仅丰富了田园诗的内涵，更以其平易近人的诗风，将乡村生活的宁静美好展现得淋漓尽致。他笔下，无论是农忙景象还是田园风光，都透露出对自然和谐、俭朴生活的向往与赞美。白居易的田园诗以细腻的笔触描绘了乡村夜晚的宁静与美好，反映了当时文人在仕途之外，对心灵归宿的渴望与追求。这种对乡村生活的赞美，不仅是对物质生活的简单描绘，更是对精神家园的深情呼唤，体现了唐代文人士大夫超脱世俗、回归自然的生活理想。

杂　感

［清］黄景仁

仙佛茫茫两未成，只知独夜不平鸣。
风蓬飘尽悲歌气，泥絮沾来薄幸名。
十有九人堪白眼，百无一用是书生。
莫因诗卷愁成谶，春鸟秋虫自作声。

【译文】自己成仙成佛的道路渺茫，都无法成功，只能在深夜独自作，抒发心中的不平。漂泊不定的落魄生活，把诗歌中慷慨激昂之气消磨殆尽。万念俱寂、对女子已经没有轻狂之念的人，却得到负心汉的名声。十个人中有九个人是可以用白眼相向的，最没有用处的就是书生。不要忧愁自己写的愁苦之诗会成为吉凶的预言，春天的鸟儿和秋天的虫儿都会发出自己的声音。

【作者简介】黄景仁（1749—1783），清代诗人。字汉镛，一字仲则，号鹿菲子，江苏武进（今江苏省常州市）人。四岁而孤，家境清贫，少年时即负诗名，为谋生计，曾四方奔波。一生怀才不遇，穷困潦倒，后授县丞，未及补官即在贫病交加中客死他乡。诗负盛名，为"毗陵七子"之一。诗学李白，所作多抒发穷愁不遇、寂寞凄怆之情怀，也有愤世嫉俗的篇章。七言诗极有特色。亦能词。著有《两当轩集》。

【作品赏析】首联开门见山，点出本诗基调：无法参禅得道，心中的不平亦不能自抑。一个"只"字仿佛自嘲，实是发泄对这个世界的不平。风中飞蓬飘尽悲歌之气，一片禅心却只换得薄幸之名；颈联更是狂放愤慨：世上的人十之八九只配让人用白眼去看，好似当年阮籍的作派；"百无一用是书生"更是道出了后来书生的酸涩心事，此句既是自嘲，亦是醒世；尾联说不要因为诗多说愁，成了谶语，春鸟与秋虫一样要作声。不是只能作春鸟欢愉，秋虫愁苦一样是一种自然。此句传承以上愤慨之气，再次将作者心中的不平推至高潮。莫因诗卷愁成谶，春鸟秋虫自作声。

【相关链接】黄景仁一生充满悲哀和困顿，他个性倔强，常常发出不平的感慨。所作诗歌，多抒发穷愁不遇、寂寞凄怆的情怀，情调比较感伤低沉的作品则最能体现其诗文成就。写得沉郁苍凉，但语调清新，感情真挚动人。他还作有一些爱情诗，写得缠绵悱恻；有些诗写得慷慨豪迈，有些刻画山水景物或人情世态的诗篇也写得细致生动。怀古咏史的诗篇，也能别出新意。后世评黄氏诗多云"愁苦辛酸"，但这只是其诗的一个层面，其古风常具幽并豪侠气，是学太白而真能得其神者。黄景仁亦能词，词作明白晓畅，擅长白描，但含蓄不够。

黄景仁的诗大部分都笼罩着浓重的感伤情绪，这种风格通过他常用的"月""酒""秋""鹤"等意象得到了深化。"月"在黄景仁诗歌中很少成为宁静或闲淡的背景，而是或衬托孤寂、或寄托愤激、或渲染郁结。"酒"意象在其诗中则随着生活的日益困窘，出现的频率越来越高，借以浇愁、籍以表狂、凭以忘世。而"秋"意象的大量使用，则形成了他诗中的"秋气"，即使西风送爽，他笔下的"秋"也难免充满淡淡的哀愁，而更多的时候，诗人眼中的"秋气"皆是肃杀、萧条、凋败的象征，用来暗喻周遭的客观现实。其诗涉及的鹤，多是"独鹤""病鹤""笼鹤""雨鹤"，自寓之意显然。

蜂

[唐] 罗 隐

不论平地与山尖，无限风光尽被占。
采得百花成蜜后，为谁辛苦为谁甜？

【译文】无论是在平地，还是在那高山，哪里鲜花迎风盛开，哪里就有蜜蜂奔忙。蜜蜂啊，你采尽百花酿成了花蜜，到底为谁付出辛苦，又想让谁品尝香甜？

【作者简介】罗隐（833—910），原名横，字昭谏，杭州新城（今浙江杭州市富阳区西南）人，唐代文学家。罗隐自大中十三年（859）底至京师应进士试开始的十二三年里，总共参加了十多次进士试，全部铩羽而归，史称"十上不第"。光启三年（887），归乡依吴越王钱镠，历任钱塘令、司勋郎中、给事中等职。著有《谗书》及《两同书》等。前者对当时社会进行的揭露和批判相当深刻，有很强的战斗性；后者提出"仁政"，力图提炼出一套供天下人使用的"太平匡济术"，是乱世中黄老思想复兴发展的产物。

【作品赏析】这首诗是以蜜蜂为比喻，表达了对辛勤耕作的劳动人的赞美和对不劳而获者的痛恨和不满，赞美了蜜蜂辛勤劳动的高尚品格，也暗喻了作者对不劳而获的人的痛恨和不满。这首诗有几个艺术表现方面的特点：欲夺故予，反跌有力。叙述反诘，唱叹有情。此诗抓住蜜蜂特点，不做作，不雕绘，不尚辞藻，虽平淡而有思致，使读者能从这则"动物故事"中若有所悟，觉得其中寄有人生感喟。

【相关链接】蜜蜂象征着勤劳精神，"勤劳"二字对蜜蜂来说也是名副其实的，事实上在蜜蜂短暂的一生中几乎没有从工作中停歇过，数据表明在流蜜期蜜蜂的平均寿命只有三四十天，而过度劳累则是导致蜜蜂寿命短暂的主要原因。

蜜蜂象征着团队精神，蜂群中有蜂王、工蜂和雄蜂三型蜂，其中数量庞大的工蜂群又可分为哺育蜂、筑巢蜂、采集蜂、守卫蜂、侦查蜂等，这些蜜蜂不但各司其职且又能高效协作，这在其他动物世界几乎是做不到的。

蜜蜂象征着奉献精神，而"终日酿蜜身心劳，甜蜜人间世人效""采得百花成蜜后，为谁辛苦为谁甜？"等诗句便是蜜蜂奉献精神的真实写照，此外蜜蜂在守卫蜂群安全时也不惧牺牲，哪怕为此付出生命也绝不犹豫。

蜜蜂象征着自律精神，实际上蜜蜂群体中并没有严格意义上的领导者，也没有所谓的"监工"等角色来监督蜂群的工作，不管是蜂王产卵还是工蜂采蜜几乎都不存在偷懒耍滑的现象，这一点对人类而言更是难能可贵的。

虞美人·胡蝶

[清]张惠言

斜阳谁遣来花径,春色三分定。游丝无力系花腰,忙煞枝头相逐乱红飘。

寻春莫向花间去,花外游蜂聚。南园芳草不曾空,收拾春魂归去绕香丛。

【译文】暮春时节,柳丝袅娜。傍晚,蝴蝶翩然飞在花草丛生的园囿。来回在草蔓中往来穿梭,似乎在寻找着什么。袅娜的柳丝无力地系住花朵,风儿吹来纷纷飘落。花朵上聚满了纷至沓来的游蜂,南园里没有任何空闲的地方,只能孤独地旋绕在草丛的周围。

【作者简介】张惠言(1761—1802),清代词人、散文家。原名一鸣,字皋文,武进(今江苏常州)人。少受易,即通大义。年十四,为童子师。嘉庆进士,官翰林院编修。著有《周易虞氏义》《茗柯词》等。另编有《七十家赋钞》。

【作品赏析】《虞美人·胡蝶》是清代词人张惠言所作的一首词。词上下两片,共八句。上片四句重在写景,描绘暮春季节,园囿中柳丝袅娜,落花飘飞,在夕阳暮霭的映照中,一只燕子翩然飞来。情景灵动,但颇显冷落,且有几分没落气息;下片四句,重在抒情,词人以拟人化的手法,状写"燕子"清高且孤芳自赏的心态:它不愿趋炎附势,在"游蜂"纷至沓来的花丛中栖息,宁愿去那冷清的草蔓中领略春天的气息。词中那只孤独、清高、怅惘而又倔强的"蝴蝶",就是作者人生与品格的自我写照。

【相关链接】祝英台,小字九娘,上虞富家女。生无兄弟,才貌双绝。父母欲为择偶,英台曰:"儿出外求学,得贤士事之耳。"因易男装,改称九官。遇会稽梁山伯亦游学,遂与偕至宜兴善权寺之碧鲜岩,筑庵读书,同居同宿。三年,而梁不知为女子。临别梁，约曰："某月日可相访，将告母，以妹妻君。"实则以身许之也。梁家贫，羞涩畏行，遂至愆期。父母以英台字马氏子。后梁为鄞令，过祝家询九官。家童曰："吾家但有九娘，无九官。"梁惊语，以同学之谊乞一见。英台罗扇遮面，出身一揖而已。梁悔念而卒，遗言葬清道山下。明（第二）年，英台将归马氏，命舟子迂道过其处。至则风涛大作，舟遂停泊。英台乃造梁墓前，失声恸哭，地忽开裂，坠入茔中。绣裙绮襦，化蝶飞去。丞相谢安闻其事于朝，请封为义妇冢，此东晋永和时事也。齐和帝时，梁复显灵异，助战有功，有司为立庙于鄞，合祀梁祝。其读书宅称碧鲜庵。齐建元间，改为善权寺。今寺后有石刻，大书"祝英台读书处"。寺前里许，村名祝陵。山中杜鹃花发时，辄有大蝶双飞不散，俗传是两人之精魂。

醉中天·咏大蝴蝶

[元] 王和卿

弹破庄周梦，两翅驾东风，三百座名园、一采一个空。谁道风流种，唬杀寻芳的蜜蜂。轻轻飞动，把卖花人搧过桥东。

【译文】挣破了那庄周的梦境，来到现实中，硕大的双翅驾着浩荡的东风。把三百座名园里的花蜜全采了一个空，谁知道它是天生的风流种，吓跑了采蜜的蜜蜂。翅膀轻轻扇动，把卖花的人都扇过桥东去了。

【作者简介】王和卿，散曲家。《录鬼簿》列为"前辈名公"，但各本称呼不同，天一阁本称为"王和卿学士"，孟称舜本却称他为"散人"。散曲作品现存小令二十多首，套数一套，以及两套残套。他与关汉卿是同时代人，而又比关汉卿早卒。陶宗仪《南村辍耕录》曾记载他与关汉卿互相讥谑的情况，并且说他"滑稽佻达，传播四方。与关汉卿相友善，尝讥谑汉卿。关虽极意还答，终不能胜。卒，汉卿曾往吊。中统初，燕市有一蝴蝶，其大异常和卿即赋《醉中天》小令，由此名声更显"。现存散曲小令二十一首，套曲一首，见于《太平乐府》《阳春白雪》《词林摘艳》等集中。

【作品赏析】这支小令艺术上的最大特色是高度的夸张。作者紧紧扣住蝴蝶之大,甚至夸张到了怪诞不经的程度。但是,怪而不失有趣,它使人在忍俊不禁之余,反复寻味,逼着人们去思索。从语言上看,小令恣肆朴野,浅近通俗,几无一字客词装饰,虽如随手之作,其味却端如橄榄,这正是散曲的上乘之境。

【相关链接】庄周梦蝶。从前有一天,庄周梦见自己变成了蝴蝶,一只翩翩起舞的蝴蝶。自己非常快乐,悠然自得,不知道自己是庄周。突然梦醒了,却是僵卧在床的庄周。不知是庄周做梦变成了蝴蝶呢,还是蝴蝶做梦变成了庄周? 庄周与蝴蝶必定有区别,这就是所说的化为物(指大道时而化为庄周,时而化为蝴蝶)。

这则寓言是表现庄子齐物思想的名篇。庄子认为人们如果能打破生死、物我的界限,则无往而不快乐。它写得轻灵缥缈,常为哲学家和文学家所引用。

玉蝴蝶·晚雨未摧宫树

[宋] 史达祖

晚雨未摧宫树,可怜闲叶,犹抱凉蝉。短景归秋,吟思又接愁边。漏初长,梦魂难禁,人渐老、风月俱寒。想幽欢。土花庭甃,虫网阑干。

无端。啼蛄搅夜,恨随团扇,苦近秋莲。一笛当楼,谢娘悬泪立风前。故园晚、强留诗酒,新雁远、不致寒暄。隔苍烟。楚香罗袖,谁伴婵娟。

【译文】黄昏的风雨没有摧折宫树,可怜的疏叶,还抱着凉秋的寒蝉。入秋后白昼的太阳渐渐变短,吟思又接通了悲秋的愁端。夜间滴漏开始变长,使我的梦魂难耐难堪。人已渐入老年,风清月白的良宵美景全都透出秋寒。回想昔日幽会欢爱,如今庭院里的井壁上已爬满了青苔,蜘蛛网布满了栏杆。

无奈，啼叫的蟋蟀搅乱长夜，只恨我身如随秋抛弃的团扇，心似苦涩难言的秋莲，想当年对楼吹笛，谢娘她垂泪伫立风前。迟迟未返故园，勉强饮酒赋诗驱愁烦，新飞的大雁已经飞远，也不能替我传书致送寒暄。隔着苍茫的云烟，罗袖飘香的美人，有谁与你相伴？

【作者简介】史达祖，字邦卿，号梅溪，汴（河南开封）人。一生未中第，早年任过幕僚。韩侂胄当国时，他是最亲信的堂吏，负责撰拟文书。韩败，史牵连受黥刑，死于贫困中。史达祖的词以咏物为长，其中不乏身世之感。他还在宁宗朝北行使金，这一部分的北行词，充满了沉痛的家国之感。今传有《梅溪词》。

【作品赏析】《玉蝴蝶·晚雨未摧宫树》通过细腻的景物描绘和深刻的情感抒发展现了词人流放后的孤寂与思乡之情。全词寓情于景、情景交融语言优美、意境深远具有很高的艺术价值。上片开篇即以"晚雨""宫树""闲叶""凉蝉"等意象，勾勒出一幅秋雨黄昏的萧瑟景象。"漏初长、梦魂难禁，人渐老、风月俱寒。"夜间滴漏声长，词人难以入眠，梦魂难禁，感叹自己已渐入老年，连风月美景也透出秋寒。雨后的宫树虽未被摧折，但树叶已显凋零，寒蝉抱叶，更添几分凄凉。词人回忆起往昔与情侣的幽欢密爱，与眼前庭院荒凉，井壁上已爬满青苔，蜘蛛网布满了栏杆，形成鲜明对比，更加衬托出当前的孤寂与凄凉。下片开篇以蟋蟀悲啼的景象营造凄凉氛围，词人内心的恨与苦也随之而来。他自比随秋抛弃的团扇和苦涩难言的秋莲，表达了自己被流放后的无助与痛苦。"故园晚、强留诗酒，新雁远、不致寒暄。"词人表达了自己不能返回故乡的愧疚和惆怅之情。他勉强以诗酒自娱却难以排解心中的愁苦；新飞的大雁已远飞却不能替他传书致意给远方的情侣。

【相关链接】蝴蝶飞舞是一幅美丽的生活情景，让人感觉温暖、富有生活情趣。蝴蝶又被古人认为是爱情的象征，民间有"梁祝化蝶"的传说，表达了至美至真的生死恋情；"彩蝶双飞"则经常用于婚嫁饰品中，祝福新郎新娘白头偕老。又因"蝴"跟"福"谐音，被认为是福禄吉祥的象征。

四时田园杂兴(其二十五)

[宋] 范成大

梅子金黄杏子肥,　麦花雪白菜花稀。
日长篱落无人过,　惟有蜻蜓蛱蝶飞。

【译文】一树树梅子变得金黄,杏子也越长越大了。荞麦花一片雪白,油菜花倒显得稀稀落落。白天长了,篱笆的影子随着太阳的升高变得越来越短,没有人经过,只有蝴蝶和蜻蜓绕着篱笆飞来飞去。

【作者简介】范成大(1126—1193),字致能,号称石湖居士。苏州吴县(今江苏苏州)人。南宋诗人。谥文穆。从江西派入手,后学习中、晚唐诗,继承了白居易、王建、张籍等诗人新乐府的现实主义精神,终于自成一家。风格平易浅显、清新妩媚。诗题材广泛,以反映农村社会生活内容的作品成就最高。他与杨万里、陆游、尤袤合称南宋"中兴四大诗人"。

【作品赏析】《四时田园杂兴(其二十五)》是南宋的诗人范成大写的七言绝句。这首诗写初夏、晚春江南的田园景色。诗中用梅子黄、杏子肥、麦花白、菜花稀,写出了夏季南方农村景物的特点,有花有果,有色有形。前两句写出梅黄杏肥,麦白菜稀,色彩鲜丽。诗的第三句,从侧面写出了农民劳动的情况。最后一句又以"惟有蜻蜓蛱蝶飞"来衬托村中的寂静,静中有动,显得更静。后两句写出昼长人稀,蜓飞蝶舞,以动衬静。诗人用清新的笔调,对农村初夏时的紧张劳动气氛,作了较为细腻的描写,读来逸趣横生。

【相关链接】范成大善书。其书法清新俊秀,典雅俊润,只可惜他为诗名所掩,书名不彰。明陶宗仪《书史会要》谓范成大"字宗黄庭坚、米芾,虽韵胜不逮,而遒劲可观"。范成大的书法曾受他母亲的影响,他的母亲蔡夫人,是北宋四大书家之一蔡襄的孙女。

范成大传世墨迹，以尺牍简札居多。他在成都与陆游饮酒赋诗，落纸墨尚未燥，士女已万人传诵，被之乐府弦歌，题写素屏团扇，可惜这些墨迹都未传下来。现今所能见到的范成大手迹，以他五十四岁所书《明州赠佛照禅师诗碑》为第一，此碑早佚，但有宋拓本藏于日本东福寺。范成大现存的手迹还有《兹荷纪念札》《垂诲札》《荔酥沙鱼札》等，他的行书《田园杂兴卷》也常为人们所乐道。明代王世贞在《弇州山人稿》中说："范成大归隐石湖时作即诗。无论竹枝、鹧鸪、家言，已曲尽吴中农圃故事矣！书法出入眉山（苏轼）、豫章（黄庭坚），间有米颠（米芾）笔，圆熟遒丽，生意郁然，真是二绝。"董史在《皇宋书录》称其："（范成大）近世以能书称""字宗山谷、米老，韵胜不逮而遒劲可观。"

和乐天春词

[唐] 刘禹锡

新妆宜面下朱楼，深锁春光一院愁。
行到中庭数花朵，蜻蜓飞上玉搔头。

【译文】 浓妆艳抹打扮一新下红楼，深深庭院春光虽好只添愁。走到庭中查数新开的花朵，蜻蜓有情飞到了玉簪上头。

【作者简介】 刘禹锡（772—842），字梦得，洛阳（今属河南）人，唐朝文学家，哲学家，自称是汉中山靖王后裔，曾任监察御史，是王叔文政治改革集团的一员。唐代中晚期著名诗人，有"诗豪"之称。他的家庭是一个世代以儒学相传的书香门第。政治上主张革新，是王叔文派政治革新活动的中心人物之一。后来永贞革新失败被贬为朗州司马（今湖南常德）。有《刘梦得文集》。

【作品赏析】《和乐天春词》是一首情感丰富、意境深远的春怨诗。通过对女子春怨之情的细腻描绘和生动比喻，展现了她在春天中的感叹和期待，同时也反映了唐代女性在封建社会中的无奈和追求。首句描绘了女子精心打扮后走下朱红色楼阁的情景。次句春光虽然明媚,却被深深地锁在院子里,无法与外界分享。这种锁住的春光象征着女子被束缚的生活和无法释放的青春。第三句女子走到院子的中央,开始数着盛开的花朵。花朵是春天的象征,也是青春的象征。她数着花朵,仿佛在数着自己的青春,试图抓住青春的尾巴,不让它轻易溜走。这一行为透露出女子对青春流逝的无奈和不舍。末句一只蜻蜓飞到了她头上的玉搔头上。这个意外的插曲打破了她的沉思,也揭示了她内心的孤寂和期待。蜻蜓的飞来象征着外界的关注和惊喜,也象征着女子对自由和爱情的渴望。玉搔头作为她头上的饰物,是她美丽的象征,蜻蜓飞上玉搔头,仿佛在赞美她的美丽和青春。

【相关链接】蜻蜓被赋予春闺秋怨的象征意义,很大部分却由于蜻蜓玉簪的关系。蜻蜓玉簪在宫怨诗中频繁出现,其怨恨的情愫已经固定化,由此推及于其本体,即蜻蜓也被纳入宫怨诗的范畴。

蜻蜓在诗词中从来不代表一种固定情绪的意象化,它完全受制于诗人的心境,其或喜或悲,均完成于诗人的"一念之差"。在杜甫、陈子昂、皮日休等诗人看来,蜻蜓代表着闲淡怡然的田园物象,而在元稹、杜牧、李商隐眼里,蜻蜓则被蒙上了一层悲秋以至悲凉的色彩。

咏 蚕

[五代] 蒋贻恭

辛勤得茧不盈筐,灯下缫丝恨更长。
著处不知来处苦,但贪衣上绣鸳鸯。

【译文】辛勤劳苦获得的蚕茧不满筐,深夜里煮蚕抽丝恨比丝更长。贵人们穿绫罗哪知道养蚕苦,他们只是贪恋衣上的绣鸳鸯。

【作者简介】蒋贻恭,五代后蜀诗人。一作诒恭,又作诏恭,江淮间人。唐末入蜀,因慷慨敢言,数遭流遣。后值蜀高祖孟知祥搜访遗材,起为大井县令。贻恭能诗，诙谐俚俗，多寓讥讽。高祖末年，臣僚多尚权势，侈敖无节，贻恭作诗讽之，高祖赞为"敢言之士也"。作品中《咏安仁宰捣蒜》《咏王给事》等，讥刺缙绅及轻薄之徒，为彼所恶，痛遭捶楚。

【作品赏析】《咏蚕》是晚唐诗人蒋贻恭创作的一首七言绝句。这首诗通过对农家养蚕缫丝的描写，通过对富人着衣的描述，反映了封建社会阶级的对立、世间的不平。全诗语言通俗，明白如话，前两句同后两句构成对比，使诗意更加鲜明，加强了诗的表现力，使诗的主题揭示得更加深刻。

【相关链接】唐代李诗人商隐的一句"春蚕到死丝方尽，蜡炬成灰泪始干"，他把春蚕的执着、坚贞、奉献精神体现到了极致，成为千古传唱的佳句。蚕也成为人们表达崇尚那些勤劳、敬业、才智之人的标志，得到了更多人的喜爱。因而古往今来在各种艺术创作中也常常用蚕来做各式各样的比方：春蚕冰清玉洁，气质高贵；春蚕食几茎绿叶，吐一片锦绣；春蚕生命不息，吐丝不止……春蚕这些优秀的品质，只有光荣的人民教师才无愧于这样的称谓。

后 记

　　中国古诗词从第一部诗歌总集《诗经》问世流传至今，留存于各种古籍文献中的诗词不计其数，内容也涵盖生活的各个方面，涵盖天文、地理、历法，包括国家、社会、个人，涉及政治、经济、军事、文化等各个层次，可谓丰富多彩，不一而足。

　　全书共收录222首古诗词，涉及第一部诗歌总集《诗经》中的《鱼藻》，先秦时期屈原的《九歌·国殇》，当然我国诗词歌赋发展规模最繁盛的两个朝代唐宋的最多，从律诗、绝句，到宋代的各种词牌的收录，例如较为常见的《菩萨蛮》《踏莎行》《临江仙》《水调歌头》《鹊桥仙》《一剪梅》《浣溪沙》《西江月》《醉花阴》《如梦令》《青玉案》《蝶恋花》《卜算子》《虞美人》《鹧鸪天》《沁园春》《念奴娇》《西江月》《清平乐》《破阵子》《渔家傲》《破阵子》，还有在元代散曲中常出现的《天净沙》等，也有不常见的《醉落魄》《醉桃源》《沉醉东风》《古蟾宫》《永遇乐》《生查子》《望江南》《沉醉东风》《阮郎归》《淡黄柳》《谒金门》《玉楼春》《长相思》

《苏幕遮》等。选取范围较为广泛，摒弃了以往词牌上单一、重复的特点。

本书从内容上摒弃了之前诗歌整理从题材角度入手的咏物言志诗、写景抒情诗、即事感怀诗、怀古咏史诗、边塞征战诗等的分类标准和原则，而是从诗词本身涵盖的物象、意象入手，让读者更加清楚明了地了解诗歌本意。每首诗词下面附有较为全面的译文注释、作者简介、作品赏析、相关链接。因为作者创作的多少和在历史上的功绩不同，有些作者的信息也不全面完整，当然与他们相关的故事也就不是很多，史料上也没有过多的介绍，因此就作品或者相关的内容而言，不够完善，我们将在以后的学习和研究中更加细致专注，对内容加以修订完善。